Ulrike Schweikert

Nachtmahr 1
Das Erwachen der Königin

Ulrike Schweikert

Nachtmahr 1

Das Erwachen der Königin

Roman

penhaligon

Für Katja Costantino und Andreas Mann
und meinen geliebten Mann Peter Speemann

MIX
Papier aus verantwortungsvollen Quellen
FSC® C014496

Verlagsgruppe Random House FSC® N001967
Das für dieses Buch verwendete FSC®-zertifizierte Papier
Super Snowbright liefert Hellefoss AS, Hokksund, Norwegen.

1. Auflage

Umschlaggestaltung: © www.buerosued.de
Herstellung: sam
Satz: Uhl + Massopust, Aalen
Druck und Einband: GGP Media GmbH, Pößneck
Printed in Germany
ISBN: 978-3-7645-3084-6

www.penhaligon.de

Prolog

RAIKA

Raika sah auf die Uhr. Es war kurz nach acht. Höchste Zeit, den Arbeitstag zu beenden! Sie erhob sich von ihrem Schreibtischstuhl und streckte sich genüsslich. Ihr Blick wanderte zu den großen Fenstern, hinter deren Sicherheitsscheiben sich das Panorama der Londoner City darbot. Noch heute war das alte Zentrum der Stadt Inbegriff für das große Geld, für Banken und Versicherungen, auch wenn die meisten wichtigen Geldhäuser längst in die Docklands hinausgezogen waren, wo sie in der Schleife der Themse rund um die Canary Wharf neue gläserne Türme erbaut hatten, die sich gegenseitig an Höhe und Prunk zu übertreffen suchten.

Draußen wurde es bereits dunkel, und in den unzähligen Fensterreihen flammten nacheinander immer mehr Lichter auf. Für Raika war das die schönste Zeit des Tages. Die Nacht erwartete sie! Eine neue, aufregende Nacht voller Leben und Abenteuer. Sie atmete tief ein, doch die Luft schmeckte nur nach Arbeit und Schweiß und nach den Ausdünstungen der Klimaanlage, die sie unermüdlich durch ihr Labyrinth von Rohren presste und durch die Lüftungsschlitze in die Büroräume schleuderte.

Raika war es plötzlich, als könne sie nicht mehr atmen. Ihre Lungen verlangten nach frischer, unverdorbener Luft! Mit einem Ruck zog sie die Schreibtischschublade auf und griff nach ihrer Handtasche. Sie stopfte ihr Handy und ihre

Wagenschlüssel hinein und wollte gerade hinausstürmen, als eine Stimme ertönte und sie zurückhielt.

»Raika, ist das etwa ein Fluchtversuch?«

Betont langsam drehte sie sich um. »Nein, Brent, das nennt man Feierabend«, sagte sie gedehnt zu ihrem Kollegen.

Er strahlte sie schon wieder auf eine Weise an, die ihr Brechreiz verursachte.

»Das geht leider nicht …«, sagte er.

Brent trat näher, ohne Raika aus den Augen zu lassen. Ja, er verschlang sie geradezu mit seinem Blick. Raika hatte das Gefühl, als könne sie sich selbst durch seine Augen sehen: ihre große, schlanke Gestalt mit der schmalen Taille und den festen Brüsten, das schmale Gesicht mit den dunklen Augen, umrahmt von dichtem schwarzem Haar, das ihr bis auf den Rücken fiel. Sie wusste, dass ihre Lippen sinnlich wirkten und mit dem knallroten Lippenstift, auf den sie nie verzichtete, Männer magisch anzog. Doch warum mussten es so oft Typen wie Brent sein?

Alles an ihm war höchstens durchschnittlich zu nennen! Er war mittelgroß und sein Körper nicht gerade durchtrainiert, zumindest ließ das die Rundung unter seinem Hemd vermuten. So genau wollte es Raika gar nicht wissen. Seine Augen waren von blassem Grau, das Haar sandfarben und dünn, und seine Gesichtsfarbe wechselte zwischen einem kränklichen Gelbton und einem ebenso wenig attraktiven Rot, das ihm nun wieder einmal in die Wangen stieg.

»Was geht nicht?«, hakte sie ungeduldig nach.

Zaghaft hielt er ihrem Blick stand. »Feierabend«, sagte er und zuckte mit den Schultern. »Der Chef sagt, die Pläne müssen noch einmal geändert werden. Er muss sie gleich morgen früh mitnehmen. Die Klienten haben es sich noch mal anders überlegt.«

Er trat zu einem der großen Tische und entrollte den Bauplan der neuen Appartementanlage, die in wenigen Monaten auf dem großen Baugelände südlich der Stadt entstehen sollte.

Widerstrebend trat Raika näher und betrachtete ein wenig ungläubig die zahlreichen, hastig mit roter Farbe eingefügten Änderungen.

»Das ist nicht sein Ernst!«

Brent zog eine Grimasse, nickte aber. »Doch, das ist es sehr wohl. Lucy und Gernot werden auch gleich da sein, um uns zu helfen. Der Chef sagt, er will die neuen Pläne morgen um acht mitnehmen.«

Raika machte ein finsteres Gesicht. »Da sitzen wir ja die halbe Nacht dran, wenn das reicht – selbst wenn wir zu viert sind.«

»Ja, das fürchte ich auch, aber was will man machen?« Brent nickte mit tragischer Miene.

Raika kam jedoch der Verdacht, dass er sich insgeheim über die Überstunden freute. Klar, wenn man kein Privatleben hatte und es einen glücklich machte, seine Kollegin aus der Ferne anzuschmachten, grollte sie im Stillen, pfefferte aber ihre Handtasche zurück in ihre Schreibtischschublade und fuhr den Rechner wieder hoch. Brent nahm schräg gegenüber von ihr Platz. Auch die anderen beiden Kollegen kehrten wenige Augenblicke später zu ihren Arbeitsplätzen zurück. Sie teilten sich die verschiedenen Bereiche der Pläne auf, um sie im CAD-System zu bearbeiten und die Änderungen einzufügen.

Die nächsten drei Stunden arbeiteten sie schweigend. Nur das Klacken der Tastatur und das leise Schaben der Maus waren zu hören, in regelmäßigen Abständen unterbrochen von einem klagenden Geräusch aus den Schächten der Klimaanlage. Sie kamen zügig voran, dennoch war ihnen klar, dass sie bislang kaum mehr als die Hälfte geschafft hatten.

Raika schimpfte immer häufiger leise vor sich hin, während Lucy hin und wieder einen Seufzer hören ließ.

»So kann man eine vielversprechende Nacht vergeuden«, brummelte sie ungehalten. Die beiden Männer lachten und stellten Vermutungen an, wen oder was Lucy in dieser Nacht alles verpassen könnte.

Raika sagte nichts, obgleich ihr der Gedanke aus der Seele sprach. Sie würden auf keinen Fall bis Mitternacht fertig werden, das war klar. Es war bereits halb zwölf, und sie spürte, wie die wohlbekannte Nervosität nach ihr griff. Das Kribbeln begann in den Füßen und stieg ihr die Beine hoch. Dann zitterten ihre Finger. Raika ließ die Maus los und verbarg ihre bebenden Hände unter dem Schreibtisch. Auch ohne auf die große Bahnhofsuhr über der Tür zu sehen, wusste sie, dass es kaum mehr als fünf Minuten vor Mitternacht war. Sie musste hier raus. Sofort!

Es nötigte ihr all ihre Selbstbeherrschung ab, sich langsam von ihrem Stuhl zu erheben und ihrer Stimme einen ruhigen Klang zu verleihen. »Ich brauch mal eine Pause«, sagte sie und schlenderte betont lässig zur Tür. Erst als sie diese hinter sich geschlossen hatte, begann sie zu laufen.

»Gute Idee!«

Sie hörte noch Brents Worte, der ebenfalls aufsprang und ihr nachrief, sie solle auf ihn warten, doch darauf konnte und wollte sie nicht eingehen. Sie rannte den Flur entlang, am verwaisten Empfang vorbei. Es stand natürlich wieder keiner der Aufzüge parat. Einer war unten im Erdgeschoss, der andere bummelte zwischen dem vierten und dem fünften Stock herum. Bis der endlich hier oben war, würde eine Ewigkeit vergehen. Raika riss die Tür zum Treppenhaus auf und blickte den Treppenschacht hinab. Sechsundzwanzig Stockwerke, das war selbst für sie in den wenigen Minuten, die ihr noch blieben, nicht zu schaffen. Dann also hinauf. Bis zum Dach waren es nur vier Etagen.

Raika stürmte los, nahm immer zwei Stufen auf einmal. Ihr Atem ging stoßweise, das Herz hämmerte ihr in der Brust.

Unten wurde die Tür zum Treppenhaus noch einmal geöffnet.

»Raika? Warte doch. Ich komme mit«, hörte sie Brents Stimme.

Verfluchter Narr! Sie hatte jetzt keine Zeit, sich um ihn zu kümmern. Verdammt, warum hatte sie auch bis zur letzten Minute gewartet?

Noch zwei Windungen. Sie konnte bereits die Stahltür sehen, die die letzte Schranke zwischen ihr und der frischen Nachtluft bildete. Ein letzter großer Satz. Sie umklammerte die Klinke und stieß die Tür auf, als von einem Kirchturm der erste Glockenschlag ertönte.

Mitternacht!

Sie sog die kühle Nachtluft ein und hatte das Gefühl, nie etwas Köstlicheres gerochen zu haben. Ihre Beine trugen sie über das kiesbedeckte Flachdach, doch sie spürte sie kaum mehr. Während die zwölf Schläge durch ihren Schädel dröhnten, riss sie sich ihren Blazer und ihre Bluse vom Leib. Dann blieb sie stehen und streifte die Pumps ab. Ihr Rock fiel zu Boden. Sie warf die Arme in die Luft, als der letzte Glockenschlag ihren Körper erzittern ließ. Ein Schrei, der seltsam unmenschlich klang, stieg aus ihrer Kehle. Die Wandlung ließ sie erbeben.

»Raika?«

Ein wenig zögerlich öffnete Brent die Metalltür, die auf

das Dach hinausführte. »Bist du da?« Seine Augen mussten sich erst an die Dunkelheit gewöhnen.

Raika stieß einen Fluch aus. Mit ein paar riesigen Sätzen erreichte sie die Kante. Noch einmal warf sie einen Blick zurück, zu dem Mann, der ihr gefolgt war.

»Narr«, stieß sie zwischen den Zähnen hervor, und ihre Augen blitzten zornig. Dann breitete sie die Arme aus und hechtete nach vorn.

Sie fiel. Als der Wind über ihre nackte Haut strich, jauchzte sie vor Lust. Die dunkle Erde raste auf sie zu, doch noch immer zögerte sie den Moment hinaus. Sie liebte es, sich einfach fallen zu lassen. Es berauschte sie mehr als die Lust der Vereinigung. Blinde Scheiben flogen an ihr vorbei. Hinter kaum einer brannte mehr Licht. Die Straßenlaternen kamen rasch näher. Sie konnte ein paar Autos sehen, deren Scheinwerfer die Nacht durchschnitten.

Genug!

Sie spannte ihren Körper an und fühlte, wie sich die beiden Schlitze auf ihrem Rücken öffneten. Mit einem Wimpernschlag entfalteten sich die hauchdünnen Flügel und fingen den Wind ein. Sie spürte den Ruck durch ihren ganzen Körper, als sich die Haut spannte und den Fall bremste. Kaum vier Meter über dem Boden verharrte sie für einen Moment, ehe sie mit einigen Flügelschlägen kehrtmachte und in einem weiten Bogen wieder auf den Sternenhimmel zuschoss. Ein Jauchzen drang ihre Kehle hoch, und sie ließ ihm freien Lauf. Das war das wahre Leben! Die Nacht gehörte ihr allein.

Brent stieß die Tür weiter auf und trat auf das Dach hinaus. Die Stahltür schlug hinter ihm mit einem dumpfen Dröhnen zu und schickte den Kirchturmglocken einen dreizehnten Schlag hinterher.

»Raika?«, rief er noch einmal und fühlte sich plötzlich sonderbar verzagt. Noch mehr als sonst, wenn er ihr gegenübertrat. Was für eine dumme Idee, ihr so nachzulaufen. Hatte sie ihn jemals auch nur andeutungsweise spüren lassen, sie könnte für seine Verehrung empfänglich sein? Und nun lief er ihr wie ein Junge auf dem Schulhof hinterher und bettelte um ihre Gesellschaft!

Er spürte die geschlossene Tür in seinem Rücken. Ach was, jetzt war er schon einmal hier. Mehr als eine Abfuhr konnte sie ihm nicht erteilen.

Brent entfernte sich ein paar Schritte vom Treppenschacht und lauschte dem Knirschen unter seinen Schuhen. Langsam schweifte sein Blick von einer Seite zur anderen. Wo war sie nur abgeblieben? Sie war doch nicht etwa bis zur Dachkante vorgelaufen, um hinunterzusehen? Allein die Vorstellung ließ ihn erschaudern, und er setzte seine Schritte noch zögerlicher.

Plötzlich blieb er stehen. Er bückte sich und griff nach dem, was da vor seinen Füßen lag.

Ein Blazer. Raikas Blazer. Er erkannte ihn sofort. Den Duft, der aus dem Stoff aufstieg, hätte er jederzeit erkannt.

Warum hatte sie ihn ausgezogen? Warm war es hier oben nicht gerade. Ja, der Wind war geradezu kalt und blies in stürmischen Böen. Brent fröstelte. Er legte den Blazer sorgfältig zusammen und hängte ihn über seinen Arm. Dann ging er noch einen Schritt weiter und bückte sich erneut.

Ihre Bluse.

Nein, das konnte nicht sein. Das war irgendein Streich seiner verdorbenen Fantasie. Und noch weniger konnten das dort ihr Rock und ihre Schuhe sein.

O Gott!

Ihre Kleidungsstücke in den Armen, blieb er wie erstarrt

stehen. Sein Blick tastete sich fast widerwillig voran, bis er an der Dachkante kleben blieb.

Nein, das konnte auf keinen Fall sein!

Und doch. Er drehte sich einmal um seine Achse. Nichts. Er konnte keine Menschengestalt auf dem Dach sehen. Sie war nicht hier – wenn sie sich nicht gerade hinter der Mauer des Treppenschachts verbarg.

Nackt! Im kalten Nachtwind.

Es war absurd. Doch noch unglaublicher war die einzige andere Erklärung, die sein Verstand ihm anbot.

Doch das durfte nicht sein!

Brent machte einen weiteren kleinen Schritt vorwärts. Die Dachkante war nun noch etwa zwei Meter entfernt. Er würde auch diese Strecke überwinden müssen, um hinuntersehen zu können.

Noch ein kleiner Schritt.

Dabei wollte er gar nicht nach unten sehen. Tiefe Abgründe machten ihm Angst. Sie lockten und zogen. Es gab Dämonen dort unten, die einen ins Verderben stürzten. Wenn Raika nicht gewesen wäre, hätte er im Leben nie dieses Dach erklommen, einunddreißig Stockwerke über dem Grund.

Noch konnte er zurück. Das alles war nicht geschehen. Sein Blick fiel auf die Kleider in seinem Arm.

Er konnte sie einfach hier liegen lassen, ins Büro zurückgehen und dann warten, was passierte. Dieser Albtraum konnte enden, oder ein anderer würde beginnen. Einer, in dem es Raika nicht mehr geben würde. Er beugte sich herab und legte das Kleiderbündel auf den Kies.

So ist es recht, ertönte eine Stimme in seinem Geist.

Brent schreckte hoch. War das *sie*?

»Raika, wo bist du?«, hauchte er kläglich, ohne wirklich

auf eine Antwort zu hoffen, und dennoch war da wieder diese körperlose Stimme, die nach der ihren klang und doch auch wieder nicht. Sie war ein wenig tiefer, rauer, erotischer. Sie lockte ihn und spielte mit ihm. Das war nicht Raikas Art. Sie klang meist eher abweisend oder genervt.

Komm hierher, dann zeige ich dir etwas.

Er wollte nicht, und dennoch machten seine Füße wie von allein zwei weitere Schritte auf den Abgrund zu.

»Was willst du mir zeigen?«, fragte er den Wind. Sein Blick irrte ziellos umher. Er konnte sie nicht sehen, und doch musste sie hier irgendwo sein. Oder wurde er verrückt?

Er stöhnte. In seinem Geist vernahm er ein Kichern.

Komm! Nur noch zwei, drei Schritte, dann wirst du all die Antworten finden, die du begehrst.

Brent spürte, wie seine Hände schweißnass vor Furcht wurden, als er sich gehorsam weiter dem Abgrund näherte. Aber es war nicht nur Angst, die ihn in Aufruhr versetzte. Er konnte fühlen, wie Erregung seinen Körper ergriff und sich nicht nur die Härchen überall auf seiner Haut aufrichteten. Etwas Ungeheures ging hier vor sich, während er wie erstarrt an der Dachkante stand und den Blick in die Tiefe sinken ließ.

»Suchst du etwas?«

Wieder ihre Stimme, dieses Mal nicht nur in seinem Kopf. Sie klang ganz nah. Brent wandte sich um. Er musste blinzeln, zu sehr fürchtete er, seine Sinne könnten ihn narren. Da stand sie, nur ein paar Meter neben ihm, ebenfalls direkt an der Kante. Es war Raika, kein Zweifel, und doch war sie es auch nicht. Er erkannte ihren schlanken Körper, obwohl sie jetzt nackt war und er sie höchstens in seiner Fantasie jemals so gesehen hatte. Er sah ihr langes schwarzes Haar, das er stets bewundert hatte, und die dunklen Augen, in denen nun ein seltsamer katzenhafter Schimmer lag. Auch ihr Gesicht schien ein wenig schmäler, doch so ebenmäßig schön, wie er es noch nie bei einer Frau gesehen hatte. Mit einer lasziven Bewegung, die ihn ebenfalls an eine Katze erinnerte, legte sie den Kopf in den Nacken und strich sich über das Haar. Er schluckte trocken. Wenn dies ein Traum war, dann sollte er niemals enden!

»Raika, du bist so wunderschön«, presste er hervor.

Sie gluckste leise und trieb ihm erneut einen Schauder durch den Körper.

»Ich liebe dich!«, stieß er flehend aus und streckte seine Arme nach ihr aus.

Nun klang ihr Lachen eher verächtlich.

»Du liebst mich? Sag mir, wie sehr.«

»Unendlich! Mehr als alles auf der Welt«, beteuerte er.

»Mehr als dein Leben?«, fragte sie weiter. Ihre Augen verengten sich. Noch einmal schenkte sie ihm ein raubtierartiges Lächeln, das irgendwie hungrig wirkte. Dann sprang sie …

Brent blieb sein Schrei des Entsetzens im Hals stecken. Das konnte nicht wahr sein. Nein, nein, nein! Der Traum entwickelte sich nicht so, wie er es sich erhofft hatte. Er starrte ihr nach, wie sie in die Tiefe stürzte. Doch dann geschah etwas Unglaubliches. Etwas entfaltete sich hinter ihrem Rücken. War das eine Art Fallschirm? Es wirkte so zart, und doch konnte er sehen, wie der Wind die dünnen Häute spannte, die ihn an die Flügel einer Fledermaus erinnerten. So schwebte sie davon, während ihr leises Lachen in seinem Kopf widerhallte.

Liebst du mich mehr als dein Leben?, hallte es in seinem Kopf. Es lockte und zog, und obgleich ein Teil seines Geistes noch Widerstand leistete und sich alle Mühe gab, die Todesangst in ihm wachzurütteln, konnte er sich nicht wehren. Er ließ sich vom Locken ihrer Stimme leiten und schritt wie ein Traumwandler an der Dachkante entlang, bis er die Ecke erreichte.

Noch einmal sah er sie, wie ihre schlanke Gestalt mit einem eleganten Schwung vor dem fast vollen Mond vorbeizog.

Komm, lockte sie, *komm! Die Nacht ist für uns gemacht. Es ist nur ein winziger Schritt bis zur Erlösung.*

Brent glaubte ihr. Die Versuchung war einfach zu groß. Was, wenn ihr Versprechen wahr werden würde? Was, wenn er wirklich dazu auserkoren war, der glücklichste Mann auf Erden zu werden? Was war schon ein winziger Schritt?

Er machte einen großen. Ja, er stieß sich geradezu von der Kante ab, um mit ausgestreckten Armen ihrem Ruf zu folgen.

Es sollte nicht funktionieren. Sie hatte ihn betrogen. Der Gedanke schoss ihm erschreckend klar durch den Kopf, während er auf die Erde zuraste, bis der Asphalt seinen Fall bremste und den Schmerz der Enttäuschung mit all den anderen Gedanken für immer jäh zum Schweigen brachte.

Es war kurz nach ein Uhr, als Raika durch die Drehtür ins Freie trat. Sie warf einen prüfenden Blick auf ihr Spiegelbild, das die Glastür ihr zeigte. Ihr Kostüm war ein wenig zerknittert, die Haare zerzaust, nichts, was den anderen in dieser Nacht auffallen würde. Das Blaulicht des Rettungswagens zuckte hektisch mit dem der Polizei um die Wette, obwohl es hier nichts mehr zu retten gab, das wusste Raika bereits, ehe sie unauffällig hinter ihre beiden Kollegen trat, die mit einer Handvoll später Passanten beisammenstanden. Sie drückten sich wie eine Herde verängstigter Beutetiere eng zusammen, als könnten sie sich vor dem Unfassbaren schützen, das den Tod so unerwartet in ihre Mitte gebracht hatte. Raika konnte ihre Angst und ihre Verunsicherung riechen, aber auch die Abscheu, angesichts des zerschlagenen Körpers auf dem Asphalt, um den sich eine große Lache Blut ausbreitete.

Lucy schluchzte und barg das Gesicht in den Händen, um den Anblick nicht länger in sich aufnehmen zu müssen, während Gernot wie fröstelnd die Schultern hochzog und etwas von »Burn-out« murmelte. Eine Erklärung, die heutzutage für so vieles herhalten musste. Warum nicht für einen spontanen und so unerklärlichen Selbstmord?

Raika schnaubte leise, doch zum Glück klang es nur in ihren eigenen Ohren amüsiert. Sie wartete, bis die beiden Rettungssanitäter Brents Reste auf eine Tragbahre gepackt und mit einem Tuch abgedeckt hatten, dann wandte sie sich ab. Die Nacht war noch jung und konnte noch so viel Überraschendes bereithalten. Unter diesen Umständen würde ihr Chef vielleicht verstehen, dass sie die Arbeit nicht zu Ende bringen würden. Nein, weder Lucy noch Gernot sahen so aus, als würden sie sich heute Nacht wieder an ihren Computer setzen, um die Pläne fertig zu zeichnen.

Mit einem Lächeln auf den Lippen wandte sich Raika ab und schlenderte fröhlich vor sich hin summend die Straße entlang, bis die Dunkelheit sie verschlang.

Kapitel 1

LORENA

»Mr. Clayton, wir haben zu danken«, sagte Lorena und versuchte, sich ihre Erleichterung nicht anmerken zu lassen. »Ja, ich melde mich wieder. Nein, wir haben alle Daten. Wir schicken Ihre Abrechnung wie üblich sofort raus. Ich wünsche Ihnen auch ein schönes Wochenende.«

Sie berührte die Markierung auf ihrem Touchscreen, beendete das Telefonat und atmete tief durch. Dann wandte sie sich ihrem Chef zu, der gerade bei ihrem Kollegen zwei Arbeitsplätze weiter stand. »Sir, fünf Millionen der Mobiloptionen gehen an die Westland Corporation.«

Er wandte sich ihr mit aufmerksamer Miene zu. »Kurs?«

»Dreizehn fünfundneunzig.«

Ein zufriedenes Lächeln breitete sich auf seinem Gesicht aus. »Gut gemacht!«

Lorena spürte, wie sie errötete. Es kam nicht oft vor, dass sie von ihrem Chef vor den anderen gelobt wurde.

»Ich rufe gleich noch bei Liberten durch und biete ihnen auch welche an«, sagte sie eifrig und scrollte auf ihrem Bildschirm bereits die Seiten der Kontaktdaten durch.

»Die sind bestimmt schon ins Wochenende verschwunden«, prophezeite David, der links neben ihr saß. »Und das werde ich jetzt auch tun.« Er erhob sich und begann, seinen Aktenkoffer zu packen.

»Was hast du vor?«, erkundigte sich Mercedes von schräg

gegenüber und warf mit einer neckischen Bewegung ihr langes dunkles Haar zurück. Ihre Mutter stammte aus Argentinien, und sie hatte von ihr die rassige Schönheit geerbt.

David machte ein geheimnisvolles Gesicht. »Mal sehen. Ich habe da so meine Vorstellungen.«

»Ah, eine neue Flamme?«, bohrte Mercedes nach, doch er gab sich zugeknöpft.

»Der Gentleman genießt und schweigt.«

»Pah«, gab Mercedes zurück. »Ich verrate dir auch etwas über mein Date, wenn du mir ihren Namen sagst.«

»Oh, jetzt hast du ihn aber in Zugzwang gebracht«, mischte sich Peter ein und lachte. »Schnell Alter, denk dir was aus, sonst stehst du mit deiner Aufschneiderei ganz dumm da.«

»Aufschneiderei? Was denkst du! Sie ist ganz wunderbar, aber das geht euch nichts an. Vielleicht werde ich sie euch irgendwann mal vorstellen, aber nur wenn ihr euch gut benehmt.«

So scherzten sie und neckten sich gegenseitig, während sie ihre Jacken anzogen und ihre Aktenmappen schlossen. Nur Lorena saß noch still an ihrem Platz und notierte sorgfältig die Abwicklungsdaten des letzten Verkaufs. Ein Hauch von Parfüm wehte ihr in die Nase und ließ sie aufsehen.

»Hi Lorena, du hast doch sicher heute Abend nichts vor?« Alice sah mit diesem treuherzigen Blick auf sie herab, der so falsch war wie ihr süßlicher Tonfall.

Lorena erwiderte nichts, obgleich sie genau wusste, was ihre Kollegin ihr damit sagen wollte.

»Weißt du, ich habe es wahnsinnig eilig. Ryan und ich wollen heute ins Peppermint gehen. Ein total angesagter Laden«, säuselte sie und legte unauffällig einen Stapel rosaroter Blätter auf Lorenas Schreibtisch. »Man kann von Glück sagen, wenn man einen Tisch bekommt.«

Lorena erwiderte noch immer nichts. Sie hielt ihren Blick auf ihre Kollegin gerichtet, bis diese ein wenig nervös anfing, sich eine ihrer langen roten Haarsträhnen um den Finger zu wickeln.

»Ich meine, wenn du es nicht eilig hast, dann könntest du noch die Durchschläge hier ablegen und die Abschlüsse eintragen. Das wäre sehr nett von dir«, fügte sie hinzu, da sich noch immer kein Lächeln auf Lorenas Gesicht zeigte, das ihr signalisierte, dass das unscheinbare Blondchen, nach dem sich auf der Straße ohnehin kein Mann umdrehen würde, doch gern am Freitag noch eine Weile im Büro blieb, um ihrer umwerfend attraktiven Kollegin ihren frühen Feierabend zu sichern.

Lorena sah sich in dem ein wenig verächtlichen Blick ihrer Kollegin gespiegelt: eine Frau Ende zwanzig von unauffälliger Größe. Überhaupt passte »unauffällig« zu fast allem, was man über sie sagen konnte: Ihre Figur war weder schlank noch üppig, ihr Haar nicht richtig blond, ihre Augen zwar blau, aber nicht von dieser Strahlkraft, die einen Blick unvergesslich machten. Sie sprach meist leise und neigte im Gegensatz zu Alice weder zu Wutausbrüchen noch zu lautem Lachen. Selbst ihre Gewohnheiten, ja, ihr ganzes Leben schienen in den Augen ihrer Kollegin mit dem Wort »unauffällig« ausreichend beschrieben.

Lorena biss die Zähne zusammen. Sie spürte, wie ein unbekannter Zorn in ihr aufstieg. Wie oft hatte sie dieses Spiel schon mitgemacht? Wie oft war sie am Abend hier in der Bank gesessen und hatte die Arbeit ihrer lieben Kollegen übernommen, damit diese zu irgendwelchen echten oder vorgetäuschten Dates gehen konnten?

Heute nicht. Sie hatte genug!

Lorena schob die rosa Zettel zurück und erhob sich.

»Sorry, ich kann dir nicht helfen. Ich habe auch schon etwas vor«, log sie und unterdrückte beim Anblick von Alices ungläubiger Miene einen Seufzer. War es denn so unglaubwürdig, dass sie an einem Freitagabend eine Verabredung hatte?

Darauf gab sie sich lieber keine Antwort. Mit energischen Bewegungen zog sie ihre dunkelblaue Kostümjacke an und klappte ihren Aktenkoffer zu.

»Na, dann muss ich dir wohl viel Spaß wünschen«, schnappte Alice und rauschte mit ihrem Zettelstapel beleidigt davon.

»Gut gemacht!«, kommentierte David, der ihr ebenfalls schon das ein oder andere Mal seine Arbeit aufgeladen hatte. »Mir kam schon öfter der Gedanke, dass du dich zu sehr ausnützen lässt.«

Lorena lächelte schwach. Sie ging mit ihm zur Tür, wo sie sich noch einmal umdrehte und den anderen ein schönes Wochenende wünschte. Die meisten grüßten zurück. Außer natürlich Alice, die noch eine Weile schmollen würde. Tja, das war der Preis für den Widerstand.

»Und? Hast du es eilig?«, erkundigte sich David, als sie im Aufzug zusammen hinunterfuhren.

Lorena hob die Schultern. »Warum?«

»Ich dachte, du möchtest mit uns vielleicht noch etwas trinken gehen.« Es sah sie freundlich an.

Lorena versuchte, nicht zu sehr zu strahlen. Es kam nicht oft vor, dass die Kollegen sie fragten, ob sie mitkommen wollte, obwohl sie häufig nach Feierabend einen ihrer Lieblingspubs aufsuchten, vor allem an Tagen wie diesem, da es in London einmal nicht regnete.

Nun zeigte sie ihre Freude doch und lächelte ihren Kollegen an, der sie um einen Kopf überragte. »Gern! So eilig habe ich es nicht, ich meine, ich habe noch etwas Zeit.« Sie brach ab. Sie wollte ihren Kollegen nicht mit der Lüge einer Verabredung beleidigen.

»Gut!«, sagte er und erwiderte ihr Lächeln.

Der Aufzug entließ sie und ein halbes Dutzend andere Mitarbeiter in die prächtige Eingangshalle, von wo sie sich mit dem Strom der Menschen durch die Drehtür nach draußen treiben ließen. Die Sonne stand tief am fast wolkenlosen Himmel und schnitt blendend grelle Streifen zwischen den Schatten der Häuser aus dem Straßenpflaster.

Lorena warf noch einen Blick zurück auf den bereits ein wenig in die Jahre gekommenen Glaskasten, in dem die HSBC einige Stockwerke belegte. Die strahlend neue Zentrale funkelte draußen in der Canary Wharf mit dem Hochhaus der Citibank um die Wette, mit Barclays und Natwest, Morgen Stanley und Credit Suisse und all den anderen, die den großen Weltfinanzkuchen untereinander aufteilten. Die HSBC gehörte immerhin zu den fünfzig größten Unternehmen der Erde und zählte sich zu den wichtigsten Großbanken, dabei hatte das Unternehmen 1865 als Hongkong and Shanghai Banking Corporation ursprünglich zur Finanzierung des britischen Handels mit Fernost begonnen. Auf dem Höhepunkt des Welthandels mit den fernen Kolonien stieg das Unternehmen rasch zu einer der wichtigsten Banken auf.

Lorena und David schlenderten die Straße entlang zum Leadenhall Market und schoben sich dann zwischen der Traube der Anzugträger, die sich bereits vor dem Pub versammelt hatten, bis zum Tresen der Swan Tavern vor. Lorena bestellte ein Pint Guinness, obwohl sie nicht so gern Bier trank. David orderte das hausgebraute Bier, das dunkler und kräftiger war. Gemeinsam schlängelten sie sich zurück auf die Straße und gesellten sich zu ein paar anderen, die bei verschiedenen Banken hier im Viertel arbeiteten. Man kannte sich vom Sehen, prostete einander zu und verlor ein paar Worte über den prächtigen Spätsommertag, der gute Hoffnung für das Wochenende versprach. Kurz darauf schlossen sich ihnen noch Mason und William an, die ebenfalls bei der HSBC im Handel mit Optionen und anderen Wertpapierderivaten arbeiteten. Sie fachsimpelten ein wenig mit David und wechselten dann zu den Cricketergebnissen und zum Football. Lorena nippte an dem bitteren, fast schwarzen Gebräu und ließ den Blick über die Menschentraube um den Pub schweifen, die noch immer größer wurde. Die Swan Tavern lag ein wenig zurückversetzt von der lauten Hauptstraße in einem überdachten Durchgang, der hinüber zum Leadenhall Market führte, was den Vorteil hatte, dass man hier auch bei Regen mit seinem Bier draußen stehen konnte. In London ein nicht zu verachtender Punkt! Wenn das Wetter im Winter zu unwirtlich wurde, zogen die meisten allerdings in den geschützten Bereich des historischen Leadenhall Market um, der auch von Touristen geschätzt wurde – und von Anhängern der Harry-Potter-Filme.

Lorena betrachtete die Besucher des Pubs. Beinahe ausnahmslos Männer in dunklen Anzügen und Frauen in strengen Kostümen, die hier in der City ihre Arbeitswoche mit einem Bier beendeten, um dann nach Hause in die Vororte zu ihren Familien zu fahren. In ein oder zwei Stunden würde die City of London wie ausgestorben sein, bis auf die kleineren und größeren Gruppen von Touristen, die den ungewöhnlich schönen Spätsommerabend dazu nutzen würden, noch ein wenig durch das alte Stadtzentrum zu schweifen, das heute fest in der Hand der Börse, Banken und Versicherungen lag.

»Ich muss jetzt gehen«, hörte sie sich plötzlich sagen, obwohl sie ihr Bier noch nicht einmal zur Hälfte ausgetrunken hatte.

David unterbrach sein Gespräch mit den anderen, das inzwischen bei Pferderennen angekommen war, und wandte sich ihr zu. »Was, schon? Ach ja, du sagtest ja, du hättest noch was vor.«

Sie ignorierte seinen forschenden Blick und sagte stattdessen: »Ich wünsche euch ein schönes Wochenende.« Sie winkte zum Abschied und nickte Mason und William zu, die ihre Biergläser anhoben.

»Gleichfalls. Treib's nicht zu bunt«, scherzte William, der so etwas wie der Spaßvogel der Abteilung war.

Lorena erwiderte seine Grimasse mit einem Lächeln und wandte sich ab. Mit langen Schritten, soweit der schmal geschnittene Rock und ihre Absätze es zuließen, ging sie die Straße entlang auf die hoch aufragende Säule zu, die an den großen Brand von 1666 erinnerte, der von hier aus innerhalb von vier Tagen fast die ganze Stadt vernichtet hatte. Ein paar asiatisch aussehende junge Mädchen machten sich daran, die mehr als dreihundert Stufen bis zur Aussichtsplattform zu erklimmen, während Lorena zur U-Bahn hinabstieg, um mit der Circle Line nach Hause zu fahren. Die heute veralteten Wagen der einst im neunzehnten Jahrhundert revolutionär modernen Londoner U-Bahn klapperten an der Themse entlang bis Westminster und dann in einem weiten Bogen über South Kensington nach Notting Hill. Lorena stieg am Notting Hill Gate an der nordwestlichen Ecke des Hydeparks aus und machte sich auf den Heimweg.

Früher war Notting Hill ein kaum beachtetes Viertel am Rande der Stadt gewesen, doch seit Julia Roberts und Hugh Grant hier im Film ihre Liebe gefunden hatten, kannte jeder Besucher Londons diesen Stadtteil zumindest dem Namen nach. Der Strom der Besucher, den der Film nach sich gezogen hatte, war dagegen schon wieder abgeflaut.

So zielstrebig Lorena in der City auch ausgeschritten war, nun verlangsamte sich ihr Schritt, und als sie die Portobello Road erreichte, ging sie an ihrer Tür vorbei. Was sollte sie jetzt schon in ihrer Wohnung? Vermutlich wartete nicht einmal ihr Kater auf sie. So schlenderte sie ziellos an der Reihe schmaler, bunt gestrichener Häuser entlang, die sich eins ans andere lehnten, blieb an den Auslagen der kleinen Schaufenster stehen, betrat den Teeladen, um sich ein wenig grünen Tee zu kaufen, und wechselte ein paar Worte mit der alten Dame, die den Laden seit über fünfzig Jahren betrieb.

Was nun?, dachte Lorena, als sie wieder auf der Straße stand. Es herrschte noch buntes Treiben. Ganz anders als in der City lebte hier ein Gemisch aus Menschen, deren Vorfahren aus der Karibik stammten, von alten Leuten mit ihren kleinen Kramläden im Erdgeschoss, von Künstlern und Studenten, aber auch von reichen Familien, die den säulengeschmückten Villen entlang der Hauptstraßen zu neuem Glanz verhalfen.

Lorena sog die Luft tief ein. So viele Gerüche mischten sich hier. Von irgendwoher erklang das Klagen eines Saxofons. Sie folgte dem Klang, hörte dem Alten, der auf einer Bank saß, eine Weile zu, und warf ihm dann ein paar Pence in seinen Hut. Er neigte den Kopf und lächelte ihr zu. Lorena erwiderte das Lächeln. Als sie den Blick hob, fiel er auf das Aushängeschild des Friseurladens, den es vielleicht schon fast so lange hier gab wie Madam Rutherfords Teashop. Allerdings hatte hier der Besitzer erst gewechselt und warb nun mit modernem Chic zu kleinen Preisen. Lorena strich an ihren dunkelblonden, glanzlosen Strähnen entlang. Sollte sie es versuchen? Eine neue Frisur? Ein wenig Farbe?

Wozu?, fragte eine resignierende Stimme in ihrem Kopf,

die an diesem Tag jedoch von einer neuen, energischen übertönt wurde.

Ja, klar! Komm, trau dich. Du hast dich gegen Alice durchgesetzt, das ist ein Grund zu feiern!

Mit forscher Miene betrat sie den Friseurladen und begab sich in die Hände eines jungen Mannes, dessen Frisur sie von Schnitt und Farbe nur als abenteuerlich bezeichnen würde. Sie konnte nur hoffen, dass sie ihren Mut nachher nicht bereuen musste.

»Lorena? Bist du es wirklich?«

Sie schreckte hoch und starrte in ein Gesicht, das ihr fremd und doch auch vertraut vorkam.

»Erkennst du mich nicht mehr?« Er klang fast ein wenig gekränkt.

Bilder schossen ihr durch den Kopf. Der Unfalltod ihres Vaters, der nie ganz geklärt worden war. Die Verzweiflung und die Leere, die sie erfasst hatten, und dann ihre Flucht nach England auf die Highschool. Die vielen unbekannten Gesichter voller Neugier, aber auch abweisend der Deutschen gegenüber, die für die letzten drei Schuljahre von Hamburg her zu ihnen über den Kanal gekommen war. Doch dann war da dieser Junge zwei Klassen über ihr gewesen, der ihr in der Mensa einen Platz an seinem Tisch angeboten hatte.

»Jason? Nein, das glaube ich jetzt nicht!«, rief Lorena und umarmte ihn spontan. Errötend ließ sie ihn wieder los und trat einen Schritt zurück, doch er schien nichts dabei zu finden. Er musterte sie eingehend, als wolle er jede noch so kleine Veränderung aufspüren, die der Fluss der Zeit in fast zehn Jahren bei ihr hinterlassen hatte. Auch Lorena suchte in dem Mann den Schuljungen, den sie vom ersten Tag an heimlich bewundert hatte.

Jason war groß. Sie hatte schon immer zu ihm aufsehen müssen, und noch immer hatte er die Figur eines Sportlers. Sein Haar war ein wenig dunkler als früher, und er trug es kürzer, was ihm gut stand. Seine Züge waren männlicher, die Konturen schärfer geworden. Seine Haut war leicht gebräunt, und er hatte sich schon ein paar Tage nicht mehr rasiert, was ihm einen verwegenen Touch verlieh. Ja, er sah einfach umwerfend aus!

Überraschenderweise schien auch er mit seiner Musterung zufrieden, denn er nickte und lächelte Lorena an, dass sie glaubte, weiche Knie zu bekommen. »Du siehst gut aus«, sagte er. »Schöne Haarfarbe, und auch der Schnitt steht dir.«

»Danke, ich war gerade beim Friseur«, verriet sie ihm und strich über ihr duftendes Haar, das ihr durch den vorn gestuften Schnitt und ein paar Tricks des Figaros locker und weich über die Schultern fiel. Ein paar blonde und rötliche Strähnchen verliehen ihm neuen Glanz.

»Und was machst du hier?«, bohrte er weiter.

Lorena lachte. »Ich wohne hier. Nicht weit, die Portobello Road runter, wo es samstags den berühmten Straßenmarkt für Secondhandkleider und Antiquitäten gibt.«

Jason grinste. »Ah, dann hat es dich also doch in die Künstlerszene verschlagen. Ich wusste es! Du warst beim Schultheater brillant. Komm, lass uns einen Kaffee trinken gehen. Hast du Zeit? Du musst mir alles erzählen!«

Lorena fühlte sich ein wenig überrumpelt, doch was konnte der Abend Schöneres bringen als ein Wiedersehen mit einem geliebten Schulfreund? *Es gibt keinen Grund, so nervös zu sein,* versuchte sie sich einzureden, während sie sich um ihre Achse drehte und dann auf ein kleines Café an der Ecke deutete, das mit seinen durchgesessenen Polstersitzen sicher ein wenig antiquiert daherkam. Doch der Kaffee war gut, und auch gegen die hausgemachten Kuchen war nichts einzuwenden.

»Der Apple Crumble ist lecker«, empfahl sie Jason, der sich gleich eine große Portion mit viel Sahne bestellte.

Lorena entschied sich für die Lemon-Curd-Baiser-Pie und aß erst einige Bissen, ehe sie ihm die Antwort gab, die sie bis dahin bewusst hinausgezögert hatte, doch Jason war keiner, der lockerließ.

Er wartete, bis sie die Gabel niederlegte, dann drängte er noch einmal: »Nun erzähl schon. Was hast du alles gemacht, nachdem wir uns bei deiner Abschlussfeier das letzte Mal gesehen haben.«

»Nichts Aufregendes«, gab sie zurück und seufzte. »Ich habe mich auf der London Metropolitan University für International Banking and Finance eingeschrieben und dort meinen Master gemacht. Und seit drei Jahren arbeite ich bei der HSBC im Handel – Optionen und verschiedene Derivate. Nichts Aufregendes«, fügte sie noch einmal hinzu, und es tat ihr fast weh, erst sein Erstaunen und dann die Enttäuschung in seinem Blick zu sehen. Aber vielleicht bildete sie sich das auch nur ein. Immerhin lag ein Lächeln auf seiner Miene, als er von seinem Apple Crumble aufsah.

»Wow, das hätte ich nicht erwartet. Aber es stimmt schon, du warst in Mathe immer unser kleines Genie. Dann gehörst du jetzt also zu den bösen Bankern, die den kleinen Leuten wertlose Zertifikate andrehen, um sie um ihre Ersparnisse zu bringen!«

Er zwinkerte bei seinen Worten, dennoch brauste Lorena auf. »Nein! Ich habe nicht mit Privatkunden zu tun. Meine Kunden sind große Unternehmen, die genau wissen, worauf sie sich einlassen.«

»Sodass du jede Nacht mit ruhigem Gewissen schlafen

kannst«, fügte er mit übertriebenem Ernst hinzu, doch seine Augen funkelten.

»Genau«, log Lorena.

Wenn sie eines nicht konnte, dann ruhig schlafen, aber das hatte nichts mit der Bank oder den Wertpapieren zu tun.

»Und du? Was machst du? Was führt dich nach Notting Hill?«, gab sie die Frage zurück, um von sich abzulenken.

»Ich bin nach Schottland gegangen, nach Edinburgh, um Musik zu studieren.«

Lorena vergaß ihre Pie. »Du hast es wirklich wahr gemacht? Schon damals in der Schule hast du herrlich Klavier gespielt, aber du hast immer behauptet, Musik sei eine brotlose Kunst.«

Jason lachte und hob dabei die Schultern. »Das wird sich zeigen. Im Moment geht es ganz gut. Ich habe mich auf das Cello konzentriert und seit ein paar Wochen ein Engagement bei einem Orchester. Klavier spiele ich nur noch nebenher, meist wenn ich Schüler unterrichte. Und wenn ich von der klassischen Musik genug habe, hole ich das Saxofon hervor.« Er schmunzelte ein wenig spitzbübisch. »Meine Erholung heißt Jazz.«

»Eine anspruchsvolle Erholung«, meinte Lorena.

Jason bestellte eine zweite Runde Kaffee und schob den letzten Löffel Apple Crumble in den Mund. Mit einem Seufzer lehnte er sich in seinem schon ein wenig abgeschabten Sessel zurück. »Mich erfüllt es, und ein wenig Geld bekomme ich meistens auch für diese zusätzlichen Auftritte, es sei denn, ich treffe mich nur mit ein paar Freunden in einer Jazzkneipe, um ein wenig zu improvisieren. Aber dann sind zumindest die Getränke umsonst.« Er grinste so entwaffnend, dass auch Lorena ihn warm anlächelte.

»Du wirkst jedenfalls glücklich mit deiner Entscheidung«, stellte sie fest.

Jason nickte. »Ja, das bin ich, und seit ich das Engagement beim Orchester habe, sind auch meine Eltern wieder ein wenig versöhnt. Jetzt kann ich mir endlich ohne Unterstützung meine Wohnung und ein Auto leisten und muss keinem mehr auf der Tasche liegen. Ein Problem, das du sicher schon lange nicht mehr kennst. Ich vermute, bei deinem Job verdienst du richtig gut.«

Lorena zuckte mit den Schultern. »Ja, das stimmt, aber irgendwie ist es mir nicht wichtig. Ich habe hier meine Wohnung und meine Katze, und das genügt mir.«

Jason sah auf die Uhr. »Ich muss weiter. Ich bin mit ein paar Kumpels verabredet. Wir wollen die Stücke durchgehen, die wir morgen spielen. Ach ja, wenn du noch nichts vorhast und gerne kommen möchtest: Wir spielen morgen ab neun in der Mau Mau Bar.«

Lorena hob die Augenbrauen. »Das ist ja nur die Straße runter. Ja, natürlich komme ich!«

Er hauchte ihr zum Abschied zwei Küsse auf die Wangen und ging davon.

Lorena sah ihm hinterher und fühlte, wie ihr Herz aufgeregt pochte. »Sei still«, befahl sie und zwang ihre Schritte in die entgegengesetzte Richtung. »Es gibt überhaupt keinen Grund für diesen Aufruhr. Nur ein ehemaliger Schulfreund, der ein wenig von alten Zeiten plaudern will.«

Doch ihr Herz wollte sich nicht beruhigen und fand Unterstützung in wilden Fantasien, die in ihr aufstiegen und sie bis zu ihrer Haustür mit warmen Gedanken erfüllten.

»Jetzt ist aber Schluss!«, mahnte sie sich zur Ordnung, als eine Bewegung in den Augenwinkeln sie von ihrem freudig pochenden Herzen ablenkte. Es war schon dunkel, aber nicht so spät, als dass nicht noch einige Passanten unterwegs gewesen wären. Lorena hielt inne und sah sich um, doch keiner der Leute schien ihre Aufmerksamkeit erregt und sie aus ihren Gedanken gerissen zu haben. Sie kamen von der Arbeit oder hatten die letzten Einkäufe erledigt und strebten nun ihren Wohnungen zu, in Gedanken vielleicht noch bei ihrem Arbeitstag oder schon beim Abendessen.

Lorena schüttelte den Kopf und ging weiter, doch sie war kaum ein Dutzend Schritte gegangen, als sie wieder diesen Schatten bemerkte. Etwas wie ein intensiver Blick brannte in ihrem Rücken. Wieder blieb sie stehen und wandte sich um. Sie sah die Straße entlang. Einer dieser Passanten hier musste sie so fixiert haben, dass sie den Blick körperlich hatte spüren können. Doch keiner schaute in ihre Richtung oder schenkte ihr sonst irgendwie Beachtung. Sie sah nur einen Mann, der wie versteinert mitten in der Bewegung innegehalten hatte und verträumt ins Leere starrte. Eine Frau trat aus einem kleinen Laden und sprach ihn an, doch er reagierte nicht. Es sah immer noch so aus, als habe er gerade einen Geist gesehen. Lorena lächelte ein wenig mitleidig, als die Frau ihn am Arm packte und schüttelte. Langsam kehrte sein Blick aus der Ferne zurück, und es schien ihm schwerzufallen, auch seine Gedanken auf die Frau vor sich zu lenken. Lorena konnte an ihrer Miene sehen, dass sie ihn gehörig auszankte, dann ergriff sie seinen Arm und zog ihn mit sich auf die andere Straßenseite. Wie ein Schlafwandler tappte er hinter ihr her.

Lorena setzte ihren Heimweg fort und hatte den Schatten und den Mann bereits vergessen, als sie hinter dem kleinen Antiquitätenladen die Treppe zu ihrer Wohnung hinaufstieg. Maunzend kam ihr Finley entgegen und forderte eine Portion Katzenfutter und seine Schüssel Milch ein.

»Du sollst nicht so viel Milch trinken. Du weißt, das bekommt dir nicht«, mahnte Lorena, als sich der schwarz-weiß gefleckte Kater wie üblich durstig auf die Schüssel stürzte.

Sie streichelte ihm über den Rücken, was er mit einem Schnurren quittierte, und schalt sich selbst, dass sie so nachgiebig war. Es war ihre Aufgabe, auf seine Gesundheit zu achten. Der Kater forderte nur ein, was ihm schmeckte.

Lorena seufzte und ließ sich auf einen Küchenstuhl sinken. *Warum war es nur so schwer, konsequent zu sein?*

Lorena schlug die Abendzeitung auf, die ihr Vermieter Mr. Gordon wie üblich auf die Treppe gelegt hatte, und las den Aufmacher der lokalen Nachrichten, um nicht schon wieder an Jason zu denken.

Mysteriöser Selbstmord in der City, lautete die Überschrift. Solche Geschichten interessierten sie nicht sonderlich, dennoch las sie weiter. Das war nicht weit entfernt von dem Gebäude passiert, in dem sie arbeitete.

Ein Mann, Angestellter bei einem großen Architekturbüro, war gestern um Mitternacht vom Dach eines Hochhauses gesprungen. Seine Kollegen sagten aus, ihr Chef hätte kurzfristig Überstunden anberaumt. Das Opfer und seine drei Kollegen hätten Pläne überarbeiten sollen. Kurz vor Mitternacht sei eine der Kolleginnen hinausgegangen, um eine Pause zu machen. Das Opfer habe ebenfalls das Büro verlassen und sich nur wenige Minuten später vom Dach einunddreißig Stockwerke in die Tiefe gestürzt. Lorena wollte sich nicht vorstellen, was nach diesem Aufprall von seinem Körper übrig geblieben war. Die Rettungskräfte beneidete sie nicht um ihren Einsatz.

Anders als der Schreiber des Artikels fragte sie sich, was geschehen sein konnte, das den Mann so unvermittelt in den Tod getrieben hatte. War es ein Unfall gewesen? Oder vielleicht gar Mord? War er vielleicht in seine Kollegin verliebt gewesen und ihr gefolgt? Hatte er sich mit ihr auf dem Dach getroffen und sich mit ihr gestritten? Hatte sie seine Annäherungen abgelehnt und er sich daraufhin in Verzweiflung vom Dach gestürzt? Oder hatte sie ihn gestoßen?

Seltsam, dass die Zeitung nur von Selbstmord sprach. Einen Abschiedsbrief konnten sie ja kaum gefunden haben, wenn sie von einer spontanen Tat im Affekt ausgingen.

Irgendetwas stieß Lorena sauer auf. Das passte nicht zusammen. Es kam ihr gar so vor, als solle von vornherein jeder Zweifel ausgeschlossen werden. Es war Selbstmord und Ende. Keine weiteren Fragen, keine Untersuchungen. Selbst wenn jemand Interesse daran hatte, den Fall damit abzuschließen und in Vergessenheit geraten zu lassen, seit wann ließen sich die Zeitungen auf so etwas ein? War es nicht ihre Aufgabe, den Finger in die Wunde zu legen?

Ein Polizeisprecher wurde zitiert, der sagte, es gebe keinerlei Hinweise darauf, dass sich eine weitere Person auf dem Dach befunden habe, und da man im Blut des Opfers weder Alkohol noch Drogen gefunden habe, gehe man von einer Selbsttötung im Affekt aus.

Lorena schob die Zeitung beiseite und lauschte dem Gefühl der Unzufriedenheit, das sich in ihr ausbreitete. Sie kannte das bereits. Wenn ihr »Bauch« mit ihr sprach, nützte es nichts, ihn zu ignorieren. Diese Unruhe würde sie so lange quälen, bis sie der Sache auf den Grund gegangen war. Schon zog sie ihren Laptop heraus, schaltete ihn an und begab sich auf die Suche, was im Internet über den Fall zu finden war.

In den meisten Artikeln stand nichts Neues, doch dann fand sie die Zeugenaussage eines Mitarbeiters, der berichtete, das Opfer sei seiner Kollegin, die vor ihm in die Pause gegangen war, fast vor die Füße gefallen, sodass sie einen

Schock erlitten habe. Das bedeutete natürlich, dass sie nicht mit ihm auf dem Dach gewesen sein und noch weniger ihn gestoßen haben konnte. Das unterstützte zwar die Selbstmordtheorie, dennoch war Lorena mit dem Ergebnis nicht zufrieden. Sie konnte nicht sagen, was ihr dabei noch immer übel aufstieß. Sie suchte nach einer Aussage der Kollegin, doch sie selbst hatte sich gegenüber den Reportern offensichtlich nicht zu Wort gemeldet. Ihre Aussage wurde lediglich von anderen zitiert.

Weil sie einen Schock erlitten hatte? Lorena fragte sich, ob die Polizei sie dennoch vernommen hatte. Vermutlich.

Lorena durchforstete das Internet nach Fotos und betrachtete die mehr oder weniger unscharfen Amateuraufnahmen mit einem wachsenden Gefühl der Unruhe. Was war es, das sie dabei übersah?

Mit einem Maunzen sprang Finley ihr auf den Schoß. Der Kater drehte sich einmal um die eigene Achse und ließ sich dann mit einem Seufzer der Zufriedenheit nieder. Er schloss die Augen und begann, sich genießerisch die Pfoten zu lecken.

Lorena hielt inne und klappte dann den Laptop mit einer energischen Bewegung zu.

»Was tue ich hier eigentlich?«, fragte sie sich laut.

Der Kater maunzte, so als habe sie von ihm eine Antwort verlangt.

Lorena schmunzelte. »Du meinst, ich solle meine Finger lieber in dein Fell versenken und dich ordentlich kraulen, nachdem ich dich den ganzen Tag allein gelassen habe?«

Wieder maunzte er, als wolle er ihr zustimmen.

»Na dann, aber nur wenn du mir erzählst, was du den ganzen Tag getrieben hast«, sagte sie, während sie dem Kater zärtlich das Fell zauste.

Finley schnurrte leise und drückte sich noch enger an sie.

»Sicher war dein Tag spannender als meiner«, fuhr sie mit ihren Selbstgesprächen fort. »Du bist durch die Hinterhöfe geschlichen, hast den Spatzen aufgelauert und vielleicht gar die eine oder andere Maus erbeutet?«

Sein Schnurren wurde lauter.

Lorena seufzte. »Weißt du, Finley, manches Mal wünschte ich mir, mein Leben wäre so einfach wie deines. Du musst dir keine Gedanken über deine Zukunft machen, und noch weniger quält dich deine Vergangenheit. Vermutlich weißt du nicht einmal, was Albträume sind. Du lebst einfach so in den Tag hinein und weißt, dass ich jeden Abend nach Hause komme und deine Schüsseln fülle.«

Der Kater sah sie mit seinen grünen Augen aufmerksam an, dann rekelte er sich und gähnte herzhaft. Das Thema war für ihn offensichtlich erledigt.

Kapitel 2

SCHATTEN DER NACHT

Es war kurz nach Mitternacht, als sie am Tor des Herrenhauses ankam. Sie landete außerhalb des weitläufigen Grundstücks, denn sie wusste, dass die Lady es gar nicht schätzte, wenn man irgendwo unvermittelt in ihrem Garten auftauchte. *Nein, das würde ihre Guardians aufscheuchen, und das konnte sicher sehr unangenehm werden,* dachte Raika, obgleich sie noch keinem begegnet war und nur eine vage Vorstellung von den Kämpferinnen hatte, die die Lady zu ihrem Schutz und so manch anderem Zweck rekrutierte. Denn die Lady verstand es, ihre Macht einzusetzen und sich genügend dienstbare Geister oder besser gesagt Männer zu halten, deren einziges Glück darin bestand, ihr zu gefallen und ihre Befehle auszuführen.

Gryphon Manor, vor den Toren der altehrwürdigen Stadt Oxford gelegen, war eine jener eher wuchtigen als eleganten grauen Stilmischungen mit unzähligen Erkern, Giebeln und Kaminen, deren Ursprünge bis ins Mittelalter zurückreichten. Jede Generation schien sich bemüßigt gefühlt zu haben, dem Gebäude einen weiteren Anbau hinzuzufügen oder zumindest einem Teil des Ensembles seinen Stempel aufzudrücken. Der weitläufige englische Garten dagegen, der das Herrenhaus umgab, fügte sich harmonisch in die saftig grüne Landschaft ein.

Raika schob das hohe, schmiedeeiserne Gitter auf und

folgte der geschwungenen Auffahrt zwischen Beeten mit englischen Teerosen. Der geharkte Kies knirschte unter ihren Schuhen.

Ein Mann, der wie ein Butler gekleidet war, empfing sie an der Tür und schloss dann die schweren, hölzernen Flügel hinter ihr.

»Warten Sie bitte hier«, sagte er, ohne eine Miene zu verziehen.

Raika hätte sich am liebsten an ihm vorbeigedrängt, doch sie zwang sich, gehorsam in der Halle stehen zu bleiben. Sie war, wie das ganze Haus – soweit Raika es bisher zu Gesicht bekommen hatte –, mit allerlei viktorianischen Möbeln und Nippes vollgestellt. Vieles mochte auch noch älter sein. So genau kannte sie sich damit nicht aus. Alles sah gepflegt und abgestaubt aus. Es roch nach Möbelpolitur. Verächtlich hob Raika die Oberlippe. Was waren das für armselige Geschöpfe! Leere Hüllen. Dienstbare Geister, ihres Willens beraubt. Und doch konnte selbst Raika nicht leugnen, dass sie ihre Vorteile hatten. Vielleicht wäre es eine Überlegung wert, sich auch einen Dienstboten anzuschaffen, der dann ihre Wohnung sauber hielt und sie mit allem verwöhnte, was er zu bieten hatte, wenn sie nach der Arbeit nach Hause kam? Die Vorstellung amüsierte sie und hatte einen gewissen Reiz.

Raika hörte, wie der Butler ihren Namen verkündete und dann die leise Stimme der Lady, die wie das Rascheln von Seidenpapier klang.

»Carter, sag ihr, sie mag hereinkommen.«

Raika hörte bereits am Klang der Worte, dass die Unterredung eher unangenehm werden würde. Sie spürte, wie Ärger in ihr aufstieg, und ballte die manikürten Hände zu Fäusten.

»Sie dürfen eintreten«, sagte der Butler, ohne den Blick zu heben.

Raika rauschte an ihm vorbei und näherte sich dem Sessel, in dem die Lady saß, so weit, bis sie der Mut verließ und sie abrupt stehen blieb. »Mylady, Sie haben nach mir geschickt«, murmelte sie, ohne die Frau im Sessel anzusehen, doch sie wusste auch so, wie sie aussah. Wer auch nur einmal einen Blick auf sie erhascht hatte, der vergaß ihn sein Leben lang nicht mehr.

Uralt war die Lady und doch alterslos. Das Gesicht schmal und mit glatter Haut. Ihr Blick so mächtig, dass er jeden in die Knie zwingen konnte. Eine altmodische Robe verbarg ihren Körper, der bestimmt so makellos war wie ihr Gesicht, und die langen, schlanken Finger, die nur von einem großen Rubin geschmückt wurden. Ihr Haar war fast farblos, und doch schimmerte es im Schein der trüben Lampen wie flüssiges Silber. Die Augen schienen schwarz, doch es wagte ohnehin niemand, ihren Blick zu erwidern. Auch Raika sah nur ihre Fußspitzen an, als sie darauf wartete, dass die Lady ihre Stimme erhob. Wie üblich sprach sie leise, doch es lag keine Wärme in ihren Worten.

»Weißt du, was ich hier habe?«

Zaghaft ließ Raika den Blick bis zu ihrem Schoß wandern, in dem sie eine aufgeschlagene Zeitung erkannte. Sie sagte nichts.

»Soll ich dir vorlesen, was hier geschrieben steht?«

Raika schüttelte den Kopf. »Ich habe den Artikel gesehen.«

»Und? Was hast du mir dazu zu sagen?«

Raika spürte, wie Trotz in ihr aufwallte. Deswegen zitierte die Lady sie nach Oxford? Was sollte das? Es war nichts Schlimmes passiert. Nur ein Mann, der sich zu Tode stürzte. So etwas passierte in London ständig.

»Er ist freiwillig vom Dach gesprungen«, antwortete sie knapp.

»Aha, und du hast nicht ein wenig nachgeholfen?«

»Ich habe ihn nicht gestoßen!«

Die Lady seufzte. »Das habe ich auch nicht behauptet.« Sie schwieg, bis Raika die Stille nicht mehr aushielt. Sie war noch nicht entlassen.

»Wir mussten Überstunden machen. Es wurde spät, nun ja, es war an Neumond, und so bin ich um Mitternacht aufs Dach, um mich zu wandeln. Er ist mir gefolgt. Er hat mich gesehen! Was hätte ich denn tun sollen?« *Und außerdem war er nur ein ganz gewöhnlicher Mann. Was soll das Geschrei deswegen?*, dachte sie, sprach es aber nicht aus. Bei der Lady wusste man nie so recht. Sie konnte skrupellos und grausam sein, wenn es um ihre eigenen Belange ging, und auch bei anderen urteilte sie manches Mal seltsam streng.

»Gut«, sagte die Lady nach einer Weile. »Dennoch solltest du dir merken, dass ich es nicht wünsche, so etwas in der Zeitung lesen zu müssen. Sei in Zukunft achtsamer und sorge dafür, dass du kein Aufsehen erregst! Du wirst dir eine andere Stelle suchen und dich etwas unauffälliger geben. Und nun sage nicht, du könntest nichts für dein Aussehen und deine Wirkung auf Männer. Für wie einfältig hältst du mich? Ich weiß über deine Bemühungen Bescheid. Also beleidige mich nicht!«

Raika öffnete den Mund, doch die Lady schnitt ihr mit einer Handbewegung das Wort ab.

»Ich will keine Erklärungen oder Entschuldigungen hören. Du weißt, was ich erwarte, also halte dich daran. Du kannst jetzt gehen.«

Der Butler öffnete auf das Stichwort die Tür, und Raika blieb nichts anderes übrig, als sich mit einer Verbeugung zurückzuziehen. Innerlich schäumte sie vor Wut, doch es war nicht ratsam, das zu zeigen. Sie fühlte sich gedemütigt, was die Lady vermutlich auch beabsichtigt hatte, dennoch wussten sie beide um ihre Macht, was Raika noch mehr erzürnte. Das Beste war es, nach London zurückzukehren und die Alte zu vergessen. Solange sie dies zuließ. Ihren Ruf zu ignorieren, wenn er einen erreichte, kam nicht infrage. So konnte sie nur hoffen, dass der Name Raika lange nicht mehr im Geist der Lady herumschwirrte. Sollte sie ihn vergessen. Das würde allerdings nur geschehen, wenn sich Raika eine neue Stelle suchte und sich in Zukunft mehr zurückhielt, also genau das tat, was die Lady von ihr verlangte. Sie kickte einen Stein in die Rosenbüsche.

Verflucht!

Wenn sie eines nicht mochte, dann sich unauffällig verhalten. Und sie hatte auch nicht vor, etwas an ihrer Erscheinung zu ändern. Es hatte sie viel Kraft und Energie gekostet, bis sie das erreicht hatte, was der Spiegel ihr Tag und Nacht zeigte. Das würde sie sich von Mylady nicht nehmen lassen.

Es schmeckte zumindest wie ein kleines Stückchen Sieg, und so vergaß sie den bitteren Geschmack, den die Zurechtweisung hervorgerufen hatte. Nun gut, vielleicht war es gar nicht so schlecht, neu anzufangen. Eine neue Aufgabe, neue Kollegen, eine neue Wohnung mit netten Nachbarn? Sie lächelte in sich hinein, während sie sich auf den Rückweg in die Stadt machte.

Die Kirchturmuhr schlug. Lorena blinzelte und zählte mit. Beim elften Glockenschlag riss sie die Augen auf.

Mist, schon wieder so spät. Doch sie konnte sich nicht überwinden, die Decke zurückzuschieben und aus dem Bett zu steigen. Finley hatte sie längst verlassen. Vermutlich war er draußen, um sich selbst ein Frühstück zu fangen, wenn seine Freundin hier so pflichtvergessen den halben Samstag verschlief. Von der Straße schallten Stimmen zu ihr herauf. Ja, der Lärm der vielen Rufe und Gespräche war so laut, dass sie sich wieder einmal fragte, wie sie dabei hatte schlafen können. Lorena musste nicht aus dem Fenster sehen, um zu wissen, dass der berühmte Straßenmarkt der Portobello Road bereits in vollem Gange war. Die Händler hatten ihre Stände mit Ramsch und Antiquitäten aufgebaut, und bis zum Abend würden sich die Menschenmassen durch die Straße schieben, um zu handeln und zu kaufen oder einfach nur die Angebote zu betrachten und in der Menge zu baden.

Die nächste Viertelstunde verstrich, ohne dass Lorena Anstalten machte aufzustehen. Dann trieb der Hunger sie aus dem Bett. Wie an jedem Morgen seit vielen Jahren fühlte sie sich wie gerädert, und ihr Körper schmerzte, als habe sie überall Muskelkater. Sie reckte sich, stöhnte, schlich ins Bad und duschte ausgiebig. Ihr Vermieter beschwerte sich zu Recht über ihren Wasserverbrauch, der – wie er meinte – den einer Großfamilie übertraf, doch im Moment war ihr das egal. Hauptsache, sie wurde endlich wach.

Lorena schlurfte in die Küche, um sich Porridge zu kochen. Seltsam, als sie damals nach England gekommen war, hatte die unansehnliche Pampe, die es jeden Morgen gab, ihr Brechreiz verursacht. Heute war er morgens ihr Lebensretter, und sie konnte sich ein Frühstück ohne den warmen Haferbrei nicht mehr vorstellen.

Sie brachte Wasser im Topf zum Kochen und rührte Haferflocken darunter. Dann, als sie zu quellen begannen, goss sie heiße Milch darunter, gab ein wenig Salz und Zucker hinzu und rührte den Inhalt gleichmäßig durch, bis er die richtige Konsistenz hatte. Heute verfeinerte sie ihn mit Mandeln, Zimt und einigen Bananenstücken, was ein waschechter Engländer vermutlich nicht getan hätte, aber das war ihr egal.

Lorena hörte das schmale Fenster im Bad klappern. Ah, Finley hatte den Geruch von Porridge wahrgenommen und wollte seine Portion. Maunzend kam er in die Küche und sah erwartungsvoll zu ihr hoch.

»Ich nehme an, als echter Brite willst du ihn lieber im Original?«, erkundigte sie sich mit einem Lächeln und gab ihm seine Portion ohne ihre speziellen Zutaten.

Schweigend aßen sie und lauschten dabei dem Stimmengewirr, das von der Straße heraufdrang. Es war wie das Summen eines riesigen Bienenschwarms, der das Haus umkreiste. Finley zuckte unwillig mit den Ohren. Er liebte Samstage nicht gerade. So viele Menschen waren ihm unheimlich, und so wunderte es Lorena nicht, dass er sich nach seinem Frühstück lieber wieder in ihr Bett verzog.

Lorena wäre ihm gern gefolgt, doch sie rief sich zur Ordnung. Es ging nicht an, dass sie schon wieder das ganze Wochenende verschlief, obgleich allein diese Aussicht sie über die Woche oft aufrecht hielt und ihr die Kraft gab, konzentriert an ihrer Arbeit zu bleiben.

»Nein, heute nicht!«, sagte sie streng, humpelte zu ihrem Kleiderschrank und zog eine frische Jeans, ein T-Shirt und eine Sweatjacke hervor.

Lorena drückte dem Kater zum Abschied einen Kuss auf seinen Kopf und stieg dann die Treppe hinunter. »Guten Morgen«, rief sie in die offen stehende Ladentür.

»Oh, guten Morgen, Miss Lorena«, grüßte Mr. Gordon zurück. »Oder soll ich gleich einen guten Mittag wünschen? Es ist ein herrlicher Tag, den sollte man nicht versäumen!«

Ausnahmsweise ließ er sich nicht über das Laster des

Müßiggangs aus, sondern lächelte freundlich. Vermutlich hatte er an diesem Vormittag schon ein teures Möbelstück verkauft und war deshalb in nachsichtiger Stimmung.

Lorena winkte ihm zu und wünschte ihm weiterhin gute Geschäfte. Dann ließ sie sich vom Strom der Besucher aufnehmen und mitziehen. Sie bummelte ziellos an den Ständen vorbei, ohne etwas zu kaufen. Sie kannte die meisten Verkäufer. Wer keinen Laden in der Straße hatte, vor dem sich nun die Waren stapelten, sondern nur einen Verkaufstisch aufbaute, kam dennoch meist seit Jahren an seinen angestammten Platz. Hier vorn am südlichen Ende der Portobello Road gab es Antiquitäten – durchmischt mit viel Ramsch –, danach reihten sich Obst- und Gemüsestände entlang der Straße, gefolgt von Ständen mit allerlei exotischen Köstlichkeiten, die dort frisch zusammengerührt, gebraten und gekocht wurden, sodass sich die unterschiedlichen Düfte zu einem einzigartigen Potpourri vermischten. Weiter oben dann schloss sich der Flohmarkt an.

Lorena schlenderte an den Ständen entlang, blieb immer wieder stehen und wechselte ein paar Worte mit den Händlern, die sie freundlich begrüßten. Alle hatten gute Laune, denn das schöne Wetter hielt an, und man musste heute keine Regenplanen bereithalten, um bei jedem Schauer schnell seine Auslagen abzudecken.

Wie so oft blieb Lorena bei einem Buchhändler hängen, der aus Nachlässen alte Werke aufkaufte. Viele waren schmuddelig, die Einbände zerrissen, und sie rochen nach feuchten Kellern und schimmeligen Dachböden, auf denen sie so lange unbeachtet geruht hatten, doch es gab auch immer wieder das eine oder andere Schmuckstück, bei dem der Goldschnitt noch schimmerte und die in Leinen oder Leder gefassten Einbände alte Geheimnisse versprachen.

Lorena wog eine einhundert Jahre alte Ausgabe von Oscar Wildes *Das Bildnis des Dorian Gray* in der Hand, doch als sie den Preis hörte, legte sie es mit bedauerndem Kopfschütteln zurück. Sie verdiente zwar gut und hatte es geschafft, in den wenigen Jahren nach ihrem Studium bereits ein nettes Vermögen zurückzulegen, doch gerade deshalb wollte sie es nicht leichtfertig für Dinge ausgeben, die sie eigentlich nicht brauchte. Wer konnte schon sagen, in welche Stürme des Lebens sie noch geriet? Vielleicht würde sie eines Tages froh sein, auf etwas zurückgreifen zu können.

Sie ging zum nächsten Stand weiter. Auch hier nahm sie ein Buch in die Hand, das sie interessierte, legte es aber wie so oft wieder zurück, ohne es zu kaufen. Bis sie nach einem alten Notizbuch griff. Es sah aus, als habe es schon viele Wechselfälle des Lebens überstanden. Die Ränder der Blätter hatten eine gelbliche Färbung angenommen, doch die Seiten waren alle noch leer. Lorena strich über das erstaunlich weiche Leder, das ihr ein warmes Gefühl vermittelte. Sie hob das Buch an ihre Nase und schnupperte. Die seltsame Komposition unterschiedlichster Gerüche ließ eine Vielzahl an Bildern in ihrem Geist aufsteigen. Sie sah ein Schiff auf den wilden Wogen des Meeres, dann einen einsamen Wanderer, der seinen Pfad durch unwegsames Berggelände suchte. Eine Frau in einem ärmlichen Haus, die vor einem rußenden Feuer saß, das nur wenig Wärme spendete …

Ihre Fantasie ging mal wieder mit ihr durch. Aber warum hatte nie jemand etwas in das Buch notiert? Es musste sehr alt sein.

Das bestätigte der Verkäufer natürlich und betonte, wie wertvoll so ein Notizbuch heute sei. Als geschäftstüchtiger Händler witterte er Lorenas Interesse und wollte das gern in barer Münze sehen.

Mit betont kühler Miene gab sie ihm das Exemplar zurück. Sie arbeitete im Haifischbecken des Wertpapierhandels. Sie wusste, wie das Spiel funktionierte.

Kaum fünf Minuten später verließ sie den Stand mit einem triumphierenden Lächeln, das alte Notizbuch, sorgsam in Seidenpapier eingewickelt, unter dem Arm. Der Händler dagegen strahlte nicht ganz so sehr, was ihr bestätigte, dass sie mit etwas mehr als der Hälfte des ursprünglich Geforderten beim realen Wert des Buchs angekommen waren. Sie hatte zwar noch keine Vorstellung, was sie damit anfangen sollte, doch für die nächste halbe Stunde versetzte sie ihre Neuerwerbung in gute Stimmung, die sie mit einem Cappuccino in einem winzigen Straßencafé genoss. Dann machte sie sich wieder auf den Heimweg, während ihre Gedanken bereits dem Abend entgegeneilten.

Es war Viertel nach acht, und Lorena hatte sich bereits dreimal umgezogen, doch so richtig zufrieden war sie mit ihrem Spiegelbild noch immer nicht. Gut, das Make-up war ihr nicht schlecht gelungen. Ein wenig mehr als die unauffällige Maske, die sie für ihre Arbeit auflegte, und doch nicht zu schrill – das hoffte sie zumindest. In der Bar würde es düster sein. Da konnte ein wenig mehr Farbe nicht schaden. Und auch ihr Haar sah ganz passabel aus, selbst wenn es nicht mehr ganz so füllig aussah wie noch am Abend zuvor. Lorena seufzte. Sie konnte ja nicht jeden Tag zum Friseur gehen!

Das Haar war mit den Strähnchen und dem neuen Schnitt ganz in Ordnung, aber was war mit der Wahl ihrer Kleidung? Darüber machte sie sich sonst nicht so viele Gedanken. Für ihre Arbeit in der Bank war das einfach: dunkelblaue und graue schmal geschnittene Kostüme, die sich glichen wie ein Ei dem anderen, mit Blusen in Pastelltönen, einfarbig oder mit dezenten Streifen, die Strümpfe mal schwarz, mal hautfarben – und natürlich die passenden Pumps in Schwarz, Blau, Grau oder seit Neuestem auch in Nude, seit Kate, die neue Prinzessin, diese in ganz England zum letzten Modeschrei hatte aufsteigen lassen. Aber was zum Teufel trug man in einer Jazzbar?

Lorena hoffte, dass sie mit ihrer Jeans, der lässigen, wollweißen Bluse und der engen Lederweste nicht negativ auffiel. Dazu trug sie die einzigen roten Pumps, die sie sich in einem Anfall von Kaufrausch zwei Jahre zuvor gekauft und noch nie getragen hatte. Das würde vermutlich Blasen geben, aber da konnte man nichts machen.

Sie holte einmal tief Luft, streichelte dem Kater zum Abschied über den Rücken und machte sich auf den Weg.

Die Bar war schon recht voll, als sie ankam, und sie hatte den Eindruck, hier würde jeder jeden kennen. Etwas verloren stellte sie sich an die Bar und bestellte ein Glas Weißwein, der ihr nicht besonders schmeckte. Sie nippte ein wenig an ihrem Glas und betrachtete die recht unterschiedlichen Menschen, die sich hier zusammengefunden hatten. Der Mann hinter der Bar schien die Karibik eben erst verlassen zu haben. Sein dunkles Haar hatte er mittels eines verbeulten Huts gebändigt, und die Haare, die ihm am Kinn sprossen, zu einem Zöpfchen geflochten. Lorena ließ den Blick bis zur Bühne wandern, die an der hinteren Schmalseite der Bar aufgebaut war. Ein Mann, dessen Hautfarbe an wärmere Gefilde als England erinnerte, packte gerade einen Bass aus und strich beinahe zärtlich über das in vielen Jahren nachgedunkelte Holz. Sein Haar war schwarz, aber glatt. Lorena vermutete, dass sich unter seinen Vorfahren verschiedene

Nationalitäten vermischt hatten. Das Ergebnis jedenfalls war attraktiv, obgleich er sicher nicht mehr so jung war, wie seine drahtige Gestalt auf den ersten Blick vermuten ließ.

»Hey, du bist tatsächlich gekommen!«

Jasons Stimme riss sie aus ihrer Betrachtung. Er kam auf sie zu, begrüßte sie mit einem Kuss auf die Wange und sah so aus, als würde er sich wirklich freuen.

Lorena erwiderte sein Lächeln. »Na klar, ich bin doch neugierig, was du so draufhast.«

»Dann hoffe ich, dass es dir auch wirklich gefällt. Wir spielen bis zwölf und machen dann eine Pause, in der wir was zusammen essen können, wenn du magst. Danach geht es meist noch locker weiter.« Er grinste ein wenig schief. »Nach Mitternacht experimentieren wir gern. Das ist aber nicht mehr jedermanns Sache.«

Er wartete keine Antwort ab, sondern machte auf dem Absatz kehrt, stieg auf die Bühne und nahm sein Saxofon zur Hand. Die Frau mit Rastalocken neben ihm griff zur Klarinette. Ein kleiner, kahlköpfiger Mann mit kaffeebrauner Haut setzte sich ans Schlagzeug.

Als Letzter der bunten Truppe gesellte sich ein grauhaariger Mann mit üppigem Körperumfang zu ihnen, der Trompete spielte. Seine Haut war fast schwarz, und das Weiße um seine dunklen Augen schimmerte, als er sich aufmerksam im Raum umsah. Er war es auch, der die Musiker ankündigte und etwas über die ersten Stücke sagte, die sie spielen wollten. Etwas aus den frühen Zeiten des Jazz zu Beginn des zwanzigsten Jahrhunderts. Lorena und die anderen Gäste lauschten den klagenden Klängen der Trompete, die mit einem Solo begann, ehe die anderen mit einsetzten.

Das nächste Stück war zur Zeit der frühen Big Bands in den Zwanzigerjahren entstanden, als das Saxofon den Jazz eroberte. Für den heutigen Abend hatten die Musiker das Stück allerdings neu arrangiert.

Lorena kam es bekannt vor, und sie merkte, wie sie sich entspannte und den Takt mit dem Fuß mittippte. Selbst der Wein schmeckte nicht mehr so herb.

Dann gesellte sich noch eine junge Frau mit prächtigem, schwarzem Haar zu der Gruppe und begann zu singen. Ihre Stimme war erstaunlich tief und ein wenig rauchig.

Lorena beobachtete Jason, der völlig versunken sein Saxofon umfasste und seinen Oberkörper im Takt wiegte. Jetzt gab es für ihn nur noch das Instrument und die Musik. Die Bar und die Zuhörer nahm er vermutlich nicht mehr wahr. Lorena gefiel es, wie er den Kopf leicht schräg hielt, den Blick irgendwo in die Ferne gerichtet. Er spielte das Stück nicht einfach, er lebte es mit seinem ganzen Körper, seinem Geist und seiner Seele.

Ein Stück folgte aufs andere, und Lorena ließ sich vom Rhythmus und dem Klang der Instrumente gefangen nehmen. Sie konnte den Bass und das Schlagzeug tief in ihrem Innern spüren, während die Melodie der Klarinette ihre Seele umwand. Es entspann sich ein Wechselspiel mit der Sängerin, die Unterstützung in Jasons Saxofonstimme fand, dann setzte wieder die Trompete ein.

Die Zeit verflog, und Lorena sah kein einziges Mal auf die Uhr. Sie trank einen Caipirinha. Der bittersüße Geschmack auf ihrer Zunge passte zur Musik. Plötzlich spürte sie, wie sie von einem Zittern erfasst wurde. Eine innere Unruhe rollte wie eine Welle heran und schwappte bis in die letzten Windungen ihres Geistes. Ihre Hand krampfte sich um das leere Caipirinhaglas, als wolle sie es zerbrechen. Schlagartig wurde ihr bewusst, wie viel Zeit verstrichen war. Viel zu viel Zeit!

Mit zitternden Fingern zog sie ihren Geldbeutel aus der Handtasche und schob dem Barkeeper zehn Pfund hin. Sie wartete nicht ab, dass er ihr Wechselgeld gab, sondern stürzte ins Freie. Mit einem Keuchen sog sie die Nachtluft ein. Es fühlte sich an, als habe sie drinnen in der Bar stundenlang nicht geatmet. Lorena bückte sich und zog ihre roten Pumps aus. Die Schuhe in der einen, die Handtasche in der anderen Hand rannte sie los. Ein paar Passanten drehten sich verwundert um, doch sie achtete nicht auf die verwunderten Worte, die sie ihr nachriefen. Sie rannte einfach nur die Straße entlang, als hinge ihr Leben davon ab.

Nun, vielleicht war es nicht ihr Leben, aber das eines anderen unschuldigen Menschen?

Wie Schemen huschten die vertrauten Häuser an ihr vorbei, bis sie vor dem Schaufenster des kleinen Antiquitätenladens stehen blieb. Mit bebenden Händen mühte sie sich ab, den Schlüssel ins Schloss zu stecken. Ihr Atem ging nun in kurzen Stößen, was nicht an ihrem schnellen Lauf lag, wie sie wusste. Lorena schob die Tür auf, wankte in den Flur und stieß die Wohnungstür wieder hinter sich zu. Dann schob sie den schweren Riegel vor, den sie hatte anbringen lassen, und hängte die Kette ein. Mit letzter Anstrengung legte sie den mit einem gelben Warndreieck gekennzeichneten Schalter um.

Der Kater, der ihr von der Küche her entgegenkam, sträubte das Fell, fauchte und entfloh durch das geöffnete Badezimmerfenster in die Nacht. Lorena konnte es ihm nicht verdenken. Noch im Flur riss sie sich die Kleider vom Leib und fiel mit einem Aufschrei auf die Knie. Das Reißen unter ihren Schulterblättern fühlte sich an, als würde eine Messerklinge über ihren Rücken gezogen. Sie spürte, wie sich ihr Körper veränderte. Mit einer gequälten Miene schloss Lorena die Augen, um ihre Verwandlung im Garderobenspiegel nicht mit ansehen zu müssen. Nicht, dass sie das Spiegelglas bräuchte, um zu wissen, was mit ihr vor sich ging. Sie konnte das Fließen der Formen spüren und sah vor ihrem inneren Auge, wie ihr Körper schlanker und straffer wurde, wie ihre Brüste wuchsen, bis sie sich provozierend straff zwei Nummern größer von einem geradezu traumhaften Frauenkörper emporreckten. Die Haut war nicht mehr blass, sondern schimmerte gleichmäßig in einem warmen Bronzeton, und auch ihr Haar war nun länger und fiel in goldenen Locken über ihren Rücken herab, dass die Haarspitzen die beiden Schlitze berührten, die sich unter ihren Schulterblättern gebildet hatten. Ihr Gesicht war schmaler geworden, die Augen dunkler. Sie schimmerten nun in einem intensiven Blaugrün und standen ein wenig katzenhaft schräg. Ihre Wimpern brauchte man nicht mehr mit der gesamten Kunst der Kosmetikbranche verlängern, färben und in Schwung bringen. Sie waren lang, schwarz und dicht. Und auch ihre Lippen fühlten sich voll und sinnlich an. Lorena hatte sich schon oft genug in diesem Zustand im Spiegel betrachtet, um zu wissen, dass er nun so etwas wie eine fleischgewordene Männerfantasie zurückwarf, vielleicht bis auf die eingefalteten Flügel auf ihrem Rücken, die entlarvten, was sie wirklich war: ein Wesen, das es nicht geben konnte und nicht geben durfte, eine aus einem Albtraum entstiegene Missgeburt, die Tod und Verderben brachte!

Ihr war schlecht. Mühsam rappelte sie sich auf.

Nein, sie erhob sich wie eine Königin! Und sie fühlte sich prächtig. Lorena schlug die Augen auf. Wie magisch zog der Spiegel ihren Blick an. Da stand sie nackt im schummrigen Licht einer Straßenlaterne, das durch das Küchenfenster hereinfiel, und betrachtete das herrlich schöne Wesen, das nicht sie selbst war. Oder doch?

Nein!

Es zerriss sie beinahe. Es war, als würden zwei Mächte an ihrer Seele zerren. Lorena stöhnte, doch dann sah sie ihr Spiegelbild mit diesem verführerischen Lächeln an, dem kein Sterblicher widerstehen konnte.

Jason, hallte es in ihrem Kopf. Sein Bild stieg vor ihr auf. O ja, was für ein appetitliches Stück Mann. Es könnte sich lohnen, ihn heute Nacht zu genießen. Es würde sie nur einen einzigen Blick kosten, dann würde er dahinschmelzen und ihr zu Füßen liegen. Er wäre ihr Sklave, bereit, alles für sie zu tun.

»Nein!«, schrie sie laut und ballte die Hände zu Fäusten.

Warum nicht? Hast du ihn nicht schon damals in der Schule begehrt? Hast du nicht von seinen Küssen geträumt?

»Nein!«

O doch! Du musst deine Sehnsüchte nicht verbergen. Er steht dir zu. Nimm dir, was dir gehört! Es wird wunderbar werden. Seine Küsse, seine Hände auf deiner Haut, sein wundervoller Körper, den du den ganzen Abend schon angestarrt, den du nackt vor dir gesehen hast.

»Hab ich nicht!«

Ein Kichern ertönte in ihrem Kopf. Ohne dass sie es wollte, wandte sie sich der Tür zu und legte ihre Finger um den Knauf.

»Aua!«

Mit einem Schmerzensschrei zog sie die Hand zurück, als der Stromschlag durch ihren Körper zuckte.

Nein, sie würde nicht hinausgehen, und sie würde sich weder Jason noch einen anderen Mann holen, auch wenn sie sich noch so sehr nach Zärtlichkeit und Wärme sehnte.

Zärtlichkeit? Pah, Sex! Wilder, zügelloser Sex!

Sie schlug mit der Faust gegen die Wand. Putz rieselte herab, und einem Spinnennetz gleich breiteten sich feine Risse aus.

Verdammt!

Lorena biss sich auf die Unterlippe, bis sie spürte, wie einige Blutstropfen hervortraten. Sie spürte, wie sie langsam ruhiger wurde. Gut so. Es war alles eine Frage der Beherrschung.

Selbstdisziplin! Hatte sie sich das nicht über Jahre hin antrainiert?

Ihr Wille war stärker als die ungezügelte Wildheit, die sich in ihrem Körper ausbreitete und ihr diese fremde Hülle überstreifte.

Eine verflucht schöne und verführerische Hülle, findest du nicht?

Ja, natürlich! Wer würde das abstreiten können, aber trotz allem war das nicht sie selbst. Lorena Rittner war weder strahlend schön noch sexy, ihr Körper war nicht gertenschlank und durchtrainiert, und sie hatte weder wundervolles Haar noch diese Katzenaugen. Sie war einfach nur normal.

Normal!, kreischte es in ihrem Kopf. *Gibt es auf dieser Erde etwas, das weniger normal ist als du?*

Wie um diese Worte zu verstärken, entfalteten sich ihre Flügel auf dem Rücken. Fast transparente Schwingen, stark und biegsam. Die dünnen Häute fingen das Licht ein und schimmerten wie die wabernde Glut eines herabgebrannten Feuers. Fast hätte man sie schön nennen können, wenn sie die Flügel eines Wesens gewesen wären, das Gott auf dieser Erde vorgesehen hätte.

Lorena zwang die Flügel in ihre Schlitze unter die Schulterblätter zurück und schritt betont langsam ins Badezimmer. Sie versuchte, ihre Hüften nicht zu beachten, die bei jedem Schritt aufreizend hin- und herschwangen, als würde sie über einen Laufsteg schreiten. Lorena nahm ihren verwaschenen Frotteebademantel vom Haken und schlüpfte hinein. Nicht, dass es ihr kalt gewesen wäre. In diesen Nachtstunden ihrer Verwandlung machten ihr weder Kälte noch Hitze etwas aus. Es bereitete ihr fast Vergnügen, als sie diesen fremden, wilden Teil in sich empört aufschreien hörte.

Was für ein Sakrileg, diesen wundervollen Körper unter einem scheußlichen Blümchenbademantel zu verstecken!

Lorena lächelte grimmig. Sie war noch immer Herrin über ihren Geist und diesen Körper, zu was auch immer er gehörte. Sie würde sich nicht diktieren lassen, was sie tat oder was sie unterließ. Und sie würde sich auch nicht von dem abbringen lassen, was sie für gut und richtig hielt. Werte und Moral waren nicht davon abhängig, ob es Tag oder Nacht war – und damit basta!

Ach nein?, widersprach wieder diese Stimme in ihr, die sie so sehr hasste und vielleicht auch ein wenig fürchtete. *Erinnere dich! Du hast schon wilde Nächte erlebt und Dinge getan …*

Lorena stöhnte auf, presste beide Handflächen gegen die Schläfen und kniff die Augen zu. Nein, sie wollte sich nicht erinnern. Sie hatte es vergessen, alles, was geschehen war, und das war gut so.

Vermutlich.

Irgendeinen Grund musste es schließlich geben, dass in ihren Erinnerungen so viele Lücken herrschten. Ihre Kindheit stand ihr noch ganz deutlich vor Augen. Damals, als ihre Mutter und ihr Vater noch gelebt hatten und sie alle miteinander eine glückliche Familie gewesen waren. Doch dann mit dreizehn begannen die Lücken und weißen Flecken, die den Film der Erinnerung immer wieder unterbrachen. Nein, es wunderte Lorena nicht, dass vor allem die Nächte fehlten, doch sie wollte nicht darüber grübeln, was das wohl zu bedeuten hatte. Die Vorstellung, was sich hinter dem Nebel verbergen könnte, machte ihr Angst.

Du könntest ein wenig in dich gehen und nachdenken, vielleicht fällt dir dann das eine oder andere wieder ein?

»Nein!«

Lorena straffte die Schultern, ging in die Küche hinüber und stellte den Wasserkocher an.

Tee? Wie langweilig!, maulte es tief in ihrem Innern, doch sie drängte die Stimme beiseite. Im Bad klapperte es, kurz darauf lugte Finley zaghaft um die Ecke.

»Komm rein«, lockte sie ihn. »Willst du noch ein wenig Milch?«

Er zögerte, kam dann aber in die Küche, auch wenn sein Fell im Nacken noch ein wenig gesträubt war und er jeder ihrer Bewegungen mit aufmerksamem Blick folgte. Die Milch ließ er sich allerdings schmecken. Dann sprang er auf den zweiten Küchenstuhl und rollte sich auf dem Kissen mit dem Rosenmuster zusammen. Lorena ließ ihn gewähren. Sie wusste, dass er sich nicht auf ihren Schoß legen würde. Nicht, solange sie in diesem anderen Körper verborgen war.

So saß Lorena still da, einen Becher heißen Tee in den Händen, und starrte auf die Uhr, deren Zeiger so aufreizend langsam ihre Runden drehten. Es schien eine Ewigkeit zu verstreichen, bis der lange Zeiger endlich wieder auf die Zwölf rückte und es draußen vom Kirchturm her ein Uhr schlug.

Lorena erhob sich. Sie schloss die Augen und ballte die Hände zu Fäusten. Nun würde das Wesen weichen müssen.

Nun würden ihre Kraft und ihr Wille ausreichen, den Nachtmahr in ihr zu vertreiben. Sie keuchte, Schweiß trat ihr auf die Stirn, doch sie spürte, wie sich die Schlitze unter ihren Schulten schlossen und ihr Körper zu seinem natürlichen Aussehen zurückkehrte. Verschwitzt und erschöpft hinkte sie ins Bad. Erst jetzt merkte sie, dass ihre Füße schmerzten und an der Ferse eine Blase aufgeplatzt war. Mit einem Stöhnen stellte sie sich unter die Dusche und drehte das heiße Wasser an. Sollte sich Mr. Gordon wieder beschweren, dass sie so spät noch das Wasser laufen ließ und dann auch noch so lange! Das kümmerte sie in diesem Augenblick nicht. Sie genoss nur das heiße Wasser, das ihre Haut rot färbte. Es fühlte sich so an, als würde es all den Schmutz, der sich über Nacht ansammelte, von ihr abwaschen. Sie würde neu und sauber aus der Dusche hervortreten.

Dass dieses Gefühl nicht lange anhalten würde, wusste Lorena, doch jetzt musste sie ja nicht daran denken. In diesem Moment reichte es ihr, das Wasser über ihre Haut rinnen zu spüren und die Wärme zu genießen. Es war, als würden Hände sie liebkosen. Sie schloss die Augen und dachte an Jason. *Wenn es doch seine Hände wären. Seine Arme, die sie an seine Brust drücken, sie die Nacht über halten und in Sicherheit in den Schlaf wiegen würden.*

Als sich Lorena abtrocknete, hatte sie Tränen in den Augen. *Was für ein schöner Traum. Schön, ja, doch eben nur ein Traum, unerreichbar für alle Zeiten.*

Mit schweren Schritten schleppte sie sich ins Bett und zog die Decke bis über die Ohren. So lag sie zusammengekrümmt wie ein Embryo da und lauschte den Geräuschen der Nacht. Obwohl sie sich erschöpft und wie zerschlagen fühlte, wollte der Schlaf nicht kommen. Zu sehr ratterte das

Gedankenkarussell in ihrem Kopf und quälte sie mit den immer gleichen Fragen.

Was ging mit ihr vor? Woher kam das, und warum traf es ausgerechnet sie? Gab es Rettung? Konnte sie etwas tun, dass dieser Albtraum endlich aufhörte? Sie wollte ein normales Leben führen. Ein ganz normales Leben wie alle anderen Menschen auch.

Es war ihr ein Trost, als sie das leise Tappen von Finleys Pfoten auf dem Parkett vernahm und sich dann sein warmer, weicher Katzenkörper in ihre Kniekehlen schmiegte. Endlich schlief sie ein, doch auch im Traum quälten sie Erinnerungen, die sie eigentlich vergessen glaubte.

Kapitel 3

POOLBILLARD

An diesem Morgen schlief sie noch länger als sonst, und ihre übliche Duschorgie dauerte fast eine halbe Stunde. Ihre Fußsohlen waren wund und brannten, und an den Fersen hatten ihre Pumps – wie erwartet – zwei dicke Blasen hinterlassen. Lorena verpflasterte sie sorgfältig und schlüpfte in ein Paar dicke, weiche Socken. So humpelte sie in die Küche, um Porridge zu kochen. Finley saß schon da und verfolgte jede ihrer Handbewegungen mit aufmerksamem Blick aus seinen grünen Augen.

Nachdem sie ihre Schale geleert und noch zwei Scheiben Toast mit Butter und Erdbeermarmelade gegessen hatte, nahm sie sich das Päckchen, das sie am Vortag in der Portobello Road gekauft hatte. Ganz vorsichtig wickelte sie das Seidenpapier ab, als halte sie einen wertvollen Schatz in den Händen. Und so kam es ihr auch wirklich vor, als sie fast zärtlich über das dunkelrote Leder strich.

Was sollte sie mit diesem Buch anfangen? Wozu hatte sie es gekauft? Lorena wusste es nicht. Ein wenig ratlos blätterte sie die leeren Seiten durch. Dann legte sie es wieder weg und verstaute es im Wohnzimmer in einer Schublade.

Und jetzt? Sie hatte den halben Sonntag noch vor sich. Lorena trat ans Fenster und sah hinaus. Dichte Regenwolken zogen über den Himmel, und dann prasselte es auch schon gegen die Scheiben. Das ungewöhnlich schöne Spätsommerwetter war vorüber. Jetzt übernahm wieder die typisch englische Witterung die Regie. Nein, nichts zog sie hinaus in den Regen, da war sie mit Finley einer Meinung. Der Kater machte es sich bereits auf dem Sofa bequem, und so nahm sich Lorena einen Krimi, den sie noch nicht gelesen hatte, und kuschelte sich zu Finley. Die Geschichte war nicht so fesselnd, wie sie es sich erhofft hatte, und das gleichförmige Prasseln des Regens tat das Übrige. Bald sanken ihre Lider herab, und das Buch rutschte ihr aus den Händen.

Den ganzen Nachmittag schlief sie. Sie bemerkte nicht, dass der Regen aufhörte und sich der Kater zu einem Spaziergang davonmachte. Als sie endlich hochschreckte, war es im Zimmer bereits dunkel. Ein wenig verwirrt rieb sie sich die Augen. Sie hatte geträumt. Verwirrende Dinge. Schreckliche Dinge. Sie waren ihr so real erschienen, doch jetzt konnte sie sich nur noch an unzusammenhängende Fetzen erinnern. Lediglich die Stimmungen schwangen noch in ihr nach. Eine Atmosphäre der Furcht und der Verzweiflung.

Lorena schloss noch einmal die Augen und kniff sie fest zusammen.

»Nur ein Traum, der keine Bedeutung hat«, sagte sie bestimmt, obwohl sie wusste, dass sie sich selbst belog. »Das hat mit dir alles nichts zu tun!«

Mit einer energischen Bewegung warf sie schließlich die Wolldecke ab, stand auf und ging in die Küche. Was sollte sie mit dem Abend anfangen? Jetzt fühlte sie sich wach und ausgeschlafen und hatte keine Lust, den Rest des Sonntags allein vor dem Fernseher zu verbringen.

Also ausgehen. Nur ihre wehen Füße sprachen dagegen – und vielleicht, dass sie kein Ziel hatte und ihr niemand einfiel, mit dem sie spontan den Abend hätte verbringen können.

Gegen die wunden Füße halfen ausgetretene Turnschuhe, der Rest war nicht so leicht zu lösen. So zog sie sich einfach eine Jacke über und stapfte ziellos drauflos. Sollte sie die U-Bahn nehmen und nach Covent Garden fahren? Dort war am Abend immer etwas los. Man konnte in der fröhlichen Menge baden und sich irgendwie dazugehörig fühlen. Sie könnte ins Kino gehen oder versuchen, eine Restkarte für eine der Theateraufführungen zu ergattern.

Noch während sie darüber nachdachte, schlugen ihre Beine ihren eigenen Weg ein, und der führte nicht zum Notting Hill Gate. Sie folgten einfach der Straße immer weiter, bis sie wieder vor der Bar stand. Ihr Herz schlug höher, als die ersten Jazzklänge an ihr Ohr drangen, doch sie zögerte hineinzugehen. Bisher hatte sie den Gedanken erfolgreich verdrängt, nun aber musste sie sich fragen, wie Jason ihre Flucht vom Vorabend aufgenommen hatte. Hoffentlich war er nicht zu sauer auf sie. Sie würde es ihm erklären müssen.

Wie denn?, höhnte eine Stimme in ihrem Kopf. Die Wahrheit konnte sie ihm nicht sagen.

O ja, das würde lustig werden. Entschuldige Jason, aber ich verwandle mich jede Nacht in ein geflügeltes Monster. Mach dir nichts draus, vielleicht wirst du den Umgang mit mir unbeschadet überstehen, versprechen kann ich dir das allerdings nicht.

Lorena seufzte und machte einen Schritt zurück. Vielleicht war das alles eine dumme Idee. Sie sollte ihr Wiedersehen in schöner Erinnerung behalten und es dabei belassen. Es konnte ohnehin nichts Gutes dabei herauskommen. Was würde es ihr bringen, wenn sie ihn wiedersah? Noch mehr Lügen, noch mehr Leid, wenn sie wieder einmal nur von dem kosten konnte, was sie nicht haben durfte. Unerfüllbare Sehnsucht war schmerzhaft, und die Einsamkeit quälte sie, doch wenigstens litt sie nicht den Kummer zurückgewiesener Liebe. Noch nicht. Und dabei sollte es auch bleiben!

Sie zog sich noch zwei Schritte zurück und stieß dabei gegen einen schwarzen Hünen.

»Au!«

»Oh, Verzeihung. Ich wollte Sie nicht treten. Ich habe Sie nicht gesehen.«

Der Mann lachte. »Macht nichts.« Er trat nach vorn und hielt ihr die Tür auf.

Lorena sah ihn unschlüssig an.

»Was ist nun? Wollen Sie nicht reinkommen? Es wird sicher gleich wieder regnen. Kommen Sie auf einen Drink, ich lade Sie ein.«

Lorena gab sich einen Ruck. »Ach, Sie meinen dafür, dass ich Sie angerempelt habe und Ihnen auf die Füße getreten bin?«

Der Schwarze öffnete seine enormen Lippen und grinste. »So ungefähr.«

Jazzklänge hüllten sie ein, als sie die Bar betraten, wo ihr Begleiter gleich mit großem Hallo begrüßt wurde. Offensichtlich war er hier Stammgast. Er griff mit seiner Pranke über den Tresen und ließ seine Fingerknöchel gegen die des Barkeepers krachen.

»Hey Noah, was steht an? Das Übliche?«

»Ja Mann, und die kleine Lady hier bekommt …?« Er zog die Stirn kraus und sah Lorena an.

»Einen Caipirinha, bitte«, rief sie dem Mann hinter der Bar über die nun einsetzende Trompete zu.

Er nickte, reichte Noah eine Bierflasche und mischte Lorena ihren Cocktail.

»Cheers, und danke, Noah«, sagte sie und hob ihr Glas. »Ich heiße Lorena.«

Er prostete ihr ebenfalls zu, wurde dann aber von zwei Bekannten, die ebenfalls die Körpermaße von Rugbyspielern hatten, ins Gespräch gezogen. Lorena betrachtete die Musiker, die gerade ein neues Stück probierten. Ein zweiter Trompeter gesellte sich zu ihnen, und dann packte noch einer ein Banjo aus. Lorena erkannte keinen von ihnen, daher wandte sie sich wieder an den Barkeeper.

»Ich suche einen Ihrer Musiker, der hier gestern Saxofon spielte.«

»Jason? Ich glaube nicht, dass er heute kommt. Wir haben sonntags immer Jamsession oder auch Open Mic, da ist er selten dabei.« Er deutete mit dem Kinn auf die Musiker, die das nächste Stück wieder in anderer Besetzung spielten. Sie mussten mehrmals ansetzen, bis sie einen gemeinsamen Rhythmus fanden. Sie spielten ein paar Mal die wechselnden Grundharmonien des Themas, dann begannen sie zu variieren und das Thema weiterzuentwickeln.

»Und wann kommt Jason voraussichtlich wieder?«

Der Barkeeper hob die Schultern. »Vielleicht Donnerstag, da haben wir Jazznacht. Freitag legt der DJ Reggae auf, das ist eher nicht so sein Ding, oder vielleicht nächsten Samstag. Samstags haben wir immer eine Band da, ich weiß allerdings noch nicht, ob es wieder die Jungs von gestern sein werden.«

Lorena bedankte sich. Sie erwog, den Barkeeper nach Jasons Telefonnummer zu fragen, unterließ es dann aber. Was sollte sie ihm am Telefon sagen? Nein, das würde noch komplizierter werden. Außerdem war es vielleicht ganz gut so, wenn sie noch ein paar Tage darüber nachdenken würde, was für eine Erklärung sie ihm für ihr seltsames Verhalten liefern konnte. Bis Donnerstag fiel ihr sicher etwas ein. Ganz bestimmt. Je fester sie daran glaubte, desto wahrscheinlicher würde es auch eintreffen.

Andererseits fühlte sie sich richtig elend bei dem Gedanken, so lange warten zu müssen, ehe sie Gelegenheit bekam, das Missverständnis auszuräumen. Donnerstag, bis dahin war es noch schrecklich weit hin. Fast eine ganze Arbeitswoche. Was, wenn er bereits beschlossen hatte, sie sei seiner Aufmerksamkeit nicht wert, nachdem sie sich einfach so aus dem Staub gemacht hatte? Was, wenn er womöglich dachte, ihr habe seine Musik nicht gefallen und sie wäre deshalb früher gegangen?

Unruhig rutschte Lorena auf ihrem Barhocker hin und her. Sie trank ihr Glas leer und schob es dem Barkeeper hin.

»Noch einen?«

»Nein danke, ich muss jetzt gehen.«

Noah unterbrach sein Gespräch und wandte sich ihr zu. »Was? Jetzt schon? Das geht aber nicht. Wie wäre es, wenn du mit uns eine Partie Pool spielst?«

Lorena hob verlegen die Schultern. »Ich spiele nicht besonders gut Billard.«

Noah grinste. »Umso besser. Ich gewinne gern. Aber ich kann dir auch meinen Freund Jake hier an die Seite stellen. Er ist ein Meister und kann dir so manchen Kniff verraten. Dann spiele ich mit Tyler. Der ist zwar im Gegensatz zu mir ein Loser, aber ich werd das schon für ihn ausbügeln.«

Noah feixte und klappte dann wie ein Taschenmesser zusammen, als ihm sein Kumpel einen gespielten Schlag in die Magengrube verpasste.

»Der Einsatz sind fünf Pfund«, sagte Jake und zog einen Geldschein hervor.

Lorena hatte es sich eigentlich zum Grundsatz gemacht, nicht um Geld zu spielen – *außer natürlich dem Spiel an den Börsen mit dem Geld anderer Leute* –, doch sie wäre sich spießig vorgekommen, wegen fünf Pfund einen Aufstand zu machen. So folgte sie den drei Männern zum Billardtisch. Jake bestellte eine Runde Porter für alle. Lorena protestierte nicht.

Was tat sie hier eigentlich? Sich mit drei wildfremden Männern, die in jedem Hollywoodstreifen als Footballspieler oder Preisboxer durchgegangen wären, beim Billard die Nacht um die Ohren schlagen? Wie war sie nur hier hineingeraten? Andererseits wirkten die schwarzen Jungs gar nicht so finster.

Noah reichte ihr einen Queue, dann losten sie aus, wer beginnen sollte.

Es war Jake, der den Break bekam und auch gleich die blaue Zwei versenkte.

»Yeah Baby«, rief er und hob die Handfläche, um sich von Lorena abklatschen zu lassen. Dann versenkte er noch die Sechs und die Eins.

»Das müssen die uns erst mal nachmachen«, sagte er, als der nächste Stoß fehlging.

Noah umrundete den Tisch und prüfte die Lage der verschiedenen Kugeln. Dann lochte er die Elf ein und danach die Vierzehn. Er versuchte, die Neun gleich hinterherzuschicken, doch es blieb bei dem Versuch.

»Lorena, du bist dran.«

Lorena ging langsam um den Tisch herum. Sie spürte, wie sie immer nervöser wurde. So ein Blödsinn. Das war nur ein Spiel. Es ging gerade einmal um fünf Pfund. Und doch spürte sie die drei Augenpaare wie Spots auf sich gerichtet.

»Vielleicht die Sieben dort drüben rein«, schlug Jake vor.

Lorena nickte. »Ich versuch's.« Sie holte tief Luft, näherte die Spitze des Queues der weißen Kugel, zog sie wieder zurück und stieß dann zu. Sie traf klackend auf die Zehn, die gegen die Sieben stieß, die dann fünf Zentimeter neben dem Loch gegen die Bande prallte und wieder in die Mitte zurückrollte.

»Das war wohl nix«, feixte Tyler und reckte seine beeindruckenden Armmuskeln, die ihm beim Billard rein gar nichts brachten, wie ihm Jake sogleich versicherte. Dennoch schaffte er es, eine Kugel zu versenken, ehe die Aufnahme wieder zu Jake wechselte. Auch er schaffte nur eine Kugel, dafür hatte Noah nach ihm eine echte Erfolgssträhne.

Lorenas zweiter Versuch wurde zwar mit einem Treffer belohnt, doch dann war schon wieder Tyler dran.

Vermutlich hätten Jake und Lorena dieses Spiel verloren, hätte Tyler nicht die Acht eingelocht, ehe sie ihre letzte Kugel versenken konnten. Noah ging in die Knie.

»Tyler! Ich sag es doch, du bist ein Loser!« Er schob Lorena und Jake ihre beiden Fünfpfundnoten zu. »Los, wir fordern Revanche!«

Auch bei diesem Spiel bekleckerte sich Lorena nicht gerade mit Ruhm. Es war ihr ein kleiner Trost, dass Tyler nicht besser spielte. Dennoch gelang es Noah, das Spiel rauszureißen und es dieses Mal für ihn und Tyler zu entscheiden.

»Wie gewonnen, so zerronnen«, kommentierte Jake, als er den Geldschein wieder rausrücken musste. »Noch ein Spiel?«

Die anderen nickten, und so fügte sich Lorena. Eigentlich waren die Jungs ganz nett, und mit jedem Spiel schmeckte ihr auch das dunkle Bier besser. Sie warf den Kopf in den Nacken und lachte entzückt, als Noah ein trefflicher Fehlstoß unterlief. Auch Jake jauchzte und reckte die Faust in die Höhe. Ihm dagegen gelang es, drei Kugeln hintereinander zu versenken.

Lorena spürte, wie sie in Gesellschaft der drei Männer immer lockerer wurde. Oder lag das am Bier, das sie inzwischen getrunken hatte? Egal. Sie traf manches Mal ganz gut und sonnte sich im Lob ihrer Mitspieler, während ihre Fehlstöße ihr nicht mehr so viel ausmachten.

»Lorena, du bist dran. Versuch, die rote Drei dort drüben einzulochen!«, riet ihr Jake. Lorena fixierte die Kugel und versuchte, sich die Bahn vorzustellen, die sie nehmen musste, um im richtigen Winkel an der Bande abzuprallen.

Plötzlich spürte sie, dass sie beobachtet wurde. Sie waren längst nicht mehr die Einzigen, die sich um den Billardtisch versammelt hatten, doch dieser Blick war anders. Er strich ihr unangenehm den Nacken entlang. Lorena nahm den Queue noch einmal herunter und wandte sich um. Da stand eine Frau, die sie sorgfältig musterte.

Sie sah gut aus, keine Frage. Sie war größer als Lorena und hatte mit ihren etwas schräg gestellten Augen und dem langen dunklen Haar, das ihr in weichen Locken auf den Rücken fiel, etwas Rassiges an sich. Ihre üppigen weiblichen Rundungen brachte sie durch ein tief dekolletiertes geschnürtes Oberteil sehr deutlich zur Geltung. Doch da war etwas in ihrem Blick, das Lorena abstieß. Die Frau kniff ein wenig die Augen zusammen und sah Lorena abschätzend an. Dann trat sie an den Tisch, lehnte sich mit dem Rücken dagegen und drehte aufreizend ihre Hüfte nach außen.

»Ich störe doch hoffentlich nicht, wenn ich euch ein wenig zusehe?«, sagte sie mit rauchiger Stimme und ließ den Blick über die drei Männer schweifen, die ihr natürlich sogleich versicherten, dass sie nichts lieber hätten.

Lorena schwieg. Doch, es störte sie ganz beträchtlich, aber was würde es nützen, das zu sagen? Ihre drei Mitspieler waren dem Weib bereits erlegen, das konnte sie deutlich spüren.

»Nun mach schon«, sagte Jake ein wenig ungeduldig, und

Lorena wunderte sich nicht, dass ihr Stoß fehlging. Die drei Männer stöhnten auf.

»Ups, das war wohl nichts«, sagte die Frau und warf mit einem gurrenden Lachen ihre langen Locken zurück. Lorena hätte sie erwürgen mögen.

»Mach Platz, jetzt zeige ich der Lady mal, wie man das macht«, brüstete sich Tyler, und zu Lorenas Überraschung versenkte er zwei Kugeln.

»He, Tyler läuft zur Hochform auf, wenn er einer schönen Frau imponieren kann«, kommentierte Noah.

Wieder dieses Lachen, das offensichtlich nur in Lorenas Ohren gekünstelt klang.

»Wie heißt du eigentlich, schöne Lady?«, erkundigte sich Jake. »Was dürfen wir dir zu trinken bestellen?«

»Ich heiße Adelita, und ich nehme einen Whisky mit Eis. Und wem muss ich dafür danken?« Mit ihren langen roten Krallen strich sie über Jakes nackten Unterarm.

Er lächelte ein wenig einfältig. »Ich bin Jake, und das sind Lorena, Noah und Tyler.«

Sie nickte den Männern strahlend zu. Nur als ihr Blick über Lorena strich, kühlte er sich merklich ab, und ihre dunklen Augen verengten sich.

»Kommt, machen wir weiter«, mahnte Noah. »Jake, du bist dran.«

Sie setzten ihr Spiel fort, doch es war nicht mehr dasselbe. Spürten die Männer nicht, wie sich die Atmosphäre verändert hatte? Wie sie selbst ihr Verhalten änderten? Allein wie sie sich bewegten, wie sie sich aufrichteten und unter Adelitas bewunderndem Blick die Muskeln spielen ließen. Vor allem Jake und Tyler buhlten um jedes Lächeln von ihr. Lorena war vergessen. Nicht, dass sie nicht mehr mit ihr sprachen oder nicht mehr weiterspielen wollten, dennoch fühlte sich Lorena plötzlich wie gläsern. Lediglich Noah schien noch nicht vollständig in den unsichtbaren Fäden von Adelitas Spinnennetz gefangen und warf Lorena einige scherzhafte Worte zu.

Das schien auch Adelita nicht zu entgehen, worauf sie alles daransetzte, auch ihn einzuwickeln. Sie war der Typ Frau, die erst zufrieden war, wenn alle Männer zu ihren Füßen lagen.

Lorena fühlte, wie bittere Galle in ihr aufstieg. Sie war so wütend, dass sie die Hände zu Fäusten ballte. Es machte ihr nichts aus, dass sie noch ein Spiel verloren, ja, sie bemerkte es fast nicht. Ihr wurde bei dem Anblick, wie Adelita Noah angurrte, richtig schlecht. Sie spürte, wie sie sich in ihren Zorn hineinsteigerte. Jeder Muskel in ihrem Körper verkrampfte sich, ihr Atem ging immer schneller, Schweiß stand ihr auf der Stirn. Sie umklammerte den Queue mit beiden Händen, dass sie das Gefühl hatte, ihn gleich in der Mitte durchzubrechen.

Noah wandte sich ihr zu. »Jetzt steht es zwei zu zwei. Noch ein letztes Spiel?«

Sie sah nicht zu ihm auf. Ihr ganzer Körper schien zu vibrieren. Ein Summen ertönte in ihren Ohren und wurde immer lauter. Mit Entsetzen erkannte sie, dass dies nicht nur ihre Wut auf Adelita war. Es musste jeden Augenblick zwölf Uhr schlagen!

Lorena warf den Queue auf den Tisch. »Entschuldigt, aber ich muss gehen«, rief sie. Sie hastete zur Tür. Im Hinausgehen blickte sie sich noch einmal um. Keiner der Männer sah ihr hinterher. Ihre Augen waren auf Adelita gerichtet, die Lorenas Queue in ihre manikürten Finger nahm und mit einem Augenaufschlag verkündete: »Da springe ich doch gerne ein!«

Lorena musste nicht weiter hinsehen, um zu wissen, dass

alle drei begeistert zustimmten. Sie riss die Tür auf und stürzte ins Freie. Es regnete in Strömen, doch sie achtete nicht darauf. Der erste Glockenschlag begann, das Ende des Tages einzuläuten. Sie keuchte und wand sich, während sie in einem dunklen Hinterhof Zuflucht suchte. In einer Ecke kauerte sie sich unter einen Mauervorsprung. Sie zerrte sich ihre Jacke herunter und riss an ihrem Shirt, während ihr Körper sich reckte und sich in seine nächtliche Gestalt wandelte. Mit einem Aufschrei entfaltete sie die Schwingen und klappte sie dann wieder zusammen.

Das Beben in ihrem Körper verebbte zu einem leichten Zittern und verklang. Stille herrschte um sie. Nur der Regen rauschte herab.

Lorena reckte ihr Gesicht den kühlen Tropfen entgegen und stieß noch einen Schrei aus. Dieses Mal war es wie eine Befreiung. Sie schlug mit ihren Schwingen und schoss dem nächtlichen Himmel entgegen. Noch immer tobte Zorn in ihr und wühlte sie auf, doch sie hoffte, ein schneller Flug durch den Hydepark würde sie beruhigen.

Das war ein Irrtum! Sie flog schneller, doch sie konnte ihren aufgewühlten Gefühlen nicht entkommen. Dieses Weibsstück hatte ihr auf infame Weise ihre neuen Freunde gestohlen. Das sollte sie ihr büßen! Sie würde sie mit ihren eigenen Waffen schlagen. In ihrer nächtlichen Gestalt war sie schöner als jede andere Frau und für jeden Mann attraktiver. Keiner konnte ihr widerstehen. Sie musste nur mit dem kleinen Finger schnippen, schon würden sie keinen Gedanken mehr an eine kleine, dahergelaufene Adelita verschwenden!

Die dünne Stimme in ihr, die sie mahnte, keine Dummheiten zu begehen, ignorierte sie.

Du musst nach Hause. Nur hinter der verschlossenen Tür deiner Wohnung bist du in Sicherheit.

Sicherheit? Ha, soll diese Adelita sich lieber in Sicherheit bringen, ehe sie der Strahl ihrer Vergeltung traf und zu Asche verbrannte!

Sie wusste, was die Stimme ihr sagen wollte. Dass sie um die Sicherheit der anderen fürchtete, nicht um ihre eigene, aber in dieser Nacht wollte sie nicht auf die Vernunft hören. Sie dürstete nach Vergeltung, nach dem wilden Leben – und nach Sex!

O nein! Tu das nicht, hörte sie das Flehen in sich. *Willst du das wirklich? Denk an Jason.*

Jason …

Sie ließ den Namen durch ihren Geist hallen und beschwor Fantasien herauf, die Lorena in ihrem normalen Zustand vermutlich hätten erröten lassen.

Jason, ja, ihn sollte sie sich anschließend ebenfalls genehmigen. Er sah so aus, als könnte er ein tauglicher Liebhaber sein. Sie würde ihn zu ihrem Sklaven machen, bis er ihr alles gab, was sie begehrte!

Nein!

Aber zuerst war Adelita dran. Sie machte kehrt und flog nach Notting Hill zurück. Die Stimme in ihr schwieg. Vielleicht war sie froh, dass Jason vorerst vergessen war.

Lorena landete in dem kleinen Hinterhof und faltete ihre Flügel zusammen. Sie sah an sich herab. Sie trug noch immer ihr schwarzes Trägertop, das sie unter dem Shirt angehabt hatte, ihre Jeans und die ausgetretenen Turnschuhe. Wasser tropfte aus ihrem langen Haar, und auch die Kleider, die ihr nicht so recht zu passen schienen, waren nass.

So kannst du da nicht reingehen. Sie werden dich auslachen!

Lorenas Gesicht verzog sich zu einer Grimasse.

»O nein, das wird keiner wagen!«

Sie schüttelte ihre goldblonden Locken, dass die Tropfen

flogen, und lachte laut auf. Dann marschierte sie los, überquerte die Straße und hielt direkt auf den Eingang der Bar zu. Sie stieß die Tür auf, trat ein und ging, ohne den Anwesenden einen Blick zu gönnen, an der Bar vorbei zum Billardtisch. Auch ohne sich umzusehen, spürte sie die bewundernden Blicke auf sich ruhen und hörte das Raunen, das durch die Bar von einem zum anderen übersprang. Es war, als würde sich die Zeit verlangsamen. Lorena konnte jeden ihrer Muskeln spüren, wie sie sich im Rhythmus der Musik bewegten und ihren Körper in einem wiegenden Gleichklang ausschreiten ließen. Sie spürte die Wassertropfen, die an ihren nackten Armen herabrannen. Sie fühlte das Spiel ihrer feuchten Locken um ihr Gesicht. Der gedämpfte Schein der Lampen ließ hypnotische Reflexe an ihnen entlangtanzen. Längst schon hatten die Spieler ihre Queues gesenkt und starrten sie an. Tyler klappte der Mund auf. Nur Noah wirkte noch halbwegs bei Sinnen. Lorena genoss den Zorn, der Adelita aus jeder Pore drang. Sie wusste bereits, was die Stunde geschlagen hatte, dennoch war sie nicht bereit, so schnell aufzugeben. Gut so. Den Kampf nahm Lorena gern auf.

Adelitas Augen blitzten, als sie Lorenas abschätzendem Blick begegnete. Dann wandte sie ihr betont lässig den Rücken zu und fixierte Jake, der neben ihr stand.

»Das war ein toller Stoß, Jake! Komm, die nächste lochst du auch ein. Und dann sind sie fällig.«

Als er nicht reagierte, strich sie ihm mit ihren roten Krallen über den Handrücken. Jake zuckte zusammen. Fast widerwillig wandte er sich Adelita zu, die das wohl bemerkte und zornig die Luft einzog. Lorena lachte leise und fühlte, wie ihr Lachen den Anwesenden bis in die Seele drang. Es war bezaubernd im wahrsten Sinn des Wortes.

Jake sah noch einmal zu Lorena hinüber, die lässig neben ihn trat. Er erkannte sie nicht. Keiner erkannte sie, obgleich sie noch immer ihre Jeans und die Turnschuhe trug. Das bedeutete nichts. Sie war jetzt ein anderes Wesen, und der Gedanke, dies könnte die Lorena sein, die um Mitternacht die Bar verlassen hatte, war im Geist der Anwesenden nicht vorgesehen.

»So wird das nichts, mein Lieber«, hauchte sie Jake ins Ohr, als er sich vorbeugte und die Kugel fixierte.

Er stieß trotzdem und sah dann fassungslos der weißen Kugel hinterher, die sich wie magisch ihren Weg zwischen allen anderen hindurch suchte und dann, ohne eine davon auch nur zu berühren, von der Bande abprallte. Noah und Tyler johlten, während Adelita nur zornig zischte. Noah fixierte Lorena, die nun um den Tisch herum auf ihn zuschlenderte.

»Du scheinst Unglück zu bringen, Lady«, sagte er und kniff ein wenig die Augen zusammen, als könne er sie nicht richtig sehen.

»Aber nein«, widersprach sie und schüttelte den Kopf, dass noch ein paar Tropfen aus ihren Locken flogen. »Es kommt immer darauf an, was man sich wünscht. Dein nächster Stoß wird treffen. Du musst nur daran glauben.«

Noah sah sie noch einen Moment prüfend an, dann spielte er die nächste Kugel. Und wirklich, er versenkte nicht nur eine, sondern gleich drei hintereinander.

»Das war gut«, lobte Lorena, während sie Adelita einen schnellen Blick zuwarf. Sie war jetzt an der Reihe. Lorena fixierte die schwarze Kugel und suchte ihr einen Weg in die nächste Tasche. Nur eine kleine Unachtsamkeit, und Adelita würde sie statt der gelben Eins treffen. Lorena bewegte sich nicht. Sie hatte nicht die Macht, der Kugel den rechten Lauf zu geben, doch sie konnte den Geist ihres Gegenübers beeinflussen. Sie dachte so intensiv an die schwarze Acht, dass sich auch die Aufmerksamkeit der Männer auf sie richtete. Und dann blickte auch Adelita verwirrt auf die Kugel. Lorena hielt die Luft an. Sie sah, wie Adelita den Queue zurückzog und dann mit einem Ruck durch ihre Finger gleiten ließ. Die Männer stöhnten auf, noch ehe die weiße Kugel gegen die Bande stieß und mit der Acht zusammenprallte. Jeder konnte sehen, wie das Ende seinen Lauf nahm. Mit einem leisen Klacken verschwand die Acht in einem der Löcher.

Keiner sagte ein Wort, als sich Adelita aufrichtete und ungläubig in die Runde starrte. Auch Lorena schwieg. Es war nicht nötig, etwas zu sagen.

Vielleicht wäre es nicht so schlimm gewesen, wenn die Männer ihrer Enttäuschung Ausdruck gegeben oder einfach einen Fluch ausgestoßen hätten, doch sie schwiegen und sahen Adelita nur an.

Es war kein Drama, dass sie die Acht versenkt und damit das Spiel verloren hatte. Auch die anderen hatten den einen oder anderen schlechten Stoß gehabt. Und dennoch war das Band zerschnitten, mit dem Adelita die Aufmerksamkeit der Männer auf sich gezogen hatte. Sie betrachteten sie fast abschätzig.

Noah legte den Queue auf den Tisch. »Lassen wir es für heute«, sagte er, ohne Adelita anzusehen.

Sie murmelte etwas zum Abschied und ging. Keiner der drei blickte ihr nach. Jake und Tyler sahen nur noch Lorena, oder besser gesagt das unnatürliche nächtliche Wesen, dem es ein Leichtes war, sie zu fesseln. Die beiden würden alles für sie tun, sie musste nur mit den Fingern schnippen. Aber das wollte sie gar nicht. Sie trat einen Schritt zurück und hob abwehrend die Hand.

»Jungs, es ist spät. Geht nach Hause und schlaft euch aus«, sagte sie leise, aber mit dem eindringlichen Ton, dem man so schwer widerstehen konnte. Die beiden nickten, bezahlten ihre Drinks beim Barmann und trollten sich.

Nun war nur noch Noah da. Sie konnte seine Anwesenheit ganz deutlich hinter sich spüren, so als streiche ihr Blick über seinen wohlgeformten, muskulösen Körper. Ein heißer Strahl schoss durch sie hindurch. Sie wollte diesen Mann! Gerade weil er ihr nicht so leicht erlag und sich ihr nicht wie ein willenloser Sklave zu Füßen warf. Sie war eine Jägerin und wollte ihr Wild erobern, ehe sie es erlegte!

Ganz langsam drehte sie sich um und hob die Lider. Sie konnte sehen, wie er unter ihrem Blick erschauderte, doch er starrte noch immer auf den grün bespannten Tisch. Seine Hand griff nach zwei der farbigen Kugeln und spielte ein wenig nervös mit ihnen. Sie klackten leise gegeneinander, während er sie anstarrte, als dürfe er sie keinen Augenblick aus den Augen lassen.

Lorena lachte leise und trat auf ihn zu, bis sie so nah bei ihm war, dass sie seinen Geruch in sich aufnehmen konnte. Sie spürte seine Wärme, die sie zu verbrennen schien, doch sie berührte ihn nicht.

Noch nicht.

»Ist es nicht auch für dich Zeit heimzugehen?«, fragte sie leise.

Noah reagierte nicht.

»Gibt es keine Frau, die auf dich wartet und sich danach sehnt, dass du sie heute Nacht in deine Arme ziehst?«

»Nein«, sagte er rau, den Blick noch immer auf die Kugeln gerichtet, so als könnten sie ihn vor Lorenas Macht beschützen.

»Was für eine Verschwendung!«, hauchte sie ihm ins Ohr,

sodass ihre Lippen seine Haut für einen Wimpernschlag lang berührten.

Noah zuckte zusammen. »Was willst du?«, fragte er kaum hörbar.

»Das Aufregendste, was man mit dieser Nacht anfangen kann …«

Seine Finger zuckten, dann spannten sich seine kräftigen Hände schmerzhaft um ihre Arme.

»Ich weiß nicht, was du für ein Spiel treibst, doch hör auf damit!«

»Warum? Ist das Leben bei Tag nicht ernst genug? Ist die Nacht nicht wie geschaffen dazu, ein wenig miteinander zu spielen?«

Sein Griff verstärkte sich noch.

»Was willst du hören? Dass ich dich haben will? Jetzt sofort? Am liebsten gleich hier auf diesem Tisch?«, stieß er hervor. »Nun, wenn es dieser Triumph ist, auf den du aus bist, dann kannst du ihn haben!«

Lorena lächelte. »Aber nein. Du könntest Hausverbot bekommen, das will ich nicht auf mein Gewissen laden. Lass uns gehen! Die Nachtluft kühlt das heiße Gemüt.«

Er lockerte seinen Griff um ihre Arme.

Lorena löste sanft seine Finger und sagte: »Komm, gehen wir.«

Sie warf dem Barkeeper noch einige Pfundnoten hin, dann standen sie draußen im Regen.

Noah starrte sie mit brennendem Blick an. »Ich habe noch nie eine Frau wie dich gesehen.«

Lorena wandte sich ihm zu. »Das glaube ich gern«, sagte sie leise. »Ich spüre deine Glut, die dich verzehrt. Lass sie heraus! Es kann nichts passieren. Der Regen löscht die Flammen.«

Er stieß einen knurrenden Laut aus und zog sie so heftig in seine Arme, dass ihr die Luft aus der Lunge gepresst wurde. Dann küsste er sie. Und wie! Sie konnte sich nicht erinnern, so etwas schon einmal erlebt zu haben.

Wollte er sie wirklich nur küssen oder ihr das Rückgrat brechen? Hatte er völlig die Kontrolle über sich verloren? Sie umklammerte ihn und spürte den heißen Wellen der Lust nach, die sich von ihrem Unterleib aus über ihren ganzen Körper ausbreiteten. Lorena hätte schreien mögen, wenn sie dazu in der Lage gewesen wäre. So drang nur ein Stöhnen zwischen ihren Lippen hervor. Endlich ließ er sie keuchend los.

»Du bist entweder ein Engel oder ein Dämon des Teufels«, sagte Noah und küsste sie noch einmal. Inzwischen waren sie beide völlig durchnässt, doch auch ihn schien das nicht zu stören. Schließlich löste er sich wieder von ihr und umschloss ihre Hand mit seiner Pranke. »Komm mit! Ich wohne nicht weit von hier. Bitte, sag jetzt nicht nein!«

»Warum sollte ich nein sagen?«, hauchte sie ihm ins Ohr. »Dafür ist die Nacht geschaffen.«

Kapitel 4

NOAH

Lorena schlug die Augen auf und blinzelte. Sie lag im Bett. Es war noch dunkel um sie, und der Wecker hatte noch nicht geklingelt. Dennoch stimmte irgendetwas nicht. Zuerst drang ihr der Geruch ins Bewusstsein.

Es roch nicht nach ihrem Bett in ihrem Schlafzimmer daheim. Der Kater war nicht da, und auch die Geräusche waren ihr fremd.

Aber irgendetwas lag da neben ihr. Obwohl er sie nicht berührte, konnte sie spüren, wie der Körper die Matratze niederdrückte.

Jason!, durchfuhr es sie, und für einen Moment genoss sie das Glücksgefühl, das durch ihren Geist und ihren Körper rieselte. Doch es ließ sich nicht halten. Das war nicht möglich! Dann müsste dies ein Traum sein, und Lorena war sich sicher, dass sie wach war.

Aber wer zum Teufel lag dann mit ihr in diesem Bett, das nicht das ihre war? Und wo war sie?

Der Mann neben ihr gab ein grunzendes Geräusch von sich und drehte sich dann schwungvoll auf die andere Seite. Die Matratze bebte unter seinem Gewicht. Dann war es wieder still. Sein Atem ging ruhig.

Lorena traute sich nicht, ihre Hand zu ihm hinüberwandern zu lassen. Sie kniff die Augen zusammen und versuchte, sich zu erinnern. Was war in der Nacht geschehen?

Sie hatte sich um Mitternacht wie immer gewandelt … Und dann?

Nein halt, vorher war sie im Mau Mau gewesen und hatte nach Jason gesucht.

Ein Gesicht stieg vor ihr auf. Ein dunkelhäutiges Gesicht mit eindringlich braunen Augen. Ein Name huschte durch ihre Erinnerung.

Noah.

Dann sah sie den muskulösen Schwarzen vor sich, der jetzt wohl neben ihr im Bett lag …

Himmel! Nein, das konnte nicht sein.

Und doch wusste ein Teil von ihr, dass es genau so war.

Was, verflucht noch einmal, war passiert? Sie konnte sich an das Billardspiel mit Noah und seinen Freunden erinnern und dass sie die Zeit vergessen hatte. Sie hatte um Mitternacht eilig aufbrechen müssen, um sich zu wandeln.

Und dann?

Lorena unterdrückte ein Stöhnen. Das durfte nicht wahr sein. Sie war zu der Bar zurückgekehrt, statt nach Hause zu gehen und sich in der Sicherheit ihrer Wohnung einzuschließen, bis die gefährliche Stunde der Nacht vorüber war, in der das dunkle Wesen in ihr die Oberhand gewann.

Was hatte sie nur getan?

Bilder und Gefühle zuckten wie Blitze durch ihren Geist. Zwei starke Arme, die warmen, fleischigen Lippen, die sie vor Lust aufschreien ließen, der Körper, der sie in die Matratze drückte, als wolle er sie zerbrechen. Dann saß sie auf ihm und strich mit ihren Fingernägeln über seine muskulöse, haarlose Brust, während sie sich in einem Rhythmus bewegte, der sie beide zum Stöhnen brachte. Sie sah sich nach vorn gebeugt dastehen, während er von hinten in sie eindrang. Sie konnte ihn überall in sich spüren und schrie vor

Lust, während seine Hände sie festhielten und seine Schenkel sich gegen die ihren pressten. Er war fast so unersättlich wie sie, und nach einer kleinen Pause pulsierte schon wieder die Lust durch ihre Leiber, die sich schweißglänzend auf seiner Bettdecke wanden. Die Bilder hasteten vorüber, und Lorena hätte sie zu gern angehalten, doch nun brach die Erinnerung mit voller Macht über sie herein. Sie konnte nicht einmal hoffen, das alles nur geträumt zu haben.

Noah bewegte sich wieder.

Sie musste hier weg! Was, wenn er aufwachen würde? Er wäre nicht erfreut, eine Frau neben sich zu finden, die er nicht kannte. Oder noch schlimmer, an die er sich zwar erinnerte, die er jedoch nicht mit in sein Bett genommen hatte.

Und Jason?

Ihr Inneres verkrampfte sich in Schuldgefühlen. Es war ihr, als habe sie ihn betrogen.

Das ist doch Unsinn!

Schließlich war sie nicht mit ihm zusammen. Und dennoch plagte sie ihr Gewissen. Sie hatte sich in Jason verliebt, zum zweiten Mal in ihrem Leben – nur um ihn dann gleich mit einem athletischen Schwarzen zu betrügen?

Das war nicht ich!, protestierte sie. *Das war dieses Wesen in mir.*

Was für eine dumme Ausrede. Sie und der Nachtmahr waren eins, dieselbe Frau. Wann würde sie das endlich akzeptieren?

Niemals! Sie hatte mit diesem Monster in sich nichts gemein, das wahllos Männer zu wildem Sex verführte.

Das nur auslebt, was du in deinen heimlichen Träumen versteckst!

Nein!

Wie auch immer. Erneut zuckte Noah neben ihr. Sie spürte,

dass er nun kurz davor war aufzuwachen. Eine Uhr irgendwo in der Wohnung schlug fünf Mal. Es war höchste Zeit, dass sie sich aus dem Staub machte.

Vorsichtig rutschte sie unter der Decke hervor und tastete sich dann nackt, wie sie war, aus dem Schlafzimmer. Ihr Unterbewusstsein fand trotz der Dunkelheit den Weg durch den Gang bis zur Haustür, wo ihr Fuß gegen eine Jeans und andere Kleidungsstücke stieß. Lorena bückte sich und suchte die ihren heraus. Bis auf ihre Socken fand sie alles und schlüpfte in die noch immer feuchten Kleider. Dann öffnete sie leise die Wohnungstür und schob sich hinaus.

Irgendwo klingelte etwas. Lorena ignorierte es. Sie war so müde.

Das Klingeln hörte auf. Gott sei Dank! Sie drehte sich auf die andere Seite und stieß gegen den Kater, der sich mit einem protestierenden Maunzen erhob.

Dann begann es erneut zu klingeln. Dieses Mal erkannte sie den Klingelton ihres Handys.

Was sollte diese Störung mitten in der Nacht?

Lorena riss die Augen auf und blickte in ihr lichtdurchflutetes Schlafzimmer. Während sie das Handy vom Nachttisch angelte, warf sie einen Blick auf die Uhr.

Neun.

Neun? Was für ein Tag war heute?

Die Frage beantwortete ihr der Anrufer.

»Es ist Montag, neun Uhr, und wir fragen uns, wo du bleibst!«

»David?«, krächzte sie.

»Ja, höchstpersönlich. Und ich will dir nur raten, dich zu beeilen. Es gibt da einen Chef, der bereits vor zehn Minuten seine erste Runde durch das Büro gedreht hat und dem es sicher nicht entgangen ist, dass dein Platz noch leer ist.«

»O nein!« Lorena stöhnte auf und schwang die Beine aus dem Bett. Sie steckten in einer schmutzigen Jeans. Sie trug sogar noch ihre ausgetretenen Turnschuhe an den nackten Füßen.

»Wie hörst du dich denn an?«, erkundigte sich David. »Bist du krank?«

Lorena nickte eifrig. »Ja, sorry, ich fürchte, ich habe mir übers Wochenende was eingefangen. Es tut mir leid. Ich fühle mich so schlecht.« Das wenigstens war nicht gelogen.

»Tja, da kann man nichts machen. Geh zum Arzt und lass dir eine Krankmeldung ausstellen«, riet David. Sie hörte seinen Zweifel in der Stimme. Sie war noch nie krank gewesen, seit sie bei der HSBC arbeitete. Andererseits hatte sie auch noch nie verschlafen oder sich – wie so manch anderer Kollege – einen blauen Montag gegönnt. So schwang dann doch Bedauern in seiner Stimme, als er ihr gute Besserung wünschte.

Lorena legte auf und sank in ihr Bett zurück.

Was hatte sie sich nur dabei gedacht? Drei Jahre hatte sie alles im Griff gehabt, und nun das!

Nur weil sie Jason wiedergetroffen hatte. Er hatte ihre wohlgeordnete Welt aus den Fugen gerissen.

Quatsch! Du kannst jetzt nicht ihm die Schuld für deine eigene Schwäche geben. Und nun raus aus dem Bett!

Auf müden Beinen schlich Lorena ins Bad, schälte sich aus ihren restlichen Kleidern und stellte die Dusche an. Sie hätte einfach nur weinen mögen, so elend fühlte sie sich. Noch schlimmer als an all den anderen Tagen, und dazu drückte sie noch ihr schlechtes Gewissen.

Dir geht es schlecht? Gut so! Das hast du nicht besser verdient, schimpfte ihre innere Stimme.

Sie duschte noch länger als sonst, fühlte sich aber kaum erfrischt, als sie in die Küche humpelte und dem Kater seine Schale auffüllte. Sie selbst hatte ausnahmsweise keinen Appetit.

Vielleicht wurde sie ja doch krank?

Blödsinn! Bilde dir nur nichts ein. Deine einzige Krankheit ist deine fehlende Selbstbeherrschung.

So saß sie am Küchentisch, kasteite sich selbst in Gedanken und sah dem Kater bei seinem Frühstück zu. Dann rief sie bei Dr. Cowen an und bat um einen Termin. Die Sprechstundenhilfe bestellte sie auf elf Uhr. Lorena dankte und gab dann der Sekretärin ihres Vorgesetzten Bescheid. Auch sie wünschte gute Besserung und versprach, ihre Krankmeldung weiterzuleiten.

Lorena fühlte sich schauderhaft, dennoch war sie auch erleichtert, heute keine Kunden anrufen und keine Anlagevorschläge unterbreiten zu müssen. Ihre Gedanken schlugen Kapriolen. Immer wieder zuckten die Szenen der Nacht durch ihren Geist, und sie fragte sich entsetzt, wie sie das hatte zulassen können.

Weil es aufregend war!, meldete sich die tiefe erotische Stimme in ihr, die sich so gern gegen ihre Vernunft auflehnte. *Weil du hier langsam, aber sicher versauerst. Wann hattest du zum letzten Mal solch wundervollen, aufregenden Sex? Während des Studiums? Ist das nicht schon ein wenig zu lange her? Gib zu, dass Noah ein prächtiger Liebhaber war!*

Das wollte sie gar nicht abstreiten. Doch er hatte nicht sie begehrt, nicht Lorena, nur das Wesen der Nacht, das ihm gar keine andere Wahl gelassen hatte.

Na und? Hauptsache, der Sex war gut.

Nein, das war nicht die Hauptsache! Das sollte die Folge der Liebe sein, die zwei Menschen füreinander empfanden.

Die Antwort war nur ein Schnauben. Lorena gab es auf, mit sich selbst zu diskutieren. Das führte zu nichts. Sie nahm sich fest vor, so etwas nie wieder zuzulassen, und machte sich dann zur Praxis ihres Arztes auf.

Er fand sie zu blass und vermutete eine tiefe Erschöpfung. Insoweit hatte er sogar recht. Nur dass er diesen Zustand auf ihre Arbeit zurückführte, traf die Sache ganz sicher nicht. Immerhin schrieb er sie drei Tage krank, und Lorena konnte mit einem Gefühl der Erleichterung in ihr Bett zurückkehren, wo sie sofort in tiefen Schlaf fiel.

Etwas drückte auf ihren Magen. Lorena riss die Augen auf und starrte direkt in die grünen Augen ihres Katers.

»Finley, wie kannst du mich so erschrecken?« Sie stöhnte und schob ihn vom Bett. »Wie spät ist es eigentlich?«

Sein Maunzen klang vorwurfsvoll, und als sie zur Uhr sah, wusste sie, warum. Sie hatte den ganzen Tag verschlafen.

»Du hast ja recht«, beschwichtigte sie ihn und kraulte seine Ohren. Dann ging sie in die Küche, um zu sehen, was der Kühlschrank noch hergab. Gemeinsam aßen sie, während es draußen bereits wieder dunkel wurde. Lorena kaute bewusst auf jedem Bissen Brot und jedem Salatblatt herum, um sich die Unruhe nicht eingestehen zu müssen, die zunehmend von ihr Besitz ergriff. Um neun hielt sie es nicht mehr aus. Sie sprang auf und zog sich um.

»Weißt du, ich habe jetzt so lange geschlafen, da muss ich einfach noch ein wenig frische Luft schnappen, ehe ich mich wieder ins Bett lege«, sagte sie zu Finley, obwohl sie wusste, dass sie den Kater und sich selbst belog. »Ich mach nur einen kleinen Spaziergang«, fügte sie noch hinzu und eilte dann die Treppe hinunter.

Nein, es war nicht nur ein Spaziergang, vor allem keiner, der dem Zufall die Richtung überließ. Ihre Schritte führten sie direkt zu der Jazzbar am anderen Ende der Straße. Erst als der Eingang in Sicht kam und sie die Menschentraube davor sehen konnte, blieb sie stehen. Die Tür öffnete sich, und einige Leute verschwanden in der Bar. Zwei junge Frauen standen ein wenig abseits, schwatzten und rauchten. Doch ihr Blick heftete sich auf den großen Schwarzen, der neben der Tür an der Wand lehnte und irgendwo in die Ferne zu sehen schien. Lorena ahnte, wohin ihn seine Gedanken gerade entführten. Sie schluckte trocken, als auch in ihr das warme Gefühl von Verlangen aufstieg.

Nein! Dieser Mann war ihr völlig gleichgültig. Sie war in Jason verliebt. Und außerdem wartete er nicht auf Lorena. Er wartete auf den Nachtmahr.

Sie zwang sich, ihren Blick abzuwenden, und ging mit langen Schritten davon. Eine halbe Stunde später stand sie jedoch erneut an der Ecke und sah zu der Jazzbar hinüber. Nicht nur die Musik, die bis auf die Straße klang, zog sie wie magisch an. *Vielleicht ist Jason ja doch da*, dachte sie wider jede Vernunft, und schon setzten sich ihre Beine in Bewegung. Die mahnende Stimme in ihr, die sie daran erinnerte, dass sie krankgeschrieben war und überhaupt nicht in eine Bar gehen durfte, ignorierte sie. Zitternd vor freudiger Erwartung, strebte sie auf die Tür zu, als diese vor ihr aufgerissen wurde. Sie blickte in das bekannte und doch fremde schwarze Gesicht.

Noah starrte zurück. Er brauchte einige Augenblicke, bis er sie erkannt hatte. »Ach, du bist es«, sagte er und suchte in seinem Gedächtnis offenbar nach ihrem Namen. »Hey, Lorena«, fügte er schließlich ein wenig unsicher hinzu.

»Hallo, Noah«, antwortete sie und senkte verlegen den

Blick. Auch wenn er nicht den Hauch einer Ahnung davon hatte, dass sie die Frau war, mit der er die Nacht verbracht hatte, ihr standen bei seinem Anblick mehr Details vor Augen, als ihr im Moment lieb war.

»Spielt ihr wieder Billard?«, fragte sie, nur um überhaupt etwas zu sagen und ihren Geist abzulenken.

Noah schüttelte den Kopf. »Nein, ich bin heute alleine da. Ich habe nach jemandem gesucht.«

Lorena nickte wissend. »Ja, ich auch. Jason, er ist Saxofonist und spielt in einem Orchester Cello.«

Noah schien zu überlegen, dann nickte er. »Den kenne ich. Hab ihn schon ein paar Mal hier gehört. Aber jetzt ist er nicht da. Heute ist keine Livemusik.«

Lorena nickte und zwang sich, nicht dennoch die Bar nach Jason zu durchsuchen. Sie würde sich lächerlich machen. Obgleich Noah sie wieder zu einem Drink einladen wollte, lehnte sie ab, verabschiedete sich und ging davon.

Zwei Stunden stürmte sie durch den nächtlichen Hydepark, doch ihr Gemüt wollte nicht zur Ruhe kommen. Alles, was sie erreichte, war, dass sie irgendwann mit schmerzenden Füßen stehen bleiben musste. Verflucht, die Blasen waren noch immer nicht abgeheilt, und nun war eine von ihnen wieder aufgebrochen. Langsam humpelte Lorena weiter. Sie fühlte schon wieder dieses Ziehen und sah sich um. Wo war sie eigentlich?

O nein!

Sie musste noch den ganzen Kensington Garden durchqueren, um wieder nach Notting Hill zu gelangen. In der Dunkelheit sah sie das Albert Memorial vor sich aufragen.

Lorena fluchte. Sie würde es nicht rechtzeitig vor ihrer Verwandlung nach Hause schaffen.

Das war doch nicht so schlimm. Hier im Park war um

diese Zeit kein Mensch mehr unterwegs. Da konnte nichts passieren. Sie würde sich wandeln und dann nach Hause fliegen, um sich in ihrer Wohnung einzuschließen, bis der Spuk vorüber war.

Lorena wusste nicht, wen sie hier zu betrügen versuchte. So einfach würde es nicht werden …

»Hallo, Noah!«

Beim Klang ihrer Stimme fuhr der große Schwarze herum.

»Was für eine schöne Nacht. Was machst du hier? Suchst du jemand?«

Er kam mit zwei großen Sätzen auf sie zu und riss sie in seine Arme. »Du weißt, dass ich dich suche, und zum Glück habe ich dich gefunden!«

Ihr Lachen wurde von einem Kuss erstickt. Sie ließ ihn eine Weile gewähren, ehe sie sich von ihm losmachte.

»Ist dein Hunger noch immer nicht gestillt?«, erkundigte sie sich mit einem neckischen Gurren.

»Mein Hunger war nie größer, und er verlangt nur nach dir!«, drängte Noah. »Du bist heute Morgen einfach verschwunden. Ich weiß ja nicht einmal deinen Namen. Wo hätte ich dich denn suchen sollen?«

Lorena zuckte mit den Schultern. »Wozu Namen? Ist das denn so wichtig? Ich finde dich, wenn mir danach ist. Und du hast Glück! Auch mein Appetit ist wieder erwacht. Wollen wir?«

Sie hakte sich bei ihm unter. Noah sah sie mit gerunzelter Stirn an. Es gefiel ihm nicht, dass ihm die Kontrolle so entglitt. Er war ein Mann, der gern selbst die Spielregeln bestimmte und die Regie übernahm, gegen ihre Magie jedoch konnte er nichts ausrichten. Zumindest bemerkte er das überhaupt. Schwächere Charaktere als er dachten nicht einmal darüber nach, wie leicht sie ihren eigenen Willen über Bord warfen.

Lorena beschloss, ihm wenigstens die Illusion zu lassen, er habe die Situation im Griff. Sie setzte eine Miene auf, die, wie sie hoffte, sein Vertrauen wecken würde.

»Ich heiße Faith«, sagte sie und drückte seinen Arm.

Er lächelte. »Wie passend«, murmelte er. Ob er ihr glaubte oder nur die Botschaft hinnahm, wusste sie nicht, und das war ihr im Moment auch egal. Sie wollte Sex mit diesem wunderbaren Exemplar an Männlichkeit!

Und den bekam sie auch.

Lorena rekelte sich wie eine Katze. Sie war noch halb in ihren Träumen gefangen und genoss die Bilder und Gefühle, die Körper und Geist gleichermaßen wohlig erschaudern ließen.

Kein Wecker. Keine Arbeit. Sie war krankgeschrieben.

Es war gegen Mittag, als sie sich ihren Bademantel überzog und in der Küche Porridge für sich und den Kater kochte. So ein paar Krankheitstage waren nicht übel. Warum nur hatte sie sich das bisher noch nie genehmigt?

Natürlich begann die Stimme ihres moralischen Gewissens sogleich zu zetern und zählte ihr auf, wie verwerflich dies alles war, doch sie hatte heute keine Lust auf ein schlechtes Gewissen, weder wegen ihrer Krankmeldung noch wegen Noah.

Nun ja, wegen Noah vielleicht ein wenig. Wie konnte sie nur so skrupellos den Sex mit ihm genießen, während sie sich gleichzeitig nach einem Wiedersehen mit Jason sehnte?

Das eine hat mit dem anderen nichts zu tun, versuchte sie, sich einzureden. Lorena war in Jason verliebt. Den zügellosen Sex dagegen genoss Faith mit Noah.

Wen versuchte sie hier zu belügen?

Lorena seufzte und wollte nicht weiter darüber nachdenken, was nicht ganz so einfach war. Sie drehte das Radio laut und wusch ihre Wäsche, sie ging einkaufen, plauderte mit ihrem Vermieter und kochte dann einen traditionellen Irish Stew, wie ihre Tante es ihr vor vielen Jahren beigebracht hatte.

Ja, das war gut. Sie konnte an ihre Jahre an der Highschool denken, an ihre Zeit bei Tante Ruby nach dem plötzlichen Unfalltod ihres Vaters. Nein, das war schon wieder nicht gut. Kein Thema, mit dem sich ihre Gedanken befassen wollten.

Also noch einmal von vorn. Ihre Highschoolzeit. Die Mitschüler, die ihr erst so fremd vorgekommen waren und mit denen sie erst nach und nach warm geworden war: Grace, Maisie und Chloe, oder Jamie, Dylan und Connor.

Und Jason.

Immer wieder Jason, in den sie sich verliebt hatte. Doch er wollte immer nur ihr Freund sein, ihr Kumpel, mit dem man Pferde stehlen konnte. Hatte er je das Mädchen in ihr gesehen, das sich in ihn verliebt hatte?

Das ging auch schon wieder in eine gefährliche Richtung.

Lorena schleuderte den langen Holzlöffel in den Topf, dass die heiße Soße aufspritzte.

»Aua. Verdammt!«

Der Kater, der auf dem Küchenstuhl geschlafen hatte, öffnete die Augen und sah sie vorwurfsvoll an.

Lorena drehte das kalte Wasser auf und hielt ihren schmerzenden Arm unter den kühlen Strahl. Tränen standen ihr in den Augen, doch sie wusste, dass sie nicht vom Schmerz der Verbrennung kamen. Panik kroch aus den dunklen Winkeln ihrer Seele und ballte sich wie ein Stein in ihrem Magen zusammen. Da war sie wieder, diese Angst, die Kontrolle zu verlieren. Die Furcht davor, sie selbst würde sich verlieren und das Etwas in ihr, das böse, dunkle Wesen, die Oberhand gewinnen. War es nicht schon dabei, sie zu beherrschen? Ihr Nacht für Nacht seinen Willen aufzuzwingen? Sie wollte nicht so werden. Sie wollte nicht Faith sein. Sie sehnte sich danach, nur Lorena zu sein. Als Lorena geliebt zu werden.

Jason …

Warum musste es so schwierig sein? Was hatte sie getan, um diesen Fluch zu verdienen? Woher kam er? Und gab es eine Möglichkeit, ihn loszuwerden? Damals an der Highschool hatte sie gedacht, sie habe wieder alles im Griff. Ab und zu eine Verwandlung, ansonsten hatte sie normal gelebt. Soweit man es als normal bezeichnen konnte, keine Familie mehr zu haben und in einem fremden Land bei einer Tante zu leben.

So viele Fragen, auf die sie keine Antwort wusste. So widmete sie ihre Aufmerksamkeit lieber wieder ihrem Irish Stew und versuchte, die Tränen zu ignorieren, die ihr lautlos über die Wangen rannen.

Lorena schaffte es, den ganzen Abend daheim zu verbringen, auch wenn sie wie ein gefangener Tiger immer wieder vom Wohnzimmer in den Flur und wieder zurück ging. Sie fand keine Ruhe, doch sie traute sich auch nicht, das Haus zu verlassen. Wenn sie sich irgendwo draußen wandelte, dann würde sie wieder die Kontrolle verlieren. Hier drin war sie einigermaßen sicher.

Sicher vor sich selbst?

Nein, vor diesem Wesen in ihr!

Das bist auch du.

Nein! Das ist nicht möglich. Der Nachtmahr ist zügellos, wild und böse!

Sind wir das nicht alle ein wenig? Sehnen wir uns nicht danach, auch diese Seite zeigen zu dürfen?

Nein!

Sie schaltete den Fernseher ein, doch keinem der Programme gelang es, ihre Aufmerksamkeit wenigstens so auf sich zu ziehen, dass sie ihre inneren Monologe unterbrach. Zum Lesen fand sie schon gar keine Ruhe.

Dem Kater wurde es zu viel. Er erhob sich und machte sich durch das Badezimmerfenster davon.

Nicht einmal Finley war bereit, ihren Fluch mit ihr zu teilen. Lorena sah auf die Uhr. Noch fünfzehn Minuten. Sie drehte noch eine Runde durch die Wohnung und versicherte sich, dass der Riegel vorgeschoben und der Strom eingeschaltet war.

Vor Jahren hatte sie herausgefunden, dass sie in der Gestalt des Nachtmahrs sehr empfindlich auf Strom reagierte, und so hatte sie sich, als sie in diese Wohnung nach Notting Hill gezogen war, diese perfide kleine Konstruktion ausgedacht und von einem Handwerker einbauen lassen. War der Riegel einmal vorgeschoben und der Stromkreis geschlossen, konnte man ihn zwischen Mitternacht und ein Uhr am Morgen nicht unterbrechen. Erst danach, wenn sie zu sich selbst zurückgekehrt war und die Vernunft wieder die Oberhand gewann, war es ihr möglich, den Strom abzuschalten.

Sie erinnerte sich noch an das Gesicht des Handwerkers, der ihren Plan umgesetzt hatte. Es stand in seiner Miene, dass er sie für verrückt oder für gemeingefährlich oder auch für beides hielt. Er wollte nicht einmal das großzügige Trinkgeld annehmen, das sie ihm hatte geben wollen. Er war nur froh, diesen seltsamen Auftrag erledigt zu haben und von hier unbeschadet wieder fortzukommen. Es war auf alle Fälle eine kluge Entscheidung gewesen, einen Handwerker aus dem Eastend zu beauftragen, der ganz sicher sonst keine Aufträge hier in der Gegend bekam, und so blieb der gefürchtete Klatsch in der Nachbarschaft aus.

Pünktlich um Mitternacht wandelte sich Lorena in die Gestalt des Nachtmahrs. Zornig stand sie vor der verschlossenen Tür, doch sie wusste, dagegen kam sie nicht an. Frustriert ballte sie die Hände zu Fäusten. Die Nacht war dazu geschaffen, durch die Stadt zu streifen oder über ihre Dächer zu gleiten, den Wind in ihren Schwingen. Das war Freiheit! Sie wollte die Wonne genießen, sich fallen zu lassen und aufgefangen zu werden von der nächsten Böe, die sie über die Parkbäume hinwegtrug. Und sie sehnte sich nach der Lust in den Armen eines Mannes.

Nach der Lust in Noahs Armen.

Hasserfüllt starrte sie den Riegel an.

Verflucht, warum nur tat sie sich das selbst an? Was schadete es, wenn sie zu Noah ging? Er hatte Spaß am Sex und sie auch. Sie waren erwachsen und durften tun, was ihnen beliebte. Das konnte nicht schaden.

Oder doch? Genau das war das Problem, dem Lorena noch nicht auf den Grund hatte folgen können.

Es war nur so ein Gefühl, das eine dumpfe Angst in ihr auslöste, sobald sie daran dachte. Es gab so viele Lücken in ihren Erinnerungen, die danach verlangten, wieder gefüllt zu werden. Aber wollte sie das wirklich? Sie ahnte, dass es Balsam für ihr Gemüt war, die Erinnerungen verdrängt zu haben. Und gerade das bereitete ihr Angst. Es war wie ein tiefer Abgrund, mitten in ihrer Seele, bis zu dessen Boden sie nicht sehen konnte. Nur ihre Ahnung sagte ihr, dass ihr das, was dort unten unruhig zuckte, ganz und gar nicht gefallen würde.

Kapitel 5

DIE WANDLUNG

Raika blieb stehen und starrte feindselig auf das geschlossene Tor von Gryphon Manor. Sie gab dem Flügel einen heftigen Stoß, sodass er mit einem leisen Quietschen aufschwang, dann durchquerte sie mit langen Schritten die Auffahrt.

Was machte sie hier? Warum rief die Lady sie schon wieder zu sich? Wollte sie ihr noch einmal den Kopf waschen? Sie hatte, wie befohlen, gekündigt und sich eine neue Wohnung besorgt. Was konnte sie noch von ihr wollen? Gut, das mit dem Unfall war eben passiert. Dafür konnte sie nichts. Fast nichts. Es war nur so ein Impuls gewesen. War es ihre Schuld, dass es so viele labile Männer gab? Durfte man denn gar keinen Spaß mehr haben? Sollte sie sich etwa wie die Lady in einem muffigen, alten Herrenhaus einschließen, bis sie unter Staub begraben wurde oder selbst zu Staub zerfiel? Wütend hämmerte Raika an das Eingangstor, das bereits nach dem zweiten Wummern geöffnet wurde.

Der Butler ließ sich nichts anmerken. Weder zeigte seine Miene, dass er sich darüber wunderte, sie schon wieder hier zu sehen, noch dass er ihren ungestümen Zorn zur Kenntnis genommen hatte. »Folgen Sie mir. Mylady erwartet Sie«, sagte er mit der Stimme eines Geistes. Vielleicht war er das ja auch. Nein, eher ein toter Körper, der nur noch mechanisch Befehle ausführte und dessen Geist ihn schon lange verlassen hatte. *Was die Lady wohl mit ihm gemacht hat, um ihn in die-*

sen Zustand zu versetzen, fragte sich Raika und konnte sich eines Schauderns nicht erwehren. Sie selbst war nicht zimperlich, wenn es um Männer ging. Sie nahm sich, was ihr gefiel, und ließ sie fallen, wenn sie ihr kein Vergnügen mehr bereiteten. Die meisten langweilten sie bereits nach wenigen Nächten. Was mit ihnen geschah, nachdem sie sie wieder fortgeschickt hatte, interessierte Raika nicht. Erholten sie sich jemals von ihrer Begegnung mit dem Nachtmahr? Sie wusste es nicht. Sie veränderten sich, das war klar. Und nicht gerade zum Guten. Das konnte ganz schnell gehen oder auch nur schleichend. Es kam darauf an, wie das Gift auf sie wirkte. Inzwischen bevorzugte sie starke Charaktere mit ausgeprägter Persönlichkeit. Nur sie waren eine echte Herausforderung und versprachen ein wenig Spannung. Und doch war das Ende stets von vornherein klar. Irgendwann erlagen sie der Magie des Nachtmahrs. Irgendwann war nichts mehr von ihnen übrig. Irgendwann waren sie einfach nur noch langweilig!

»Komm herein, ich habe mit dir zu reden.«

Raika riss sich von ihren Gedanken los und beeilte sich, der Aufforderung der Lady Folge zu leisten. Sie hatte schon einige Sätze zu ihrer Verteidigung vorbereitet, doch die Lady ließ sie nicht zu Wort kommen.

»Wie ich höre, interessierst du dich für eine deiner Schwestern«, sagte die Lady, und sosehr sich Raika auch bemühte, sie konnte der Tonlage ihrer Stimme nicht entnehmen, ob dies ein Vorwurf war oder gar eine Anklage.

Was wollte die Lady nun wieder von ihr? Ging es gar nicht erneut um den Unfall? Sie versuchte sich an einem unschuldigen Blick und wagte es, ihn zumindest bis zu Myladys gefalteten Händen anzuheben, die bewegungslos in ihrem Schoß lagen.

»Eine Schwester?«, wiederholte sie mit Verwunderung in der Stimme. »Von wem sprechen Sie?«

Das war die falsche Reaktion gewesen. Die Stimme der Lady klang verärgert. »Stell dich nicht dumm, das steht dir nicht. Ich spreche von Lorena, die du in Notting Hill getroffen hast.«

»Lorena? Heißt sie so? Ich bin ihr zufällig begegnet und habe gewittert, dass sie eine von uns ist ... Aber interessieren ist zu viel gesagt«, wehrte Raika ab.

»Deshalb bist du ihr auch bis zu ihrer Wohnung gefolgt, weil sie dich gar nicht interessiert«, fügte die Lady nun mit Sarkasmus in der Stimme an. »Und deshalb warst du auch in dieser Bar, die sie in letzter Zeit immer wieder aufsucht.«

Woher zum Teufel wusste sie davon? Hat sie denn überall ihre Spione? Offensichtlich! Raika nahm sich vor, vorsichtiger und vor allem aufmerksamer zu sein. Man konnte niemandem mehr trauen.

»Ich habe nicht viel über sie erfahren, aber ich glaube, sie ist ziemlich langweilig«, meinte Raika.

»Und dennoch ist sie für *uns* von großem Interesse«, verriet die Lady.

Raika war so überrascht, dass sie ihr fast ins Gesicht gesehen hätte. »Weshalb?«

»Das musst du nicht wissen. Für dich ist allein wichtig, dass ich mich für sie interessiere und nicht will, dass sie in ihrer Entwicklung gestört wird. Du darfst sie beobachten, ja, tu es, das hält dich vielleicht von anderen Dummheiten ab. Berichte mir, wenn dir etwas Ungewöhnliches auffällt, aber misch dich nicht ein! Ich entscheide, wann die Nacht gekommen ist, da sie alles erfahren wird. Noch muss sie sich allein auf die Suche machen. Sie hat gerade erst begonnen.«

Raika hatte keine Ahnung, wovon die Lady sprach. Sie

liebte es wie immer, sich mit Rätseln zu umgeben, und sie würde ihr auch nicht mehr verraten, wenn sie versuchte, sie zu drängen. »Kann ich dann wieder gehen?«, fragte sie stattdessen.

»Wenn du es wünschst. Doch befolge meine Anweisungen – und halte dich zurück! Ich will es dir nicht noch einmal sagen müssen. Ich wünsche keine Aufmerksamkeit, und dazu gehören auch Berichte über Unfälle, bei denen Männer blindlings vor Autos laufen, und Frauen am Unfallort, die als überirdisch schön beschrieben werden!«, fügte sie scharf hinzu.

Raika unterdrückte einen Seufzer. »Es war schließlich keine Absicht. Es ist einfach so passiert.«

»Dann musst du deine Sinne eben so zusammennehmen, dass solche Dinge nicht immer wieder in deinem Umfeld passieren!«

Raika murmelte so etwas wie eine Entschuldigung und verließ eilig den Salon. Dann rannte sie die Auffahrt hinunter bis zum Tor. Hoffentlich musste sie diesen Ort lange, lange nicht mehr aufsuchen. Doch hatte die Lady nicht gesagt, sie solle Lorena beobachten und ihr berichten? Raika schnitt eine Grimasse. Hatte sie nicht genügend willenlose Sklaven, denen sie befehlen konnte? Musste sie jetzt auch noch Raika vorschreiben, wie sie ihre Nächte zu verbringen hatte?

Nun ja, dann würde sie eben kurz in Notting Hill vorbeischauen. Vielleicht würde sich die Kleine ja wieder mit dem prächtigen Schwarzen eine heiße Nacht gönnen.

Hieß er nicht Noah? Egal. *Jedenfalls wäre der durchaus auch meine Kragenweite*, dachte Raika und leckte sich über die Lippen. Sie spürte die Lust in ihrem Bauch pochen. Vielleicht fand sich in Notting Hill ja etwas, das ihr diese Nacht doch noch versüßen konnte.

Lorena hatte es geschafft, Dienstag- und Mittwochnacht in ihrer Wohnung zu verbringen, und so gelang es ihr sogar, recht früh aufzustehen. Nun war Donnerstag, und ihre Gedanken kreisten um Jason. Heute war Jazznacht. Heute würde er bestimmt kommen! Lorena spürte, wie ihre Nervosität den ganzen Tag über zunahm. Zum Glück musste sie wieder arbeiten, so wurden ihre Gedanken wenigstens die meiste Zeit des Tages von ihren Träumereien abgelenkt. Sie musste sich konzentrieren! Ihr durfte kein Fehler unterlaufen. Sie war als kühle, überlegte Händlerin bekannt, die gut mit Kunden umgehen konnte, und das durfte sie nicht aufs Spiel setzen. So riss sie sich zusammen, bis es endlich Zeit für den Feierabend war. Rasch packte sie ihre Sachen zusammen und eilte zur U-Bahn.

Es war kaum sieben, als sie begann, diverse Outfits vor ihrem Spiegel auszuprobieren. Hunger verspürte sie nicht. Der Kater musste heute Abend allein essen. Endlich war sie mit ihrer Wahl zufrieden. Sie schminkte sich sorgfältig und versuchte dann, ihr Haar so zu fönen, wie der Friseur es gemacht hatte. Es schien eine Ewigkeit zu dauern, aber am Ende war sie mit dem Ergebnis ganz zufrieden. Lorena drehte sich langsam vor dem Spiegel. Wie spät war es? Erst kurz vor acht. Viel zu früh. Mit einem Seufzer ging sie einige Minuten in ihrer Wohnung auf und ab, dann hielt sie es nicht mehr aus. Sie konnte ja einen Umweg wählen, um noch ein wenig Zeit rauszuschinden.

»Wünsch mir Glück«, hauchte sie dem Kater ins Ohr und küsste ihn so stürmisch, dass er protestierte, dann tänzelte sie die Treppe hinunter.

Der Umweg fiel ziemlich kurz aus, und so war es noch deutlich vor neun, als das Mau Mau in Sicht kam. Nein, es wunderte sie nicht, unter den wenigen Gästen, die bereits da waren, Noah zu entdecken. Sie trat auf ihn zu und lächelte ihn an.

»Hallo, Noah, schön, dich zu sehen.«

Er ließ den Blick gleichgültig über sie schweifen. »Hallo«, brummte er. Kein Lächeln, und er machte auch keine Anstalten, sie zu einem Drink einzuladen. Lorena zuckte die Achseln und wandte sich ab. Dann eben nicht. Sie war schließlich nicht hier, um Noah zu treffen. Sie wartete auf Jason! Dennoch fühlte sie sich ein wenig gekränkt. Sie lächelte den Barkeeper betont herzlich an und bestellte wie üblich einen Caipirinha. Anschließend nahm sie auf einem Barhocker Platz und wartete. Jedes Mal wenn sich die Tür öffnete, machte ihr Herz einen kleinen Sprung, doch stets wurde es enttäuscht. Jason kam nicht. Dafür gesellten sich Tyler und Jake zu ihr, plauderten ein wenig und luden sie dann zu einer Partie Billard ein. Noah schien keine Lust zu haben, ließ sich aber von seinen Freunden überreden. Er war ein wenig unkonzentriert, und so lagen Jake und Lorena bald in Führung. Jake war wieder dran, um den entscheidenden Stoß auszuführen, als Noah sich näher schob.

Hatte er Jake gestoßen? Jedenfalls ging die Kugel daneben, und Jake wandte sich mit empörter Miene zu seinem Kumpel um.

»Hey, Mann, pass doch auf! Das war deine Schuld.«

Noah zuckte nur mit den Schultern. »Was kann ich dafür, wenn du nicht triffst.«

Lorena und Jake gewannen trotzdem, und auch beim zweiten Spiel lagen sie vorn, als Tyler wieder ein Patzer unterlief.

»Verdammt Tyler, mit dir zu spielen ist eine Strafe Gottes«, brauste Noah auf. »Du bist echt der letzte Loser auf dieser Welt!«

Lorena sah, dass Tyler gekränkt war, auch wenn er nichts sagte. Beim letzten Mal hatten seine Freunde ihn ebenfalls aufgezogen, doch das war anders. Heute fehlte der neckende Ton. Das hatte Noah ernst gemeint, und Tyler wusste es.

Sie sah zu Noah hinüber. Auf seiner Miene lag kein Lächeln. Verwirrt senkte Lorena ihren Blick auf seine Hände, die sie noch vor wenigen Nächten liebkost und ihr so viel Lust geschenkt hatten. Ihr fiel eine kleine Verletzung an seinem Handgelenk auf, die bereits zu verkrusten begann. Vielleicht hatte sie ihn dort in ihrer ungestümen Lust gekratzt?

Die Stunden verstrichen, doch Jason tauchte nicht auf. Lorena verabschiedete sich von den Männern und trat in die Nacht hinaus. Ein Blick auf die Uhr bestätigte ihr, dass ihr genug Zeit blieb, nach Hause zu schlendern und sich in ihrer Wohnung einzuschließen, ehe die Uhren Mitternacht schlugen.

Es war kühl geworden. Ein böiger Wind wehte von der Themse herauf. Fröstelnd schlang Lorena ihre Jacke enger um sich. Sie dachte über Jason nach. Warum er nicht gekommen war.

Es konnte Tausende Gründe geben. Vielleicht musste er an diesem Abend Cello spielen oder war in einer anderen Jazzbar unterwegs, oder er ahnte, dass sie in der Bar auf ihn wartete, und wollte sie nicht wiedersehen.

Blödsinn!

Sie schob den Gedanken beiseite und dachte lieber an das Billardspiel. Sie war besser geworden, ja. Ein Anflug von Stolz durchdrang sie. Jake und Tyler waren nette Typen. Es hatte richtig Spaß gemacht.

So lange wie möglich vermied sie es, ihren Fokus auf den Letzten der drei zu richten, auf Noah.

Was zum Teufel war heute nur mit Noah los gewesen?

Was bildete er sich ein, sie so abweisend zu behandeln? Er war ihr bei ihrer ersten Begegnung so charmant erschienen, dass sie ihn für den Nettesten der drei gehalten hatte, aber allmählich kamen ihr Zweifel.

Er hatte eben einen schlechten Tag. Kann ja mal vorkommen.

Wirklich? Nur ein schlechter Tag?

Ja, was sonst?

Das war genau die Frage, die sie quälte. Lorena blieb stehen. Sie spürte bereits die düsteren Schatten in sich, die die mitternächtliche Stunde vorauswarf. Ihre Schritte wurden immer langsamer, und sie spürte, wie Zorn in ihr aufstieg.

Was bildet sich dieser Typ mit seinen dicken Muskeln und seinem kleinen Hirn eigentlich ein, mich so zu behandeln?

Na ja, eigentlich hatte er sie ja eher nicht behandelt. Er hatte sie gar nicht richtig wahrgenommen.

Umso schlimmer! Das ist keine Art, mit einer Frau umzugehen, und genau das wird er heute Nacht lernen! Ich werde ihn so lange auf seinen Knien vor mir im Staub rutschen lassen, bis er das kapiert hat!

Lorena fühlte sich von ihren inneren Streitereien zerrissen. Sie war müde und wollte schlafen.

Quatsch! Wenn du nicht weißt, was gut für dich ist, ich weiß es!

»Lass es! Es ist der Mühe nicht wert.«

Die andere Stimme antwortete nicht. Stattdessen begann die Turmuhr zu läuten. Lorena fluchte, während der Nachtmahr in ihr triumphierte. Gebückt taumelte sie in einen Hinterhof, wo sie sich wandelte, dann erhob sie sich in die Luft und kehrte zum Mau Mau zurück, um sich Noah vorzuknöpfen.

Die Erziehungsmaßnahme artete in wilden Sex in Noahs Schlafzimmer, der Küche, dem Bad und dem Wohnzimmer aus. Schon auf der Treppe draußen hatten sie sich gegenseitig so ungestüm vieler ihrer Kleidungsstücke entledigt, dass das meiste nur noch für den Müllsack taugte. Dann taumelten sie in den Flur, wo Noah sie auf das Garderobenschränkchen hob. Er riss ihren Slip herunter, spreizte ihre Beine und schob sich dazwischen. Lorena war längst bereit, und wie sie unter ihren Fingern spürte, war Noah es noch mehr! Sie schlang ihre Beine um sein festes Gesäß und drückte ihn mit einer solch stürmischen Bewegung in ihre heiße, feuchte Mitte, dass er laut aufstöhnte. Er beugte sich vor, biss ihr in den Hals und küsste sie dann, während er sich in wellenartigen Stößen in ihr bewegte. Sie genoss es, seine steigende Ekstase zu spüren, die auf sie übersprang. Ehe er jedoch zum Höhepunkt kam, stieß sie ihn weg. Er protestierte, doch sie lachte, sprang von der Kommode und lief davon. Er holte sie vor der Küche ein und umschlang sie, dass sie keine Luft mehr bekam. Mit gespieltem Widerstand ließ sie sich zum Küchentisch treiben, wo er ihren Oberkörper nach vorn drückte. Ein benutzter Kaffeebecher flog vom Tisch und zerschellte auf dem Boden, doch für so etwas hatten sie keine Zeit. Noah fuhr tief in sie und steigerte den Rhythmus in kurzen, schnellen Stößen, bis er sich mit einem Aufschrei in sie ergoss. Für einen Moment erschlaffte er und ließ seinen Oberkörper auf sie sinken, dann aber löste er sich von ihr, hob sie hoch und stieg mit ihr über die Scherben hinweg in den Flur zurück. Im Wohnzimmer legte er sie auf das Sofa und drückte sich an sie. Lorena küsste die kleine Wunde an seinem Handgelenk. Er presste sein Gesicht zwischen ihre Brüste und küsste jeden Zentimeter ihres Bauchs. Erst sanft und zärtlich, dann wieder zunehmend erregt. Sie spürte, wie er schon wieder hart wurde. Die Nacht war noch nicht zu Ende!

Es war gegen zwei, als der riesige Schwarze erschöpft quer in seinem Bett liegend einschlief. Lorena saß mit gekreuzten Beinen nackt daneben und betrachtete ihn. Er sah gut aus, und er war ein guter Liebhaber. Sie mochte starke Männer mit Ausdauer. Und dass er anderen gegenüber ein wenig schroff war, wen störte das schon, solange er ihr gehorchte.

Sie hauchte ihm noch einen Kuss in den Nacken, dann zog sie sich an und machte sich beschwingt auf den Heimweg. Es ging doch nichts über eine erfüllte Nacht!

Zu Hause angekommen, wandelte sie sich zurück. Lorena war müde, ihre Glieder fühlten sich bleischwer an, doch sie wusste, dass es noch dauern würde, bis sie Schlaf finden konnte. Sie war noch zu aufgeputscht. Ihr ganzer Körper kribbelte, als kreise Champagner durch ihre Adern. Wieder nahm sie ihre Wanderung durch die Wohnung auf, obwohl sie sie nun gefahrlos hätte verlassen können. Für den Rest der Nacht unterlag die Wandlung ihrem Willen. Sie konnte sich der Gestalt des Nachtmahrs bedienen, musste es aber nicht.

Was aber würde es bringen, allein mit ihren Gedanken durch die Nacht zu laufen? Ihnen konnte sie nicht entfliehen, ganz egal, wie schnell sie versuchte davonzulaufen.

Lorena nahm ihren Geldbeutel aus der Handtasche und öffnete den Reißverschluss des hinteren Fachs. Zwei Schlüssel glitten in ihre Hände. Beide waren ein wenig altmodisch, das Metall angelaufen. Der eine war recht klein mit verschnörkelten Gravuren an seinem Kopf und einem komplizierten Bart, der andere war ein wenig größer und musste zu einem einfachen Schloss gehören. Es war fast schon zu einem Ritual geworden, die Schlüssel zwischen ihren Fingern zu reiben, wenn sie ihre Gedanken schweifen ließ.

Lorena wusste nicht, zu welchen Schlössern diese Schlüssel gehörten, ebenso wenig hatte sie eine Ahnung, woher sie sie hatte, und dennoch war sie sich sicher, dass sie wichtig waren und sie sie immer bei sich tragen musste. Die Schlüssel in der Hand, lief sie gedankenverloren und rastlos durch ihre Wohnung.

In der Küche blieb Lorena schließlich stehen. Ihr Blick fiel auf das Seidenpapier, in dem das Notizbuch eingewickelt gewesen war, das sie vergangenen Samstag auf dem Straßenmarkt gekauft hatte. Sie steckte die Schlüssel in ihr Fach zurück, ging ins Wohnzimmer und nahm das Buch aus der Schublade. Sie berührte das alte Leder, das trotz der vielen Jahre, die es schon hinter sich hatte, so wundervoll weich war. Es war einfach eine Wohltat, es zu berühren. Es zu streicheln. Lorena schloss die Augen und genoss die Bilder, die in ihr aufstiegen. Es war ganz einfach. Sie ging den langen Gang entlang und öffnete die Tür am Ende, um zu sehen, was der Raum, der so lange verschlossen gewesen war, vor ihr verbarg.

Plötzlich hielt Lorena inne. Nein, das ging zu schnell, aber es war eine Möglichkeit. Sie nahm das Buch und presste es mit beiden Händen gegen ihren Leib, dann holte sie ihren alten Collegefüller aus der Schublade und schraubte den Deckel ab. Die Stahlfeder kratzte über ein leeres Stück Papier, bis die eingetrocknete Tinte endlich zu fließen begann. Wie lange hatte sie ihn nicht mehr benutzt? Es kam ihr wie eine Ewigkeit vor. Lorena malte ein paar schwungvolle Bogen, ehe sie sich mit dem Buch und dem Füller aufs Sofa setzte. Fast feierlich schlug sie die erste Seite auf und schrieb das Datum des Tages in die obere rechte Ecke. Dann zögerte sie. Was sollte sie nun schreiben?

Liebes Tagebuch, ich hatte gerade wilden Sex mit Noah und kann nun nicht einschlafen, weil die Hormone in meinem Blut einen Tanz aufführen, der mich nicht zur Ruhe kommen lässt.

Lorena seufzte.

Nein, lieber nicht.

Oder so?

Ich liebe Jason. Ich denke ständig an ihn, seit ich ihn vergangenen Freitag wiedergesehen habe. Man sagt zwar, man könne nicht so schnell lieben. Dieses Gefühl beim ersten Blick sei nur Verliebtheit, doch das kann ich in diesem Fall nicht gelten lassen. Wir haben eine gemeinsame Geschichte. Ich habe ihn schon damals geliebt. Es war nur irgendwo versteckt und hat im Verborgenen gewartet. Und so hat ein Abend, ja, vielleicht schon ein Blick genügt, um die Liebe zu ihm wieder hervorzubringen.

Es ist wie früher an der Highschool. Eine Liebe, die hofft und geduldig wartet und nicht weiß, ob sie jemals erwidert wird. Und doch fühlt es sich tief in mir so an, als seien wir füreinander bestimmt… Ist das nicht seltsam?

Und weil ich nicht weiß, ob Jason und ich jemals zusammenkommen, habe ich schon mal mit Noah viel Sex. Man darf ja nichts anbrennen lassen! Halt nein, das bin ja gar nicht ich. Das ist nur der Nachtmahr, der zwischen Mitternacht und ein Uhr die Gewalt über meinen Körper und meinen Geist an sich reißt und Dinge mit mir tut, die ich verabscheue. Daher trifft mich keine Schuld. Ich muss kein schlechtes Gewissen haben, denn ich betrüge Jason nicht. Er würde das sicher verstehen, wenn er von dem Monster in mir wüsste…

Was für ein Blödsinn!

Noch immer starrte sie auf die erste Seite, die bisher nur das Datum trug. Zaghaft setzte sie den Füller auf, der sich wie von alleine zu bewegen begann. Die Tinte floss schwungvoll und klar und schrieb Worte und Sätze, von denen Lorena selbst nicht so genau wusste, woher sie plötzlich kamen. Doch es fühlte sich gut an, und so ließ sie es geschehen. Bald schon hatte sie das erste Blatt gefüllt. Sie schlug die Seite um und schrieb weiter. Sie fühlte sich wie getrieben. Immer schneller flossen die Worte aus der Stahlfeder. Aus trüben Nebelfetzen, die sich nicht fassen lassen wollten, formten sich Gedanken. Bilder erhoben sich und schlossen sich zu Erinnerungen zusammen, die sie nie gehabt zu haben schien. Und dennoch wusste Lorena, dass dies keine Hirngespinste ihrer Fantasie waren. Es waren die ersten Bruchstücke dessen, was in den Tiefen der Finsternis so lange verborgen gewesen war und was sie sich so viele Jahre gescheut hatte zu suchen …

Es war Nacht. Eine dunkle Nacht, in der kein Mond am Himmel stehen würde. Nur ein paar Sterne blinkten am wolkenlosen Himmel. Ich lag in meinem Bett. Es war schon nach elf, aber ich konnte nicht einschlafen. Vielleicht weil mir der Bauch so wehtat. Es war nicht der Magen, wie wenn ich zu viele unreife Pflaumen gegessen hatte. Der Ursprung des Schmerzes war tiefer. Er hatte bereits am Morgen angefangen, und meine Mutter hatte mir erlaubt daheimzubleiben, obwohl mir heute in Englisch ein nicht angesagter Vokabeltest drohte. Aber vielleicht hatte ich vergessen, das zu erwähnen?

Jedenfalls hatte meine Mutter mir eine Wärmflasche gemacht und mich wieder ins Bett geschickt. Am Nachmittag dann kam das Blut, das immer noch zwischen meinen Beinen hervorquoll, nur dass jetzt die Binde in meinem Slip es auffing. Ich lauschte in mich hinein. Weder die Bauchschmerzen noch das Blut beunruhigten mich. Meine Mutter hatte mit mir darüber gesprochen, außerdem hatten zwei meiner Freundinnen in der Klasse schon ihre Periode. Es war unangenehm, aber nicht sonderlich schlimm. Wenn man Bauchschmerzen hatte, durfte man sich vom Turnunterricht befreien lassen und hatte eine Stunde frei. Das war nicht schlecht.

Die Zeit verstrich, doch obwohl ich müde war, wurde ich immer unruhiger. Ich konnte kaum mehr still liegen. Es war bereits kurz vor zwölf, als ich die Decke von mir warf und aus dem Bett sprang.

Was nun?

Ich brauchte frische Luft. Ich schob das Fenster hoch, lehnte mich ein wenig hinaus und sog wie hungrig die kalte Nachtluft ein, die mich umhüllte. Es war April, und es wehte wie meist in Schleswig-Holstein ein stürmischer Wind von der See her. Doch mir war nicht kalt. Ich schwang die Beine über das Fensterbrett und ließ mich in den Garten fallen. Zum Glück wuchsen unter meinem Fenster keine Rosen. Nur weiche Grasbüschel und ein wenig Lavendel, nach dem mein Zimmer den ganzen Sommer über roch.

Im Dorf hörte ich die Kirchturmglocke Mitternacht läuten. *Hoffentlich erwischt mich Papa um diese Uhrzeit nicht hier draußen*, dachte ich gerade, als mich ganz plötzlich der Schmerz überfiel. Das war nicht mit den Bauchschmerzen zu vergleichen, die ich den Tag über gehabt hatte. Diese waren gegen das, was mich nun ergriff, nicht einmal wert, erwähnt zu werden. Überhaupt verblasste alles, was ich in meinem Leben bisher an Schmerzen ertragen hatte müssen: von den Kinderkrankheiten und den fiebrigen Erkältungen bis zu meinem Armbruch, den ich mir beim Inlinern geholt hatte. Das war nichts gewesen!

Irgendetwas griff nach mir, quetschte mich zusammen und drückte mich zu Boden. Ich hatte das Gefühl, mir würde die Haut vom Leib gerissen, jeder Muskel würde zerfetzt werden und jeder Knochen in tausend Stücke brechen. Die Pein war so unerträglich, dass ich nicht einmal wimmern konnte. Es kam kein Laut über meine Lippen, während ich mich zuckend am Boden wand.

Davon hatte meine Mutter nichts gesagt. Hatte sie mich deshalb mit diesem mitleidigen Blick angesehen? Wusste sie, dass das Blut erst das Vorspiel war zu dem Entsetzen, das dann folgte?

Endlich schien der Schmerz abzuklingen, und ich spürte wieder mein Herz, das wie rasend klopfte. Langsam öffnete ich die Augen und sah in den samtschwarzen Himmel, an dem sich die Zahl der Sterne vervielfacht hatte. Ich lauschte meinem eigenen, keuchenden Atem und versuchte vorsichtig, die Arme und Beine zu bewegen, stets auf der Hut vor dem Schmerz, doch er blieb aus. Vorsichtig rappelte ich mich auf, bis ich in meinem nun über und über schmutzigen Nachthemd barfuß im Blumenbeet meiner Mutter stand. Die Bewegungen fühlten sich seltsam an, als würden sie nicht zu mir gehören, doch bis auf ein Ziehen entlang meiner Schulterblätter tat mir nichts mehr weh.

Was war das gewesen? Gehörte das zu jeder Periode? Na danke! Davor hatte mich keiner gewarnt. *Musste jede Frau das jeden Monat aushalten? Dann würde ich die erste werden, die ein Mittel dagegen erfand*, das schwor ich mir. Doch dann war es vorbei. Ich fühlte mich sogar richtig gut. Kein Gedanke daran, wieder ins Bett zurückzukehren. Ein Drang nach Freiheit erhob sich in mir, der meine Füße in Bewegung setzte. Ich raffte mein Nachthemd und begann zu laufen. Über den Rasen hinweg bis zu dem kleinen Tor, das auf den Hohlweg mündete und dann immer weiter über die Weide mit den Pferden bis zum Teich. Es fühlte sich toll an. Meine Beine schienen plötzlich länger geworden zu sein und schlanker, aber auch kräftiger, denn ich wusste, so schnell war ich noch nie gerannt, und dabei blieb mein Atem ganz ruhig. Nicht wie auf dem Sportplatz, wenn Herr Lohmeier mit seiner Stoppuhr dastand und mir nachbrüllte, ich solle mich mal etwas anstrengen.

»Das ist eine lausige Zeit, Lorena«, schrie er. »Noch einmal vierhundert Meter, aber ein wenig dalli!«

Ich hasste Leichtathletik! Ich hasste es, über die rote Tartanbahn gehetzt zu werden. Doch in dieser Nacht machte mich das Laufen glücklich. Ich fühlte mich so leicht und frei, als würde ich durch die Nacht fliegen. Es machte mir nichts aus, dass meine Mutter sich sorgen könnte, falls sie mein Verschwinden bemerkte, oder mein Vater mich schimpfen und bestrafen würde, wenn er davon erführe. Das alles interessierte mich nicht. Es gab Wichtigeres!

Am Ufer des Sees blieb ich stehen. Ohne darüber nachzudenken, zog ich das Nachthemd über den Kopf, warf es zur Seite und stürzte mich ins Wasser. Es war eiskalt. Selbst im Sommer ging ich nur selten im See baden. Meine Mutter neckte mich immer, dass ich so verfroren sei oder vielleicht sogar wasserscheu… Dann spritzte sie mich nass, und ich lief kreischend davon. Doch in dieser kalten Aprilnacht stürzte ich mich ohne Bedenken ins Wasser und schwamm bis ans gegenüberliegende Ufer.

Das hatte ich noch nie gemacht. Das war viel zu gefährlich. Es sei weiter, als man denkt, sagte meine Mutter stets. Und dennoch lag ich nun am anderen Ufer nackt im Gras und sah zu den Sternen hinauf, die in dieser Nacht viel näher zu sein schienen. Ich reckte die Arme und betrachtete meine Finger. Meine Arme sahen irgendwie anders aus, und auch meine Finger schienen länger und schmaler zu sein. Und erst die Fingernägel! Ich kaute sie immer ab, obwohl meine Mutter mich schimpfte, wenn sie es sah, aber jetzt hatte ich lange, kräftige Nägel, die wohlgeformt spitz zuliefen. Eigentlich hätte es in dieser Neumondnacht viel dunkler sein müssen, doch ich hatte keine Schwierigkeiten, alles zu erkennen. Ich setzte mich auf und sah an mir herab. Es war wirklich seltsam. Das schien nicht mein Körper zu sein. Konnte man sich in einer Nacht so sehr verändern?

Ich trat ans Ufer und betrachtete mich, doch es war nicht mein Gesicht, das mir aus dem spiegelglatten, fast schwarzen Wasser entgegensah. Ich sah eine Frau mit schmalem Gesicht und ein wenig schräg stehenden Augen, die ernst zu mir emporblickte. Als ich die Hand hob, fuhren meine Finger durch schimmernde blonde Locken, die von meinem Bad noch ganz nass waren.

War das wirklich ich? Keine Pausbacken mehr, keine Zahnspange, über die die Jungs lästerten? Und auch keine Pickel mehr! Kein Spliss in den dünnen, schmutzig blonden Haaren. Ha! Die würden am anderen Tag in der Schule Augen machen! Keiner würde mehr hinter meinem Rücken Gehässigkeiten flüstern – natürlich so laut, dass ich sie auch hören konnte. Ich sprang auf und tanzte durchs Gras. Ich war so glücklich wie noch nie in meinem Leben. Mir tat gar nichts mehr weh. Ich fühlte mich einfach nur herrlich.

Es ziepte unter den Schulterblättern, und plötzlich sah ich etwas aus den Augenwinkeln, das mich erschreckte. Ich fuhr herum, doch da war es verschwunden. Ich hörte nur ein leises Rauschen und spürte plötzlich meine Schultern ganz deutlich.

Wieder diese Bewegung hinter mir. Ganz langsam wandte ich den Kopf und erstarrte.

Das ging nun echt zu weit!

Wie in Zeitlupe drehte ich mich um die eigene Achse, ohne

die beiden Dinger, die da aus meinen Schultern ragten, aus den Augen zu lassen. Vorsichtig hob ich die Achseln, da entfalteten sie sich plötzlich zu so etwas wie riesigen Fledermausflügeln. Ich erschrak so sehr, dass ich einen kleinen Sprung machte und unbewusst mit den Flügeln schlug. Es hob mich einige Meter in die Luft. Vor Entsetzen erstarrte ich und schlug kaum einen Augenblick später wieder im Gras auf.

Ich hätte mir alle Knochen brechen können! Der Sturz mit den Inlinern war dagegen harmlos gewesen, dennoch landete ich sicher auf den Füßen, ohne mir etwas zu tun.

Glück gehabt.

Erneut beschäftigte ich mich mit den Flügeln und versuchte, sie zu kontrollieren. Ich ahnte, dass das nun wirklich nicht normal war. Schade. Doch nur ein Traum. Dabei hätte ich gern so ausgesehen wie die Frau im Wasserspiegel zu meinen Füßen. Es hätte mir gleich klar sein müssen, dass es so etwas nicht gab. Aber zumindest wollte ich den Traum bis zum Schluss auskosten!

Das mit dem Fliegen war gar nicht so schwer, und ich hatte es bald raus, wie ich die Fledermausschwingen zusammen- und auseinanderfalten konnte und wie ich sie bewegen musste, um in die Luft zu steigen und sanft wieder zur Erde zurückzukehren. Dann wagte ich es, das Seeufer hinter mir zurückzulassen. Kaum einen Meter über der Wasseroberfläche schwebte ich lautlos dahin. Es war fantastisch! Ich hatte noch nie so intensiv geträumt. Ich konnte den Wind in den Haaren spüren, wie er über meine nackte Haut strich. Ich roch das Wasser, das Schilf und das Gras, und ich sah mein Spiegelbild im Sternenlicht über den See gleiten.

Ich wollte noch nicht nach Hause. Ich flog ein wenig weiter bis zum Dorf und landete in einem Garten. Das Haus erhob sich still und dunkel vor mir. Natürlich, es war spät, und alle Bewohner schliefen: Herr und Frau Faber, Sandra und Thomas!

Thomas, der Klassenchef, der große Junge mit den schlagkräftigen Fäusten, mit dem nicht gut Kirschen essen war. Es gab zwei Parteien in meiner Klasse: die, die mit Thomas auskamen, weil er sie mochte oder sie ihm das gaben, was er von ihnen verlangte, oder die, die sich weigerten, nach seiner Pfeife zu tanzen und dafür ab und zu in einen seiner berüchtigten Hinterhalte gerieten. Er fand immer etwas, für das er seine Feinde bestrafen musste, und er war erfinderisch bei der Wahl seiner Mittel.

Ich gehörte leider zum zweiten Teil, der mit jedem Jahr, das wir zusammen in die Schule gingen, weiter schrumpfte, doch ich war nicht bereit, seinen unverschämten Forderungen nachzugeben. Doch das hatte seinen Preis!

Als ich so in dem nächtlichen Garten stand und auf sein halb geöffnetes Schlafzimmerfenster sah, fielen mir einige Dinge ein, die er mir in den vergangenen Monaten angetan hatte, und ich spürte, wie ein ungekannter Zorn in mir aufstieg. Ich ballte die Hände zu Fäusten und ging auf das Fenster zu …

Lorena hielt inne. Die Feder schwebte über der halb gefüllten Seite. Was war dann passiert? Sie war auf das Haus zugegangen. Sie konnte sehen, wie sie das Fenster im ersten Stock aufschob … Und dann? Sicher war sie in das Zimmer eingedrungen und hatte ihren persönlichen Feind schlafend in seinem Bett angetroffen, doch sie konnte die Szene nicht vor sich sehen. Alles war verschwommen, und je mehr sie sich mühte, nach den fliehenden Schatten zu greifen, desto schneller entzogen sie sich, bis nur noch undurchdringliche Finsternis zurückblieb.

Es war Samstag, als sie Jason wiedersah. Sie fühlte sich schon fast wie ein Stammgast der Jazzbar, und auch der Barkeeper schien das so zu sehen, denn er hob grüßend die Hand, als sie unter dem Türrahmen auftauchte und sich umsah.

»Hey, Lorena. Guten Abend. Caipirinha?«

Sie nickte und schenkte ihm einen flüchtigen Blick, der dann wie magisch zur Bühne gezogen wurde. Dort stand Jason und sortierte einige Notenblätter. Sie wäre am liebsten zu ihm geeilt, aber ihre Beine rührten sich nicht vom Fleck. Ihr stand wieder deutlich vor Augen, wie ihre letzte Begegnung geendet hatte. War er böse auf sie? Hatte sie ihn gekränkt? Oder war es ihm gar nicht aufgefallen, dass sie so plötzlich verschwunden war?

Keine der Möglichkeiten gefiel ihr. Sie trat näher, ohne ihn aus den Augen zu lassen. Plötzlich, so als habe er ihren Blick gespürt, wandte er sich um. Erst huschte ein Lächeln über sein Gesicht, dann kehrte offensichtlich seine Erinnerung an das unselige Ende ihrer letzten Begegnung zurück. Das Lächeln verblasste und wich einem zurückhaltenden Ausdruck.

Lorena zwang sich, zu ihm zu gehen, obwohl sie in diesem Augenblick lieber davongerannt wäre. »Hallo, Jason, wie schön, dich wiederzusehen«, sagte sie.

»Hallo, Lorena.« Er wandte seine Aufmerksamkeit wieder seinen Noten zu. »Es wundert mich, dass du hier bist, nachdem dir die Musik letztes Mal wohl nicht zugesagt hat.«

Er war gekränkt. Natürlich. Sie unterdrückte einen Seufzer. War das nicht besser, als wenn er ihr Fortgehen gar nicht bemerkt hätte?

Sie schüttelte den Kopf. »Da liegst du völlig falsch. Mir hat die Musik sogar sehr gefallen. Du bist richtig gut geworden. Ich habe Lust bekommen, auch deine Cellokünste zu hören. Ich meine irgendwann, wenn es dir mal passt.«

Das Lächeln kehrte in sein Gesicht zurück. »Warum bist du dann so schnell verschwunden?«

Nun hatte sie so lange Zeit gehabt, sich eine plausible Erklärung einfallen zu lassen, und hatte noch immer nichts Besseres parat als die älteste Ausrede der Frauen. Sie sah ihn verlegen an.

»Ich leide unter Migräne, und wenn es mich überfällt, ist es heftig. Mir wird dann fürchterlich schlecht, und ich muss mich hinlegen. Leider ist Jazzmusik da nicht das richtige Heilmittel.«

Er lächelte ein wenig schief. »Dann spiele ich so schlecht, dass du Migräne davon bekommst? Sehr schmeichelhaft!«

»Nein!«, rief sie entrüstet, doch sie sah, dass er feixte.

»Du hast recht, den Schuh muss ich mir nicht anziehen.«

Erleichtert atmete sie aus. »Dann verzeihst du mir?«

Jason nickte. »Aber nur, wenn wir heute meinen Mitternachtsimbiss zusammen einnehmen.«

Sie starrte ihn an. Wie hatte sie annehmen können, dass es heute anders sein würde? Was konnte sie ihm darauf antworten?

Manchmal werden stumme Gebete erhört, auch wenn man gar nicht damit rechnet.

»Jason?«

Sie wandten sich dem grauhaarigen Trompeter zu, der mit den Augen rollte, dass das Weiße aufblitzte.

»Sei vorsichtig, was du deiner Lady hier versprichst. Wir spielen heute bis eins. Und wenn eine Zugabe verlangt wird, kann das noch ein paar Minuten länger dauern.«

Jason sah sie enttäuscht an, doch Lorena strahlte. »Gut, dann eben kurz nach eins. Die Nacht ist noch lang, oder? Und morgen können wir ausschlafen.«

Jason nickte, und sie konnte seine Freude spüren. »Also, dann viel Spaß und bis später.«

Mit einem beschwingten Gefühl zog sich Lorena an die Bar zurück und nahm ihren Cocktail entgegen.

Kapitel 6

JASON

Das Klopfen der Regentropfen gegen die Fensterscheibe drang in ihr Bewusstsein. Lorena drehte sich auf die andere Seite und zog die Bettdecke bis ans Kinn. Sie genoss die wohlige Wärme, die sie von außen einhüllte, und noch mehr die Wärme, die sich in ihrem Innern ausbreitete, als Bilder der Nacht in ihr aufstiegen. Obwohl der rötliche Schein, der ihr durch die Lider drang, zeigte, dass es längst Tag geworden war, hielt sie die Augen weiter geschlossen und genoss die Erinnerungen.

Sie hatte sich zu ihrer Wandlung in ihre Wohnung zurückgezogen, war aber kurz nach ein Uhr wieder in die Jazzbar zurückgekehrt, wo Jason sie bereits erwartete. Anscheinend hatte er gar nicht bemerkt, dass sie mehr als eine Stunde nicht da gewesen war, jedenfalls sagte er nichts und war guter Stimmung. Zusammen mit den anderen Musikern setzten sie sich im Stockwerk über der Bar um einen runden Tisch, auf dem bereits einige Flaschen Bier standen. Eine junge Frau mit rundem Gesicht und strahlenden dunklen Augen servierte ihnen Fisch und Chips, knusprig und dampfend heiß. Sie stellte Ketchup und Zwiebelringe auf den Tisch und einen Stapel Servietten und wünschte allen einen guten Appetit.

Jason hob ein wenig entschuldigend die Hände. »Es gibt leider nur Fast Food.«

»Was heißt hier nur?«, fiel ihm die junge Frau mit den Rastalocken ins Wort. Sie hieß Adia, spielte Klarinette, und ihre Vorfahren stammten aus Jamaika, wie Lorena in dieser Nacht erfuhr. Sie griff auch gleich zu und verdrehte genussvoll die Augen, während sie in die krossen Fischstücke biss.

Lorena zog sich ebenfalls eines der Körbchen heran und ließ es sich schmecken. »Hm, die sind wirklich sehr gut«, lobte sie.

Der grauhaarige Trompeter nickte. »Ja, auch wenn unsere Mia sonst nicht die weltgrößte Köchin ist, Fisch und Chips kann sie machen.«

»He Elijah, das habe ich gehört!«, rief Mia. Die eine Hand in die Hüfte gestützt, in der anderen einen langen Kochlöffel erhoben, trat sie in die offene Tür und versuchte sich an einer drohenden Miene, was allerdings nur fröhliches Gelächter bei den Musikern hervorrief. Die anderen beiden hießen Diego und Liam. Liam war der Jüngste der Truppe, spielte seinen Bass aber mit Hingabe. Diego beherrschte neben dem Schlagzeug noch fünf andere Instrumente, und obwohl er in der Runde der Schweigsamste war und jetzt fast introvertiert wirkte, konnte er am Schlagzeug so richtig aus sich herausgehen und hatte für sein Solospiel begeisterten Applaus bekommen.

Nun saßen sie beisammen, scherzten und neckten sich gegenseitig, sprachen über die Musik und neue Stücke, die sie das nächste Mal spielen wollten, oder lachten einfach über Adias Scherze.

Lorena knabberte an den frischen Chips, nippte an ihrem Bier und ließ sich einfach treiben. Sie hatte nicht das Gefühl, ein Fremdkörper unter diesen Leuten zu sein, die sie doch gar nicht kannte. Die Jazzmusiker bezogen sie ganz selbstverständlich mit ein und schoben immer wieder ein paar erklärende Worte nach, wenn sie über Dinge redeten, die Lorena nicht wissen konnte. Es war schon fast drei und die Bar längst geschlossen, als sie sich draußen auf der Straße voneinander verabschiedeten. Jason bestand trotz Lorenas Protest darauf, sie nach Hause zu begleiten.

»Es ist doch nicht weit«, sagte sie, obgleich sie sein Angebot freute.

»Nein? Dann müssen wir eben einen Umweg gehen«, gab er zurück und bot ihr mit einer übertriebenen Verbeugung den Arm.

Lorena schob ihre Hand in seine Armbeuge und schlenderte neben ihm her …

Jetzt, am anderen Morgen, wusste sie nicht mehr, worüber sie alles geredet hatten, nur dass es sich noch immer gut anfühlte. Und der Abschiedskuss, den er ihr vor der Haustür auf die Lippen gehaucht hatte, war sogar noch besser gewesen.

Sie hätte ihn gern hereingebeten, doch er fragte nicht, und sie wagte nicht, es ihm anzubieten. Es war ihr erstes Date – wenn es denn ein Date war. Sollte er sie für leichtfertig halten? Auf einen flüchtigen One-Night-Stand aus? Nein!

Ist das nicht ein wenig altmodisch gedacht? Die Zeiten haben sich geändert!

Wirklich? Lorena war sich nicht sicher. Vielleicht war es noch immer besser, den Mann den ersten Schritt tun zu lassen und nicht beim ersten Date schon gemeinsam im Bett zu landen.

Und auch nicht beim zweiten!, fügte sie in Gedanken scharf hinzu, um die Sehnsüchte zu vertreiben, die in ihr aufstiegen. Außerdem wusste sie ja gar nicht, ob Jason sie wiedersehen und ihre Freundschaft weiter auffrischen wollte. Immerhin hatte er um ihre Telefonnummer gebeten. Das war schon einmal ein guter Anfang. Was allerdings bedeutete, dass sie nun sehnsüchtig auf seinen Anruf warten würde. Sie sah sich bereits den ganzen Sonntag auf ihr Handy starren.

Ganz wie in alten Highschoolzeiten.

Nur mit dem einen Unterschied, dass man sein Telefon nun überallhin mitnehmen konnte und nicht mehr dazu verdammt war, den ganzen Tag auf dem Hocker neben dem Garderobenschränkchen zu sitzen, dass man auch wirklich beim ersten Klingeln abnehmen und nicht etwa Tante Ruby das Gespräch abfangen konnte.

Die Erinnerung ließ Lorena lächeln. Dann stöhnte sie auf, als der Kater mit einem Satz auf ihrem Bauch landete und schnurrend auf ihrer Brust herumzustaksen begann. Lorena öffnete die Augen und sah in das breite, schwarz-weiß gefleckte Katzengesicht. Finley kitzelte sie mit seinen weißen Schnurrhaaren im Gesicht und starrte sie aus grünen Augen an.

»Ja, du bekommst dein Frühstück!«, gab sie nach, schubste den Kater herunter und sprang dann beschwingt aus dem Bett. Es waren fast tänzelnde Schritte, die sie durch den Flur in die Küche führten. Lorena summte vor sich hin, während sie Wasser und Haferflocken in den Topf schüttete. Ihre ungewöhnlich gute Laune noch vor der Mittagsstunde fiel sogar dem Kater auf, der sie argwöhnisch musterte.

Lorena seufzte. »Ist es denn so offensichtlich? Ja, ich bin verliebt. Noch oder wieder, ist ja egal.« Sie kniete sich auf den Boden und knuddelte den Kater, der sich das nur widerstrebend gefallen ließ.

»Er heißt Jason und ist der tollste Junge – nein, inzwischen der tollste Mann, den ich je kennengelernt habe. Du wirst ihn mögen.«

Mit einem Maunzen befreite sich der Kater aus ihrem Griff und zog sich beleidigt in Richtung Bad zurück.

»Finley, bleib! Dein Frühstück ist gleich fertig.«

Doch der Kater hatte bereits das Weite gesucht und machte sich auf die Suche nach einer Alternative, die seinen Hunger stillen sollte.

Es regnete noch immer, und Lorena konnte nicht sagen, zum wievielten Mal sie auf die Anzeige ihres Handys starrte, um sich zu versichern, dass sie auch wirklich keinen Anruf überhört hatte.

Nein, alles in Ordnung. Der Empfang war gut, und es waren weder ein Anruf noch eine SMS eingegangen.

Alles in Ordnung?

Nichts war in Ordnung!

Sie trat ans Wohnzimmerfenster und drückte die Nase gegen die Scheibe, über die unablässig die Tropfen herabrannen. Es regnete so stark, dass sie nicht einmal Lust hatte, durch den Park zu joggen. Finley war längst wieder zurückgekehrt, hatte seinen kalten Porridge aufgeschleckt und sich dann in ihr noch ungemachtes Bett zurückgezogen. Normalerweise hätte sich Lorena an solch einem Sonntag noch ein wenig zu ihm gekuschelt, doch heute fand sie keine Ruhe. Sie ging vom Wohnzimmer ins Schlafzimmer, durch den Flur in die Küche und dann zurück ins Wohnzimmer.

Nein, es hatte noch immer niemand angerufen.

Lorena ließ sich in ihren Sessel plumpsen. Sie nahm die Sonntagszeitung zur Hand und blätterte sie lustlos durch. Die üblichen Klatschgeschichten über Stars und Sternchen, ein paar Nachrichten und Gerüchte über das Königshaus. Schließlich musste jeder wissen, was Kate kürzlich bei ihrem Auftritt an der Seite des Prinzen getragen hatte, als die beiden irgendeiner wohltätigen Veranstaltung ein wenig von ihrem königlichen Glanz verliehen. Dann die üblichen

Urlaubstipps mit verlockenden bunten Bildern von tropischen Stränden unter wolkenlos blauem Himmel. Sie blätterte weiter. Von hinten nach vorn, so wie sie auch Zeitschriften durchsah. Eine Marotte, für die sie früher schon ihre Mutter aufgezogen hatte. Das Zeitungspapier raschelte zwischen ihren Fingern, als sie ungeduldig weiterblätterte. Sie wollte sie gerade weglegen, als ihr Blick an einem Artikel hängen blieb. Es war eigentlich ein Satz, der ihr ins Auge stach und der sie mitten in der Bewegung innehalten ließ.

»Sie war die schönste Frau, die ich jemals in meinem Leben gesehen habe«, schwärmte ein Zeuge mit verklärtem Blick. »Sie war makellos und strahlte etwas Seltsames aus, sodass ich gar nicht mehr wegsehen konnte. Es war, als habe sie mich mit einem Bann belegt, dem ich nicht entgehen konnte. Sie hat mich angelächelt und mich zu sich gewunken. Ich musste ihr gehorchen und losfahren. Ich konnte nicht anders!«

Nach dem Unfall war die mysteriöse Frau verschwunden, doch es gibt noch einen weiteren Zeugen, der sie gesehen haben will und sie ebenfalls als »nicht von dieser Welt« beschreibt. Ob das dem Unfallverursacher bei seiner Verteidigung hilft, ist allerdings fraglich. Noch liegt der junge Mann, den er überfahren hat, auf der Intensivstation im Koma. Seinen Zustand bezeichnen die Ärzte als »kritisch«.

Lorena ließ die Zeitung sinken. Ein seltsames Gefühl stieg in ihr auf. Dieser Bericht erinnerte sie an etwas, das sie vor nicht allzu langer Zeit in der Zeitung gelesen hatte. Auch ein Unfall, den laut Zeugen eine »außergewöhnlich attraktive Frau« verursacht haben sollte. Sie wurde als groß, sehr schlank, mit dunklen Augen und langem schwarzem Haar beschrieben, doch auch in diesem Fall war die Zeugin nicht mehr aufzutreiben gewesen.

Und dann die beiden unerklärlichen Selbstmorde, von denen sie gelesen hatte. Der Mann, der nachts von der Tower Bridge gesprungen war und dann, kaum eine Woche später, der Fall vom Dach des Hochhauses nicht einmal einen Block von ihrem Arbeitsplatz entfernt. Auch auf der Brücke wollten Zeugen kurz zuvor eine ungewöhnlich schöne, schwarzhaarige Frau gesehen haben.

So etwas Ähnliches wie eine schwarze Witwe, die statt ihrer Ehemänner wahllos Männer mordete und es wie Unfälle oder Selbstmorde aussehen ließ?

Du liest zu viele Kriminalromane, wehrte ihre innere Stimme ab. Man konnte das, was diese Reporter schrieben, nicht für bare Münze nehmen. Ihre Aufgabe war es, die Auflagen zu steigern, daher musste auch ein einfacher Unfall sensationell klingen. Und wenn dafür eine Frau herhalten musste, deren Schönheit nicht von dieser Welt sein konnte.

Ein Bild stieg in ihr auf, so als habe sie diese Frau schon einmal gesehen. Oder besser erahnt. Eine Frau, die so war wie sie selbst.

Blödsinn! Was wollte sie sich hier eigentlich vormachen? Lorena warf die Zeitung mit einer heftigen Geste in den Papierkorb und zog stattdessen das lederne Büchlein heran. Sie schlug es behutsam auf und las, was sie bisher geschrieben hatte. Erinnerungen brandeten auf sie ein. Sie nahm den Füller zur Hand und schraubte den Deckel ab. Dann schlug sie eine neue Seite auf.

Ein Monat verstrich. Ich ging wie immer zur Schule und quälte mich mit Englisch und Französisch herum. Biologie und Mathe dagegen fand ich ganz gut. In Deutsch mussten wir schon wieder ein Buch lesen, das mich überhaupt nicht interessierte. Inhaltsangabe und Erörterung. Dann mal wieder ein unangesagter Vokabeltest. Ich hätte die neuen Wörter am Vortag doch noch lernen sollen. Ich wusste kein einziges. Na großartig. Wieder eine glatte Sechs. Na wenigstens war ich in Erdkunde gut. Das interessierte mich eben.

Auf dem Heimweg machte ich noch einen Abstecher zum See. Ich hatte es nicht sonderlich eilig, nach Hause zu kommen. Meine Mutter würde vielleicht nach der Vokabelarbeit fragen, und es nützte ja nichts, sie zu belügen. Spätestens wenn sie die Sechs unterschreiben musste, würde es rauskommen, und dann würde der Ärger vermutlich noch größer sein. Lügen kam bei ihr gar nicht gut an.

Und auf meinen Vater war da auch kein Verlass. Das hatte ich schon probiert. Eigentlich konnte ich es ganz gut mit ihm. Wenn ich ihn so schräg von unten mit großen Augen ansah und bitte, bitte sagte, funktionierte das meist. Nur eben nicht, wenn es darum ging, der Mutter etwas zu verheimlichen. Da hielten sie dann doch zusammen. Leider.

Wenn wenigstens die Großmutter da wäre. Sie hätte ich fragen können. Sie hielt immer zu mir und meinte, meine Mutter sei manches Mal ein wenig streng mit mir. Die Mutter sagte, es sei nötig, Kinder zu erziehen. Das Privileg der Großmütter sei es dann, sie wieder zu verziehen.

Ich stand am Ufer und sah in das düstere Wasser herab. Es war kühl, von wegen Wonnemonat Mai, und ich merkte, wie ich zitterte, doch ich rührte mich nicht von der Stelle. Ich hatte wieder das Bild vor Augen, wie ich mich in diese unglaublich schöne Frau verwandelt hatte. Die Flügel auf meinem Rücken, mit denen ich über den See geschwebt war. Ich beugte mich ein wenig vor, um mein Spiegelbild zu betrachten, doch ich sah nur mich selbst mit dem fransigen, stumpfen Haar, dem runden Gesicht und der pickeligen Haut. Ich schnitt mir eine Grimasse. Dabei war alles so wirklich gewesen. Ich hatte geglaubt, es wäre echt, und hatte Nacht für Nacht darauf gewartet, dass wieder etwas passieren würde, doch nichts geschah. Rein gar nichts! Außer dass ich zwei Tage später wieder beim Sport hatte mitmachen müssen. Zweitausendmeterlauf bei Nieselregen! Ich war natürlich mies gewesen und hatte jede Menge Spott zusammen mit einer Vier einheimsen dürfen. Jetzt war fast ein Monat vergangen, und ich hatte die Hoffnung aufgegeben. Zumindest fast. In dieser Nacht war wieder Neumond, und ich fühlte mich so aufgekratzt.

Ach, wäre das herrlich, wenn ich noch einmal durch die Nacht fliegen könnte!, dachte ich.

Ich war ganz aufgeregt, als ich nach Hause lief, und hatte die Vokabelarbeit fast vergessen. Vielleicht reichte es ja morgen noch, bei Mutter zu beichten. Vielleicht geschah in dieser Nacht etwas, das alles ändern würde?

Das Telefon klingelte. Lorena schreckte so zusammen, dass sie fast den Füller fallen ließ. Sie musste erst ein paar Mal blinzeln, ehe sie wieder vollständig in der Gegenwart ankam. Dann fiel es ihr wieder ein.

Jason!? Sie stürzte sich geradezu auf ihr Handy und drückte mit bebendem Finger die kleine grüne Taste. Ein Schauer des Glücks durchströmte sie, als sie seine Stimme hörte.

»Hallo, Lorena, wie geht es dir?«

»Danke gut.« *Ja, jetzt geht es mir gut.*

»Hast du gut geschlafen? Vielleicht ein wenig zu kurz? Ich habe dich doch nicht etwa geweckt? Ich habe extra noch ein wenig gewartet, ehe ich dich anrufe.«

»Nein, alles bestens.« Es war bereits nach zwei! Aber

Künstler hatten vielleicht eine andere Vorstellung vom Ausschlafen als sonstige Menschen.

Auf der anderen Seite der Leitung war es still. Sie musste jetzt etwas sagen. Wenn möglich etwas Geistreiches oder etwas Lustiges, das ihn zum Lachen brachte, doch ihr fiel nichts ein. Sie war überhaupt nicht in der Lage, irgendetwas zu sagen. O nein, sie würde es versauen.

Denk nach!

»Lorena, bist du noch dran?«

»Ja«, hauchte sie, doch mehr wollte nicht kommen.

»Was machst du denn heute Nachmittag noch?«

»Ich wollte in den Park«, sagte sie schnell. »Ich gehe sonntags oft in den Hydepark joggen.« Ihr Blick wanderte zum Fenster, wo der Wind den Regen in Böen gegen die Scheibe klatschen ließ.

Jason gab ein Geräusch von sich, das ein Lachen hätte sein können. »Auch bei diesem Wetter? Du bist ganz schön hart. Mir wäre es nach etwas Trockenerem. Hättest du Lust auf Kino? Und dann vielleicht etwas essen gehen?«

»Ja, gern«, rief sie und hoffte, dass es nicht zu überschwänglich klang.

»Kommst du mit der U-Bahn? Dann hole ich dich am Leicester Square ab. Dort haben wir eine gute Auswahl an Kinos in der Nähe, und von dort könnten wir nachher zu Covent Garden rübergehen, je nachdem, auf was du Appetit hast. Wie hört sich das an?«

»Fantastisch«, hauchte sie.

»Dann um vier?«

Lorena sagte zu, legte auf und ließ das Telefon auf das Sofa fallen. Dann sprang sie auf und tanzte singend durch die Wohnung, bis der Kater den Kopf hob und sie fragend ansah.

»Ein Date! Ein Date mit Jason«, jubelte sie, ehe sie zu der überaus schwierigen Kleiderfrage überging. Nicht zu elegant, nicht zu sexy, aber auch nicht zu leger oder sportlich. Dem Wetter angemessen, aber kein dicker Pulli. Das würde nicht einfach werden und sie die nächste Stunde, bis sie aus dem Haus musste, bestimmt beschäftigen.

Lorena lag im Bett, die Arme unter dem Kopf verschränkt, und dachte über den Tag nach. Ein Lächeln stahl sich auf ihre Miene, und sie konnte spüren, wie es sich über ihr Gesicht ausbreitete. Ja, es schien ihren ganzen Körper zu erfassen und zum Strahlen zu bringen. Jason interessierte sich für sie. Für sie, die unscheinbare Lorena mit all ihren Mängeln – nicht für den strahlend schönen Nachtmahr. Nun gut, den hatte er auch noch nicht zu Gesicht bekommen, und dabei, so beschloss sie, sollte es auch bleiben. Sie versuchte, sich einzureden, dass Jason nicht auf ihr anderes Ich reinfallen würde, doch ausprobieren wollte sie es lieber nicht. Sie würde alles daransetzen, um ihr Geheimnis zu wahren und den Nachtmahr von ihm fernzuhalten. Das würde nicht einfach werden. Je vertrauter sie miteinander wurden, desto schwieriger würde es sein, sich jede Nacht von Mitternacht bis ein Uhr davonzustehlen.

Vielleicht würden sie ja gar nicht so vertraut miteinander werden. Vielleicht wollte er ja nur wieder die Schulfreundin, mit der man alles besprechen konnte, die jeden Streich mitmachte und einem den Rücken frei hielt, die in seinen Augen mehr Kumpel als Mädchen war. Das würde es einfacher machen, dennoch schmeckte diese Version ein wenig bitter.

Was sah Jason in ihr? Immerhin hatte er sie beim Abschied geküsst.

Wie eine Schwester.

Nein, zärtlicher. Eben wie ein Gentleman, der sich Zeit nimmt und nicht drängt.

Oder wie einer, der doch nur alte Zeiten wiederbeleben will.

Lorena warf die Decke ab und stand auf. Sie wollte sich die Erinnerungen an diesen Abend nicht verderben lassen. Lieber lenkte sie sich noch ein wenig ab, bis sie sich in einer halben Stunde wandeln musste. Sie nahm erneut das ledergebundene Buch zur Hand und las die letzten Sätze.

Vielleicht geschah in dieser Nacht ja etwas, das alles ändern würde?

Lorena glitt allmählich zurück in die Vergangenheit. Bald war sie wieder dreizehn und stand nachts in ihrem Zimmer vor dem Spiegel, suchte eifrig nach jedem noch so kleinen Anzeichen von Veränderung, doch sie sah nur den etwas pummeligen, unscheinbaren Teenager, in dessen Blick so viel Sehnsucht lag. Sehnsucht nach dem Besonderen, nach dem Abenteuer und nach Liebe. Der Körper war erwacht und mit ihm neue Wünsche. So viele Versprechungen in der Werbung, im Kino und im Fernsehen. So viele schöne Frauen und attraktive Männer auf den großen, bunten Plakaten, die von einer heiteren, begehrenswerten Welt sprachen, die es vielleicht so nicht geben konnte. Und dennoch sehnte sich jeder danach und träumte von ein wenig Glamour, von bewundernden Blicken und Komplimenten. Davon, in dieser neuen, aufregenden Welt dazuzugehören.

Die Uhr schlug Mitternacht. Da konnte ich es spüren. Es überfiel mich ganz unvermittelt. Dieses Mal hieß ich den Schmerz willkommen, der an meinen Gliedern zerrte. Begierig starrte ich in den Spiegel, während das Zucken immer stärker wurde. Ich spürte, wie meine Kleider zu spannen begannen, und riss sie mir mit hastigen Bewegungen vom Leib. Der Schmerz zwang mich in die Knie, und ich musste die Augen zukneifen, doch gerade als ich dachte, ich könne das nicht länger aushalten, war es vorbei. Zaghaft erhob ich mich und öffnete die Augen.

Da stand sie vor mir: die wundervolle Gestalt. Halb Mädchen, halb Frau, verführerisch in ihrem Blick, in dem keine Unsicherheit und keine Scham zu finden waren, und makellos in ihrem Äußeren. Ich lächelte meinem Spiegelbild zu und drehte mich von einer Seite auf die andere. Ich war so unendlich erleichtert. Es war kein Traum gewesen! Ich hatte diese Verwandlung wirklich erlebt. Ich drehte mich zur Seite, während ich vorsichtig meine Flügel entfaltete und wieder zusammenklappte. Der Schlitz unter den Schulterblättern schloss sich und war kaum mehr zu sehen. Und dennoch konnte ich jederzeit innerhalb eines Wimpernschlags meine Flügel ausbreiten und davonfliegen. Was für ein herrlicher Gedanke!

Ich spürte, wie mich die Unruhe überkam. Die Nacht rief nach mir. Ich musste hinaus. Rasch schob ich das Fenster auf und schwang die Beine über das Fensterbrett. Doch statt mich in den Garten hinabfallen zu lassen, öffnete ich meine Schwingen und stieß mich ab, sodass ich mit einem Satz in den Himmel schoss …

Der Füller entglitt ihren Händen. Vergangenheit und Gegenwart verschmolzen miteinander. Es war Zeit, sich zu wandeln. Längst schon bereitete es ihr kaum noch Schmerzen, und sie brauchte nur wenige Augenblicke, um von Lorena zum Nachtmahr zu werden.

Sie blinzelte und sah sich mit den nun tiefblauen Augen um. Die Nacht war jung und vielversprechend! Ein Lächeln glitt über ihr Gesicht, als sie sich die letzte Seite, die sie geschrieben hatte, durchlas. Ja, diese Nacht war ihr durchaus noch im Gedächtnis. Es wurde Zeit, ihren Erinnerungen neue hinzuzufügen, die es lohnten, bewahrt zu werden. Wie gut, dass sie vergessen hatte, den Riegel vorzulegen. Beschwingt machte sich Lorena auf den Weg zur Mau Mau Bar. Sie hoffte, Noah zu finden, doch er war schon weg, wie ihr Tyler versicherte, der sie fast mit den Augen verschlang. Vermutlich zog er ihr im Geist gerade die wenigen Kleidungsstücke aus, die ohnehin mehr enthüllten als verbargen.

»Es tut mir leid, dass du Noah verpasst hast«, log er. »Aber vielleicht darf ich dich zum Trost zu einem Drink einladen?«

Lorena überlegte nicht lange. Sie lächelte ihn verführerisch an. »Bei dir?«

Er grinste. »Wenn du möchtest?«

Sie nickte und hakte sich bei ihm unter. Es war ihnen beiden bewusst, dass es nicht bei einem Drink bleiben sollte.

Die Woche über trafen sie sich nicht. Tagsüber arbeitete Lorena in der Bank, während Jason nur hin und wieder zu einer Probe musste. Und abends hatte er häufig Auftritte, wenn nicht mit dem großen Orchester, dann im kleinen Rahmen als Mitglied eines Streichquartetts bei Ausstellungseröffnungen, Firmenveranstaltungen oder anderen Festen. Oder er spielte mit den Jungs von der Jazzband. Ein paar private Schüler hatte er ebenfalls, die zu ihm nach Soho in seine Wohnung kamen und sich auf dem Klavier abmühten. So war er beschäftigt und verdiente auch recht gut. Zumindest so viel, dass er seinen Eltern nicht länger auf der Tasche liegen musste, was ihm sehr wichtig war. Daher gab es für sie nur die Möglichkeit, sich erst gegen Mitternacht zu treffen, wozu Jason zwar bereit gewesen wäre, was Lorena aber ablehnen musste.

»Es tut mir leid, aber unter der Woche brauche ich meinen

Schlaf. Ich muss früh aufstehen und darf es mir nicht leisten, während der Arbeit unkonzentriert zu sein. Das kann sonst irgendjemand ganz schnell Millionen kosten«, argumentierte sie. Jason akzeptierte es, und so telefonierten sie lediglich miteinander, wenn Lorena Feierabend hatte, ehe er sich zu seinen Auftritten begab.

Je näher das Wochenende rückte, desto nervöser wurde Lorena. Sie würden sich wiedersehen! Schon am Freitag. Jason musste nicht in der Bar spielen. Sie hatten einen wunderschönen langen Abend Zeit füreinander. Nun würde es sich entscheiden, ob er nur eine Kameradschaft auffrischen wollte oder an der Frau interessiert war. Ihre Stimmungen dazu schwankten wie das Wetter über London. Mal tänzelte sie summend durch das Büro und malte sich in den schönsten Farben aus, wie er sie leidenschaftlich küssen würde – sie gestattete dem Film in ihrem Kopf noch nicht, weiterzulaufen; dann, zehn Minuten später, saß sie mit so finsterer Miene an ihrem Schreibtisch, dass nicht einmal Alice es wagte, Lorena um einen Gefallen zu bitten und ihr einen Teil ihrer ungeliebten Arbeit unterzuschieben.

Es war am Freitag gegen fünf, als David sich breitbeinig vor ihrem Schreibtisch aufbaute und die Hände in die Hüften stemmte. »Willst du mir verraten, was mit dir los ist?«, fragte er.

Lorena schenkte ihm einen flüchtigen Blick. »Was soll denn sein? Gott sei Dank ist Wochenende, und wir können uns zwei Tage von Mr. Holwoods finsterer Miene erholen. Nach einer solch turbulenten Woche an der Börse ziehe ich automatisch noch tagelang den Kopf ein, wenn sich hinter mir eine Tür öffnet.«

David lachte. »Das ist richtig, aber du lenkst ab. Ich habe dich noch nie so erlebt. Du warst doch immer diejenige, die selbst beim größten Chaos nichts aus der Ruhe bringen konnte, während wir anderen schon kurz vor dem Herzversagen standen.«

Lorena lächelte, sagte aber nichts.

»Gut, wenn du dich stur stellst, dann schlage ich vor, du kommst mit in die Swan Tavern. Ich gebe dir ein Bier aus, das wird deine Zunge schon lockern.«

Lorena schüttelte den Kopf. »Danke für die Einladung, aber ich habe keine Zeit. Ich bin verabredet.« Sie konnte das Feuer, das in ihr loderte, nicht länger verbergen, und strahlte übers ganze Gesicht.

David runzelte die Stirn, dann nickte er. »Ah, daher weht der Wind. Die Dame hat sich verliebt. Schlimm?«

Lorena sah zu Boden. »Ich glaub schon.«

»Und er?«

Sie zuckte mit den Schultern. »Weiß ich noch nicht.«

»Aber du hoffst, es dieses Wochenende herauszufinden?«, ergänzte David. »Nun, verehrte Kollegin, dann wünsche ich dir, dass alles zu deiner Zufriedenheit läuft … Aber wehe, du meldest dich am Montag krank! Ich warne dich, ich komme persönlich nach Notting Hill und zerre dich aus dem Bett.«

Sie erwiderte sein Lächeln. »Ja, ich weiß, wer feiern kann, der kann auch arbeiten.«

»Exakt!«, stimmte ihr David zu und winkte ihr, während er sich auf den Weg zum Aufzug machte.

Lorena schnappte sich ihre Tasche und lief ihm hinterher. Mason, Alice und Mercedes schlossen sich ihnen an. Endlich glitt der Aufzug in die Tiefe und entließ sie in die prächtige Eingangshalle.

»Also, dann bis Montag«, verabschiedete sich David mit einem Augenzwinkern. Ich erwarte natürlich einen genauen Bericht!«

»Kannst du vergessen«, konterte Lorena.

»Ich werde es in deinem Blick sehen«, prophezeite er.

Lorena zuckte die Achseln. »Ich bin für mein Pokerface berühmt. Das weißt du doch.«

David seufzte. »Ja, das stimmt allerdings. Deshalb nimmt dich Mr. Holwood so gern zu seinen Verhandlungen mit. Unser Shootingstar Lorena. Er hat uns oft genug damit in den Ohren gelegen.«

»Blödsinn«, wehrte Lorena ab, der das ein wenig peinlich war. Sie wusste, dass sie ihres Erfolgs wegen von einigen Kollegen mit Misstrauen und Neid beobachtet wurde. Allen voran von Alice. Doch die war mit den anderen zum Glück schon auf dem Weg zur Drehtür. Auf ihre Kommentare zu diesem Geplänkel konnte sie gut und gern verzichten. »Dir auch ein schönes Wochenende, David«, sagte sie warmherzig und reichte ihrem Kollegen die Hand.

»Mal sehen, was ich hinkriege«, feixte er. »Aber willst du mir nicht wenigstens seinen Namen verraten? Hab Erbarmen! So ganz unwissend kannst du mich nicht ins Wochenende schicken.«

»Damit du nachher im Pub etwas zum Rumerzählen hast?«, vermutete Lorena.

»Ich?« Er spielte den Gekränkten. »Würde ich doch nie!«

Lorena schüttelte den Kopf, sagte aber: »Na gut: Er heißt Jason.«

Sie hörte selbst, wie zärtlich ihr Ton klang, und so wunderte es sie auch nicht, dass David erwiderte: »Mann, dich hat es aber erwischt. Ich wünsche dir von ganzem Herzen Glück!«

Kapitel 7

KONZERTABEND

Trotz ihres berühmten Pokerface verriet am folgenden Montag Lorenas Glanz in den Augen, dass das Wochenende nicht schlecht verlaufen sein konnte. Die ganze Mittagspause über löcherte David sie nach Einzelheiten, doch sie blieb wortkarg.

»Sei doch nicht so einsilbig. Lass uns doch ein wenig an deinem Glück teilhaben«, beschwerte er sich.

»Nein, das gehört mir ganz allein.« Lorena schüttelte den Kopf und widmete sich ihrem Sandwich. David gab es auf und schlenderte zu Mercedes und William hinüber. Vielleicht waren die beiden ja bereit, über ihre Wochenenderlebnisse zu plaudern. Lorena blieb allein zurück und träumte noch ein wenig vor sich hin.

Jason hatte sich in sie verliebt! Zumindest hatte er das behauptet und sie so wundervoll geküsst, dass es ihre schönsten Träume übertroffen hatte. Sie hatte nicht anders gekonnt. Sie war am Samstag mit ihm in seine Wohnung gegangen, und dort war es nicht bei seinen Küssen geblieben. Lorena schloss die Augen, um die herrlichen Momente noch einmal zu durchleben. Eigentlich wollte er sich nur umziehen, um sie anschließend in ein Restaurant auszuführen. Oder war das nur ein Vorwand, dass sie ihm in seine Wohnung folgte?

Unwichtig. Jedenfalls kam eins zum anderen, und als er

ihr gestand, dass es ihn bei ihrem unverhofften Wiedersehen wie ein Blitz getroffen hatte, gab es kein Halten mehr. Wie ungeduldig und doch auch vorsichtig er sie auszog. Wie er ihren Körper liebkoste. Es schien ihm nichts auszumachen, dass ihre Haut blässlich war und ihre Figur nicht den Modelmaßen entsprach. Dabei hatte sie sich so vor diesem Augenblick gefürchtet, hatte Angst gehabt, Verachtung in seinen Blick steigen zu sehen, wenn er ihre Bluse öffnete und ihre Hose herunterstreifte. Fast hätte sie sich gewünscht, sich ihm in ihrer Gestalt des Nachtmahrs zeigen zu können, doch Jason küsste all ihre Bedenken weg. Sie liebten sich das erste Mal in seinem Wohnzimmer auf dem Sofa. Er ließ sich Zeit, beklagte sich aber hinterher mit einem spitzbübischen Lächeln, dass die Polsterkissen in seinem Rücken nicht die bequemsten seien.

»Dann musst du dir ein anderes Sofa besorgen«, schlug Lorena in gespieltem Ernst vor.

»Oder wir suchen uns einen gemütlicheren Ort.« Trotz ihres Protests schob er sie von sich herunter, bückte sich und hob sie in seine Arme.

»Ich bin doch viel zu schwer für dich.«

»Was? Glaubst du, nur weil ich Musiker bin, bin ich ein Schwächling? Ich treibe durchaus noch Sport und breche nicht unter deinem Fliegengewicht zusammen.«

Fliegengewicht! Das war zwar eine faustdicke Lüge, aber eine sehr nette. Er legte sie in seinem Bett nieder und kuschelte sich zu ihr. Und dann liebten sie sich ein zweites Mal, und es war noch schöner als zuvor. Lorena riss die Augen weit auf. Sie konnte es gar nicht fassen. Was für ein Glück. Welch berauschende Gefühle durchfluteten sie. Sie konnte sich nicht erinnern, jemals in ihrem eigenen Körper so empfunden zu haben.

Danach schlief Jason ein. Das Abendessen fiel aus, aber das störte sie nicht. Sie lag neben ihm, strich ihm vorsichtig übers Haar und lauschte seinen Atemzügen. Wie gern hätte sie die ganze Nacht bei ihm verbracht. Und am folgenden Morgen ein gemütliches Frühstück mit ihm im Bett genossen.

Nein, das war nicht möglich. Immer wieder huschte ihr Blick zur Uhr auf seinem Nachttisch. Sie zögerte den Abschied immer weiter hinaus, bis sie bereits die Unruhe vor der Wandlung in sich aufsteigen spürte. Lorena hauchte einen letzten Kuss auf seine Lippen, dann glitt sie aus dem Bett, schnappte ihre Kleider und lief hinaus. Hastig zog sie die Jeans an und schlüpfte in die Schuhe. Im Treppenhaus streifte sie sich noch die Bluse über und rannte dann durch die nächtlichen Straßen von Soho davon, als sei der Teufel hinter ihr her.

»Kommst du heute noch einmal zum Arbeiten an deinen Schreibtisch oder starrst du bis Feierabend Löcher in die Luft?«

Alices spitze Bemerkung ließ Lorena auffahren. Sie hielt noch immer ihr angebissenes Sandwich in der Hand. Hastig sprang sie auf und warf es in den Mülleimer. »Entschuldige«, sagte sie, »ich war in Gedanken. Ich komme sofort.«

Alices Blick folgte ihr, doch dieses Mal lag keine Verachtung darin. Es sah eher nach Neid aus.

Lorena gelang es, Jason wieder bis zum Wochenende zu vertrösten, obgleich es ihr vermutlich schwerer fiel als ihm. Das Argument mit dem gesunden Schlaf, den sie unter der Woche brauchte, überzeugte ihn zwar, aber tatsächlich schlief sie fast gar nicht mehr, was sich bereits Mitte der Woche auf ihre Arbeit auszuwirken begann. Sie erwischte sich immer wieder, wie ihre Gedanken abschweiften oder sie einfach schläfrig ins Leere starrte. Selbst Alice fiel das auf, und sie konnte sich natürlich die eine oder andere spitze Bemerkung nicht verkneifen.

»Wenn du es weiterhin so wild treibst, dann wirst du bald sehr viel Zeit zum Ausschlafen haben!«, ätzte sie, und da Lorena sich an diesem Tag schon einen Rüffel von Mr. Holwood eingehandelt hatte, war die düstere Prophezeiung nicht von der Hand zu weisen.

Lorena holte sich einen extra starken Kaffee und riss sich zumindest bis zur Mittagspause zusammen, doch dann drohten ihr schon wieder die Augen zuzufallen.

Sie wollte nachts ja schlafen, aber es ging einfach nicht. Der Nachtmahr trieb sie um und ließ sie nicht zur Ruhe kommen, egal, ob sie ihn in ihrer Wohnung einschloss oder ihn draußen herumstreifen ließ. Doch das war nicht das Hauptproblem: Je näher sie und Jason einander kamen, desto schwieriger wurde es, ihr Geheimnis zu wahren. Sie überlegte hin und her, wie es möglich sein sollte, eine normale Beziehung zu führen und ihn dennoch vor den Fängen des Nachtmahrs zu bewahren. Sie spürte, wie die Ausreden und Lügen ihre noch so zerbrechliche Beziehung zu vergiften begannen. Was, wenn er davon genug hatte? Wenn er argwöhnte, sie würde ihn mit einem anderen Mann betrügen?

Was du streng genommen ja auch tust.

Nein!

Nein? Und was ist mit Noah? Was mit Jake und Tyler?

Das war nicht Lorena gewesen. Das war der Nachtmahr in ihr, dessen zügellose Triebe sie nicht unterdrücken konnte.

Du bist der Nachtmahr, Lorena! Akzeptiere das endlich. Tu nicht immer so, als sei es ein fremdes Wesen, das sich deiner bemächtigt. Es ist ein Teil von dir, und alles, was du tust, egal in welcher Gestalt, sind deine eigenen Handlungen, die du vor dir und der Welt rechtfertigen musst.

»Ich muss mich für gar nichts rechtfertigen!«

Erst als David sich zu ihr umdrehte und sie fragend ansah, bemerkte sie, dass sie den letzten Satz laut ausgesprochen hatte.

»Ach nichts!«, wehrte sie seine stumme Frage ab.

David schlenderte zu ihr herüber und beugte sich mit verschränkten Armen über einen ihrer Monitore, auf denen sie das Auf und Ab der Kurse verfolgte. »Meine Teure, du gefällst mir gar nicht. Ich dachte, die Liebe lässt uns aufblühen und vor neuer Energie sprühen. Bei dir habe ich eher das Gefühl, sie zehrt an dir. Es ist doch nicht etwa Liebeskummer, der dich quält? Sag nicht, dass es mit Jason schon wieder aus und vorbei ist!«

Lorena schüttelte den Kopf. »Ich bin nur so müde. Ich kann sehr schlecht schlafen. Du brauchst jetzt nicht so süffisant zu grinsen. Das ist nicht der Grund! Wir sehen uns die Woche über gar nicht.«

»Dann solltet ihr das vielleicht tun? Sind die Zeiten nicht vorbei, in denen Damen- oder Herrenbesuche auf dem Zimmer verboten sind? Es kann auch ganz nett sein, sich nur auf ein Bier im Pub zu verabreden oder, wenn es mal nicht regnet, einen Spaziergang im Park zu machen. O ja, das ist auch fürs Einschlafen ganz wunderbar.«

Lorena zog eine Grimasse. »Danke, Herr Doktor, für diese revolutionären Ratschläge.«

David schnaubte beleidigt. »Ich will dir ja nur helfen.«

Sie griff nach seinem Arm, als er sich abwenden wollte. »Ich weiß, du bist nicht wie Alice. Entschuldige. Es ist nur … Jason ist Musiker und arbeitet abends. Bis er von seinen

Konzerten kommt, ist es schon zu spät, um sich noch zu verabreden.«

»Na, dann hättest du doch alle Zeit der Welt, in Ruhe zu schlafen.«

Lorena seufzte und nickte. »Das sollte man meinen, und doch komme ich nicht zur Ruhe.«

»Dann hilft nur noch Baldrian«, erwiderte David halb im Scherz und kehrte zu seinem Arbeitsplatz zurück.

»Vielleicht sollte ich es mal damit versuchen«, murmelte Lorena. Das war gar keine schlechte Idee.

Auf dem Heimweg machte sie einen Abstecher zur Apotheke und kaufte sich eine große Schachtel Baldriantabletten. Zu Hause las sie sich beim Abendessen den Beipackzettel genau durch und schluckte dann die dreifache Menge. Sie füllte dem Kater noch seine Futterschüssel und legte sich kurz nach acht ins Bett.

Anscheinend wirkte der Baldrian tatsächlich – zumindest in dieser Dosierung –, denn Lorena fiel in tiefen Schlaf. Sie träumte nicht einmal. Die Erschöpfung forderte ihren Tribut, doch Punkt Mitternacht begann ihre Wandlung. Vielleicht kreiste noch zu viel Baldrian in ihren Adern, dass sie dabei nicht einmal recht wach wurde, doch die Instinkte des Nachtmahrs waren dennoch geschärft, und sie wusste, was sie begehrte. Der Körper gehorchte den Befehlen, erhob sich und wankte zur Tür. Der Riegel war nicht vorgeschoben. *Gut so! Mal sehen, was die Nacht heute zu bieten hatte.* Kurz darauf taumelte sie durch die dunklen Straßen. Ihr Geist war noch immer schläfrig, und so huschten die Eindrücke nur verschwommen an ihr vorüber. Doch vielleicht gerade weil ein Teil ihres Hirns benebelt war, schien ein anderer geradezu geschärft. Es war ihr, als könne sie einen Schatten wahrnehmen, der ihr folgte. Lorena blieb stehen und drehte sich um.

Nichts. Die Straße lag verlassen da. Langsam setzte sie ihren Weg fort, doch ihre Instinkte tasteten aufmerksam die Umgebung ab.

Da war er wieder! Er kam aus einer finsteren Hofeinfahrt gehuscht und folgte ihr in einigem Abstand. Wer war das? Und warum folgte er ihr? Es fühlte sich nicht an wie ein Mann. Sie konnte nicht das begehrliche Kribbeln in ihrem Unterleib spüren.

Drohte ihr etwa Gefahr?

Der Gedanke ließ ein Kichern in ihrer Kehle aufsteigen. Gab es etwas, das einem Nachtmahr gefährlich werden konnte? Sie hatte ihre Schönheit und ihre betörende Stimme, die jeden in den Bann schlugen. Niemand würde es wagen, sie anzugreifen. Und selbst wenn. Sie musste nur ihre Schwingen entfalten und sich in die Lüfte erheben.

Dennoch beunruhigte sie der Schatten, der sich jedes Mal, wenn sie sich umwandte, in der Nacht aufzulösen schien. Ein Gefühl von Bedrohung, das sie in dieser Form nicht kannte, umkreiste sie und schloss sich immer enger um sie.

Das musste der Baldrian sein! Verflucht, diese Pillen sollte sie nicht wieder nehmen. Sie benebelten ihren Geist und verwirrten ihr die Sinne.

Auf unsicheren Beinen ging Lorena weiter. Wie selbstverständlich fanden ihre Beine den vertrauten Weg. Sie hatte die Bar noch nicht erreicht, als sie eine Stimme vernahm.

»Ich wusste, dass die Nacht noch etwas Besonderes zu bieten hat. Das Schicksal meint es gut mit mir. Ich grüße dich, begehrenswerteste aller Frauen!«

Lorena hatte irgendwo tief in ihrem Inneren und genährt von dunklen Trieben gehofft, Noah zu treffen, doch wenn es Tyler sein sollte, dann war das auch nicht weiter tragisch. Ein Mann war ein Mann. Sicher gab es Unterschiede. Sie bevorzugte Typen wie Noah mit kräftigen Muskeln und schönen, sportlichen Körpern, die auch im Bett ihren Mann stehen konnten, doch im Grunde ging es nur um den Cocktail der Hormone, der das Blut zum Kochen brachte und den Geist in Schwingung versetzte. Der Akt der Vereinigung schenkte ihr Kraft und stärkte sie, als wäre er Labsal für Geist und Körper. Und Tyler war ja auch nicht gerade ein Schwächling.

»Hallo, Tyler«, sagte sie etwas undeutlich, als sie auf ihn zusteuerte.

»Meine Liebe, was ist denn mit dir los? So habe ich dich ja noch nie erlebt. Hast wohl ein wenig zu viel getankt?« Er legte ihr den Arm um die Schulter, um sie zu stützen.

Lorena ließ sich gegen ihn sinken. Ihr war ein wenig schwindelig. Vielleicht war es besser, wenn sie heute Nacht ihre Schwingen nicht benutzte. Wenn sie so flog, wie sie im Augenblick zu Fuß herumtaumelte, bestand womöglich die Gefahr, dass sie abstürzte.

Sie schnitt eine Grimasse bei dem Gedanken, was wohl die Rettungssanitäter zu der geflügelten Frau sagen würden, die unvermittelt vom Himmel gefallen war. Nein, keine gute Idee.

»Ich glaube, ich muss ins Bett«, stammelte Lorena und umklammerte Tylers Oberarme.

»Das kannst du haben, meine Schöne. Ich habe mein Motorrad gleich dort drüben geparkt.«

Lorena wusste zwar nicht, ob eine Motorradfahrt in diesem Zustand zu empfehlen war, doch da ihre Gedanken nur sehr langsam kreisten, kam sie zu keiner rechten Entscheidung. Sie wollte gerade mit Tylers Hilfe ihr Bein über den Sattel schwingen, als eine Stimme sie innehalten ließ. Eine ziemlich wütende Stimme.

»Tyler, wag es nicht, auch nur eine Hand an Faith zu legen!«, polterte Noah und stürmte über die Straße auf sie zu.

»Warum? Sie gehört nicht dir! Und wenn sie mit zu mir kommen will, dann ist das allein ihre Entscheidung, die du akzeptieren musst. Sorry Großer, es geht nicht immer nach deiner Nase«, fügte Tyler mit einem frechen Grinsen hinzu, das Noah noch mehr in Rage zu bringen schien. Er ballte die Hände zu Fäusten und stürzte auf Tyler zu.

»He, Junge, nun lass uns das mal wie unter zivilisierten Menschen klären«, rief Tyler, doch Noah wollte davon nichts wissen.

Lorena hörte, wie die Faust in Tylers Gesicht landete. Er schrie auf und versuchte zurückzuweichen, doch Noah hielt ihn mit der einen Hand fest und schlug mit der anderen noch einmal zu. Das Knirschen war schauderhaft. Vermutlich hatte er Tyler die Nase gebrochen. Blut rann ihm über die Lippen herab und tropfte vom Kinn auf den Boden. Ein Teil in ihr war entsetzt, doch tief in ihrem Innern war auch etwas, das die Szene genoss und sich an der Brutalität weidete. Vielleicht erschreckte sie das mehr als Tylers gebrochene Nase.

»Fuck!«, brüllte dieser. »Noah, du bist vielleicht ein Arschloch. Bist du völlig bekloppt?«

Noah ließ von ihm ab. »Das hast du dir selbst zuzuschreiben. Ich warne dich: Wenn ich dich noch einmal in ihrer Nähe sehe, dann mach ich dich kalt.«

Seine Worte hingen in der Luft. Lorena konnte es nicht glauben. So wie es klang, meinte er es wirklich ernst.

Auch Tyler starrte ihn aus weit aufgerissenen Augen an. »Noah, du warst mal mein Freund. Ich hab echt viel von dir gehalten, weil du anders warst als diese dumpfen Schlägertypen, die sonst bei uns durch das Viertel ziehen. Aber ich hab mich wohl getäuscht. Du bist genauso ein Dreckskerl wie die anderen. Pack dich und lass mich in Zukunft in Ruhe!« Er schwang sich auf sein Motorrad, ließ die Maschine aufheulen und jagte davon.

Lorena sah ihm hinterher. Dann wandte sie sich langsam um.

Noah stand dicht vor ihr und starrte sie mit brennendem Blick an. Seine Hand schloss sich um ihren Arm. »Komm mit!«, sagte er rau.

Einerseits gefiel ihr seine besitzergreifende Art. Er war stark und männlich. Die weinerlichen Waschlappen, die zu ihren Füßen kauerten und um Erlösung wimmerten, widerten sie an. Andererseits war er nur ein Mann, und sie durfte nicht zulassen, dass er so mit ihr umsprang. Sie hatte hier das Sagen, und das musste er begreifen. »Nein!«, sagte sie deshalb, befreite sich mit einem Ruck aus seinem Griff und wich vor ihm zurück. Sein Duft stieg ihr in die Nase und berauschte sie. Die Luft war geschwängert von Schweiß, Zorn und Blut. Eine gefährliche Mischung, die auch ihr Blut in Aufruhr brachte. Sie hätte sich diesen Mann gern genommen. Hier im Dunkeln an die nächste Hauswand gelehnt … Aber nein, es war im Augenblick wichtiger, ihm eine Lektion zu erteilen.

Sie strich einmal um ihn herum und hoffte, dass ihr Gang nicht zu unbeholfen wirkte, dann blieb sie stehen, hob die Hand und streckte den Zeigefinger mit dem langen, blutroten Fingernagel aus. Sie pikte ihn Noah in die Kuhle am Ansatz seines Halses und fuhr dann mit einem leicht kratzenden Geräusch bis hinauf über sein Kinn. Auf seinen Lippen verharrte sie einen Moment. Sie spürte, wie er stoßweise atmete. Hatte vor wenigen Augenblicken noch der Zorn sein

Blut in Wallung gebracht, so ließ ihn nun sein Begehren aufkeuchen. Lorena spürte, wie seine Lust auf sie übersprang, doch sie kämpfte sie nieder. Sie beugte sich vor, bis ihre Lippen fast die seinen berührten.

»Noah, das war böse von dir. Ich muss dich rügen«, hauchte sie ihm in seinen halb geöffneten Mund.

»Du solltest dich nicht mit ihm abgeben«, stieß Noah aus. »Ich weiß nicht, was du an ihm findest. Tyler ist ein Nichts! Willst du nicht einen ganzen Mann im Bett?« Er umklammerte ihre Handgelenke so hart, dass sie beinahe aufgeschrien hätte. Doch als Nachtmahr war Lorena hart im Nehmen.

»Das mag ja sein, aber ich entscheide immer noch selbst, wen ich mir in mein Bett hole und wen nicht. Und wenn ich heute mit Tyler gegangen wäre, dann hätte dich das nicht zu kümmern. Ich gehöre dir nicht. Ja, du solltest dich schämen, deinem Freund nichts zu gönnen und ihm stattdessen auch noch eine blutige Nase zu verpassen.«

Der Griff um ihre Handgelenke verstärkte sich. In Noahs Blick lag eine Wildheit, die fast ein wenig erschreckend war. Er keuchte beinahe, als er die Worte hervorstieß.

»Er wird dich niemals auch nur wieder berühren. Er nicht und auch kein anderer Mann auf dieser Erde, sonst schwöre ich dir, gibt es mehr als nur eine gebrochene Nase. Du machst mich rasend. Ich kann nicht mehr arbeiten und nicht mehr schlafen. Ich muss dich immer und immer wieder haben. Du gehörst mir!«

Obgleich es sich anfühlte, als würden die Knochen ihrer Arme gleich unter seinem Griff bersten, entwand sich Lorena seiner Umklammerung und sprang zurück. »Nein Noah, so nicht«, sagte sie mit eisiger Stimme. »Ich lege hier die Spielregeln fest. Es ist ein Geschenk, das ich gebe, wenn ich es möchte, und nichts, das du fordern und festhalten kannst. Niemand darf über mich verfügen und mir Vorschriften machen. Denk darüber nach. Wenn du das erkennst und bereit bist, es einfach mit Freude und Lust zu empfangen, ohne Bedingungen daran zu knüpfen, dann komme ich wieder zu dir. Nicht vorher.«

Er machte Anstalten, ihr zu folgen, doch Lorena hob beide Arme und streckte ihm abwehrend die Handflächen entgegen.

»Stopp!«

Er hielt mitten in der Bewegung inne. Überraschung breitete sich auf seiner Miene aus, dann Unsicherheit.

Lorena spürte ihre Macht, mit der sie ihn von sich fernhielt. Es war allein ihr Wille, gegen den dieser starke Mann nicht ankommen konnte. Es war ein berauschendes Gefühl, und es war ihr, als müsse sie sich dafür schämen, dass sie diese Macht genoss. Sie ließ ihn ein wenig zappeln, ehe sie ihre Hände sinken ließ.

»Geh jetzt nach Hause, Noah. Vielleicht sehen wir uns wieder.«

Sie wandte sich ab und schritt davon. Allmählich ließ die Wirkung des Baldrians nach, und sie konnte wieder frei ausschreiten, ohne zu taumeln. Sie spürte Noahs Blick in ihrem Rücken, bis sie um die nächste Ecke verschwunden war, doch er folgte ihr nicht. Vielleicht war er zur Vernunft gekommen, vielleicht wirkte ihre Macht noch immer ein wenig – so genau wusste Lorena das nicht.

Nein, Noah kam ihr nicht nach, doch wieder hatte sie das Gefühl, als würde ihr jemand folgen. Jemand, der sie bei ihrer Auseinandersetzung mit den Männern genau beobachtet hatte. Lorenas Sinn war wieder klarer, und so schickte sie ihn aus, das Wesen zu ergründen, das ihr da nachstellte. Ihre

Ahnung traf auf feine Gespinste und fing die Stimmungen ein. Was waren das für Gefühle? Neugier und Interesse, ja, aber auch düstere Begierde und andere dunkle Gefühle wie Zorn und die Lust zu zerstören.

Plötzlich schien so etwas wie Misstrauen die anderen Empfindungen beiseitezuwischen. Lorena drehte sich blitzschnell um, doch der Schatten war bereits gewarnt und löste sich in der nächtlichen Dunkelheit auf.

Da war nichts. Lorena sandte noch einmal ihre Instinkte aus, doch sie fanden niemanden. War das doch nur die Nachwirkung des Baldrians gewesen? Bildete sie sich etwas ein? Lorena war sich nicht sicher. Nachdenklich setzte sie ihren Weg fort.

Am Donnerstag spielte Jason mit dem großen Orchester in der Cadogan Hall. Das graue Gebäude mit seinem Glockenturm und den neoromanischen Rundbögen mutete ein wenig wie eine Kirche an und war für seine fantastische Akustik berühmt. Es fügte sich gut zwischen den fünfstöckigen viktorianischen Wohnhäusern ein, deren frisch renovierte Backsteinfassaden in warmen Rottönen leuchteten.

Jason hatte Lorena eine Karte für das Konzert besorgt, und sie freute sich, ihn an diesem Abend mit seinem Cello erleben zu dürfen. Ganz seriös in einen dunklen Anzug gekleidet, das Haar sorgfältig gekämmt, saß er mit seinem Cello zwischen den Knien da. *Selbst sein Gesichtsausdruck hat sich dem Anlass und der Musik entsprechend verändert*, dachte Lorena, als sie sich ein wenig vorbeugte und Jason betrachtete. Er war so ernst, so konzentriert, sein Ausdruck war geradezu feierlich. Ganz anders, als wenn er mit den Jungs im Mau Mau Musik machte. Mit der Jazzband war seine Miene voller Leben. Er lächelte den anderen zu, wenn er das Saxofon für einen Moment absetzte, feixte und schnitt Grimassen. Selbst sein Oberkörper wiegte sich im Rhythmus der Musik. Natürlich saß Jason auch hinter seinem Cello nicht einfach steif da, doch die Bewegungen, mit denen er den Schwung seines Bogens unterstützte, hatten eher etwas Erhabenes.

Lorena unterdrückte einen Seufzer. Sie liebte beides. Den freien, lebensfrohen Jazz und die ernste Klassik, in deren brausende Klänge eingehüllt Jason ihr noch schöner und begehrenswerter erschien. Ihr Herz wiegte sich in der Musik, schwang sich mit den gewaltigen Wogen auf und tanzte auf den Wellen, nur um dann wieder in ein tiefes Tal hinabzugleiten, umbraust vom Sturmwind. Die dramatischen Klänge zerrten an der Seele und quälten sie, bis sie glaubte, es nicht länger ertragen zu können. Ein letzter Mollakkord, der Leib und Seele erzittern ließ, dann war der Sturm vorüber. Der Wind fiel in sich zusammen, die düsteren Wolken rissen auf. Jubilierend schwangen sich die Töne in flinken Läufen auf, glitten im Sonnenlicht auf weißen Schaumkronen dahin und umschmeichelten die Seele. Ein Fest der Sinne, eine wahre Symphonie des Lebens.

Es war noch nicht elf, als Jason aus der Garderobe kam und Lorena umarmte. Er küsste sie zärtlich. »Und? Hat es dir gefallen?«

Lorena strahlte. »Es war traumhaft. Ich hätte noch ewig deiner Musik lauschen können.«

»O ja, weil das Cello das ganze Konzert allein bestritten hat!«, neckte der Kollege mit der Oboe, der gerade vorbeikam.

Lorena spürte, wie sie rot wurde. »Das wollte ich so nicht sagen, aber …«

Er unterbrach sie und feixte: »Aber Sie meinen, dass das Orchester heute ohne Jason aufgeschmissen gewesen wäre.

Und natürlich haben Sie recht. Was wären wir ohne unser Cello!«

Sie lachten alle drei. Der Musiker nickte Lorena zu und stellte sich als Charles Randell vor.

»Kommt ihr noch mit was trinken, oder wollt ihr Turteltäubchen lieber allein sein?«

Auch wenn Lorena ihn lieber für sich gehabt hätte, stimmte sie dem Vorschlag zu. So konnte sie sich in einer Stunde vielleicht einfacher aus dem Staub machen.

»Gut, wo gehen wir hin?«

Es schlossen sich noch elf weitere Musiker des Orchesters zu einem Drink in einem Pub am Sloane Square gleich um die Ecke an. Lorena merkte bald, dass die Musiker nicht so ernst waren wie die Musik, die sie spielten. Zumindest die, die sie an diesem Abend kennenlernte, ergaben eine lustige Truppe. Sie erkannte zwei der Violinistinnen wieder und die Frau, die die Harfe gespielt hatte. Außerdem kam der erste Cellist mit, einer der Bratschenspieler und der Oboist. Die anderen konnte sie nicht mehr zuordnen. Außer natürlich den Mann an den Pauken. Er war ein lustiger Zeitgenosse, klein, untersetzt und fast kahl. Lorena musste ein Kichern unterdrücken, denn er erinnerte sie an die Szene in *Der Mann, der zu viel wusste*, als der Musiker bei einem Konzert in der Royal Albert Hall die Becken schlug, die den Schuss des Attentäters übertönen sollten.

»Was schmunzelst du?«, erkundigte sich Jason.

Sie beugte sich zu ihm hinüber und flüsterte: »Ich sehe Alfred Hitchcock vor mir.«

Jason zwinkerte ihr zu. Er wusste sofort, wovon sie sprach. »Ja, unser Paul ist genauso gut mit den Becken, aber noch hat keiner versucht, während seiner Konzerte einen Mordanschlag zu verüben.«

»Wirklich langweilig«, stimmte ihm Paul zu, der seine Worte gehört hatte. Er grinste breit. »Und in Hollywood wollte auch noch keiner was von mir hören.«

»Tja, und solange er noch nicht entdeckt ist, muss er sich halt mit uns und seinen Pauken herumschlagen«, sagte die erste Violinistin und hob ihr Glas, um Paul zuzuprosten.

»Es ist mir ein Vergnügen, solange ich so wunderbare Kollegen habe wie dich, verehrte Bian.«

Die Violinistin verneigte sich mit einem Lächeln. Sie war eine hübsche, kleine Frau mit dem langen schwarzen Haar der Vietnamesen. Überhaupt spielten recht viele Musiker asiatischer und russischer Abstammung im Orchester mit. Die Konkurrenz war stark. Wie beim Ballett drängten immer mehr Künstler aus dem Osten an die Spitze.

»Was nicht verwunderlich ist«, sagte Jason. »Sie sind ehrgeizig und treiben sich bis zum Äußersten, um Perfektion zu erlangen. Es gilt in ihren Familien als große Ehre, hier im Westen ein Engagement zu finden, und natürlich zählt auch das Geld, das sie verdienen und mit dem sie ihre Angehörigen unterstützen können. Westliche Jugendliche und Musikstudenten wollen nicht nur ackern und üben. Sie wollen leben und ausgehen, Freunde haben und Spaß. Kein Wunder, dass ihnen die Konkurrenz aus dem Osten oft weit voraus ist.«

»Und dennoch hast du es geschafft«, sagte Lorena warm und drückte Jasons Arm.

»Ja, ich habe es geschafft, und ganz ehrlich, ich kann es immer noch nicht recht fassen. Ich spiele diese Saison in einem der besten Orchester der Welt! Es ist unglaublich.«

»Ja, unglaublich, wie niedrig unsere Gagen sind«, meinte Paul. »Es geht doch immer noch das Gerücht um, Applaus sei des Künstlers Brot. Kann man davon wirklich abbeißen? Mir ist das noch nicht gelungen.«

»Deshalb bist du ja auch so vom Fleisch gefallen, armer Mann.« Bian kicherte.

Die anderen fielen in das Gelächter ein. Paul sah mit einer Grimasse an sich herunter. »Was denn? Habe ich eben alles hart erarbeitet. Auf uns und unsere Europatournee!«, rief er enthusiastisch und bestellte für alle noch eine Runde Guinness.

»Skoal!«

Sie prosteten einander zu. Lorena nippte nur an ihrem Glas. Für ihre Begriffe hatte sie schon viel zu viel Bier getrunken, wodurch sich ein dringendes Bedürfnis einstellte. Sie entschuldigte sich und eilte auf die Toilette. Als sie zurückkam, blieb ihr Blick wie zufällig an der Uhr über dem Tresen hängen. Entsetzt schlug sie eine Hand vor den Mund. Es waren nur noch fünf Minuten bis zwölf! Hastig verabschiedete sie sich von Jason und seinen Kollegen.

»Ich begleite dich nach Hause«, schlug Jason vor, doch sie schnappte ihre Jacke und rannte hinaus.

»Nicht nötig«, rief sie.

Lorena schlüpfte aus ihren hohen Schuhen und lief so schnell sie konnte die Sloane Street entlang, doch sie schaffte es nicht mehr bis zum Hydepark, ehe die Glocken Mitternacht schlugen. So musste sie sich hinter ein parkendes Auto ducken, um sich zu wandeln. Keuchend richtete sie sich wieder auf und sah die Straße hinunter. Es waren noch etliche Passanten unterwegs, doch Jason konnte sie nicht unter ihnen entdecken. Er war ihr nicht gefolgt. Gut so!

Sie unterdrückte den Impuls, in den Pub zurückzukehren, und machte sich stattdessen durch den nächtlichen Hydepark nach Notting Hill auf.

Raika blickte Lorena nach, wie sie in Richtung Hydepark verschwand. Sie selbst hatte sich bereits nach Einbruch der Dunkelheit gewandelt. Warum auch nicht? Sie liebte ihre Gestalt als Nachtmahr und nutzte, wenn möglich, jede Stunde aus, die sie sich ihrer bedienen konnte.

Sollte sie Lorena folgen? Sehen, was sie in ihrer Stunde der Wandlung machte? *Erfahrungsgemäß nichts allzu Spannendes*, dachte sie und zog eine verächtliche Grimasse. Sie verstand diese Frau nicht. Der Nachtmahr in ihr war eine wundervolle Gabe, ein Geschenk, das man nutzen musste, und sie schien mit allen Mitteln gegen ihn anzukämpfen. *Wenigstens setzte sich der Nachtmahr immer wieder durch und verlangte seinen Tribut*, dachte Raika mit einem Grinsen.

Da fielen ihr einige Musiker auf, die aus einem Pub kamen und ins Freie traten. Sie riefen sich Abschiedsworte zu, hoben grüßend die Arme und strebten dann in unterschiedliche Richtungen davon. Raika schenkte ihnen nur wenig Interesse. Musiker mit einem Geigenkasten unter dem Arm, das konnten nur arme Würstchen sein, mit denen sie sich bereits nach einer Stunde tödlich langweilte. Aber halt, der Kerl mit dem Cellokasten, der dort drüben auf den weißen Oldtimer mit dem ungewöhnlichen Holzrahmen am Heck zustrebte, war das nicht dieser Jason, den Lorena sich auserkoren hatte? Raika betrachtete ihn aufmerksam.

Der sieht gar nicht schlecht aus. Ja, richtig lecker. So einen könnte sie sich auch auf dem Cricketfeld vorstellen, statt mit einem Cello in der Hand. Der könnte durchaus etwas zu bieten haben. Und selbst wenn nicht, war es sicher gut, etwas über ihn zu erfahren, sollte sich die Beziehung zwischen ihm und ihrer Zielperson intensivieren. Vielleicht wurde diese Nacht ja doch noch ganz interessant …

Auf Raikas Miene zeigte sich ein strahlendes Lächeln, als

sie mit wiegenden Hüften die Straße überquerte und dann neben dem Wagen stehen blieb, der eindeutig schon mehr Jahrzehnte auf dem Buckel hatte als sie selbst.

»Genau das richtige Auto für Sie«, bemerkte sie gut gelaunt.

Jason blickte sich kurz um, grüßte und wandte sich dann wieder seinem Cellokasten zu. »Sagen Sie nichts gegen meinen Wagen. Er ist zwar schon ein wenig in die Jahre gekommen, aber man sollte ihn nicht unterschätzen.«

»Ach, und vermutlich hat er auch eine empfindsame Seele«, fügte Raika mit einem Lachen hinzu und tätschelte den stumpfen Lack des Morris Minor 1000 Traveller, der wegen seines Holzaufbaus scherzhaft auch »Woody« genannt wurde.

»Ja, das hat er, und er merkt ganz genau, wenn man ihn gering schätzt. Dann ist er nicht mehr bereit, sein Bestes zu geben.«

»Ich werde es mir merken«, versprach sie in gespielt ernstem Ton.

Nun richtete Jason seinen Blick auf die fremde Frau, und Raika spürte, wie ihr Zauber ihn zu fesseln begann. Es war stets dasselbe, doch sie konnte nicht umhin, diesen ersten Augenblick noch immer zu genießen.

Jason streckte ihr die Hand entgegen und stellte sich vor.

Raika ging auf das Ritual ein, dann deutete sie auf den Kasten mit dem Cello. »Ohne Ihrem empfindlichen Wagen zu nahe treten zu wollen: Glauben Sie wirklich, dass er sich bereit erklärt, solch einen großen, schweren Kasten zu transportieren?«

Jason lächelte sie an. »Er ist nicht so altersschwach, wie er Ihnen erscheint, und außerdem sind wir ein eingespieltes Team.« Er klappte die beiden Türflügel des Kofferraums auf. »Hier hinten würde ich auch einen Kontrabass hineinbekommen. Und selbst mit dem Cellokasten ist noch genug Platz für anderes Gepäck. Alles schon ausprobiert.«

»Champagnerflaschen, Blumen und Konfekt, mit denen man Sie nach jedem Konzert überhäuft?«, vermutete Raika.

Jason lachte. »Aber ja, sehen Sie sich um!« Er deutete auf den leeren Gehsteig. »Ich kann mich vor Aufmerksamkeiten gar nicht retten.«

»Dann müssen sie heute Abend wohl aus Ihrer Garderobe gestohlen worden sein«, behauptete Raika und zwinkerte ihm zu.

»Vermutlich«, meinte Jason trocken, während er den Cellokasten verstaute.

»Das funktioniert ja wirklich«, bemerkte Raika, als er die Türen zuschlug. »Und vorn gibt es noch genug Platz für eine Kopilotin … wenn Sie mich ein Stück mitnehmen.«

Jason zögerte, doch sie ließ ihm nicht die Freiheit, ihre Forderung abzulehnen.

»Wohin möchten Sie denn?«, fragte er.

»Ach, fahren wir einfach los«, rief Raika, die bereits im Wagen saß, ehe Jason wusste, wie ihm geschah.

Kapitel 8

GERÄTETURNEN

»Sie hat was? Habe ich das gerade richtig gehört?«

Alle, die sich gerade im Herrenhaus aufhielten, erstarrten, als die Lady ihre Stimme erhob, dass es bis in den Garten schallte. So etwas kam nicht oft vor. Ja, die meisten konnten sich nicht daran erinnern, dass dies überhaupt schon einmal geschehen war.

»Es tut mir leid, Mylady, es gibt keinen Zweifel«, sagte die Hüterin in zurückhaltendem Ton, was die Sache nicht besser machte.

»Schafft mir dieses Weib her!«, rief die Lady erbost. »Sofort! Tot oder lebendig. Ich will sie hier haben, damit ich sie in der Luft zerfetzen kann.«

»Jawohl, ich werde sogleich dafür sorgen«, sagte die Hüterin mit einem leichten Zittern in der Stimme. Sie wusste, dass diese Drohung durchaus ernst zu nehmen war. Es war niemals eine gute Idee, ihre Aufmerksamkeit zu erregen, und noch dümmer war es, ihren Zorn auf sich zu ziehen.

»Was soll denn die ganze Aufregung?«, erkundigte sich Raika, die wirklich keine Ahnung hatte, womit sie den Unmut der Lady verdient hatte. Während der ganzen Fahrt in der altmodischen Limousine, die sie ihr geschickt hatte, grübelte sie darüber nach, woran sie wohl solchen Anstoß nahm, dass sie sie noch während des Tages zum Herrenhaus bringen ließ. Aus ihrem schweigsamen Boten war natürlich nichts herauszubekommen. Raika hatte früher geargwöhnt, dass die Männer, die die Lady in ihren unsichtbaren Fängen hielt, gar nicht mehr sprechen konnten, doch das war ein Irrtum. Auf jeden Fall waren sie nicht bereit, über ihre Botschaft hinaus weitere Informationen preiszugeben oder gar über die Motive und Gedanken der Lady zu spekulieren. So blieben Raika während der Fahrt nur ihre eigenen Vermutungen, die alle keinen Sinn zu ergeben schienen. Sie hatte doch nur getan, was die Lady verlangt hatte! Seit Tagen war sie geradezu lächerlich anständig gewesen, hatte keine Männer in den Tod getrieben und auch sonst keinerlei Aufruhr verursacht. Bei Tag hatte sie brav in der neuen Firma zur Probe gearbeitet, bei der sie sich vorgestellt hatte, und nachts hatte sie sich auf ihren Beobachtungsposten nach Notting Hill begeben, um zu sehen, was Lorena trieb. Sie hatte sich nicht einmal in den Streit zwischen Noah und Tyler eingemischt, die sich um Lorenas Gunst die Nasen einschlugen. Ha, die Lady sollte Lorena vorladen und ihr die Leviten lesen! Ja, und dann war sie Lorena gestern zu diesem unsäglich langweiligen Konzert gefolgt …

Ups.

Das Konzert. Der süße Cellist, mit dem sich Lorena verabredete. Konnte das vielleicht der Stein des Anstoßes sein? Aber warum? Sie hatte ihm nichts getan. Sie hatte sich nur Lorenas Umfeld ein wenig näher angesehen, verteidigte sie sich vor sich selbst. Woher hätte sie wissen sollen, dass dieser Junge tabu war? Wenn es überhaupt darum ging.

Genau darum ging es, stellte Raika fest, als der erste Wortschwall der Lady wie ein Gewitterschauer auf sie herabprasselte. Solch einen Gefühlsausbruch hatte Raika bei ihr noch nie erlebt. Ja, sie hatte sich bis zu diesem Tag gefragt, ob die graue Eminenz ihrer Schwesternschaft überhaupt noch zu so etwas wie Gefühlsregungen fähig war. Zumindest diese Frage wurde ihr beantwortet und auch die, ob es ratsam sei, die sonst so sorgsam verborgenen Gefühlsregungen hervorzulocken.

Die Antwort lautete eindeutig nein!

Mit eingezogenem Kopf kniete Raika zu Füßen der Lady und wartete, bis der Schauer eisiger Worte nachließ. Sie hatte kaum die Hälfte von dem verstanden, was man ihr um die Ohren schlug. Was ihr allerdings klar wurde, war, dass die Lady es für gar keinen guten Einfall hielt, dass sie sich Jason nach dem Konzert genähert und sich mit ihm bekannt gemacht hatte. Was daran allerdings so schrecklich sein sollte, verstand sie noch immer nicht.

»Du hast ihm doch nicht etwa dein Gift eingeflößt und ihn dir untertan gemacht?«, herrschte die Lady sie an.

Raika schüttelte den Kopf. »Nein, ich habe ihn mir lediglich mal angesehen.«

Das war zwar ein wenig untertrieben, aber was tat das zur Sache?

Die Lady schnaubte abfällig. »Angesehen«, wiederholte sie, und ihr Ton zeigte deutlich, dass auch sie das nicht für das treffende Wort hielt, doch zum Glück schien der Ausbruch vorüber, und sie kehrte zu ihrem distanzierten Tonfall zurück. »Nun gut, dann scheint ja noch nicht alles verloren.«

»Was?«, wagte Raika nachzufragen. »Ich verstehe das nicht. Worum geht es denn eigentlich? Warum ist Lorena für Sie so wichtig, und was ist an diesem Jason dran? Mir ist nichts Besonderes aufgefallen.«

Die Lady schnaubte durch die Nase, ließ sich aber immerhin zu einer Antwort herab. Oder genauer gesagt zu einer Gegenfrage.

»Weißt du, wann Lorena geboren wurde?«

Raika hob die Schulter. »Keine Ahnung. Irgendwann Mitte der Achtziger, nehme ich an. Ist das wichtig?«

»Sie wurde am 21. Dezember 1984 geboren, und ja, es ist wichtig.«

Raika überlegte. »Wintersonnwende. Die längste Nacht des Jahres.«

»Die Nacht der Mahre, besonders, wenn sie auch noch mit Neumond zusammenfällt!«, fügte die Lady hinzu.

Raika nickte, obgleich sie noch immer nicht verstand.

»Die Letzte von uns, die in solch einer Nacht geboren wurde, bin ich«, fügte die Lady leise hinzu.

Was wollte sie damit sagen? Sollte Lorena etwa irgendwann den Platz der Lady einnehmen? Oder hatte die Lady gar Angst, sie könnte ihr ihren Thron streitig machen? Beobachtete Mylady sie deshalb voller Misstrauen und war auf der Hut, um nicht von irgendetwas überrascht zu werden? Raika dachte an Lorena. Nein, sie konnte sich beim besten Willen nicht vorstellen, dass dieser Nachtmahr der mächtigen Lady gefährlich werden könnte. Was also hatte sie vor?

Natürlich war Mylady nicht bereit, auch nur den kleinsten Hinweis zu ihren Plänen zu geben, daher fragte Raika: »Und Jason? Ist an ihm auch etwas Besonderes?« Ihr Ton ließ schon hören, dass sie das kaum glauben konnte. Immerhin war er nur ein Mann. Es gab keine männlichen Nachtmahre. Männer waren nur dazu da, sich mit ihnen die Zeit zu vertreiben und sich – wenn die Zeit gekommen war – mit ihnen zu paaren, um eine neue Generation von Nachtmahren zu zeugen, oder um sie zu willenlosen Dienern zu machen.

»Jason«, wiederholte die Lady, und ihre Stimme klang, als würde sie lächeln. »Ja, an ihm ist auch etwas Besonderes, deshalb ließ ich ihn schon vor vielen Jahren Lorenas Wege kreuzen, doch es hat nicht funktioniert. Sie waren noch zu jung und unreif, als dass er sich dauerhaft in sie verliebte. Doch nun scheint die rechte Zeit gekommen. Es wird funktionieren – wenn nicht ein hirnloser Nachtmahr um seiner Hormone willen dazwischenfunkt!«

Raika fühlte sich ungerecht behandelt. Sie wusste noch immer nicht, was an dem Kerl so besonders sein sollte. Schließlich hatte ihr keiner gesagt, sie solle ihn nicht anrühren. Dann hätte sie selbstverständlich Abstand gehalten …

»… oder du wärst so neugierig geworden, dass du ihn gerade deshalb probiert hättest«, vervollständigte die Lady den Gedanken.

Raika erschrak. Sie wusste zwar, dass die Lady über mächtige Magie verfügte und Menschen wie Nachtmahre durchschaute, doch dass sie jeden Gedanken mitverfolgen konnte, war ihr nicht bewusst gewesen. Verflucht, sie musste sich in Zukunft in ihrer Gegenwart noch mehr zusammennehmen.

Die Lady lachte spöttisch, was vermutlich die Antwort auf diesen Gedanken war. Dann sah sie Raika nachdenklich an. Sie schwieg so lange, dass Raika ganz nervös wurde, dann endlich begann sie wieder zu sprechen.

»Da du nun schon einmal die Bekanntschaft von Jason gemacht hast, sei klug und nutze sie. Du musst Lorena herausfordern. Ich will, dass sie sich Jason als Nachtmahr zeigt.«

»Wie soll ich das denn machen?«, wollte Raika wissen. »Und warum?«

Doch die Lady kicherte nur. »Lass dir was einfallen, aber Finger weg! Er gehört nicht dir.«

Sonntagabend. Lorena hatte sich schweren Herzens von Jason verabschiedet und war allein nach Hause gegangen. Er hatte heute keinen Auftritt und eigentlich Zeit, und da sich der Londoner Frühherbst von seiner regnerischen Seite zeigte, hatten sie fast den ganzen Nachmittag in seinem Bett verbracht. Sie hatten Musik gehört, Pralinen genascht, Kaffee getrunken, sich unterhalten – und natürlich hatten sie Zärtlichkeiten ausgetauscht und Sex gehabt, himmlischen Sex!

Sicher war er enttäuscht, dass sie sich so früh davongemacht hatte, doch Lorena fürchtete, wenn sie seinem Vorschlag folgte, noch ein wenig durch die Stadt zu streifen, würde sie wieder so eine hektische Flucht hinlegen müssen wie nach dem Konzert in der Cadogan Hall. Ihr gingen nach und nach die möglichen Erklärungen aus, und so log sie ihm lieber vor, früh zur Arbeit zu müssen und genügend schlafen zu wollen, um am Morgen wach und konzentriert zu sein.

»Ich weiß, dass du von meiner Arbeit nicht viel hältst, dennoch ist es ein Job, bei dem man sich keinen Fehler erlauben kann, sonst ist man ganz schnell draußen auf der Straße. Es mag ja sein, dass die Manager die dicken Boni einschieben und sich auf ihren Sesseln ausruhen, wir Händler dagegen sitzen auf einem Schleudersitz und sind nur allzu schnell austauschbar.«

»Warum machst du das überhaupt?«, wollte Jason wissen. »Es gibt doch genügend andere Jobs, die – sagen wir – interessanter sind und weniger fragwürdig mit Geld umgehen.«

Lorena ging in Verteidigungsstellung. »Ja? Was denkst du? Ich habe keine besondere Begabung, so wie du. Sollte ich lieber Verkäuferin sein oder Sekretärin, statt auf dem Spielplatz der Männer mitzumischen? Jedenfalls gibt mir der Job eine finanzielle Unabhängigkeit, die ich sonst nicht hätte. London ist nicht gerade billig, und ich habe keine Familie, die mir jederzeit unter die Arme greifen kann. Meine Eltern sind tot, meine Tante hat bereits genug für mich getan, und meine Großmutter lebt in einem Pflegeheim in Deutschland, an das ich jeden Monat eine ordentliche Summe überweisen darf.«

Jason hob abwehrend die Hände. »Es tut mir leid. Ich wollte dich nicht angreifen. Es ist nur so, wenn man über die Machenschaften der Broker in Europa und Amerika liest und wie sie die Wirtschaft, ja, ganze Länder in den Abgrund reißen, dann steigt in mir Wut auf, und ich frage mich, warum man nicht alles tut, um diesen Zockern das Handwerk zu legen, die einfache Leute um ihre Ersparnisse bringen und sich skrupellos bereichern. Und wenn es schiefgeht, dann dürfen die Steuerzahler ran und die Banken mit Milliarden retten!«

Lorena nickte versöhnlich. »Du hast ja recht. Es ist nicht so, dass mir diese Gedanken nicht auch durch den Kopf gehen, aber erstens nehme ich nicht das Geld von Privatleuten, sondern von Firmen, und zweitens arbeite ich nicht für Hedgefonds. Ich wette nicht auf den Zusammenbruch irgendwelcher Länder, und ich zocke nicht mit Lebensmitteln.«

»Aber mit Rohstoffen, nicht wahr?«

Lorena seufzte. »Ja, mit allen möglichen Optionen.«

Jason winkte ab. »Lassen wir das. Es ist dein Job, und ich versuche, das zu akzeptieren. Dennoch finde ich es schade, dass du schon gehen willst. Dafür musst du am Freitag mit mir ausgehen.«

»Gern, wohin? Spielst du im Mau Mau?«

Jason schüttelte den Kopf. »Nein, ich habe frei und möchte mit dir tanzen gehen. Magst du Salsa?«

»Salsa?«, wiederholte Lorena und starrte ihn aus großen Augen an.

»Ja, es ist fantastisch. Wenn du es noch nicht kannst, dann wirst du es bestimmt schnell lernen. In der Latina Bar gibt es ab neun eine Einführung, und dann wird getanzt, bis der Morgen graut. Du wirst sehen, es wird ganz wunderbar.«

Lorena wagte nicht, ihm zu widersprechen, doch in ihrem Magen krampfte sich alles zusammen. Sie war weder sportlich, noch hatte sie sich je als elegante Tänzerin hervorgetan. Sie würde sich fürchterlich blamieren!

Auch jetzt, da sie daheim in ihrem Sessel saß und auf Mitternacht wartete, plagten sie ihre Gedanken. Seit ihrer Schulzeit hatte sie Sport gemieden, wann immer es möglich war. Vor allem jene sportlichen Aktivitäten, bei denen es Zuschauer gab, die jeden noch so kleinen Mangel gnadenlos ans Licht zerrten und ihre Zungen daran wetzten. Dabei liebte sie Musik und Tanz über alles, doch Lorena zog es vor, unter Ausschluss der Öffentlichkeit in ihrem Wohnzimmer und ihrem Flur zu tanzen. Wie sollte sie da vor Jason und den anderen Besuchern der Salsabar bestehen? Es war, als habe sie wieder das Getuschel und Gelächter ihrer Mitschülerinnen im Ohr, das ihr jede Sportstunde in der Schule verhasst gemacht hatte. Erinnerungen stiegen in ihr herauf. Lorena zog ihr Buch heran und nahm den Füller in die Hand.

»O Gott, heute steht Geräteturnen auf dem Programm!« Melanie stöhnte auf.

Ich betrat hinter ihr die Turnhalle und stimmte in ihr Stöhnen mit ein, als mein Blick auf den aufgebauten Stufenbarren fiel. Dahinter erkannte ich mit Schaudern eine Reckstange und einen Kasten mit einem kleinen Trampolin auf der einen und einer dicken Matte auf der anderen Seite.

»Kopf hoch, Mädels, und immer lächeln«, sagte Sabrina, die sich mit einem breiten Grinsen zwischen uns Freundinnen schob. Sie hatte gut reden. Sie war nicht nur einen Kopf größer als Melanie und ich, sie war schlank und hatte dennoch schon eine Figur, dass die Jungs der höheren Klassen hinter ihr hersahen. Dennoch war sie nie hochnäsig, und wir drei waren recht gute Freundinnen.

Sabrina klopfte uns beiden auf den Rücken. »Wir werden diese Doppelstunde schon überleben, obwohl es eine noch schlimmere Nachricht gibt…« Sie nickte zum Geräteraum hinüber, in dessen Tür Herr Lohmeier auftauchte.

»Nein«, jammerte Melanie. »Sag nicht, dass Frau Johannsen schon wieder krank ist.«

»Yeap«, erwiderte Sabrina. »Wir werden also heute das Vergnügen haben, uns von Herrn Lohmeier in die Geheimnisse des Gerätesports einweihen zu lassen.«

Sie redete immer so, und manche nannten sie deshalb eine Streberin, auch weil sie gute Noten in den meisten Fächern hatte. In Englisch und Französisch war sie viel besser als ich, doch sie ließ mich in den Vokabelarbeiten immer abschreiben, wenn sie das Glück hatte, nicht weggesetzt zu werden. Dafür half ich ihr in Mathe. Das blickte sie nicht so recht. Melanie dagegen war nur in Musik und Kunst gut.

»Ich hasse Geräteturnen«, schimpfte Melanie, und ich konnte ihr da nur zustimmen. Melanie war zwar noch kleiner und ein wenig korpulenter als ich, dennoch fühlte ich mich bei diesen Foltergeräten ähnlich unwohl. Solange auf dem Boden geturnt wurde, ging es ja noch, obwohl ich im Handstand eher umkippte, als kontrolliert aus der gestreckten Haltung ins Abrollen zu finden. Außerdem wollte es mir einfach nicht gelingen, mich aus der Rolle rückwärts in den Handstand aufzustemmen. Mein linker Arm knickte immer ein. Dafür konnte ich ganz gut Radschlagen. Melanie winkelte dabei immer eines ihrer Beine ab und geriet so ins Torkeln. Doch wenn es um einen Umschwung an der Reckstange ging, versagten wir beide kläglich. Ich kam wenigstens noch hinauf, doch Melanie schaffte nicht einmal den Aufschwung. So waren ihre Noten auch noch tiefer im Keller als meine. Dennoch verabscheute ich Geräteturnen mindestens so sehr wie Melanie. Es war nicht die Vier, die mich störte, und auch nicht der Blick meiner Lehrerin, in der das Wort »Versager« zu lesen stand – nun gut, das kränkte mich schon; sie schüttelte immer so fassungslos den Kopf, als könnte sie nicht verstehen, wie es auf Gottes Erde solch unsportliche Wesen wie Melanie und mich geben konnte. Doch noch schlimmer war diese Hilflosigkeit, die mich überfiel, wenn ich an der Stange hing und es nicht schaffte, meinen Körper zu kontrollieren. Ich befahl meinen Muskeln, sich anzuspannen, und meinen Armen und Beinen, eine bestimmte Stellung zu halten, doch da war nichts. Sie verweigerten mir den Dienst. Sie sprachen nicht mit mir. Sie waren vielleicht gar nicht da.

»Mehr Körperspannung, Lorena! Weißt du überhaupt, was das ist?«

Ich hing wie ein nasser Sack an der Reckstange und hörte, wie die anderen kicherten.

Was war das alles dort unten um meine nicht gerade schlanke Mitte? Alles nur Fett? Muskeln konnten es jedenfalls nicht sein, oder zumindest keine, die sich meiner Kontrolle unterwarfen.

»Die Nächste!«

Die einzigen erlösenden Worte in dieser Stunde. Ich trottete in die Reihe zurück, wo Sabrina mich mit aufmunternden Worten empfing. Sie hatte gut reden. Ihr Umschwung war erste Sahne.

Danach sprangen wir über den Kasten. Gehockt, dann seitlich mit gestreckten Beinen und dann in einem Handstandüberschlag. Das ging gerade so. Nur die arme Melanie blieb einmal mit den Fußspitzen am Kasten hängen und stürzte Kopf voraus in die Matte. Als Lohn gab es großes Gejohle und ätzende Kommentare von Herrn Lohmeier.

Idioten! Alles Idioten!

Mit hochrotem Kopf kam sie zu uns zurück. Ich sah, dass sie den Tränen nahe war, tröstete meine Freundin und war froh, es selbst halbwegs hinbekommen zu haben.

Natürlich durfte ich mich nicht lange an meiner Erleichterung erfreuen. Dies war schließlich die gefürchtete Doppelstunde Sport, in der Herr Lohmeier stets zur Höchstform auflief und uns Freundinnen noch viel mehr quälen konnte.

»Genug mit dem Kasten«, rief er. »Kommt zum Stufenbarren.«

»Immer wenn man denkt, es kann nicht noch schlimmer werden …«, murmelte Melanie, die ziemlich blass aussah.

Ich sagte nichts, denn schon rief Herr Lohmeier mich nach vorn. Den Aufschwung schaffte ich noch, doch dann hatte ich Schwierigkeiten, mich zum oberen Holm aufzustemmen. Ich versuchte, das Gelächter auszublenden, und biss die Zähne zusammen. Das musste doch gehen! Sabrina schaffte es schließlich auch.

Endlich war ich da, wo ich hinsollte, doch Herrn Lohmeiers Mund war nur noch ein einziger Strich des Missfallens.

»Weiter«, sagte er knapp.

Scheiße. Nun hatte ich es endlich nach oben geschafft und stand vor dem nächsten Problem: dem Abgang. Ich beugte mich vor und fasste mit der einen Hand den unteren Holm, während die andere am oberen blieb. Hohe Wende. Eigentlich ganz einfach. Ich musste nur beide Beine strecken und in einem eleganten, hohen Bogen über die Holme schwingen, um dann neben dem Barren auf der Matte zu landen.

Ich wippte ein wenig mit den Beinen. Es fühlte sich an, als

hätte ich Blei in den Füßen. Und von Spannung war auch nichts zu spüren. Dafür spürte ich, wie meine Hände schweißnass und immer rutschiger wurden. Ich starrte nach unten auf die Matte.

Was, wenn ich nicht genug Schwung holte? Wenn ich die Beine zu locker ließ und am unteren Holm hängen blieb? Was, wenn ich sie gar anziehen würde und mit den Schienbeinen auf die Stange knallte? Ich hatte gesehen, wie so was aussieht! Melanie war das im letzten Jahr passiert. Sie war drei Wochen mit schillernd farbigen Schienbeinen rumgehumpelt. Ich merkte, wie sich der Schweiß nun auch auf meiner Stirn sammelte. Ich begann zu zittern und spürte, wie mir der Holm schmerzhaft in die Eingeweide drückte.

»Lorena, wird das heute noch was? Die anderen wollen auch noch drankommen!«

Das bezweifelte ich. Melanie würde mir einen Orden verleihen, wenn ich die Stunde so verzögerte, dass sie nicht mehr drankommen konnte.

»Sie hat voll Schiss«, hörte ich jemand sagen.

»Ja, sieh nur, wie sie schwitzt.«

Tanja und Elke! *Na wartet! Die beiden würde ich kaltmachen! Irgendwann, wenn ich hier mal wieder runtergekommen wäre.*

Herr Lohmeier trat zwischen die beiden Holme und sah genervt zu mir auf. »Los jetzt. Ich gebe dir Hilfestellung.«

Er streckte den Arm aus und berührte meinen Bauch. Es war mir unangenehm, doch ablehnen konnte ich seine Hilfe auch nicht. Gerade das war so demütigend. Ich wippte wieder, während er bis drei zählte. Dann spürte ich den Stoß und riss die Beine hoch.

Der Boden raste auf mich zu, und schon landete ich auf der Matte. Nicht mit gestrecktem Körper und stolzem Blick, wie man das von den Turnerinnen bei Meisterschaften kannte. Ich kam schräg auf und fiel wie ein Häuflein Elend über meine eigenen Füße. Mühsam rappelte ich mich auf und schenkte den kichernden Weibern einen tödlichen Blick.

»Das war nichts. Das üben wir nächste Stunde noch einmal«, sagte Herr Lohmeier, doch ich war erst einmal erleichtert, es für diesen Tag hinter mir zu haben. Ich wollte darum beten, dass Frau Johannsen bis dahin wieder gesund sei und sie irgendwas Nettes machen würde. Gymnastik mit dem Band oder so.

Am Abend lag ich noch lange wach. Ich fragte mich, ob es an meinem Körper lag oder an meinem Kopf oder an beidem. *Wie konnte man sich so beherrschen, dass der Körper diese Übungen einfach ausführte und man keine Angst dabei empfand?* Ich wollte so gern wissen, wie sich das anfühlte.

Ich setzte mich kerzengerade im Bett auf. Es war kurz nach zehn. Vielleicht war die Turnhalle noch offen. In der anderen Halle wurde an jenem Abend Basketball gespielt. Das Training dauerte oft recht lang. Einen Versuch konnte es wert sein! Ich stand auf, warf den Schlafanzug von mir, baute mich kerzengerade vor dem Spiegel auf und versuchte, nicht auf meine körperlichen Mängel zu achten. Die taten jetzt nichts zur Sache. Wenn ich es schaffte, mich genügend zu konzentrieren, dann sollten sie in wenigen Augenblicken verschwunden sein.

Wollte ich das denn? Ich zögerte. Seit dem Tod meiner Mutter hatte ich mich nicht mehr sehr oft gewandelt. Ich konnte mich einfach nicht mehr daran erinnern, was geschehen war, nachdem ich in der Gestalt des Nachtmahrs nach Hause zurückgekehrt war. Tief in mir ahnte ich es, doch wollte ich es so genau wissen? Würde ich es ertragen können, mich an meine unverzeihlichen Taten zu erinnern?

Seitdem wusste ich, dass der Nachtmahr nicht nur eine schöne Gestalt in mir zutage brachte. Ich ahnte, dass ich seine unbeherrschte Wildheit nicht immer kontrollieren konnte. Das machte mir Angst, doch die Versuchung war an diesem Abend zu groß. Ich wollte es! Bis in den tiefsten Winkel meiner Seele hinein. Ich kniff die Augen zu und stellte mir die schöne, furchtlose Frau vor.

Es funktionierte! Ich spürte, wie meine Formen zu fließen begannen. Es tat nicht mehr so weh. Es überwog das Gefühl freudiger Erwartung. Ich riss die Augen auf und betrachtete mich im Spiegel. Sie war so wunderbar! In dieser Gestalt konnte mir keiner etwas anhaben. Ich schlüpfte in die Kleider, die Sabrina bei mir deponiert hatte. Es waren Sachen, die sie sich von ihrem Taschengeld gekauft hatte und die ihre Eltern sie nicht tragen lassen würden. Zu offenherzig, zu sexy, lautete der Kommentar ihres Vaters, der sich nicht scheute, ihr diese Sachen einfach wegzunehmen. Daher lagen sie bei mir, und wenn wir zusammen in die Stadt gingen, zogen wir uns vorher bei mir um. Da mir in meiner Gestalt als Nachtmahr die meisten meiner Kleider nicht passten oder einfach nur schrecklich aussahen, traf sich das ganz gut. Ich hatte mir auch schon ein paar der Kleider meiner Mutter ausgeborgt, die nicht seriös und langweilig waren, aber ich hatte kein gutes Gefühl dabei, wenn ich sie trug. Es kam mir irgendwie wie Verrat vor.

In einer engen schwarzen Leggins aus glänzendem Stoff und einer Art Tanktop mit silbernem Aufdruck, mit dem ich meine Flügel benutzen konnte, verließ ich unbemerkt das Haus. Wenn man fliegen konnte, erreichte man die Schule mit den beiden Turnhallen in wenigen Minuten. Ich landete in einer unbeleuchteten Ecke zwischen den Hallen und dem Sportplatz und öffnete leise die Tür. In der größeren der beiden Hallen hörte ich die Basketballer noch spielen. Die andere war leer und lag, nur von den Notlampen beleuchtet, still vor mir. Die Geräte waren noch aufgebaut. Ich umrundete den Kasten mit dem Trampolin, stieg vorsichtig darauf und wippte ein paar Mal zögerlich auf und ab. Ich stellte mir vor, wie ich Anlauf nahm und mit einem Handstandüberschlag den Kasten überwand, doch jetzt löste dieser Gedanke keine Furcht in mir aus. Ja, ich spürte geradezu Lust, es gleich auszuprobieren. Ich tänzelte zurück zur Linie und begann zu laufen. Ein beherzter Sprung in das Tuch, schon berührten meine Hände den Kasten. Ich fühlte, wie die Spannung meinen Körper bis in die Zehenspitzen streckte, während ich in einem eleganten Bogen über den Kasten glitt und gestreckt auf der Matte landete.

Wow!

Ein Glücksgefühl durchrieselte mich. Ich hatte es gewusst! In diesem Körper konnte ich alles. Ich fühlte mich so mutig, dass ich an den Stufenbarren trat. Jetzt in der Nacht sah er gar nicht so groß und furchterregend aus. Ich probierte einen Aufschwung. Gar kein Problem. Schon war ich oben und lag auf der hohen Stange. Ich sah hinunter. *War das wirklich der Anblick, der mir am Morgen den Angstschweiß auf die Stirn getrieben hatte?* Ich beugte mich hinunter und ergriff den unteren Holm.

Hohe Wende also. Nein, ich hatte keine Angst. Ich sah im Geist meinen Körper. Gespannt und doch biegsam wie eine Feder. Schön und elegant in der Bewegung. Ich wippte und holte Schwung, schon schnellten meine Beine nach oben. Ich spürte, wie sie eine weite Kreisbahn ausführten und dann in einem weiten Bogen herumschwangen. Und gestreckt landete ich auf der Matte. Meine Knie gaben gerade so viel nach, wie sie brauchten, den Fall zu bremsen, dann streckte ich mich wieder, die Arme erhoben. Ich spürte es bis in die Fingerspitzen: Es war perfekt gewesen!

»Bravo! Das war perfekt«, vernahm ich die Stimme eines Mannes, der meine Gedanken laut aussprach.

Ich fuhr herum und starrte Herrn Lohmeier an, der langsam auf mich zukam. Ich erkannte ihn kaum wieder. Sonst sah ich immer nur Abneigung oder Verachtung in seinem Blick, nun aber wechselte seine Miene von Verwirrung über Neugier in Bewunderung.

Er erkannte mich nicht. Natürlich. Ich war jetzt eine schöne junge Frau mit einem sportlichen Körper, mit dem ich mich zu bewegen wusste, und nicht mehr die pummelige Schülerin, die sich im Sport blöd anstellte.

»Das war eine schöne Vorstellung«, sagte er, als er vor mir stand.

Ich fühlte, wie sein Blick an mir entlangglitt, und genoss es.

»Wie ich gesehen habe, beherrschen Sie die Sache, dennoch darf ich Ihnen nicht erlauben, hier allein weiter zu trainieren. Sind Sie Schülerin hier? Ich habe Sie noch nie gesehen.«

Ich beantwortete die Frage nicht. Stattdessen stellte ich die Hüfte ein wenig aus und klimperte mit meinen langen Wimpern. Er schluckte trocken, und ich musste ein Kichern unterdrücken. »Aber jetzt bin ich doch nicht mehr allein«, sagte ich. »Jetzt sind Sie ja bei mir, und da hat alles seine Richtigkeit. Sie sind doch Sportlehrer, nicht wahr?«

Er trug Trainingssachen. Vielleicht hatte er drüben in der Basketballmannschaft mitgespielt.

Er lachte ein wenig verlegen. »Das schon, aber ich denke, für heute Abend ist es genug. Ich muss abschließen, ehe ich nach Hause gehe. Morgen muss ich früh raus. Ich habe gleich in der ersten Stunde Unterricht.«

Ich muss auch zur ersten Stunde da sein, dachte ich, sagte aber: »Ich will Sie nicht um Ihren wohlverdienten Schlaf bringen, doch ich glaube, so wie Sie aussehen, sind Sie ein Meister an der Reckstange. Wollen Sie mir nicht eine kleine Kostprobe geben?«

Ha, das stürzte ihn in echte Konflikte. Er warf sich des Kompliments wegen, das ich eigentlich nicht ernst gemeint hatte, in die Brust. Ich konnte seinen inneren Widerstreit auf seiner

Miene mitverfolgen. Ja, er würde mir zu gern mit seinen Turnerkünsten imponieren, aber er war nicht mehr der Jüngste, seine guten Zeiten waren längst vorbei, und da fürchtete er – vielleicht zu Recht –, dass er sich blamieren könnte.

Wie ich das genoss! *Ja, fühle die Angst, die deinen Schülern bei jeder Stunde durch die Adern rinnt*, dachte ich rachsüchtig.

»Och bitte!«, half ich noch ein wenig nach.

Und tatsächlich zog er seine Trainingsjacke aus und trat ans Reck. Etwas nervös rieb er sich die Hände an der Trainingshose trocken. Ich ließ ihn nicht aus den Augen. Er schwang sich auf und zeigte einen Umschwung. Alles ganz nett, doch ich musste an die Demütigungen denken, die er mir an diesem Gerät schon beschert hatte. Wenn mein Körper einfach nicht das hatte tun wollen, was er von ihm verlangte. Wenn meine Hände nicht mehr greifen konnten und ich wie ein Sack auf die Matte gefallen war.

Herr Lohmeier, wissen Sie, wie sich das anfühlt?

Ich sah, wie er erneut Schwung holte, doch dann, im entscheidenden Moment, versagten ihm die Finger den Gehorsam und öffneten sich unter meinem starren Blick. Er stieß einen Schreckensschrei aus und knallte nach einem hohen Bogen mit dem Rücken auf den Boden. Für einen Moment blieb er wie erstarrt liegen. Ja, so ein Sturz tat trotz Matte ganz schön weh, das hätte ich ihm vorhersagen können. Außerdem schmerzte ihn die Schmach, was ihm auch nicht schadete.

»Oh, wie konnte das denn geschehen?«, flötete ich und konnte mir ein Grinsen nicht verkneifen.

Er rappelte sich auf und humpelte mit gebeugtem Rumpf auf mich zu. Mit einer Grimasse stützte er seine Hände in den schmerzenden Rücken. »Ich habe keine Ahnung«, sagte er kleinlaut. »So etwas ist mir seit Jahren nicht passiert. Ich war wohl von unserem Basketballspiel zu sehr ausgepowert.«

»Ja, das kann schon sein«, pflichtete ich ihm bei. »In Ihrem

Alter sollten Sie da in Zukunft vorsichtiger sein, nicht dass Sie sich mal ernsthaft verletzen.«

Mit einem strahlenden Lächeln stolzierte ich an ihm vorbei auf die Tür zu. Er hinkte mir hinterher. Dabei kam er mir vor wie ein Luftballon, aus dem plötzlich alle Luft entwichen war. Nun war nur noch die schrumplige Hülle übrig, die nichts mehr hergab.

Nein, ich bereute es nicht, und ich hatte auch kein schlechtes Gewissen, als Melanie mir am nächsten Morgen erzählte, Herr Lohmeier sei für zwei Wochen krankgeschrieben.

»Irgendwas im Rücken geprellt«, berichtete sie mir fröhlich und feixte. »Ich sage doch schon immer: Sport ist Mord!«

Die Woche schlich dahin, und obwohl Lorena Jason vermisste, war sie ganz froh, dass der gefürchtete Tanzabend noch weit weg war. Aber dann war plötzlich doch Freitag, und der Feierabend rückte näher.

»Was hast du heute noch vor?«, erkundigte sich David, als sie beide ihre Aktentaschen packten.

Lorena zog eine Grimasse. »Salsa tanzen.«

David hob die Augenbrauen. »Ist ja klasse. Ich wusste gar nicht, dass du so was kannst.«

»Kann ich ja auch nicht, aber Jason meint, dass ich das nach einer Einführungsstunde hinbekomme.«

David nickte. »Das kann ich mir gut vorstellen. Alles, was du brauchst, ist Gefühl und ein Gespür für Musik. Du verfügst über beides. Warum also solltest du das nicht hinbekommen? Nimm die Musik in dir auf und lass dich treiben!«

Lorena starrte ihn ungläubig an. Er meinte das wirklich ernst. David spottete nicht über sie. Und nicht nur das, er traute ihr allen Ernstes zu, dass sie an einem Abend Salsa tanzen lernte.

»Schau doch nicht so verkniffen drein. Es gibt keinen Grund dafür. Sei einfach locker!«

Lorena nickte noch immer nicht ganz überzeugt.

»Weißt du, ich habe manches Mal den Eindruck, du bist dir selbst der größte Feind. Trau dir doch etwas zu. Wenn du mit den Kunden verhandelst, bist du auch nicht so verschreckt. Doch jetzt schaust du mich an wie ein verängstigtes Mäuschen. Du bist eine tolle Frau. Du bist intelligent und attraktiv – wenn du dich nur nicht immer so zurücknehmen würdest. Kauf dir einen sexy Tanzfummel, zeig deine Beine und schwing die Hüften. Du wirst sehen, der Abend wird der Kracher!«

Mit ernster Miene ging Lorena auf ihren Kollegen zu und küsste ihn auf die Wange. »Danke, David, du bist ein wahrer Schatz. Wenn ich mal was für dich tun kann, lass es mich wissen.«

David grinste. »Gut, wenn ich jemanden brauche, der mich aufbaut, dann komme ich und weine mich in deinen Armen aus.«

Lorena lächelte ihn an. »Gebongt.«

»Darf man erfahren, was hier abgeht?« Alices Stimme war nicht zu überhören.

»Nichts, das wichtig für dich wäre«, entgegnete David kühl.

Sie kam mit wiegenden Hüften herüberstolziert und baute sich neben Lorena auf, vermutlich, um im direkten Vergleich zu demonstrieren, wie viel hübscher und attraktiver sie war, doch offensichtlich konnte sie damit bei David nicht punkten.

Er würdigte sie keines Blickes. »Komm, Lorena, wir müssen doch noch zusammen einkaufen gehen«, sagte er.

Lorena klemmte sich ihre Tasche unter den Arm und folgte

David zum Fahrstuhl. Fragend hob sie die Brauen. »Einkaufen? Wir zusammen?«

Er bedachte sie mit einem frechen Blinzeln. »Aber ja, ich muss doch sicherstellen, dass du dir ein aufregendes Kleid kaufst und nicht irgend so einen formlosen Sack, der das Schönste verhüllt.«

»Dein Vertrauen in meinen Geschmack ehrt dich«, gab sie sarkastisch zurück, doch sie lachten beide, als sich die Aufzugstür schloss und sie Alice mit sauertöpfischer Miene zurückließen.

Kapitel 9

SALSA

»Du siehst hinreißend aus!«

Lorena fühlte, wie die Last von ihr abfiel. Die erste Hürde war genommen, doch leider war es die kleinere von beiden.

David hatte ihr tatsächlich geholfen, ein Kleid für den Abend auszusuchen, und streng darauf geachtet, dass sie auch genug Bein zeigte.

»Das gehört zum Salsa einfach dazu«, sagte er mit einem Augenzwinkern.

Am Ende konnte sich Lorena nicht entscheiden und kaufte gleich zwei Kleider. Eines war schwarz, im Nacken gebunden und rückenfrei. Der weite Rock war hinten länger geschnitten und fiel vorn wie ein Wickelrock ein wenig auseinander. Ein Volant mit einem goldenen Satinband, das auch den Ausschnitt säumte, brachte ein wenig Glamour in dieses Outfit. Das zweite Kleid war von einem dunklen Bronzeton und asymmetrisch geschnitten. Der weiche, glänzende Stoff, der am Oberteil nur von zwei Spaghettiträgern gehalten wurde, schmiegte sich eng an ihren Körper und fiel dann in weichen Falten von ihrer Hüfte herab, auf der einen Seite bis zu ihren Waden, während er auf der anderen kaum bis zum Oberschenkel reichte.

»Und du meinst, ich kann wirklich so gehen?«, fragte sie David noch einmal, als sie den Vorhang der Umkleidekabine ein wenig zur Seite schob.

David hob den Daumen. »Aber ja! Wenn dein Jason nicht völlig von der Rolle ist, wird er begeistert sein.«

Lorena kaufte beide Kleider, entschloss sich an diesem Abend jedoch, das weniger auffällige schwarze zu tragen. Außerdem passten ihre Schuhe besser dazu. Sie war viel zu früh fertig und tigerte nervös durch ihre Wohnung, bis Jason endlich in der Tür stand und den erlösenden Satz sprach.

Er war mit seinem Wagen gekommen, da die Bar draußen Richtung Highbury lag und er ihr die lange U-Bahn-Fahrt nicht zumuten wollte. Schneller würden sie so zwar sicher auch nicht sein, aber Lorena schätzte die Geste, dass er es ihr angenehmer machen wollte. Zu seiner sichtlichen Freude bewunderte sie seinen Oldtimer und machte es sich auf dem Beifahrersitz bequem. Lorena war froh, dass sie in ihren hohen Sandalen nicht durch die weitläufigen U-Bahn-Stationen staksen musste. Außerdem war das ihre Gnadenfrist, bis sie sich aufs Parkett wagen musste. Trotz Davids aufmunternder Worte kehrte die Angst, sich zu blamieren, mehr und mehr zurück, je näher sie ihrem Ziel kamen. Lorena bemühte sich zu lächeln. Jason schien ihre Nervosität nicht zu bemerken, oder er war so gnädig, nicht nachzufragen.

Die Latina Bar gefiel Lorena auf den ersten Blick. Sie strahlte eine wohltuende Atmosphäre aus, und auch die Menschen schienen offen und freundlich. Es waren bereits ein Dutzend Paare da, die an der einführenden Salsastunde teilnehmen wollten. Nur einige wenige von ihnen schienen den lateinamerikanischen Tanz durch das Erbe ihrer Vorfahren im Blut zu haben. Die meisten von ihnen waren eher der blasse britische Typ, und Lorena sah auf Anhieb, dass sich nicht alle Bewegungstalente nennen durften. Der Druck ließ ein wenig nach, und sie spürte, dass ihre Füße, als die Musik begann, bereits nach wenigen Takten die Rhythmen aufzunehmen begannen. Sie wippte mit den Zehen, während sie aufmerksam das Paar beobachtete, das ihnen die Grundbewegungen der Salsa demonstrierte. Diego und Maria Isabel waren so lebendig und strahlten so viel Lebensfreude aus! Und wie sich ihre Körper miteinander bewegten. Lorena spürte die Sehnsucht in sich brennen, es ihnen mit Jason gleichtun zu können.

»Nun seid ihr dran. Kommt auf die Tanzfläche. Wir üben die Bewegungen und die Schritte erst ein wenig so, dann kommt die Musik dazu. Und denkt immer daran: Das Wichtigste ist, dass ihr locker seid und Spaß dabei habt. Der Rest kommt von ganz allein!«

»Na hoffentlich«, murmelte Lorena und wusste, dass ihr bereits die ersten beiden Punkte Schwierigkeiten bereiteten. Wie konnte man locker sein, wenn man doch wusste, dass man etwas nicht konnte und sich hier zum Affen machte? Sie mühte sich, die Schritte nachzumachen und ihre Hüfte zu schwingen, doch es hatte nichts mit den Bewegungen gemein, die die beiden Tänzer zeigten. Sie waren so schön und wirkten so heißblütig. Allein ihre bronzefarbene Haut und das schwarze Haar waren pure Exotik. *Vermutlich haben sie diese Bewegungen bereits mit der Muttermilch eingesogen*, dachte Lorena eingeschüchtert. Sie dagegen war einfach nur steif und unbeholfen. Das hatte mit Tanzen nichts gemein! Sie tappte lediglich ein paar Schrittfolgen nach. Wie befürchtet, würde dieser Abend in einem Fiasko enden. Da half auch das passende Kleid nichts. Es war ihr nur ein schwacher Trost, dass sich die anderen meist nicht besser anstellten.

»Das macht ihr schon ganz super«, log der kakaobraune Tänzer, ohne die Miene zu verziehen. Vermutlich hatte er seine Illusionen schon lange begraben. »Und nun mit Musik!«

Er legte eine CD ein und drehte den Regler auf. Musik durchflutete den Raum. Lorena konnte sie nicht nur hören, sie empfand sie am ganzen Körper. Die Musik hüllte sie ein, umwand sie und strich ihr über die Haut, deren Härchen sich aufzustellen begannen. Sie konnte spüren, wie sich der Rhythmus über den Boden ausbreitete und ihr in die Beine stieg.

Diego zählte die ersten vier Schläge mit, doch sie brauchte ihn nicht mehr. Ihre Beine schienen ein Eigenleben zu entwickeln. Und nicht nur ihre Beine! Es lief von ihren Füßen aus wie Wellen durch ihren ganzen Körper, der eins wurde mit dem Rhythmus der Musik. Sie brauchte nicht mehr über die Schritte nachzudenken oder wie sie ihre Hüfte, die Schultern oder die Arme schwingen sollte. Die Schwingungen pflanzten sich in ihr fort und fühlten sich natürlich an, so als habe sie noch nie etwas anderes gemacht. Und es war, als würde sie sich von irgendetwas befreien.

»Ja, super, und jetzt zusammen mit euren Partnern. Versucht es!«, rief der Tänzer.

Lorena spürte Jasons Hand in ihrem Rücken. Mit der anderen griff er nach ihrer Rechten. Sie konnte die Bewegungen seines Körpers fühlen, und es kam ihr ganz natürlich vor, dass der ihre sie aufnahm und miteinander verband.

»Ich wusste doch, dass du das kannst«, sagte Jason und strahlte sie an. »Du musst nicht immer dein Licht unter den Scheffel stellen. Du bist eine großartige Tänzerin. Du hast Gefühl für die Musik und den Rhythmus.«

Lorena antwortete nicht, doch sie merkte, wie ihr eigenes Lächeln sich von ihren Lippen aus über ihren ganzen Körper ausbreitete, bis sie auf wundersame Weise zu strahlen schien. So lebendig hatte sie sich in ihrer eigenen Gestalt noch nie gefühlt. Fast schien es ihr, als leuchtete selbst die Schönheit des Nachtmahrs aus ihr heraus.

Nachdem die meisten die Grundbewegung so weit verstanden hatten, zeigten Diego und Maria Isabel noch einige Figuren, mit denen sie den Tanz abwechslungsreicher gestalten konnten.

»Das sind nur Vorschläge, die eure Fantasie anregen sollen«, sagte Diego. »Männer, lasst euch inspirieren und scheut euch nicht, ein wenig zu experimentieren. Und ihr Ladys, lasst ihn machen! Egal, was ihr dort draußen tut, hier auf der Tanzfläche hat der Mann das Sagen. Begebt euch in seine Hände und lasst euch führen!«

Ein paar der Frauen protestierten im Spaß, zwei junge Mädchen kicherten. Lorena dagegen spürte, wie sie sich bei diesen Worten wohlfühlte. Und nicht nur bei den Worten! Die Musik beherrschte wieder den Raum, und sie versuchte, sich in Jason hineinzufühlen und – ohne über die Figuren nachzudenken – ihren Körper das widerspiegeln zu lassen, was der seine anstieß. Sie war sein Spiegel. Sie war das Kunstwerk, das er erschuf und voller Stolz präsentierte.

Die Übungsstunde verflog, und schon bald nahm die Band ihren Platz ein und löste die Klänge aus der Konserve mit noch mehr Schwung ab.

Lorena kam es so vor, als könne sie, wenn sie Salsa tanzte, nie wieder unglücklich sein. Das passte einfach nicht zusammen. Ach, wenn es doch niemals aufhören würde!

Doch ihr Körper und ihre Füße begannen irgendwann zu protestieren. Auch Jason lief der Schweiß die Schläfen herab, und er geriet langsam außer Atem.

»Sollen wir eine Pause machen und etwas trinken? Was möchtest du?«

Lorena wusste, dass es vernünftiger gewesen wäre, Wasser zu bestellen, doch sie erlag der Versuchung der bunten Cocktails, die nicht nur den Durst löschten. Sie stiegen in den Kopf und machten ihre schweren Füße wieder leicht. Schon warf sie ihr Haar zurück, lachte und tänzelte Jason voran zurück auf die Tanzfläche. Es war so herrlich, dass sie zugleich hätte lachen und weinen mögen. Die Musik rauschte in ihren Ohren, die Lichter drehten sich in ihrem Kopf. Ihr war ein wenig schwindelig, aber so leicht, als hätte sie in ihrem Leben noch nie einen schweren Schlag erhalten. Die Welt war nur noch Musik und Farben und Bewegung, gewürzt mit dem Lachen der Glückseligkeit.

»Ich kann nicht mehr!« Jason stöhnte auf. »Bitte um die Gnade, dir noch einen Cocktail spendieren zu dürfen.«

Lorena kicherte. »Gnade gewährt«, sagte sie und ließ sich an die Bar führen. Sie wählte einen Tequila Sunrise. Schon allein die satten Farben, die von Orange oben nach unten hin in kräftiges Rot übergingen, machten gute Laune. Sie prostete Jason zu, der wie die meisten Männer nicht so sehr auf die klebrig bunten Mixgetränke stand und sich an Wasser hielt. Natürlich auch, weil er Lorena wieder sicher nach Hause chauffieren wollte. So saßen sie nebeneinander auf zwei Barhockern, sahen den Tänzern zu und wiegten sich in der Musik. Jetzt zu späterer Stunde hatten sich auch einige Paare eingefunden, denen man ansah, dass sie schon lange Salsa tanzten. Voll Bewunderung sah Lorena ihnen zu. Plötzlich überfiel sie eine Unruhe, die sie erst für die Lust hielt weiterzutanzen, doch dann wurde ihr klar, dass die Stunden wie im Flug vergangen waren und sie sich bereits Mitternacht näherten.

»Ich glaube, ich brauche ein wenig Ruhe und frische Luft, ehe wir weitertanzen«, sagte sie zu Jason.

Er nickte. »Gute Idee. Lass uns ein wenig spazieren gehen und uns auslüften.«

Lorena schüttelte den Kopf. »Nein, bleib du ruhig hier. Ich komm dann wieder.«

Er runzelte die Stirn. »Ich lass dich doch hier in dieser Gegend und um diese Zeit nicht allein draußen rumspazieren.«

Verflucht, das wurde immer schwieriger. Was sollte sie jetzt tun? Verstohlen sah Lorena auf die Uhr. Noch zehn Minuten. Sie konnte sich auf die Toilette zurückziehen, damit aber kaum ihre Abwesenheit von einer Stunde erklären.

Verdammt, verdammt, verdammt!

Das Kribbeln wurde immer stärker. Aber es war anders als sonst. Das waren nicht die ersten Wellen der Wandlung. Das war das unangenehm prickelnde Gefühl, das sie verspürte, wenn jemand sie beobachtete. Lorena wandte den Kopf und sah sich um. Sie musste nicht lange suchen. Ihre Augen wurden quer über den Raum vom Blick einer Frau angezogen, die sie aus dunklen Augen fixierte. Ein Schauder rann Lorena über den Rücken. Sie hatte sie ganz sicher noch niemals gesehen. Das war niemand, den man jemals wieder vergaß. Und doch war da etwas, das ihr bekannt vorkam. Vertraut.

Sie war unglaublich schön und von einer Ausstrahlung, die einen schwindlig machte. Lorena bewunderte ihre dunkle, exotische Schönheit, und dennoch spürte sie einen bitteren Geschmack auf der Zunge, so als wolle sie sich abwenden und dieser Frau nicht zu nahe kommen. Sie sah, wie sich deren Lippen kräuselten. Hatte sie ihren Gedanken erraten? Vielleicht war das eine Reaktion, die sie oft erfuhr. Natürlich nur bei Frauen, die sich angesichts dieser Makellosigkeit ihrer eigenen Schwächen deutlich bewusst werden mussten. Männer dagegen hefteten ihre Blicke voll Bewunderung und Begehren auf sie. Lorena konnte sehen, dass sie von allen Seiten betrachtet wurde. Der Blick der Frau löste sich von ihr und glitt zu Jason hinüber. Lorena sah aus den

Augenwinkeln, wie er zusammenzuckte. Er riss die Augen weit auf und beobachtete, wie sie sich erhob und dann langsam auf ihn zukam. Über seine Miene huschte der Ausdruck wechselnder Gefühlsregungen. *Was war das?* Bewunderung, ja, aber auch Scham und Ablehnung?

»Guten Abend, Jason«, sagte sie mit rauchiger Stimme und sah ihn so intensiv an, dass er erneut zuckte.

Sie weiß seinen Namen? Lorena wurde es heiß und kalt. *Jason kannte diese unglaubliche Frau?*

»Guten Abend, Raika«, presste er hervor. »Ich hätte nicht gedacht, dich hier zu treffen.«

Sie lachte spöttisch und musterte dann Lorena mit einem unergründlichen Blick, den diese nicht zu deuten wusste.

»Das ist Lorena«, stellte Jason vor.

Raika hob ein wenig die Augenbrauen, wandte sich dann aber wieder Jason zu. »Wollen wir tanzen? Ich liebe Salsa, und wie ich gesehen habe, bist du ein guter Tänzer.« Sie schenkte Lorena wieder dieses spöttische Lächeln, in dem vielleicht auch ein wenig Mitleid schwang.

»Du erlaubst doch?«

»Ich bin heute Abend mit Lorena hier«, wehrte sich Jason tapfer.

Lorena war ihm dankbar. Sie hätte der anderen lieber ihre Nägel ins Gesicht geschlagen, als ihr einen Tanz mit Jason zu gönnen, doch sie spürte, dass ihre Zeit ablief. Noch drei Minuten! Was konnte sie anderes tun, als sich zu einem Lächeln zu zwingen und Jason in ihre roten Krallen zu geben?

»Ist schon gut. Tanz du ruhig mit Raika! Ich wollte mich sowieso gerade ein wenig frisch machen.« Lorena glaubte, an ihren Worten ersticken zu müssen, doch sie rutschte von ihrem Hocker und eilte hinaus. Sie sah in ihrem Geist, wie

Raika ihre Beute mit triumphierendem Lächeln auf die Tanzfläche führte.

So schmerzhaft war die Wandlung schon lange nicht mehr verlaufen. Vermutlich waren die aufgepeitschten Gefühle daran schuld. Lorena kniete auf dem Boden und keuchte. Was hätte sie in dieser Nacht gegeben, die Wandlung nur einmal unterdrücken zu können und stattdessen bei Jason zu bleiben und ihn von dieser Frau fernzuhalten. Sie war gefährlich, das konnte Lorena spüren: Nein, es war nicht nur der Neid auf deren Schönheit und die Angst vor ihrer sichtbaren Macht, die sie über Männer ausübte. *Sicherlich muss sie nur mit den Fingern schnippen und kann jeden von ihnen haben*, dachte Lorena frustriert. Heißer Zorn stieg in ihr auf. Konnte sie denn gar nichts tun? Musste sie hier draußen im Verborgenen warten, während ihr diese Raika Jason einfach so wegnahm?

Mit großen Schritten ging sie auf und ab. Plötzlich hielt sie inne und betrachtete ihr Spiegelbild in einer Autoscheibe.

Nein, das musste sie ganz und gar nicht! Sie konnte jetzt da hineingehen, und dann würden sie ja sehen, ob Jason noch einen Blick für diese Raika übrig haben würde.

Nein, das ging nicht. Außerdem wollte sie nicht, dass Jason sie so sah.

Würde er ja gar nicht. Er konnte sie in dieser Gestalt nicht erkennen.

Nein? Hatte sie sich denn so sehr verwandelt? War sie in ihrem Innern nicht noch immer Lorena, selbst wenn ihr Äußeres perfekter geformt war?

Nein, er würde es nicht sehen.

Und das Kleid?

Das war vielleicht ein Problem. Aber Moment, sie könnte

sich umziehen. Daheim lag noch das bronzefarbene, das ihr am frühen Abend zu auffallend und sexy gewesen war. Jetzt erschien es ihr gerade richtig.

Ohne weiter darüber nachzudenken, entfaltete sie ihre Schwingen und erhob sich in die Luft. Sie flog wie ein Pfeil durch die Nacht und erreichte Notting Hill bereits nach wenigen Minuten. Auch das Umziehen war schnell erledigt. Ihr anderes Kleid stopfte sie in die Tasche, dann machte sie sich eilig auf den Rückweg. Jede Minute, die sie Jason den Krallen dieser Raika überlassen musste, war eine Minute zu viel!

Es war nicht viel mehr als eine Viertelstunde vergangen, als Lorena in ihrem neuen Kleid im Hof der Latina Bar landete. Sie schlüpfte durch die Hintertür und musste nicht lange suchen. Ihr Blick wurde, wie der so vieler anderer, von dem Paar angesogen, das sich mitten auf der Tanzfläche wiegte. Die anderen hielten ein wenig Abstand, sodass sie einen magischen Kreis um die beiden bildeten. Lorena unterdrückte einen Seufzer, als sie sah, wie Raika Jason in ihrem Bann hielt, dennoch hatte sie den Eindruck, er wirke eher angespannt als glücklich. Egal wie, jedenfalls war Raikas Zeit abgelaufen! Mit forschen Schritten bahnte sich der Nachtmahr seinen Weg. Lorena war sich ihrer Wirkung wohl bewusst und genoss die Blicke, die sie jetzt auf sich zog. Trotz der lauten Musik vernahm sie das Raunen, das durch den Raum waberte. Auch Raika spürte, dass sich die Atmosphäre veränderte, und wandte den Kopf. Lorena glaubte erst Überraschung, dann so etwas wie Vergnügen in ihrer Miene zu erkennen. Warum? Dachte sie, sie könne gewinnen? Dann lag sie mit ihrer Einschätzung falsch!

Die Musik verebbte, und in der Stille vor dem nächsten Lied sagte Lorena: »Darf ich deinen Tänzer übernehmen?«

Es war keine Bitte, es war ein Befehl, und das schien Raika auch klar zu sein. Dennoch schien sie amüsiert. Sie ließ Jason los und murmelte einige Worte des Bedauerns, fixierte aber Lorena. Vermutlich traf sie nicht oft auf Frauen, die sie ausstachen. Damit musste sie erst einmal klarkommen. Und obwohl Lorena von der Unwiderstehlichkeit ihrer Gestalt als Nachtmahr überzeugt war, wunderte sie sich doch, dass Raika so kampflos aufgab. Das schien nicht zu ihr zu passen.

Jasons Blick wechselte ein wenig verwirrt zwischen den beiden Frauen hin und her. Es musste ein herrliches Bild sein. Die eine dunkel und rassig, die andere groß, strahlend, blond – und beide unglaublich schön.

Lorena berührte Jasons Arm und lächelte ihn an. »Tanz mit mir.«

Er nickte und öffnete den Mund, brachte aber keinen Ton heraus.

Raika beugte sich ein wenig zu ihr vor, noch immer dieses rätselhafte Lächeln auf den Lippen. »Nun, dann wünsche ich dir viel Spaß mit ihm, Faith«, murmelte sie.

Für einen Moment war Lorena verwirrt. Wie konnte sie den Namen wissen, den sie ab und zu in dieser Gestalt benutzte? Sie wollte Raika zur Rede stellen, aber sie war weg. Lorena ließ den Blick durch den Raum schweifen. Nein, sie war nirgends zu sehen. Wohin konnte sie so schnell verschwunden sein und warum?

Sie spürte Jasons Hand auf der ihren. »Wer bist du?«, fragte er mit belegter Stimme. »Es kommt mir so vor, als müsste ich dich kennen, und dennoch weiß ich, dass ich dich noch nie gesehen habe. Eine Frau wie dich kann man nicht vergessen. Bitte, sag mir deinen Namen.«

Lorena sah ihn an. Ein wenig bereute sie es, dass sie sich von Raika dazu hatte provozieren lassen, als Nachtmahr vor

Jason zu erscheinen. Wie konnte er nun noch Lorena lieben, da er wusste, dass es diese strahlend schöne Gestalt gab?

»Ich heiße Faith«, sagte sie und drückte seine Hand. »Doch nun lass uns lieber tanzen. Reden ist ja ganz nett, doch tanzen führt uns direkt ins Paradies.«

»So wie du dich bewegst, ganz sicher«, stimmte ihr Jason voll Bewunderung zu, und obwohl Lorena ihn anlächelte, spürte sie, wie ein Teil ihres Herzens traurig schwieg.

Ohne viel zu sprechen, tanzten sie miteinander. Lorena konnte nicht umhin, die traute Harmonie zu genießen, dennoch verabschiedete sie sich von Jason, kaum dass die Uhr die erste Stunde schlug. Sie eilte in den Hof zurück, wandelte sich und zog sich um. Endlich konnte Lorena zu ihrem Geliebten zurückkehren. Wenn er es denn noch war. Fast ein wenig ängstlich näherte sie sich der Bar, wo Jason etwas verwirrt neben ihrem abgestandenen Cocktail Platz genommen hatte. Sein Blick irrte verloren umher, bis er auf Lorena traf. Ein zaghaftes Lächeln umspielte seine Lippen und wurde immer strahlender, je näher sie kam. Er griff nach ihren Armen und zog sie ungestüm auf den Barhocker neben sich.

»Da bist du ja. Ich begann schon zu fürchten, du wärst ohne mich heimgegangen.«

»Warum hätte ich das tun sollen?«

»Ich habe dich hier allein gelassen.« Er runzelte die Stirn, als könne er sich nicht mehr recht erinnern, obwohl dies alles nicht einmal eine Stunde zurücklag. »Erst kam Raika, und ich habe mit ihr getanzt, und dann ist da noch diese andere Frau aufgetaucht. Sie war wunderschön. Dieses goldene Haar und diese blauen Augen.« Wie in Trance schüttelte er den Kopf. Dann sah er Lorena an. »Verzeih mir, ich habe mich wie ein Idiot benommen. Ich wollte ihnen gegenüber nicht unhöflich sein und habe dich dafür vernachlässigt. Es tut mir so leid. Kannst du mir verzeihen?«

Lorena vermied es, ihm in die Augen zu sehen. »Es gibt nichts zu verzeihen. Sie haben dich ja aufgefordert. Und ich war um eine Pause ganz froh.«

»Dann willst du jetzt wieder tanzen?«

Sie wollte, aber da sie nicht übersehen konnte, dass Jason völlig ausgepumpt war, schüttelte sie den Kopf. »Nein, lass uns erst noch etwas zusammen trinken. Vielleicht ist es für heute einfach genug. Wir können ja irgendwann wiederkommen und uns noch ein paar neue Figuren zeigen lassen.«

Jason nahm sie in die Arme und küsste sie. »Du bist ein Schatz, Lorena. Und ich verspreche dir, wir gehen so oft tanzen, wie du willst. Ich hatte noch nie so viel Spaß hier wie mit dir.«

Sie wusste zwar nicht, ob er es ganz ernst meinte oder noch immer ein schlechtes Gewissen wegen der anderen hatte, dennoch freute sie sich über das Kompliment. Sie tranken zusammen noch ein Cola. Das Angebot für einen weiteren Cocktail lehnte Lorena ab. Dann machten sie sich Arm in Arm auf den Heimweg.

Als Jason sie zu seinem Auto zurückführte, hatte sie wieder das Gefühl, beobachtet zu werden. Lorena verrenkte sich den Hals, doch die Schatten huschten davon, ehe sie ihnen eine Form geben konnte. War etwa Raika noch hier draußen und wartete auf Jason? Hatte sie nur scheinbar so widerstandslos das Feld geräumt und hoffte nun auf eine neue Chance? Zutrauen würde sie es ihr. Raika schien ihr ganz die Frau, die sich von Konkurrenz eher angestachelt als abgeschreckt fühlte.

Da hast du Pech, dachte Lorena mit grimmiger Genugtuung. *Jason gehört mir, und ich werde nicht zulassen, dass du noch einmal deine Krallen nach ihm ausstreckst!*

Wie sie das bewerkstelligen sollte, wusste sie allerdings nicht. Sie ging einfach davon aus, dass diese Begegnung ein Zufall gewesen war, zu dem es keine Fortsetzung geben würde. Warum auch? Raika hatte sicher genügend Auswahl.

Die leise Stimme, die sie fragte, woher sie und Jason sich kannten und was zwischen ihnen gelaufen war, unterdrückte sie. Vielleicht war es besser für ihren Seelenfrieden, die Antwort nicht zu kennen.

»Kannst du nicht ein paar Tage Urlaub nehmen?«

Mit diesen Worten überrumpelte Jason Lorena einige Tage später.

»Es ist eine einmalige Gelegenheit. Wir reisen drei Wochen durch Europa und spielen mit einigen der besten Orchester zusammen. Wir haben es geschafft, für unsere Freunde und Familienangehörige, die uns begleiten wollen, noch ein paar Karten zu besorgen. Bitte, komm mit! Ich würde mich riesig freuen.«

Lorena sagte gar nichts. Ja, auch sie würde sich riesig freuen, könnte sie ihn bei dieser Tournee begleiten, aber wie sollte das gehen?

»Es müssen ja nicht die ganzen drei Wochen sein, wenn du nicht so lange freibekommst«, versuchte er es weiter. »Aber ein paar Tage müssten doch drin sein. Auch dir steht der gesetzliche Urlaub zu. Sag das deinem Chef, wenn er Probleme macht!«

Lorena stotterte, sie würde darüber nachdenken und ihren Chef fragen, auch wenn sie das nicht vorhatte. Natürlich stand ihr Urlaub zu, und den würde sie auch bekommen. Doch wie konnte sie mit Jason und dem Orchester einfach so durch Europa reisen? Wo würde sie sich jede Nacht verbergen? Wie könnte sie sicherstellen, dass sie in ihrer Gestalt als Nachtmahr nichts anstellte, das sie später bedauerte? Womöglich würde ihre Lust wieder einmal außer Kontrolle geraten und sie sich an seinen Kollegen vergreifen – egal, ob deren Ehefrau oder Freundin mit dabei war oder ob sie sie zu Hause gelassen hatten. Lorena konnte für den Nachtmahr in sich einfach nicht die Hand ins Feuer legen, nicht einmal hier in ihrer gewohnten Umgebung, trotz der Maßnahmen, die sie getroffen hatte. Ein Nachtmahr ließ sich nicht so leicht bändigen und war auch nicht bereit, sich regelmäßig einsperren zu lassen.

Nein, es war ganz und gar unmöglich. Traurig musste sich Lorena das eingestehen. Wie aber sollte sie Jason das erklären?

Sie spürte, dass die Schlinge aus Lügen und Ausflüchten sich immer enger um sie zog. Irgendwann würde er ihr nicht mehr glauben und sich enttäuscht oder misstrauisch von ihr abwenden. Der Tag rückte unerbittlich näher, und es gab nichts, ihn aufzuhalten. Lorena spürte die tiefe Trauer, die sich in Verzweiflung ausweitete. Sie durfte Jason nicht verlieren. Es würde ihr das Herz brechen. Sie gehörten zusammen, das konnte sie spüren. Aber wie sollte es möglich sein, ihn zu halten?

Sie fand keine Antwort darauf. Vielleicht gab es keine. Es blieb ihr nichts anderes übrig, als abzuwarten und jede Stunde, die ihnen geschenkt wurde, mit ihm zu genießen. Sie musste sich eine glaubwürdige Ausrede einfallen lassen, warum sie nicht mit ihm reisen konnte. Eine, die ihn vielleicht traurig stimmen würde, nicht aber verletzen. Er sollte auf seiner Reise die Sehnsucht nach ihr spüren und dann gern zu ihr zurückkehren.

Lorena zerbrach sich den Kopf. Sollte sie sagen, sie habe ihren Jahresurlaub im Sommer schon vollständig aufgebraucht? Wenn sie keinen Urlaubsanspruch mehr hatte, konnte ihr Chef ihr auch keinen genehmigen, und sie musste leider in London bleiben.

Ja, das könnte gehen.

Für einen Moment fühlte sie Erleichterung, obwohl sie tief im Innern wusste, dass sie das Problem damit nicht gelöst hatte. Es war lediglich eine Gnadenfrist, die sie sich mit ihrer Lüge erschlich.

Kapitel 10

EIN GEFÄNGNIS

Lorena rekelte sich wohlig im Bett. Die Sonne schien durch das Fenster, das konnte sie durch die geschlossenen Lider spüren. Es würde ein herrlicher Tag werden. Langsam öffnete sie die Augen und sah sich um, als würde sie jemanden suchen.

Doch sie war allein. Was auch sonst? Nun ja, zumindest der Kater hätte da sein und ihr Gesellschaft leisten können.

Oder Jason!?

Jason war fort! Jetzt fiel ihr alles wieder ein. Lorena richtete sich auf und stopfte sich das Kopfkissen in den Rücken.

Jason war drei Wochen auf Europatournee. Was für ein Erfolg! Er tourte mit dem Orchester durch vierzehn Städte, wie er ihr stolz erzählt hatte.

Sie hatte sich mit ihm gefreut. Jazz in der Bar zu spielen war wundervoll, doch so machte man nicht Karriere, und so verdiente man auch kein Geld! Sein Platz im Orchester sicherte ihm sein Auskommen, und eine Tournee durch Europa war eine Referenz, die ihn vielleicht irgendwann für eines der ersten Orchester Londons empfehlen könnte. Er träumte davon, bei den Londoner Symphonikern zu spielen, und das war vielleicht der erste Schritt.

Sie verharrte einen Augenblick bei dem Gedanken, denn sie gönnte ihm seinen Erfolg von Herzen. Sie war nur ein wenig traurig, drei lange Wochen auf ihn verzichten zu müssen.

Traurig und auch ein wenig erleichtert. Es wurde immer schwieriger, seinen Fragen auszuweichen und sein Misstrauen zu zerstreuen. Natürlich ging sein Verdacht in eine ganz falsche Richtung, was allerdings nur ein schwacher Trost für sie war. Es lief doch alles bestens zwischen ihnen. Sie liebten sich, verstanden sich gut, führten tolle Gespräche und hatten schönen, zärtlichen Sex. Warum nur drängte er, sie solle die ganze Nacht bei ihm bleiben oder ihn die Nacht über mit zu sich nehmen? Lorena wusste nicht, welche der beiden Möglichkeiten schlimmer war. Wie sollte das gehen? Wie sollte es ihr gelingen, den Nachtmahr von ihm fernzuhalten?

Und dann war da noch der Wunsch, ihn zumindest einen Teil seiner Tournee zu begleiten. Es schmeichelte ihr, dass er sie um sich haben wollte, um die Momente des Erfolgs mit ihr zu teilen, aber das war völlig unmöglich.

Lorena erfasste eine tiefe Traurigkeit. Irgendwann würde er genug davon haben, und dann würde er sie für eine andere Frau verlassen, die keine finsteren Geheimnisse vor ihm verbarg.

Alle Frauen haben ihre Geheimnisse. Das macht sie für die Männer doch erst interessant!

Lorena schnaubte. *Aber nicht solche!* Nein, vermutlich gab es auf der ganzen Welt nicht eine Frau außer ihr, die ein derart schreckliches Geheimnis mit sich trug.

Woher willst du das wissen?

Lorena zögerte mit der Antwort. Ja, woher wusste sie das? Vielleicht gab es andere wie sie, aber warum hatte sie dann noch nie etwas von diesen Nachtmahren gehört? Weder in der Bibliothek noch im Internet fand man Artikel über Frauen, die nachts zu sexhungrigen, geflügelten Wesen wurden. Das hatte sie mehr als einmal überprüft.

Und wenn die anderen genauso einsam und verunsichert wie sie mit ihrem Schicksal lebten, das sie ebenso sorgsam geheim hielten?

Der Gedanke beschäftigte sie eine ganze Weile, ehe sich wieder ihr Problem mit Jason in den Vordergrund drängte. Sie musste für das Übernachtungsproblem eine Lösung finden!

Darüber grübelte sie während des Frühstücks intensiv nach. Sie war so in sich gekehrt, dass es selbst dem Kater auffiel. Er kam zu ihr herüber, nachdem er seine Schale geleert hatte, und stieß immer wieder auffordernd mit dem Kopf gegen ihr Bein, bis sich Lorena zu ihm herabbeugte und sich für ihre Einsilbigkeit bei ihm entschuldigte. Sie kraulte ihn im Nacken, was er mit einem dankbaren Schnurren quittierte.

»Finley, ich habe dich nicht vergessen, aber ich muss ein großes Problem lösen. Ich muss dafür sorgen, dass Jason nicht in eine Falle läuft, wenn er in mein Schlafzimmer kommt.« Es schauderte sie bei dem Gedanken, was um Mitternacht geschehen konnte. Selbst wenn er schon schlief. Sie konnte die Wandlung nicht verhindern. Dazu reichte ihre Willenskraft nicht aus. Der Nachtmahr würde sich nicht abhalten lassen, über Jason herzufallen. Es war in ihrer Salsanacht schon schwierig genug gewesen, ihn anschließend nicht gleich in ein Bett zu zerren. Der Gedanke, dass sie in ihrer geflügelten Gestalt mit ihm Sex haben würde, schmeckte bitter wie Galle. Es fühlte sich fast so an, als würde er sie mit einer anderen betrügen.

Und außerdem wusste sie noch immer nicht, ob sie ihm damit schaden konnte. Sie dachte an Noah und wie er sich verändert hatte, nachdem er in die Klauen des Nachtmahrs geraten war. Es schien, als würde ein schleichendes Gift seinen Charakter zerstören oder ihn in etwas gewissenlos Böses verwandeln. Wie konnte sie riskieren, das Gleiche mit Jason zu machen?

Nein! Sie musste eine Möglichkeit finden, ihn vor dem dunklen Wesen in ihr zu beschützen.

»Verdammt, es muss doch ein Gefängnis geben, das stark genug ist, einen Nachtmahr im Zaum zu halten!«

Der Kater zuckte unter ihrer lauten Stimme zusammen und floh unter den Küchentisch, als Lorena unvermittelt aufsprang. Ja, das war die Lösung. Das konnte funktionieren. Sie rannte die schmale Stiege hinauf, die auf den Dachboden führte. Der vordere Teil war mit allem möglichen Kram vollgestellt. Möbel und Kisten voller Bücher und Unterlagen aus dem Haus ihrer Eltern, von denen sie sich noch nicht hatte trennen können, es aber auch nicht ertrug, sie um sich zu haben. Daher waren die beiden Zimmer unten eher spartanisch eingerichtet. Lorena beachtete das Gerümpel nicht. Sie bahnte sich ihren Weg zum hinteren Giebel, wo mit einfachen Holzwänden eine Kammer abgetrennt war. Damals, als sie hier eingezogen war, hatte sie vorgehabt, sich dort ein kleines Arbeitszimmer einzurichten, doch weit waren ihre Pläne nicht gediehen. Die Wände waren zwar tapeziert, und es lag ein Teppich auf dem Boden, doch außer einem alten Schreibtisch, den der Vermieter ihr überlassen hatte, war das Zimmer noch immer leer und unbenutzt.

Das würde sich jetzt ändern!

Lorena rüttelte an der Tür und klopfte gegen die Wände. Sie schienen ihr stabil genug, und an der Tür konnte man ja noch etwas machen. Aufgeregt rannte sie die Treppe wieder hinunter und suchte in ihrem alten Taschenkalender eine Telefonnummer heraus.

Das würde nicht einfach werden. Ihr war klar, dass der

Mann nicht erfreut sein würde, von ihr zu hören. So, wie er damals nach getaner Arbeit davongerast war, hoffte er vermutlich, den Rest seines Lebens von dieser Psychopathin, für die er sie vermutlich hielt, befreit zu sein.

Psychopathin, dachte Lorena. Hielt er sie etwa für eine Serienkillerin, die ihre Opfer hierher in ihre Wohnung lockte?

Na ganz so daneben liegt er mit seiner Einschätzung ja nicht!

Ich habe nie einen Menschen getötet, widersprach Lorena entrüstet.

Bist du dir da so sicher?

Nein, sicher war sie sich nicht, auch wenn noch so viele ihrer Erinnerungen in der Finsternis verborgen lagen. Und von dem, was sich ab und zu vom Grund ihres Bewusstseins löste, wusste sie nicht so genau, ob es echte Erinnerungen waren oder nur Ängste und Befürchtungen, die sich in Bilderfolgen zusammenschlossen und ihr vorgaukelten, ein Teil ihrer Vergangenheit zu sein.

Lorena konzentrierte sich auf die Telefonnummer des Elektrikers und hielt die Luft an, als es am anderen Ende zu läuten begann.

Nein, begeistert war der Elektriker aus dem Eastend nicht gewesen, wieder von ihr zu hören, doch offenbar hielt er sie doch nicht für eine geisteskranke Serienkillerin, denn er kam bereits am nächsten Tag, besah sich die Kammer und die Tür und hörte sich Lorenas Wunsch an.

»Kann ich schon machen«, sagte er knapp, fuhr wieder davon und kam am Nachmittag mit allen nötigen Gerätschaften zurück. Stumm werkelte er vor sich hin, während sich Lorena lieber von ihm fernhielt. Sie hatte nicht den Eindruck, dass er sich in ihrer Gesellschaft wohlfühlen würde. Er wollte nicht einmal einen Kaffee aus ihrer Hand annehmen. Also unterdrückte sie ihre Unruhe und wartete in der Küche, bis sie seine Schritte auf der Treppe hörte.

»Fertig«, sagte er und nannte ihr die Summe, die sie sofort bar beglich. »Kommen Sie, ich zeig Ihnen, wie es funktioniert.«

Lorena nickte und folgte ihm in die Dachkammer. Er schloss die nun mit Eisenbändern verstärkte Tür und legte einen Schalter um.

»Sie können es zu jeder beliebigen Tageszeit hier ein- und ausschalten. Nur nachts gibt es eine Automatik, die Sie nicht unterbrechen können. Eine Minute vor zwölf schließt sich die Tür, und der Riegel wird unter Strom gesetzt. Um eins schaltet es dann wieder von selbst ab, und die Tür kann geöffnet werden. Ist das so, wie Sie es sich vorgestellt haben?«

Lorena bejahte und dankte ihm für seine Mühe. Sie fühlte sich verlegen und wusste nicht, was sie ihm für eine Erklärung bieten konnte, doch das verlangte er auch nicht. Er ahnte wohl etwas von ihrem inneren Kampf, denn er hob abwehrend die Hände.

»Nein, sagen Sie nichts weiter. Ich will nicht wissen, wozu Sie das nun wieder benötigen. Es wird funktionieren, und ich hoffe, dass Sie mich nicht noch einmal brauchen.«

Rasch packte er seine Tasche zusammen und verließ sichtlich erleichtert das Haus.

Unruhig stapfte Lorena auf und ab. Die Schiebetüren öffneten und schlossen sich immer wieder, doch sie konnte kein bekanntes Gesicht unter den Menschen erkennen, die in kleinen Gruppen die Halle betraten. Ihr Blick huschte immer wieder zur Anzeigetafel hinauf. Der Flug aus Prag war schon vor einer halben Stunde gelandet. Wo blieben sie nur? Konnte es so lange dauern, bis sie ihr Gepäck bekamen?

Vielleicht. Gatwick war nicht gerade für seine schnelle Abfertigung bekannt. Außerdem wurden die wertvollen Instrumente sicher gesondert transportiert.

Lorena musste sich noch eine weitere Viertelstunde die Beine in den Bauch stehen, bis die Schiebetür endlich die ersten Mitglieder des Orchesters entließ. Nicht dass Lorena sie alle kannte, doch zumindest erkannte sie Geigenkästen und andere in speziellen Koffern verpackte Instrumente.

Und dann kam er. Jason schleppte sein Cello in der einen Hand, mit der anderen zog er seinen Koffer hinter sich her. Er stellte sein Gepäck ab, als er Lorena auf sich zukommen sah, und schloss sie in die Arme.

»Endlich! Ich habe dich so sehr vermisst. Es war zu schade, dass du nicht mit dabei sein konntest. Die Konzerte waren wundervoll. Aber davon kann ich dir später erzählen. Wie geht es dir?«

Sie schmiegte sich an ihn. »Jetzt, wo du wieder da bist, natürlich gut. Hast du heute Abend Zeit?«

Jason nickte. »Ja, wollen wir zusammen irgendwo in Covent Garden essen gehen?«

»Ich könnte auch etwas für uns kochen«, schlug Lorena vor. »Wenn du mit zu mir kommen möchtest? Und wenn du willst, dann bring deine Zahnbürste mit und was du sonst noch so brauchst… Aber nur, wenn du willst«, fügte sie ein wenig verlegen hinzu.

Er strahlte und drückte sie an sich. »Du weißt, dass ich das möchte. Ich habe mich immer danach gesehnt, mit dir zusammen aufzuwachen.«

Lorena nickte. Sie nahm ihm den Koffer ab und dirigierte ihn zu ihrem Auto. Es war nicht einfach, das Cello auf dem Rücksitz ihres Minis zu verstauen. Der Rest seines Gepäcks passte zum Glück in den Kofferraum. Jason nahm auf dem

Beifahrersitz Platz. Er erzählte von seiner Tournee, während sie den Wagen Richtung Notting Hill steuerte. Sie fühlte sich ein wenig nervös, versuchte aber, sich nichts anmerken zu lassen.

Es war ein wenig wie beim ersten Mal – nun, so etwas Ähnliches war es ja auch. Noch nie hatte Lorena einen Mann zu sich eingeladen, die Nacht mit ihr zu verbringen. Wenn das nur nicht in einer Katastrophe endete!

Sie hatte im Wohnzimmer gedeckt. Der kleine Couchtisch schien ihr für ein romantisches Dinner geeigneter als ihre Küche. Es sah alles sehr schön aus, und auch das Essen war ihr gut gelungen, wobei sie bezweifelte, ob Jason das überhaupt bemerkte. Er griff immer wieder nach ihrer Hand und küsste sie, bis das Essen auf seinem Teller kalt sein musste. Lorena schielte auf die Uhr und machte sich dann energisch von ihm los.

»Schluss damit! Du musst jetzt deinen Teller leer essen. Es gibt noch Nachtisch!«

Jason lächelte sie an. »Ja und? Haben wir es denn eilig?«

Ja!, hätte Lorena am liebsten gerufen. Schließlich musste er um Mitternacht fest schlafen, sodass er nicht bemerkte, wenn sie sich davonschlich. Stattdessen sagte sie: »Nein, das nicht, aber es schmeckt besser, solange es warm ist, und außerdem können wir uns nach dem ersten Nachtisch in Ruhe dem zweiten zuwenden, der nicht hier im Wohnzimmer serviert wird.«

Er neckte sie ein wenig, schien aber gegen das Programm nichts einzuwenden zu haben. Rasch leerte er seinen Teller und sprach dann auch noch ihrem selbst gemachten *Trifle* zu. Lorena liebte das traditionelle britische Dessert, das aus mehreren Schichten bestand, angefangen mit in Sherry getränktem *Sponge Cake*, darüber frische oder eingelegte

Früchte, dann eine Schicht Vanillepudding, abgerundet mit Sahne und gehobelten Mandeln. Lorena schenkte Jason immer wieder Wein ein, bis er das Glas von sich schob und protestierte.

»Was hast du vor? Willst du mich betrunken machen? Ich habe genau gesehen, dass du lediglich an deinem Glas genippt hast.«

»Ich vertrage doch nichts«, wehrte Lorena ab. »Und ich glaube nicht, dass ich einen betrunkenen Liebhaber in meinem Bett möchte.« *Nur einen, der danach bitte ganz fest schläft.*

Jason lachte leise. »War das etwa das Stichwort?«

Lorena warf ihm einen neckischen Blick zu. Sie schob ihre leere Nachtischschale von sich, erhob sich und kam auf ihn zu. »Was wäre dagegen einzuwenden?« Sie beugte sich über ihn und küsste ihn auf den Mund.

»Gar nichts …«

Er wollte sie zu sich aufs Sofa ziehen, doch Lorena wich zurück. Sie griff nach seiner Hand und führte ihn ins Schlafzimmer. Dann erst schlang sie die Arme um seinen Hals und küsste ihn, bis er aufstöhnte.

»Willst du mich in den Wahnsinn treiben?«

Mit fahrigen Bewegungen zog er sie aus, streifte sich selbst Hemd und Hose ab und umschlang dann ihren nackten Körper. Sie schmiegte sich an ihn. Jason verlor das Gleichgewicht und fiel mit ihr aufs Bett. Sie fühlte seine Hände über ihren Körper wandern und seine Lippen jeden Winkel erkunden.

Lorena streckte sich und schloss die Augen. Sie überließ sich ganz seiner Liebe. War das nicht wunderbar? Einfach eine normale Frau sein und so geliebt werden?

Sie hatten Zeit. Viel Zeit. Sie lauschte auf die Glockenschläge. Sie durfte einfach genießen und sich verwöhnen lassen. Er nahm sie behutsam und bewegte sich am Anfang eher zögerlich. Erst als sie ihre Arme und Beine fest um ihn schlang und fordernd die Hüfte gegen ihn drückte, steigerte er den Rhythmus, bis er sich in sie ergoss. Eine Weile lagen sie ganz still und lauschten nur dem Schlag ihrer beiden Herzen. Lorena genoss das Glück des Moments. Diesen Augenblick lohnte es sich zu bewahren, um ihn niemals wieder zu vergessen.

Später saß sie neben ihm, während er sich streicheln und küssen ließ, ehe er ein zweites Mal in sie eindrang.

Wieder lag sie in seinen Armen und lauschte, wie sein Puls und sein Atem sich beruhigten. Lorena wagte nicht, sich zu rühren. Es war schön gewesen. Wunderschön und erfüllend, doch nun musste er schlafen!

Endlich war sie sich sicher und wagte, sich aus seinen Armen zu befreien und so leise wie möglich aus dem Bett zu schlüpfen. Nackt tappte sie ins Wohnzimmer hinüber. Wie spät war es eigentlich?

Fünf Minuten vor zwölf!

Nun aber schnell!

Lorena hastete die Treppe hinauf und stieß die Tür der Kammer hinter sich zu. Es zischte leise, dann rastete der Riegel ein, und ein Lämpchen begann zu leuchten. Das Wild saß in der Falle, die es selbst für sich gebaut hatte.

Die Wandlung begann und überfiel sie so heftig, dass der Schmerz sie aufstöhnen ließ. Die Aufregung des Tages, die Anspannung und der Sex mit Jason hatten die Hormone in Aufruhr gebracht, die nun den Nachtmahr nährten. Sie näherte sich der Tür und streckte schon die Hand nach ihr aus, doch ehe sie den Riegel berührte, erstarrte sie. Sie konnte die vernichtende Spannung spüren, die tödliche Gefahr, die in dem unschuldig schimmernden Metallstück lauerte, bereit, wie eine giftige Viper zuzuschlagen, sollte sie so unvorsichtig sein, es zu berühren. Lorena begann zu zittern. Sie wollte zu Jason. Sie wollte noch einmal Sex mit ihm haben. Dieses Mal richtigen Sex! So wild und zornig, wie sie sich fühlte. Er sollte dem Nachtmahr erliegen wie alle Männer. Er sollte sie begehren, sodass er an nichts anderes mehr denken konnte.

So wie Noah?

Warum nicht? Der große Schwarze war ein guter Liebhaber, der was aushielt.

Ein guter Liebhaber? Mag sein, dass er das noch ist, aber er war auch ein guter Mensch. Was ist davon geblieben?

Die geflügelte Gestalt zuckte mit den Schultern. Es interessierte sie nicht. Das Einzige, das im Moment für sie von Bedeutung war, war diese blöde Stromfalle, die sie hier gefangen hielt. Ruhelos begann Lorena, durch die Kammer zu streifen. Immer an der Wand entlang und um den Schreibtisch herum. Da fiel ihr Blick auf das ledergebundene Buch. Sie hielt inne, nahm es in die Hand und las den letzten Eintrag. Ein wölfisches Lächeln verzerrte ihre Züge.

O ja, daran kann ich mich noch erinnern und auch an die Nacht mit Martin. Wie alt war ich damals gewesen? Fünfzehn? Dem Jungen war Hören und Sehen vergangen, und er wäre bereit gewesen, über Jahre hinweg meine Tasche zu tragen oder sämtliche Hausaufgaben für mich zu erledigen, wenn ich ihm dafür nur noch eine Nacht geschenkt hätte. Doch dann ist das mit meinem Vater passiert. Ein Unfall in der Nacht. Er war von der Fahrbahn abgekommen. Das Auto ist völlig zerquetscht gewesen. Ein rauchendes Wrack. Der durchdringende Gestank nach verschmortem Gummi und nach Benzin – und der schreckliche Geruch von frischem Blut. Dem Blut meines Vaters, der leblos zwischen Blechteilen eingeklemmt in diesem Wagen steckte. Es hat eine Ewigkeit gedauert, bis der Rettungswagen am Unfallort eintraf, wo es nichts mehr zu retten gab.

Lorena schüttelte den Kopf, um sich von den Bildern zu befreien. Es konnten keine Erinnerungen sein. Sie hatte lediglich die Fotos gesehen. Sie war nicht am Unfallort gewesen. Aber wo hatte sie sich in dieser Nacht herumgetrieben? Es war zu Neumond gewesen. Natürlich. Viele schreckliche Dinge geschahen in der Nacht der Finsternis, in der sich der Mond vor der Welt verbarg. Wo war sie gewesen?

Lorena konnte sich nicht mehr erinnern. Noch immer waren die Wandlungen bei Neumond heftiger, der wilde Drang in ihr stärker, doch sie war lange nicht mehr so unbeherrscht wie in den ersten Jahren, während derer sie dem Wesen in ihr und seinen Bedürfnissen völlig ausgeliefert gewesen war. Heute war sie stärker geworden und hatte gelernt, die dunkle Seite zu beherrschen.

Lorena hielt mitten in diesem Gedanken inne und starrte auf die Tür, die sich mit einem leisen Klicken entriegelte. Es musste ein Uhr vorbei sein. Sie wandelte sich zurück und spürte erleichtert, wie sie in ihren eigenen Körper zurückkehrte.

Ein allerhöchstens durchschnittlicher Körper.

Lorena ignorierte die Spitze. Sie dachte darüber nach, wie ihre ersten Nächte nach ihrer Wandlung verlaufen waren und wie es heute war.

O ja, sie hatte alles im Griff! Deshalb musste sie sich auch ein stromgesichertes Gefängnis bauen, in dem sie sich selbst Nacht für Nacht gefangen nahm. Deshalb war es ihr auch so gut gelungen, sich von Noah fernzuhalten. Deshalb war aus dem netten, charmanten Mann ein übel gelaunter Schläger geworden.

Nein, es war nicht bewiesen, dass sie als Nachtmahr die Schuld daran trug.

Na und wenn schon, ertönte es gleichgültig in ihrem Kopf. *Er ist nur irgendein Mann. Er bringt das Blut in Wallung und ist eine nette Unterhaltung. Das ist das Einzige, was zählt.*

Nein! Nein! Nein!

Freundschaft und Liebe, Geborgenheit und Vertrauen, das waren die Werte, die wirklich zählten.

Vertrauen? Und Ehrlichkeit? Die Stimme in ihr gluckste. *O ja, absolute Offenheit. Dann würde ich vorschlagen, du gehst hinunter und weckst Jason, um ihm die ganze Wahrheit zu berichten. Ich bin auch gern bereit, ihm eine Kostprobe meiner Unwiderstehlichkeit zu liefern!*

Lorena versuchte, die Stimme in ihrem Kopf, die sie so sehr hasste, auszublenden. Und doch war sie ein Teil von ihr, mit dem sie leben musste. Wieder einmal wünschte sie sich nichts mehr, als einfach normal zu sein.

Du meinst durchschnittlich? Sieh dich im Spiegel an. Ich weiß nicht, was Jason an dir findet.

»Ich auch nicht«, flüsterte Lorena, als sie die Tür aufschob und so leise wie möglich den Dachboden überquerte. Sie schlich die Treppe hinunter, als Jasons Stimme sie zusammenzucken ließ.

»Lorena? Wo bist du?«

Er klang ein wenig verschlafen. In seiner Schlafanzughose kam er aus der Küche getappt. Als er sie auf der Treppe entdeckte, huschten erst der Ausdruck von Verwunderung und dann von Freude über seine Miene.

»Wo bist du gewesen? Ich habe dich überall gesucht.«

Er trat zu ihr und zog sie in seine Arme. »Du bist ja eiskalt. Komm wieder ins Bett.«

Lorena bemerkte, dass sie noch immer nackt war, und nun

spürte sie im Kontrast zu seinen warmen Armen die Kälte, die sie umfing. Ihre Härchen stellten sich am ganzen Körper auf. Bereitwillig ließ sie sich Richtung Schlafzimmer ziehen und kuschelte sich mit ihm unter die Bettdecke.

»Was hast du dort oben gemacht?«, murmelte er ein wenig schläfrig.

»Nichts Wichtiges«, gab sie zurück. »Ich konnte nur nicht schlafen. Ich laufe nachts oft ein wenig herum.«

»Das werde ich dir abgewöhnen«, sagte er und zog sie noch ein wenig enger an sich. »In meinen Armen wirst du von nun an jede Nacht selig wie ein Baby schlummern.«

Sie verzog das Gesicht zu einem verzerrten Lächeln und wusste nicht, ob sie sich über diese Ankündigung freuen sollte.

Kapitel 11

SUSANNE

Sie hatte sich diese Woche gut gehalten. Bis auf heute.

Lorena konnte nicht schlafen, obwohl es bereits nach drei Uhr in der Nacht war, doch das wunderte sie nicht. Heute war Neumond, die lichtlose Nacht, in der das Wesen der Finsternis die meisten Kräfte entwickelte und seine größte Macht über ihren Geist, ihren Verstand und ihre Handlungen. Sie wurde schon Tage vorher immer nervöser, dennoch war es ihr gelungen, jeden Abend vor Mitternacht daheim zu sein und den Stromkreis an ihrer Tür zu schließen. Vermutlich wäre der Nachtmahr durch irgendeines der Fenster entwischt, wenn man diese – abgesehen von dem kleinen Fenster im Bad – mehr als einen Spalt hätte öffnen können.

Alles ging so weit gut, nur eben heute nicht. Der Drang nach Freiheit hatte bereits am Nachmittag die Führung übernommen. Sie merkte, wie sie schnippisch zu ihren Kolleginnen wurde und mit den Kollegen zu flirten begann, ohne etwas dagegen tun zu können. Beide Parteien sahen sie ob des ungewohnten Verhaltens verwundert an. Lorena glaubte, vor Scham im Boden versinken zu müssen, doch der Nachtmahr in ihr triumphierte. So verließ sie das Büro sobald es ging, ohne eine Krankheit vorschieben zu müssen, und machte sich auf den Weg zur U-Bahn, doch das Wesen in ihr hatte andere Pläne. Es würde sich heute Nacht nicht wieder einsperren lassen! So trieb es sie durch die Stadt, bis die Eindrücke verschwammen und sie nicht mehr wusste, wohin sie unterwegs war. Punkt zwölf verwandelte sie sich und entfaltete ihre Schwingen, um nach Notting Hill zurückzukehren. Um Noah aufzulauern!

Hat nicht er mir aufgelauert?, widersprach die Stimme in ihr keck.

Wie auch immer … Jedenfalls landeten sie wieder in seinem Bett und hatten sich dem ungezügelten Sex hingegeben, bis sie ihn gegen zwei Uhr morgens verließ.

Nun lag sie in ihrem eigenen Bett, in ihrer eigenen Gestalt, doch die Hormone pochten noch durch ihr Blut und ließen sie nicht zur Ruhe kommen. Wieder einmal fühlte sie sich so einsam und leer, dass ihr die Tränen in die Augen stiegen. Ach, wie gern hätte sie jemanden gekannt, den sie um Rat fragen könnte. Eine andere Frau, die ebenfalls mit diesem Fluch belastet war. Oder zumindest jemanden, der von ihm wusste und ihr zuhören würde.

Sie dachte an Jason. Nein! Wie könnte sie ihn damit belasten? Er würde sie verlassen. Er musste sie verlassen, wollte er nicht Opfer dieses Albtraums werden. Wie Noah, den sie systematisch zugrunde richtete.

Quatsch!

Er hat vergangene Woche eine Schlägerei angefangen und ist verhaftet worden. Er musste eine Nacht im Gefängnis verbringen!

Er hat nur ein wenig über den Durst getrunken. So was kommt vor.

Nein, so etwas kommt nicht einfach vor. Seine Freunde schwören, dass er nie aggressiv war und zuvor noch nie in eine Schlägerei verwickelt.

Menschen ändern sich. Du musst nicht immer dir die Schuld geben.

Sie schwieg, doch das nagende Gefühl ließ sich nicht

vertreiben. Es war nur ein Verdacht, doch er lastete immer schwerer auf ihrem Gemüt. War es ihre Schuld? Die Schuld des albtraumhaften Wesens in ihr, das diesen Mann und vielleicht alle anderen, die mit ihr zu tun hatten, schleichend verdarb, wie ein Gift, das – immer wieder in kleinen Dosen genommen – irgendwann zum Tod führt?

Sie musste einfach mit jemandem reden. Sie brauchte einen Rat, bevor sie selbst daran erstickte. Doch es gab niemanden, der von ihrer finsteren Seite wusste, und das musste auch so bleiben.

Lorena warf die Decke beiseite, stapfte ins Wohnzimmer und ließ sich in den Sessel plumpsen. Sie nahm wieder ihre beiden Schlüssel aus dem Geldbeutel und rieb sie zwischen den Fingern. Sie war überzeugt, dass sie wichtig für sie waren, und dennoch wollte es ihr nicht einfallen, warum. Wie lange würde die Erinnerung sich noch vor ihr verbergen? Wann würde es ihr endlich wieder einfallen. Irgendjemand, der ihr wichtig war und den sie mochte, hatte sie ihr gegeben und ihr eingeschärft, sie immer gut zu verwahren… Doch wer und warum?

Sosehr sie sich auch anstrengte, es blieb dunkel in ihren Gedanken. Lorena steckte sie mit einem Seufzer wieder ein und zog stattdessen das Buch heran. Sie blätterte bis zu ihrem letzten Eintrag. Für einige Momente verharrte die Füllerspitze über dem leeren Blatt. Sie dachte mit geschlossenen Augen nach, bis die Bilder in ihr aufzusteigen begannen.

Es war der Abend vor Neumond. Ich war ganz aufgeregt, denn inzwischen wusste ich, dass in dieser Nacht stets etwas Aufregendes passierte. Seit einem Dreivierteljahr hatte ich meine Periode, und jedes Mal hatte ich mich in diesen Nächten in die fantastische Frau verwandelt. Inzwischen passierte das auch in anderen Nächten, doch zu Neumond immer. Ich fühlte mich dann so stark und frei, als könnte ich alles haben. Und ich hatte schon die verrücktesten Dinge in diesen Nächten angestellt. Doch so ganz sicher war ich mir manches Mal nicht, was ich erlebt und was ich nur geträumt und mir in meiner Fantasie ausgemalt hatte.

Während des Abendessens war ich so zappelig, dass es sogar meinem Vater auffiel. Er stellte viel zu viele Fragen, die ich nicht beantworten konnte – und auch nicht beantworten wollte! So zwang ich mich, ruhig zu sein, aß aber schweigend weiter und war froh, als mein Vater den Fernseher anschaltete. Ich setzte mich in den vom Sofa am weitesten entfernten Sessel, während meine Mutter neben ihrem Mann Platz nahm. Die Nachrichten liefen, aber ich bekam fast nichts mit. Von irgendwelchen Unfällen war die Rede, einer Massenkarambolage auf der A1 nach Bremen. Und dann von einem Großbrand in Hamburg. Das interessierte mich nicht, doch ich blieb sitzen, um nicht noch mehr Fragen abwehren zu müssen.

Meine Mutter war mit ihren Gedanken auch nicht so recht bei der Sache. Sie sah immer wieder zum Fenster, wo der Regen gegen die Scheiben prasselte. Ich hörte die Windböen um das Haus heulen.

»Und bei diesem Wetter müssen wir noch mal raus«, sagte meine Mutter und seufzte.

»Soll ich mir ein Taxi nehmen?«, fragte mein Vater, doch sie schüttelte den Kopf.

»Nein, ich fahr dich nach Fuhlsbüttel.«

Der Sprecher war bei der Wettervorhersage angekommen, als Mutter aufsprang. »Dann lass uns jetzt aufbrechen. Wer weiß, wie gut wir bei diesem Regen durchkommen. Nicht, dass du deinen Flug noch verpasst.«

Mein Vater erhob sich ebenfalls, doch er schien es nicht eilig zu haben. Er trat zu mir und wuschelte mir das Haar, was ich gar nicht leiden konnte.

»Tschüss meine Große, sei anständig und pass auf dich auf! Wir sehen uns Freitag wieder.«

»Hm«, erwiderte ich nur und deutete ein Nicken an.

Meine Mutter hatte schon ihren Mantel an und die Autoschlüssel in der Hand.

»Thomas, hol dein Gepäck! Ich fahr schon mal das Auto aus der Garage. Lorena, ich denke, ich bin gegen elf zurück.«

Ich tat so, als würde im Fernsehen was Spannendes laufen. Dann waren sie endlich weg. Ich hörte draußen den Motor brummen und lief zum Fenster. Wasser spritzte in Fontänen nach allen Seiten, als das Auto durch die Pfützen der Auffahrt zur Straße fuhr. Dann waren auch die roten Rücklichter in der Dunkelheit verschwunden. Erleichtert atmete ich auf.

Was jetzt? Ich war noch immer unruhig und ging in mein Zimmer. In einem Versteck lagerte ich ein paar Kleidungsstücke. Elegante, verführerische Kleidungsstücke, die einer erwachsenen Frau standen, nicht aber einem fast vierzehnjährigen Mädchen. Dennoch zog ich mich aus und probierte sie an. Ich hatte ein komisches Gefühl dabei, denn ich konnte mich gar nicht daran erinnern, wie ich zu ihnen gekommen war. Hatte ich mir die Kleider gekauft? Wann und von welchem Geld? Oder hatte ich sie gestohlen? In einer der Nächte, an die ich mich nicht mehr so recht erinnern konnte?

Egal. Jetzt jedenfalls gehörten sie mir – oder besser gesagt dem geheimnisvollen Wesen, das in mir zu wohnen schien und sich immer nur nachts zeigte.

Würde die schöne Frau in dieser Nacht wiederkommen und meinen unscheinbaren Mädchenkörper wandeln?

Ich stand in diesen lächerlichen Kleidern vor dem Spiegel. Nein, nicht die Kleider an sich waren lächerlich. Sie sahen an meinem Körper lächerlich aus. Ich schloss die Augen und dachte ganz fest an die schöne Frau, an ihre makellosen Züge und ihr wundervolles Haar, an diesen großen, festen Busen, den flachen Bauch und an die langen Beine. Und natürlich an die Flügel, die sie ganz nach Belieben aus den Schlitzen unter ihren Schulterblättern hervorklappen konnte.

Ich wusste nicht, wie lange ich so mit geschlossenen Augen vor dem Spiegel stand. Das Telefon hatte zweimal geklingelt, doch ich hatte mich nicht von der Stelle gerührt. Ich hörte die Windböen und dann ein fernes Donnern, das mit jeder Minute näher kam, aber ich konzentrierte mich weiterhin auf die schöne Gestalt, die irgendwo in mir verborgen sein musste und die ich mit aller Macht zum Vorschein bringen wollte.

Plötzlich bemerkte ich es. Es ging los! Ja, der Schmerz, der mich zu Anfang so erschreckt hatte, war mir nun willkommen, und ich ertrug ihn mit Stolz. Ich konnte es überall spüren, auf meiner Haut, in meinen Muskeln und den Knochen, wie sie sich veränderten. Selbst wie mein Haar wuchs, fülliger und lockig wurde. Und dann rissen die Spalten unter den Schulterblättern auf, und ich konnte die Flügel entfalten. Endlich! Ich sah in den Spiegel und hieß das Wesen willkommen. Wir hatten wieder viel miteinander vor!

Inzwischen tobte das Gewitter über dem Haus, aber das machte mir nichts aus. Es konnte mich nicht aufhalten. Ich zog mich nackt aus. Die Kleider würden ohnehin sofort durchnässt werden. Ich eilte zur Tür und zog sie weit auf. Der Wind erfasste mich und hüllte mich in einen Schauer von Tropfen. Eine unbändige Freude erfasste mich. Blitze zuckten über den Himmel, der Donner krachte, dass er den Boden unter meinen Füßen erbeben ließ. Ich hob die Arme in die Luft, und ein Schrei entwich meinem Mund, der eher wie der Ruf eines wilden Tieres klang. Dann entfaltete ich meine Schwingen. Der Wind erfasste mich und riss mich in die Höhe. Ich trudelte und brauchte eine Weile, bis ich spürte, wie ich die Kraft der Böen ausnutzen und mich von ihnen tragen lassen konnte. Die Spannung in der Luft zuckte durch meinen Körper, und ich glaubte zu spüren, wie die Hitze der grellen Blitze über meine Haut zuckte. Es war unglaublich! Ich spielte mit dem Sturm oder er mit mir... Die dunklen Wolkenfetzen wirbelten um mich herum, sodass ich ab und zu das Gefühl hatte, mit anderen geflügelten Wesen einen Reigen aufzuführen. Ich stellte mir vor, sie wären wie ich selbst. Sie seien gekommen, mich zu sich zu holen, in eine aufregende andere Welt.

Ich wusste nicht, wie lange ich im Sturm getanzt hatte, doch irgendwann ergriff eine bleierne Schwere meine Glieder, und ich kehrte nach Hause zurück. Ich landete im Schutz des Apfelbaums im Vorgarten und faltete sorgsam die Flügel zusammen. Das Gewitter hatte sich verzogen. Es musste nach ein Uhr sein. Das Auto stand in der Auffahrt. Jetzt erst fiel mir wieder ein, dass meine Mutter gesagt hatte, sie sei um elf wieder da. Irgendetwas musste ihr dazwischengekommen sein, sodass sie erst nach Mitternacht zurückgekommen war. Sicher hatte sie angerufen, um mir zu sagen, dass sie im Stau stand oder so und dass es später werden würde, aber ich war nicht ans Telefon gegangen.

Hatte sie sich Sorgen gemacht? War sie sauer?

Mit einer unwirschen Handbewegung wischte ich mein Schuldbewusstsein beiseite. Was für einen Grund hatte die Mutter, mir zu zürnen? Ich war kein kleines Kind mehr, und wenn sie mich die halbe Nacht allein ließ, konnte sie nicht erwarten, dass ich brav im Sessel sitzen blieb!

Der Zorn fühlte sich gut an. Alle starken Regungen fühlten sich in dieser Gestalt gut an.

Warum war es im Haus dunkel? War meine Mutter etwa ins

Schlafzimmer hoch, ohne noch einmal nach mir zu sehen? Oder war sie so wütend, dass sie dennoch zu Bett gegangen war?

Ich stand vor der Haustür und zitterte. *Vor Kälte?* Ich wusste es nicht. Da war noch etwas anderes. Etwas, das mir Angst machte.

Ich kannte keine Angst. Nicht in dieser Gestalt. Was war es dann?

Das Gewitter trieb nun weiter im Osten sein Unwesen, doch noch immer wehte ein frischer Wind. Knarrend schwang die Tür unter einer Böe auf.

Warum zum Teufel war die Tür offen? Vorsichtig trat ich ein, doch ich konnte nichts erkennen. Um mich herum war alles dunkel. Dann fühlte ich nur noch Schmerz. Er war überall. In mir, auf mir. Er zerriss mir das Herz und die Seele. Mein Kopf drohte zu bersten.

Lorena ließ den Füller sinken. Er glitt ihr aus der Hand, rollte über den Tisch und fiel auf den Teppich, doch sie unternahm nichts, ihn aufzuhalten. Sie starrte einfach vor sich hin und versuchte, den Faden der Erinnerung festzuhalten, der ihr zu entgleiten drohte.

Der Schmerz, ja, daran konnte sie sich erinnern und an Schreie. Wer schrie? Sie? Ihre Mutter? Hatten sie sich in dieser Nacht gestritten, weil Lorena draußen gewesen und erst so spät heimgekommen war? Hatte sie sich gewandelt, oder war sie in der Gestalt des Nachtmahrs vor ihre Mutter getreten? Sie wusste es nicht mehr. Dann war etwas passiert. Etwas Schreckliches, das ihr Herz zu sprengen drohte. Aber was? Lorena presste beide Hände an die Schläfen und schloss die Augen. Sie musste diese Finsternis vertreiben. Da war etwas am Rande ihres Bewusstseins, das sich ihrer Erinnerung entzog. Je mehr sie es zu erhaschen versuchte, desto tiefer zog es sich in den wirbelnden Pool dort unten am Grund zurück, den sie nicht erreichen konnte.

Meine Hand schmerzte. Ich hatte mir das Handgelenk gebrochen.

Ich sah in das Gesicht meines Vaters, der mich mit einer seltsamen Miene anstarrte. Verzweiflung war darin zu lesen, ungläubiges Entsetzen und eine tiefe Trauer.

Nein!

Das gehört nicht hierher. Das war, als er mich im Krankenhaus besucht und sich an mein Bett gesetzt hat. Er hat mich nur angesehen, konnte das Entsetzliche nicht aussprechen, doch ich habe es gewusst: Die Mutter war tot!

Ich lag am Fuß der Treppe, die Wangen bleich, die Augen wie vor Schreck weit aufgerissen. Und ich war nicht allein. Neben mir lag meine Mutter, und ich spürte, wie die Wärme aus ihrem Körper wich. Sie war weg. Meine Mutter war für alle Zeiten gegangen. Aber ich war noch da, spürte den Schmerz und den langsam erkaltenden Körper eng an meinem eigenen Leib.

Lorena fühlte, wie der Schmerz gegen die Innenseite ihres Schädels pochte.

Schmerz, ja, ich erinnere mich an ihn, doch es war nicht nur das gebrochene Handgelenk, das mir wehtat. Es gab etwas viel Größeres, das in der Dunkelheit pochte. Es ist immer da, um mich an etwas zu erinnern.

An meine Schuld?

Unsinn!

Und doch sind da diese Fragen …

Lorena spürte, wie ihr Tränen der Verzweiflung in die Augen stiegen und über die Wangen rannen. Fragen, immer neue Fragen, die sie nicht beantworten konnte.

Ich hatte die Augen geschlossen, aber ich schlief nicht. Ich konnte die Stimmen hören, und ich lag noch immer im Krankenhaus. Dachte ich. Eine Hand legte sich auf meine. Es war nicht die meines Vaters. Er war nicht oft da. Er müsse so viel organisieren, hatte man mir gesagt, doch ich dachte, dass keiner diesen vorgeschobenen Grund glaubte. Er konnte es einfach nicht ertragen, mich ansehen zu müssen. Noch weniger, als mich zu berühren.

Die Hand streichelte meinen Arm, wanderte hinauf und wieder hinab, bis sie erneut auf meiner Hand lag. Ich schloss die Finger fest um sie. Sie war schmal, die Haut trocken und faltig. Meine Großmutter war gekommen. Auch in ihrem Blick hatte ich das Entsetzen gelesen, doch es stand kein Vorwurf darin. Nur tiefe Traurigkeit.

Dann hörte ich die Stimmen vor der Tür. Meine Großmutter zuckte zusammen. Es war eine fremde, leise Männerstimme, die ich nicht kannte. Die Antwort meines Vaters dagegen war so laut, dass ich nicht weghören konnte.

»Was soll das heißen, es gibt keinen Zweifel? Es muss ein Unfall gewesen sein! Oder es war noch jemand anderes im Haus, der sie gestoßen hat.«

Nun sprach auch der Mann ein wenig lauter. Ich hätte so gern die Ohren verschlossen, doch ich lauschte mit angehaltenem Atem.

»Es tut mir leid. Ich kann Ihnen nichts anderes sagen als das, was die Spurensicherung und die Autopsie ergeben haben. Es gibt keinerlei Hinweise darauf, dass sich außer Ihrer Frau und Ihrer Tochter jemand im Haus aufgehalten hat.«

Der Griff um meine Hand verstärkte sich, und auch ich klammerte mich fest, als könnte ich mich dadurch retten.

Vor dem, was geschehen war? Oder nur vor den Worten, die mich vernichteten?

»Dann kann es trotzdem ein Unfall gewesen sein!«, beharrte mein Vater, und es tröstete mich seltsam, dass er mich wenigstens vor den anderen verteidigte, auch wenn ich in seinen Augen gesehen hatte, dass er die Schuldige längst gefunden hatte.

»Bei der Autopsie wurden Hämatome an den Handgelenken Ihrer Frau gefunden. Sie hat mit jemandem gerungen. Ein weiteres Hämatom an der Seite stammt von einem heftigen Stoß. Sie muss versucht haben, sich am Treppengeländer festzuhalten. Zwei ihrer Fingernägel sind abgebrochen. Wir haben sie im Holz des Geländers gefunden.«

»Ja und?«, erwiderte mein Vater trotzig. »Das beweist gar nichts.«

»Ihre Frau hat ihren Angreifer gekratzt, ehe sie fiel«, fuhr der Kriminalbeamte erbarmungslos fort. »Sehen Sie sich die Arme Ihrer Tochter an. Es war ihre Haut, die wir unter den Nägeln Ihrer Frau fanden.«

Der Laut hörte sich an wie ein Schluchzen, und endlich schien der Beamte Mitleid zu empfinden.

»Es tut mir sehr leid«, sagte er, »aber das sind die Fakten.«

Vielleicht beugte er sich nun über meinen Vater, der auf einen Stuhl gesunken war und das Gesicht in den Händen vergrub. Vielleicht tätschelte er ihm sogar mitleidig die Schulter.

»Wir wissen nicht, aus welcher Stimmung heraus das alles passiert ist. Ich will nicht behaupten, es wäre geplant gewesen. Vielleicht ein Streit, der eskalierte. Viele Teenager neigen in diesem Alter zu unkontrollierten Zornausbrüchen, unter deren Einfluss sie Dinge tun, die sie nachher bereuen.«

»Was ändert das?«, erwiderte mein Vater unter Schluchzen.

»Sie ist tot! Susanne ist tot, und keine Reue wird sie uns zurückbringen.«

Spätestens jetzt hätte mein Herz zerspringen und auch mich töten müssen. Hatte ich das wirklich getan? Hatte ich mit meiner Mutter gestritten und sie die Treppe hinuntergestoßen? Ich konnte mich nicht erinnern! Es war alles schwarz, und je mehr ich versuchte, die Bilder zu rufen, desto schlimmer nahm der Schmerz zu.

»Ich weiß«, sagte der Kripomann. »Mit diesem Schicksalsschlag müssen Sie und Ihre Familie irgendwie allein klarkommen, und sei es noch so schwer. Sie müssen weiter miteinander leben. Lorena ist noch nicht strafmündig, das heißt: Was auch immer die weiteren Ermittlungen ergeben, es wird keine Folgen für sie haben.«

Keine Folgen? In mir schrie es auf. Meine Mutter war tot, und er sagte, das hätte keine Folgen! Es hatte ihr Leben zerstört.

Ich hatte ihr Leben zerstört!

Die Stimmen entfernten sich. Mein Vater kam nicht herein, und ich verstand das. Lautlos drangen meine Tränen durch die noch immer geschlossenen Wimpern und tropften auf das Krankenhauskissen, während Großmutters Hand wieder meinen Arm streichelte.

Lorena hielt den Füller noch immer in der Hand, doch sie war mitten in der Bewegung erstarrt. Das Entsetzen, das sich in ihr ausbreitete, ließ nicht einmal mehr Tränen zu.

Was tue ich hier? Warum rühre ich an der Vergangenheit, über die das Vergessen so gnädig eine dunkle Decke gebreitet hatte? Jahrelang hat für mich mein Leben mit meinem Umzug nach London begonnen. Mit der Highschool, mit Tante Ruby und mit Jason. Meine Eltern und das Leben davor waren zu formlosen

Schatten verblasst, die mein Herz nicht mehr schmerzten, und nun wühle ich in der schwarzen Finsternis herum und wirbele all das wieder auf, was meinem Gedächtnis entglitten war.

Warum muss ich mich ausgerechnet an diese Nacht erinnern? Habe ich wirklich meine eigene Mutter getötet? Sie in einem Anfall von Zorn die Treppe hinuntergestoßen, wo sie sich das Genick brach?

Nein, das kann nicht sein. Es muss der Nachtmahr gewesen sein, nicht ich.

Tut das etwas zur Sache? Sind sie nicht ein und dieselbe Person?

Nein!

Doch, das Wesen gehört zu mir. Das muss ich endlich akzeptieren. Dabei hat es Zeiten gegeben, in denen ich mich nur selten gewandelt habe.

Lorena schürzte die Lippen.

Als ich mit der Highschool begonnen habe, sind die Wandlungen weniger geworden. Nein, schon vorher in Hamburg. Höchstens in den Neumondnächten hat es mich überkommen, aber auch dann ist der Drang nicht so stark gewesen. Ich kann mich an Nächte erinnern, in denen ich mich gewandelt, die ich aber dennoch ruhig in meinem Bett verbracht habe. Es ist mir möglich gewesen, ein ganz normales Leben zu führen. Fast normal. Nicht zu vergleichen mit dem Versteckspiel, das ich heute betreiben muss.

Wann hat es begonnen, wieder schlimmer zu werden?

Lorena runzelte die Stirn und dachte nach.

Irgendwann in meinem letzten Jahr an der Universität. Seltsam. Ich habe noch nie so genau darüber nachgedacht, wann und warum ich mich wandelte. Gut, es geschah immer in den Nächten des Neumonds. So hat es auch in meinem dreizehnten Lebensjahr begonnen. Dann, mit der Zeit, habe ich mich immer häufiger nachts gewandelt. Es kam meist zu Mitternacht über mich, doch ich erinnere mich, dass ich es allein durch Willenskraft auch früher am Abend schaffte, sobald es dunkel geworden ist. Und auch die Rückverwandlung musste nicht um ein Uhr sein, setzte jedoch spätestens ein, wenn sich der neue Tag ankündigte und die Sonne sich dem Horizont näherte.

Wenn ich mich noch von Blut ernähren würde, würde ich sagen, ich bin so etwas wie ein Vampir. Ob in der Finsternis der Nacht vielleicht auch Vampire existierten. Schließlich durfte es sie genauso wenig geben wie Nachtmahre.

Was für ein Blödsinn! Vermutlich ist mir nur jeder Gedanke recht, der mich von meinen schmerzlichen Erinnerungen ablenkt. Natürlich kann ich nicht vergessen, dass meine Mutter tot ist, so wie der Rest meiner Familie. Weshalb hätte ich sonst nach England kommen und bei meiner Tante leben sollen? Doch das war wie der Beginn eines neuen Lebens gewesen. Noch einmal Start auf null. Eine zweite Chance, um alles besser zu machen, um die Wunden zu verdrängen und sie im Verborgenen heilen zu lassen.

Nur dass sie nicht geheilt sind. Verdrängt ja, vielleicht auch für eine Zeit lang vergessen, aber nicht geheilt! Dafür schmerzen sie weiterhin zu sehr. Irgendwo unter der Oberfläche ist noch Eiter verborgen, der das Fleisch vergiftet. Oder ist es so wie beim Phantomschmerz eines verlorenen Beins, das, selbst wenn es längst nicht mehr zu seinem Körper gehört, noch jahrelang schmerzen kann?

Warum nur habe ich die schöne neue Haut, die sich gebildet hatte, aufgerissen?

Weil eine schwärende Wunde so niemals heilen konnte?

Weil sie unbeobachtet immer schlimmer wurde und mich dann irgendwann vielleicht mehr als nur schmerzende Erinnerungen kosten würde?

Vielleicht ist aber jetzt auch die Zeit gekommen, da ich mich der Vergangenheit mit all ihrem Unheil stellen muss. Ich spüre, dass ich an einer Kreuzung stehe und mich entscheiden muss. Doch welchen Weg soll ich wählen, und wohin wird er mich führen?

Ich weiß es nicht.

Behutsam schlug sie das Buch zu und verstaute den Füller in ihrem Schreibschrank. Sie ahnte, dass noch viele Dämonen auf sie warteten. Sie musste Kräfte sammeln und sich wappnen, um sich ihnen stellen zu können. Aber nicht jetzt. Für heute war es genug.

Am Sonntag überredete Jason Lorena, ihn zu ihrer Tante Ruby mitzunehmen.

»Ich habe sie viel zu lange nicht mehr besucht«, sagte Lorena bedauernd. »Wie könnte ich da ihre Einladung zum Tee ablehnen?«

»Musst du doch nicht«, meinte Jason. »Und vielleicht habt ihr beide ja nichts dagegen, dass ich mich euch anschließe?«

Lorena sah ihn überrascht an. »Das würdest du tun?«

Jason zuckte mit den Schultern. »Bevor ich einen langen Sonntagnachmittag auf deine Gesellschaft verzichte? Außerdem glaube ich, ist deine Tante eine recht patente Person. Ich erinnere mich an sie. Ich bin ihr bei unseren Schulfesten begegnet und habe mich sogar ein paar Mal mit ihr unterhalten.«

»Ich mochte sie auch immer, obgleich es am Anfang natürlich ein wenig schwer für mich war, mich bei ihr in England einzugewöhnen. Sie ist schon ein wenig … hm … anders. Ich will jetzt nicht sagen skurril.«

»Du meinst eben englisch«, sagte Jason mit einem Schmunzeln.

»Ja, genau. Ruby ist streng genommen auch gar nicht meine Tante. Meine Eltern hatten keine Geschwister. Ruby ist die Nichte meiner Großmutter, also die Tochter von Großmutters jüngerem Bruder. Er ging bei Ausbruch des Krieges nach England, weil er sich da nicht mit reinziehen lassen wollte. Ich weiß gar nicht, ob er seine Frau damals schon kannte. Jedenfalls entschieden sich die beiden, nicht in Deutschland zu leben.«

»Eine kluge Entscheidung«, sagte Jason.

»Ja, obgleich mein Großonkel den Krieg trotzdem nicht überlebt hat. Tante Ruby wurde von ihrer Mutter großgezogen, ohne ihn je kennengelernt zu haben. Als ich zu ihr kam, lebte sie in einer Wohnung in Hampstead. Doch vor einigen Jahren hat sie das Haus ihrer Eltern in Oxford geerbt und ist dorthin gezogen. Obgleich sie fast siebzig ist, arbeitet sie noch halbtags im Sekretariat eines Professors für Altertumswissenschaften und genießt ansonsten ihre freie Zeit. Zumindest sagt sie das immer, wenn ich mit ihr telefoniere. Ich war erst ein paar Mal dort, doch mir gefällt das alte Haus sehr gut. Es strahlt diese Atmosphäre aus, die man vermutlich nur in englischen Landhäusern findet.«

»Jetzt hast du mich aber neugierig gemacht. Ich komme auf alle Fälle mit! Denk dir etwas aus, dass Tante Ruby nicht nein sagt. Ich wäre zu enttäuscht.«

Lorena lächelte ihn an. »Gut, ich sage ihr, dass ich in Gesellschaft komme. Sie wird sich freuen.«

Tante Ruby, ich komme mit einem Bekannten? Mit meinem Freund? Meinem Geliebten? Meinem Lebensgefährten?

Nein, das war zu viel des Guten. Sie kannten sich zwar schon seit ihrer Schulzeit, doch ihre Beziehung war noch viel zu jung, um so etwas zu sagen. Und doch spürte Lorena, dass dieses Wort Sehnsucht in ihr auslöste. War sie nicht schon viele Jahre rastlos auf der Suche und wollte endlich zur Ruhe kommen?

Das wirst du nie!, ertönte diese gnadenlose Stimme in ihrem Innern und holte sie brüsk in die Wirklichkeit zurück. *Du bist keine normale Frau, die sich verliebt, heiratet und Kinder bekommt.*

Danke! Das hätte sie fast für einen Moment vergessen.

Bitte, gern geschehen. Was? Du weinst dem doch nicht etwa nach? Würdest du wirklich mit so einem armen, dummen Hascherl tauschen, das nichts in der Welt zu erwarten hat als einen Mann, Kinder und einen Haushalt?

Ganz so drastisch musste man es ja nicht gleich sehen, aber was sollte falsch sein an einem Ehemann, an einem eigenen Heim und an Kindern?

Es war ihr, als ließe ein ärgerliches Brummen tief in ihren Eingeweiden ihren Leib vibrieren. Sie dachte schon, die Diskussion sei beendet, als sie die Stimme noch einmal vernahm.

Du bist etwas ganz Besonderes. Einzigartig! Du bist viel zu schade für ein Leben, das unbemerkt in der Durchschnittlichkeit verloren geht. Du bist ein Nachtmahr, vergiss das nicht! Das Leben hat noch viel mit dir vor.

Ach, noch mehr als einen Mann suchen und Kinder bekommen?

Lorena horchte in sich hinein, doch die Stimme ließ sich nicht provozieren. Sie schwieg.

Einzigartig, wiederholte Lorena in ihren Gedanken. Ja, das war sie mit ihrem nächtlichen Mahr in sich ganz bestimmt. Doch bedeutete einzigartig automatisch auch gut? Waren nicht auch die Missgeburten, die man im Mittelalter auf Jahrmärkten ausstellte, damit sie jeder mit Schaudern betrachten und begrapschen konnte, einzigartig gewesen? Man hatte sie ausgestellt und sich gegruselt oder sie verfolgt und vernichtet. Die Menschheit hatte das Anderssein noch nie bewundert und verehrt. Was zu sehr von der Norm abwich, war mit dem Verstand nicht zu fassen und löste Furcht aus. Und was die Menschen fürchteten, versuchten sie zu vernichten.

War das nicht auch so in dem Film gewesen, den sie vor einigen Abenden mit Jason gesehen hatte? *Van Helsing*, eine Kinoproduktion aus dem Jahr 2004, in der der legendäre Vampirjäger nicht nur Blutsaugern hinterherjagt, sondern auch auf Dr. Frankensteins Monster trifft. Ein Monster nur in seiner äußeren Erscheinung, doch das genügte dem Mob, es in die Enge zu treiben und zu vernichten.

Was würde der Mob mit ihr anstellen, sollte sie sich ihm offenbaren? Nun gut, der Nachtmahr war kein hässliches Monster und die Londoner kein Mob armer, transsylvanischer Bauern, und dennoch …

Nein, Lorena wollte es lieber nicht ausprobieren, auch wenn in Europa in den vergangenen zweihundert Jahren keine Hexen mehr auf Scheiterhaufen verbrannt worden waren. Offenheit und Toleranz waren allzu häufig nur ein falscher Schein, dünner als eine Schicht Blattgold und lange nicht so haltbar!

Kapitel 12

LUCY

Sie fuhren mit Jasons Morris nach Oxford. Nachdem sie den Londoner Verkehr hinter sich gelassen hatten, war es eine Strecke von nicht einmal einer Stunde. Gemütlich schnurrend folgte der Oldtimer der Straße nach Nordwesten, durch herbstlich gefärbte Alleen und noch immer saftig grüne Wiesen. Ein paar Pferde grasten friedlich auf der Weide, während ein frischer Wind graue Wolken über den Himmel jagte. Vermutlich würde es noch regnen, doch das war für einen Sonntag Ende Oktober ja nichts Ungewöhnliches.

Es war für keinen englischen Sonntag im Jahr etwas Ungewöhnliches!

Sie erreichten Oxford rechtzeitig vor der Teezeit. Lorena ließ ihren Blick über die altehrwürdigen, im Viereck angeordneten Gebäude der Colleges wandern, die mit ihren grünen Innenhöfen mehr an Klosterbauten erinnerten und so gar nichts mit der modernen Ausbildungsstätte gemein zu haben schienen, in der Lorena ihre Studienjahre verbracht hatte.

»Ich glaube, ich hätte gern an solch einer Uni studiert«, sagte sie.

»Warum? Gefallen dir nur die Gebäude, oder glaubst du, hier weht noch der Geist der großen Geschichte durch zugige Gänge?«

Lorena schüttelte den Kopf. »Spotte du nur. Ich bin überzeugt, dass es hier noch die ein oder andere ruhelose Seele gibt, aber das tut nichts zur Sache. Der Ort hat einfach etwas Erhabenes, und ich stelle es mir wundervoll vor, in einer Umgebung zu lernen, die über Jahrhunderte so viele große Geister hervorgebracht hat.«

»Rein männliche Geister!«, warf Jason ein. »Zumindest bis 1878, bis das erste Frauencollege gegründet wurde.«

Tante Rubys Haus befand sich auf der anderen Seite des Cherwell, der hier ein Stück weiter südlich in die Themse floss, die die Oxforder gern Isis nannten. Sie querten den ruhigen Flussarm mit seinen Stocherkähnen über die alte Magdalen-Brücke und bogen dann links in die St. Clement Street.

Jason folgte der Straße, bis sie einen leichten Knick machte. Hier an der Ecke stand das rotbraune Backsteinhaus mit den zwei Giebeln, aus denen jeweils ein Erker mit zwei Rundbogenfenstern hervorsprang. Vier Kamine ragten aus dem mit dunklen schieferartigen Platten gedeckten Dach auf. Eine Mauer und ein schmiedeeisernes Tor umschlossen den sorgsam gepflegten Garten. Eine alte Kastanie reckte ihre dicken Äste bis über die Straße hinaus. Die späten Rosenblüten sorgten noch für Farbe, ehe der Winter mit seinem Graubraun Einzug halten würde.

Tante Ruby erwartete sie bereits. Sie war inzwischen fast siebzig, trug ihr Haar in kleinen grauen Locken und hatte ein warmes, robustes Tweedkostüm an, wie es sich für eine Frau ihres Alters gehörte. Sie umarmte Lorena herzlich und drängte sie und Jason hereinzukommen. Das ganze Haus duftete nach frisch gebackenen Scones, die es sonntags immer zum Tee gab. Für Lorena mit Honig, für ihre Tante mit Clotted Cream. Lorena spürte, wie Erinnerungen in ihr aufstiegen, obgleich sie dieses Haus zu Lebzeiten ihrer Großtante nur ein paar Mal mit Tante Ruby besucht hatte. Neugierig sah sie sich um. Tante Ruby hatte bei ihrem Umzug in ihr Elternhaus nur wenige ihrer eigenen Sachen mitgebracht. Die wuchtigen Sitzmöbel mit den schon etwas abgewetzten Bezügen schienen schon mehrere Generationen in der Familie zu sein. Und auch das Büfett und der wunderschöne ovale Esstisch aus Nussbaumholz waren Erbstücke von Rubys Mutter. Wie diese war auch Lorenas Tante eine glühende Anhängerin des Königshauses, was einem allerlei mehr oder minder kitschige Ausstellungsstücke demonstrierten. Zu den wie Schätze gehüteten Andenken an Lady Diana gesellten sich nun die ersten Stücke von William und Kate.

»Sehr schön«, sagte Jason und kämpfte mit einem Grinsen.

Lorena nickte. »Ja, das ist noch wahrer Patriotismus.«

»Und es macht in den Zeitschriften viel mehr her, als die ewig grau gekleideten Männer der Politik«, musste Jason zugeben.

»Unterhaltungswert hat das Königshaus allemal.«

»Muss es auch. Ist schließlich ein sehr teures Vergnügen, das wir uns da leisten.«

»Junger Mann«, mischte sich nun Tante Ruby ein, die gerade mit einer frischen Kanne Tee und Gurkensandwiches – wie sie die Queen jeden Nachmittag zu sich nimmt – aus der Küche kam. »Habe ich da gerade die Stimme der Gegner unserer Royals in meinem Haus vernommen?«

Unter Lorenas beschwörendem Blick wehrte er ab und mied von da an jede Klippe, die den harmonischen Nachmittag hätte gefährden können. Gegen sieben verabschiedeten sie sich und fuhren nach Notting Hill zurück. Sie aßen eine Kleinigkeit in einem nahen Pub, dann brachte Jason Lorena nach Hause.

»Darf ich bleiben?«, fragte er und küsste sie zärtlich auf den Hals. »Ich mach dir morgen auch das Frühstück und räume hinterher auf, wie es sich für einen ordentlichen Hausmann gehört, während die moderne Geschäftsfrau zur Arbeit in die City eilt.«

»Hast du morgen nichts zu tun?«

»Nur ein paar Stunden für das nächste Konzert üben und zwei Schüler am Nachmittag.«

Lorena schwankte. Es wäre schön, in seinen Armen einzuschlafen und am Morgen in ihnen aufzuwachen. Um halb sieben, wenn der Wecker sie rüde aus dem Schlaf riss? Nein! Sie war jetzt schon todmüde, und wenn Jason blieb, würde sie auch nicht so schnell zur Ruhe kommen.

»Nein, mein Schatz. Es tut mir leid, aber ich brauche meinen Schönheitsschlaf.«

Natürlich erkannte er – ganz Gentleman – sein Stichwort und protestierte, doch Lorena ließ sich nicht erweichen. Sie küsste ihn leidenschaftlich, drängte ihn dabei aber zur Tür.

»Das ist nicht fair«, setzte er sich zur Wehr. »Erst Appetit machen und dann wegschicken.«

»Du hast doch gerade erst gegessen«, wandte Lorena ein.

»Gegessen ja, aber was ist mit dem Nachtisch?«

Doch sie ließ sich nicht erweichen, und so gab Jason nach, verabschiedete sich und trollte sich die Treppe hinunter auf die Straße. Inzwischen hatte es zu regnen begonnen. Ein feiner, kalter Nieselregen hüllte die dunkle Stadt ein. Jason schlug den Kragen seiner Jacke hoch und kramte den Autoschlüssel aus der Hosentasche. In Gedanken noch bei Lorena, lief er zu seinem Morris, als er den Blick spürte, der wie ein Feuerstrahl durch seine Innereien zuckte. Wie gelähmt blieb er stehen. Es kostete ihn Mühe aufzusehen, und dennoch konnte er gar nicht anders, als diesem Zwang zu folgen, der nicht aus ihm selbst zu kommen schien. Da lehnte eine Gestalt an der Motorhaube seines Wagens. Sie war trotz der Herbstkälte nur leicht bekleidet. Der Regen hatte ihr dünnes Kleid durchnässt, das sich nun wie eine zweite Haut um ihren Körper schmiegte und mehr enthüllte als verbarg.

»Hallo, Jason«, sagte sie mit dieser dunklen Stimme, die ihn erschaudern ließ. Obwohl er sich dagegen wehrte, spürte er die Hitze in seinem Innern aufsteigen.

»Was für eine herrliche Nacht, findest du nicht?« Sie rekelte sich wie eine Katze. Eine große Katze, mit langen, scharfen Krallen und dem tödlichen Gebiss eines Raubtiers.

»Es regnet«, stieß Jason widerwillig hervor. Er spürte ihre Anziehungskraft, der er sich nur schwer erwehren konnte.

»O ja.« Raika lachte. »Es regnet. Da wäre es doch ganz zauberhaft von dir, wenn du mir ein trockenes Plätzchen anbieten würdest, nicht wahr? Darf ich mit zu dir kommen? Dein empfindsames Auto und ich haben ja schon Freundschaft geschlossen.«

Jason schluckte, als sie ihn an die Nacht ihrer ersten Begegnung erinnerte. Er ballte die Hände zu Fäusten und nahm all seine Kraft zusammen.

»Nein, ich kann dich nicht mitnehmen. Es tut mir leid.«

Raika lachte glockenhell. »Ja, das glaube ich dir sogar. Tief in deinem Innersten tut es dir sehr leid, so viel zu versäumen, doch wenn es dein Wille ist, lasse ich dich ziehen.« Sie trat von seinem Auto zurück und hauchte ihm eine Kusshand zu. »Ich wünsche dir süße Träume.«

Mit hölzernen Bewegungen sperrte Jason den Wagen auf und stieg ein. Im Rückspiegel konnte er ihr zauberhaftes Gesicht sehen, das nasse Haar, das auf ihre Schultern fiel … Wie konnte er sie nur hier im Regen stehen lassen? Das war nicht richtig.

Aber würde es richtig sein, sie mitzunehmen? Würde er ihr widerstehen können, wenn sie ihm nahe kam und ihr Duft in seine Nase stieg? Es war, als würde eine fremde Macht von ihm Besitz ergreifen und seine Entscheidungen übernehmen.

Jason wollte sich gar nicht vorstellen, was Lorena zu dieser Ausrede sagen würde. Männer! Triebgesteuert? Nein, so einfach durfte er es sich nicht machen. Er wollte Lorena nicht enttäuschen.

Jason ließ den Motor aufheulen und raste dann die Straße entlang, so schnell der alte Wagen es zuließ.

Raika lachte, während sie den Rücklichtern hinterhersah. Und langsam beruhigten sich ihre aufgepeitschten Hormone wieder. Sie waren wie ein Spiegelbild, wenn sich ihr ein Mann näherte. Seine Erregung sprang auf sie über – oder war es andersherum? Raika wusste es nicht. Doch da Jason fort war und sie wieder allein im kalten Regen stand, kam die Ernüchterung.

Was hatte sie sich nur dabei gedacht, ihm hier aufzulauern? Wenn Mylady davon erfuhr, würde sie Raika wieder zu sich zitieren und sie ihren Zorn spüren lassen!

Ich habe ihm ja gar nicht aufgelauert, verteidigte sich Raika vor sich selbst. *Ich habe nur meinen Auftrag erfüllt und bin den beiden den ganzen lieben Sonntag bis nach Oxford und zurück gefolgt und habe lediglich hier im Regen vor Lorenas Wohnung darauf gewartet, was die beiden mit dem Sonntagabend anfangen. Und außerdem wäre er nicht davongefahren, wenn ich versucht hätte, ihn aufzuhalten! So viel Magie, um mit jedem Mann, den ich haben möchte, fertigzuwerden, steckt schon in meinem kleinen Finger. Es war wohlüberlegt, nur um ihn ein wenig zu verwirren. Schließlich soll er sich eng an Lorena binden, oder? War das nicht der Auftrag? Ich bin nur der Stachel in seinem Fleisch, der ihn daran erinnert, was ihm wichtig ist.*

Raika wusste nicht, ob ihre Argumente die Lady überzeugen würden, aber vielleicht würde sie ja gar nichts von diesem kleinen Zwischenfall erfahren. Aufmerksam sah sie sich um und lauschte in sich hinein, ob sie irgendetwas Ungewöhnliches spüren konnte. Nein, kein Mensch zu sehen, und es gab auch keinen Hinweis darauf, dass sie von etwas beobachtet wurde, das nicht zu den Menschen zählte. Sie blickte noch einmal hinauf zu Lorenas Fenster. Die Wohnung war dunkel. Vermutlich schlief sie bereits. Wie langweilig.

Raika gähnte herzhaft. Dann machte sie sich auf, sich ein wenig Unterhaltung für den Abend zu suchen. Sie würde im Mau Mau vorbeisehen, ob sie unter dem Publikum einen Mann entdecken konnte, mit dem es lohnenswert erschien, den Rest der Nacht zu verbringen. Vielleicht war Noah da. Sie lächelte in sich hinein, als sie an ihre letzte Begegnung dachte. Die Saat war längst gelegt, und langsam sah sie, wie sie aufging und wuchs.

Kaum hatte Lorena die Tür hinter Jason verriegelt, stapfte sie ins Schlafzimmer und ließ sich, so wie sie war, auf ihr Bett fallen. Sie schlief vor Erschöpfung sofort ein und glitt in ihren Träumen tief in die Vergangenheit. Vermutlich war der Besuch bei Tante Ruby schuld daran, der die schlafenden Erinnerungen in ihr weckte. Leider begnügte sich ihr Unterbewusstsein nicht damit, sie in ihre Highschoolzeit zurückzuversetzen. Das wäre vielleicht ganz nett gewesen. Ihre erste Begegnung mit Jason, dem sportlichen und musikalischen Jungen zwei Klassen über ihr, für den alle so schwärmten. Ihre Zeit mit Tante Ruby, die – nachdem sie sich an ihre etwas skurrile Art gewöhnt hatte – eigentlich ganz spannend gewesen war. Doch ihr Geist weigerte sich, auf der Insel zu bleiben. Er wollte nicht an der unsichtbaren Linie ihres Neuanfangs anhalten. Er glitt über den Kanal nach Hamburg und immer tiefer in die Vergangenheit.

Lorena erwachte spät in der Nacht in ihrem Körper des Nachtmahrs. Sie erhob sich und ging zur Tür, obwohl sie wusste, dass der Riegel vorgeschoben und der Stromkreis geschlossen war. Resigniert kehrte sie ins Wohnzimmer zurück, wo ihr Blick auf das alte, ledergebundene Buch fiel, dessen Seiten sich Nacht für Nacht mit immer mehr Schmerz und so vielen verdrängten Geheimnissen füllten. Lorena setzte sich und schlug es auf. Je mehr sie sich in das Geschriebene vertiefte, desto mehr Erinnerungen stiegen in ihr auf. Lorena nahm den Füller in die Hand und schraubte ihn auf. Für einen Moment schloss sie die Augen.

Es war wieder Nacht, wie so oft in ihren lückenhaften Erinnerungen, die ihr Unterbewusstsein nur widerwillig preisgab. Lorena legte die Stirn in Falten und konzentrierte sich. Es war eine schlimme Nacht. Sie lauschte dem immer heftiger werdenden Schmerz, der die Erinnerungsfetzen einhüllte. Er erinnerte sie an den Tod ihrer Mutter, und doch war er nicht derselbe, wenn auch nicht weniger peinigend. Konnte es etwas geben, das genauso schlimm war wie dieser Verlust?

Lorena lauschte in sich hinein. Wollte sie diesem Schmerz wirklich auf den Grund gehen und das aufwühlen, was er umschloss, was er verbarg? Würde sie danach jemals wieder ruhigen Schlaf finden? Und doch konnte sie nicht anders. Sie dachte an den Spruch, jemand habe noch ein paar Leichen im Keller. Ein Schauder erfasste sie. War es genau das? Hatte sie noch mehr Leichen im Keller ihrer Seele verborgen?

O bitte nicht!

Zu spät. Die Erinnerungen wallten auf. Lorena schlug eine neue Seite auf und begann zu schreiben.

Aua! Ich sah zu meinen nackten Füßen hinunter. Ich war auf ein Spielzeugauto getreten. Was lag das auch so in der Gegend rum? Ich kickte es wütend in eine Ecke. Meines war es ganz bestimmt nicht. Über das Alter, in dem ich mit Spielzeugautos gespielt hatte, war ich längst hinweg. Und ich spielte auch nicht mit Puppen! Dennoch lag im Wohnzimmer eine halb angezogene Puppe auf dem Sofa, die mir bekannt vorkam. War das nicht mal meine gewesen? Ich ging hinüber und nahm sie in die Hand. Ja, ich erinnerte mich, wie ich mit ihr gespielt hatte, doch nicht ich hatte ihre Haare so zugerichtet! Davon war ich überzeugt.

Lorena stutzte.

Was hat das Kinderspielzeug dort verloren? Ich muss damals dreizehn Jahre alt gewesen sein. Meine Mutter lebte noch, doch es war in der Zeit, als ich schon begonnen habe, mich einmal im Monat zu verwandeln.

Lorena hörte ein Kinderlachen und dann die Stimme ihrer Mutter. Und plötzlich kam ihr ein Name in den Sinn: Lucy.

Wer war Lucy? Der Stift in der Hand gab ihr die Antwort.

Lucy! Mit der Puppe in der Hand stürmte ich die Treppe hinauf. Meine Mutter war mit meiner kleinen Schwester im Spielzimmer. Ich hielt dem Mädchen die Puppe unter die Nase.

»Warst du das? Hast du meine Puppe so zugerichtet?«

Lucy sah fragend zu mir auf. Im Gegensatz zu mir hatte sie tiefblaue Augen. Goldene Locken umspielten ihr pausbäckiges Gesicht. Wenn sie älter sein würde und der Babyspeck sich verlöre, würde sie eine Schönheit werden, prophezeite zumindest mein Vater immer wieder. Im Gegensatz zu deiner älteren Schwester!, sagte er zwar nicht, aber ich wusste auch so, dass er das dachte. Ich hatte das Gefühl, seit Lucy im Haus war, sah er mich kaum mehr an. Seit drei langen Jahren galt das Lächeln, mit dem er mich früher bedacht hatte, nur noch seiner kleinen Prinzessin.

Meine Mutter nahm mir, die ich vor Zorn bebte, die Puppe aus der Hand. »Du bist doch viel zu alt, um noch mit Puppen zu spielen«, sagte sie mit dieser ruhigen Stimme, die meine Wut meist schnell verrauchen ließ.

»Es ist aber meine!«, widersprach ich.

»Die du ausrangiert und in eine Kiste auf den Dachboden gepackt hast«, ergänzte sie.

»Na und? Das heißt noch lange nicht, dass Lucy sie ruinieren darf. Sie macht einfach alles kaputt. Ich hasse sie!«, schrie ich und stampfte mit dem Fuß auf. Dann fing ich an zu weinen, und auch Lucy plärrte aus Solidarität mit. Meine Mutter tröstete uns beide.

»Nein, du hasst sie nicht. Sie ist deine Schwester und gehört zu unserer Familie. Selbst wenn du dich mit ihr streitest, liebst du sie von ganzem Herzen.«

Ich wand mich aus ihrer Umarmung. »Ach ja? Woher willst du das wissen? Sie hat doch genug Leute, die sie lieben, da brauche ich es nicht auch noch zu tun.«

Ich wusste, dass ich ungerecht war, aber ich konnte nicht anders. Ich schleuderte die Puppe in eine Ecke, stürmte die Treppe hinunter und schlug meine Zimmertür so laut zu, wie ich konnte. Das Holz erzitterte in seinem Rahmen. Mein Vater hätte mir jetzt sicher eine Ohrfeige verpasst, aber er war ja wie immer nicht da. Ich warf mich aufs Bett und lauschte den Geräuschen von oben. Lucy lachte schon wieder. Mutter sprach freundlich mit ihr, während sie sie zum Schlafen fertig machte. Ich hörte oben im Bad Wasser rauschen.

Wenn man noch so klein ist, dann ist das Leben einfach, dachte ich voller Neid. Irgendwann stand ich auf und schob das Fenster hoch. Es war dunkel draußen. Dichte Wolken verhüllten den Himmel. Kein Stern war zu sehen, und auch die schmale Sichel des scheidenden Mondes war irgendwo hinter den Wolken verborgen.

Ich saugte die kühle Luft in meine Lungen und überließ mich der inneren Unruhe, die mich seit dem Winter immer überfiel, wenn Neumond nicht mehr fern war. Morgen oder übermorgen, ich wusste es nicht. War ja auch ohne Belang, jedenfalls hatte ich in jener Nacht Lust, mich zu verwandeln. Ich trat vor den Spiegel und betrachtete mein trauriges Bild.

Nein!

In dieser Nacht wollte ich strahlend schön sein. So schön, dass mir alle Menschen zu Füßen liegen würden. Jeder, der mich sah, würde bewundernd zu mir aufsehen und alles tun, um mir zu gefallen.

Dachte ich zumindest. Ich hatte mich noch nicht allzu vielen Menschen in dieser Gestalt gezeigt. Doch die Jungs, die mich gesehen hatten, waren ganz vernarrt in mich gewesen.

Lorena hielt inne und runzelte die Stirn.

Lucy! – Wie habe ich meine Schwester vergessen können? Ist so etwas möglich? Plötzlich steht mir das kleine, blonde Mädchen wieder vor Augen. Sie muss etwa zehn Jahre jünger gewesen sein als ich selbst. Ein strahlendes Kind und so hübsch, dass alle ganz außer sich gerieten, wenn sie sie sahen.

Lorena ließ das Bild ihrer Schwester in sich aufsteigen und spürte ihren Gefühlen nach. Hatte sie Lucy geliebt? Sie war sich nicht sicher. Sie musste sie geliebt haben, dennoch fand sie Gefühle von Eifersucht und Zorn. Wie hatte sie das kleine Mädchen so ablehnen können? Sie war die große Schwester gewesen, älter und vernünftig, und dennoch musste sie sich der traurigen Tatsache stellen, dass sie sie als Konkurrenz um die Aufmerksamkeit und die Liebe ihrer Eltern gesehen hatte. Sie war von Anfang an ihr kleiner Liebling gewesen und stand im Mittelpunkt. Sie musste nur mit ihren langen Wimpern klimpern, und schon schmolzen Mama und Papa dahin, und sie bekam alles, was sie wollte. Lorena dagegen sollte immer die Vernünftige sein. Sie war ja schon groß. Und wenn Mama und Papa ausgehen wollten, dann musste sie auf Lucy aufpassen, egal, ob sie sich bereits mit einer Freundin verabredet hatte oder nicht. Nur Großmutter war ihre Verbündete gewesen. Eine warme Woge stieg in ihr auf, als sie an sie dachte. Sie hatte Lorena zugehört und sie verstanden, und sie hatte Lorena nach Mamas Tod nie mit diesem anklagenden Blick angesehen, obwohl Mama ihre Tochter gewesen war. Vermutlich war sie auch die Einzige gewesen, die ihr geglaubt hatte, dass sie sich wirklich nicht mehr daran erinnern konnte, was in dieser Nacht vorgefallen war. Und in jener Nacht ein halbes Jahr zuvor. Nein, das war jetzt nicht das Thema. Das würde sofort wieder zu dem vernichtenden Schmerz führen. Sie waren gerade bei einer anderen Nacht gewesen, die vielleicht besser verlaufen war.

Hastig griff Lorena wieder zu ihrem Füller und beugte sich über den Absatz. Sie las die letzten Zeilen noch einmal durch und fuhr dann fort…

Ich machte mich auf den Weg zur Turnhalle. Ich wusste, dass die Jungs dort noch Handballtraining hatten. Ich wollte Sören ein wenig zusehen. Er war fünfzehn und ging zwei Klassen über mir aufs Gymnasium. Er war ein total cooler Typ, sah gut aus und war super sportlich. Ich schwärmte schon eine ganze Weile für ihn und malte mir aus, wie es wäre, von diesen Armen gehalten zu werden. Ob er gut küssen konnte? Bestimmt! Ich träumte oft davon.

Er kam auf mich zu, lächelte und machte mir Komplimente, dann nahm er mich an der Hand. Wir gingen zusammen vom Schulhof, und ich konnte die neidischen Blicke aller Mädchen in meinem Rücken spüren. Und dann, kaum waren wir um die Ecke verschwunden, zog er mich an sich und umschloss mich mit seinen starken Armen, dass mir fast die Luft wegblieb. Er küsste mich. Erst ganz zärtlich auf die Lippen und dann stürmischer und mit offenem Mund. Der Gedanke ließ mich schaudern.

Und während ich so vor mich hin träumte, machte ich mich auf den Weg. Ich ging an diesem Abend zu Fuß, da ich eine schicke Jacke trug und daher meine Flügel nicht entfalten konnte, aber es war nicht weit bis zur Turnhalle. Ich schlich mich hinein und setzte mich ganz oben im Dunkeln auf die Tribüne, sodass die Spieler und anderen Zuschauer mich nicht sehen konnten. Und dennoch drehten sich immer wieder einige nach mir um und tasteten mit ihrem Blick suchend die Schatten entlang, ohne mich wirklich wahrzunehmen. Auch Sören hielt für einige Augenblicke in seinem Spiel inne und schien mir direkt in die Augen zu sehen, doch dann wandte er sich ab, wirbelte herum und fing mit einem mächtigen Sprung den Ball aus der Luft. Er rannte auf das Tor zu, die Zuschauer johlten. Er warf und traf. Tor!

Ich konnte mich gerade noch zurückhalten, laut zu jubeln.

Du bist unschlagbar, Sören, dachte ich. *Wir würden ganz wunderbar zusammenpassen. Du gehörst mir. Sieh mich an!*

Es war, als würde ihn mein lautloser Ruf erreichen. Wie von einer starken Macht gehalten, stoppte er seinen Lauf. Er war schon wieder im Besitz des Balls, doch nun war er so abgelenkt, dass er ihn sich von seinem Gegner aus der Hand nehmen ließ. Selbst als dieser auf das Tor zulief und seine Mitspieler und die Zuschauer aufschrien, reagierte er nicht. Erst als ich ihn im Stillen anfeuerte: *Hol dir den Ball, Sören! Tu es für mich. Lauf, wie du noch nie in deinem Leben gelaufen bist!*

Da sprintete er los. Es war geradezu überirdisch, und ich konnte die Augen nicht von ihm lassen. Er gab alles, als würde sein Leben davon abhängen. Er lief für mich. Nur für mich allein. Es war ein seltsames Gefühl, das in mir aufstieg. Ich wurde mir zum ersten Mal meiner Macht bewusst. Ich fühlte mich ein wenig wie eine Göttin. Herrin über Sieg oder Niederlage.

Schnapp dir den Ball, und jetzt wirf!

Sören hechtete in einem weiten Satz vor, sein Arm griff nach dem Ball und stieß ihn mit letzter Kraft ins Tor.

Die anderen jubelten, während Sören den Schwung nicht mehr abfangen konnte und sich auf dem harten Boden zweimal überschlug. Mit schmerzverzerrtem Gesicht blieb er liegen, doch ich spürte immer noch das Hochgefühl des Sieges in Wellen durch meinen Körper strömen. Es war mein Tor. Mein Held hatte es für mich geworfen. Ich war die Herrin über Sieg oder Niederlage. Herrscherin über Leben und Tod. Ein Schauder rann mir über den Rücken. Er war angenehm und schrecklich zugleich.

Sören lag noch immer auf dem Boden. Der Trainer pfiff das Spiel ab. Seine Kameraden liefen zu ihm und knieten neben ihm nieder. Der Trainer betastete Sörens Knie und machte ein ernstes Gesicht. Er zog sein Handy heraus, und ich ahnte, dass er einen Krankenwagen rief. Vielleicht hatte sich Sören die Bänder gerissen? Das war bei so einem Spiel immer drin.

Doch war das hier ein normaler Sportunfall gewesen? Wäre ihm der Sturz auch passiert, wenn ich nicht gekommen wäre? Wenn ich nicht alles von ihm verlangt hätte?

Bildete ich mir da etwas ein, oder lag das wirklich in meiner Macht? Ich betrachtete meine Hände, so als würde ich sein Blut an ihnen spüren.

Blödsinn! Er blutete ja gar nicht. Oder nur ein ganz klein wenig an einer Schürfwunde am Ellbogen und einer an seinem verletzten Knie, das er nun vergeblich zu belasten versuchte. Mit einem Stöhnen knickte er ein. Zwei seiner Mitspieler schoben ihre Arme unter die seinen, hoben ihn hoch und schleppten ihn zu einem Mattenstapel, auf dem er kraftlos niedersank.

Macht. Das Hochgefühl fiel wie ausgeglühte Asche in sich zusammen. War es mir gegeben, so viel Macht über andere Menschen auszuüben? Ich konnte es kaum glauben, und doch flüsterte eine Stimme mir zu, dass dies mein Werk war. Ein Werk der Zerstörung. Das hatte ich nicht gewollt!

Nein?

Nein!

Was war Macht? Konnte sie überhaupt gut sein? Oder war sie nicht immer ein wenig zerstörerisch? Konnte sie nur belohnen und Freude bringen, oder war das Ausüben von Macht nicht immer auch mit Zwang, Furcht und Strafe verbunden?

Ich war verwirrt.

Draußen fuhr ein Auto vor. Zwei Sanitäter mit einer Trage kamen in die Halle. Sie betasteten Sörens Bein und hoben ihn dann vorsichtig auf die Trage.

Lautlos zog ich mich zurück und lief die Außentreppe hinunter, sodass ich den Rettungswagen schneller erreichte als die Sanitäter. Aus der Dunkelheit betrachtete ich Sörens Gesicht. Er bemühte sich, Haltung zu bewahren, doch ich sah den Schmerz in seinem Blick. Schmerz und Angst vor der Diagnose. Wie lange würde es dauern, bis er wieder gesund wäre? Wann konnte er wieder Sport treiben?

Ich spürte so etwas wie Mitleid. Ein zartes Gefühl, das noch im Keim von etwas anderem erstickt wurde.

Verachtung? Aber warum?

Die Sanitäter trugen ihn ganz nah an mir vorbei, ohne mich zu bemerken. Nur Sören spürte meinen Blick. Er sah auf und suchte in der Dunkelheit nach mir. Was wollte er? Trost? Anerkennung für seinen Einsatz?

Ein Teil in mir wollte es ihm geben. Zu ihm eilen, seine Hand nehmen und ihm versichern, dass alles bald wieder gut werden würde. Doch ich bewegte mich nicht. Etwas anderes in mir war stärker. Etwas, das sich von seinen Schmerzen und seinem Leid nicht rühren ließ. Dieser Teil blieb kalt und sah mitleidslos auf ihn herab.

Pech gehabt! Es gab noch andere Jungs, die gut aussahen und sportlich waren. Warum also sich mit dem Invaliden abgeben?

Dieser Teil wollte auch nicht, dass ich über meine eigene Härte erschrak.

Was war das?

Ich war das schönste Mädchen der Nacht, und doch schien meine Seele finster und hässlich. War das der Preis, den ich für die äußere Schönheit bezahlen musste, die mir so viel Macht über andere gab?

Zum ersten Mal kam mir das Wort in den Sinn: Monster!

Ich wandelte mich nachts zu einem Monster. Wollte ich das?

Aber ja! Es war fantastisch. Dieses großartige Gefühl der Überlegenheit, die kribbelnde Vorfreude darauf, alles haben zu können. Jeden haben zu können!

Nein! Ich wollte nicht so kalt und berechnend sein. Nicht mitleidslos, nicht so böse.

Aber auch unverletzlich, warf die andere Stimme wieder ein.

Keiner, der mich hänselte, keiner, vor dessen Zunge ich mich fürchten musste. Sie alle bewunderten meine Schönheit. Sie alle mussten meinem Ruf folgen und sich meiner Macht beugen.

Die Türen des Krankenwagens wurden zugeschlagen. Einer der Sanitäter setzte sich ans Steuer, der andere blieb bei Sören. Ich fing den aufmunternden Blick auf, den er dem Verletzten zuwarf. So voller Wärme. Für einen Augenblick wünschte ich mir, ich würde an Sörens Seite sitzen und seine Hand halten, und er würde mich so dankbar anlächeln.

Gefühlsduselei!

Ich wandte mich ab und lief davon, so schnell meine Beine mich trugen. Die Nacht war noch lang. Sollte ich sie an einen verletzten Handballspieler verschwenden?

Kapitel 13

GITTER UND RIEGEL

Am Samstag spielte Jason mit seinen Jazzkumpels wieder im Mau Mau. Lorena saß mit einem Cocktail in der Hand an der Bar und hörte ihnen zu. Sie war so von der Musik gefangen genommen, dass sie nicht darauf achtete, dass die Tür aufging und drei Männer eintraten. Erst als der Barmann sie begrüßte, zuckte Lorena bei dem Namen »Noah« zusammen. Wie unter Zwang wandte sie den Kopf und sah den großen Schwarzen an, der sie bei ihrer ersten Begegnung so charmant eingeladen hatte. Wie damals waren auch an diesem Abend Tyler und Jake seine Begleiter. Doch während sich Noah und Tyler nur mit finsterer Miene umsahen, war Jake der Einzige, der Lorena und ein paar andere Bekannte mit einem Lächeln begrüßte. Auch dem Barkeeper fiel auf, dass Noah und Tyler angespannt wirkten.

»Jungs, ich sage euch, wenn ihr auf Ärger aus seid, dann verzieht euch lieber, wenn ihr hier heute nicht zum letzten Mal gewesen sein wollt«, sagte er mit einem scherzhaften Unterton, doch allen war klar, dass er die Worte durchaus ernst meinte. Noah trat mit einer schnellen Bewegung an den Tresen und packte den Barkeeper an seinem Hemd.

»Du willst mir doch nicht etwa drohen, Juan? Bürschchen! Ich komme und gehe, wann ich will.«

»Noah, verflucht, lass mich los«, protestierte Juan. »Falls

das ein Scherz sein soll, dann lass dir gesagt sein: Das ist ganz und gar nicht witzig.«

Noahs wilder Blick ließ den Barkeeper zurückzucken.

»Was ist mit dir los, Mann? Bist du auf Drogen oder so?«

Vielleicht so etwas Ähnliches, dachte Lorena beschämt. *Drogen oder eine Art Hormone, die durch seine Adern kreisten und sein Gemüt vergifteten.*

Und sie war an allem schuld. Sie hatte ihn in ihren Bann gezogen und aus einem wunderbaren, aufrechten und charmanten Mann einen bösartigen Schlägertypen gemacht. So musste es sein, auch wenn sie nicht wusste, wie sie – oder besser der Nachtmahr – das gemacht hatte. Es konnte keine andere Erklärung für diese drastische Veränderung geben.

Doch wie es auch gekommen war, Lorena fühlte sich verantwortlich, und daher war es an ihr, die Situation zu entschärfen. Sie schluckte, denn sie war sich angesichts Noahs wilder Miene nicht sicher, ob er inzwischen nicht einmal mehr davor zurückschreckte, einer Frau ins Gesicht zu schlagen.

»Hallo Noah, schon 'ne Weile nicht mehr hier gesehen. Wie geht es dir?« Sie nahm ihr Glas, setzte sich auf den Barhocker neben ihn und lächelte ihn an, als würde sie die angespannte Situation zwischen ihm und dem Barkeeper nicht bemerken.

Noah wandte sich verblüfft zu ihr um und ließ Juan los. Der zog sich sein Hemd zurecht und verdrehte leicht die Augen. Dann richtete er sein Augenmerk auf Lorena, und sie dachte, ein wenig Sorge in seinem Blick zu erkennen. Jedenfalls rührte er sich nicht vom Fleck, bereit, für sie den Helden zu spielen, sollte es nötig werden. Sie fühlte sich gerührt. *Dabei bin ich doch nur Lorena und nicht der berückende*

Nachtmahr, dem alle Männer zu Füßen liegen, dachte sie für einen Moment verwirrt, ehe sie ihre Aufmerksamkeit wieder auf Noah richtete, der sie ansah, als könne er sich nicht recht entscheiden, ob diese Kreatur, die ihn ansprach, seine Zeit überhaupt wert war. Oder erinnerte er sich etwa gar nicht mehr an sie?

»Was willst du?«, fragte er. Es klang ein wenig genervt.

»He, so spricht man nicht mit einer Lady«, mischte sich Jake ein. »Hi, Lorena, wie geht es? Sollen wir mal wieder ein Spielchen wagen?«

Sie war ihm dankbar für seine Worte und lächelte ihm zu, ehe sie sich wieder an Noah wandte. »Hättest du auch Lust? Wir hatten so viel Spaß miteinander, und ich bin mir sicher, Tyler würde sich ganz besonders anstrengen, nicht wieder die falsche Kugel zu versenken.«

Für einen Moment zuckten seine Mundwinkel, und Lorena hatte wieder das Gesicht des sympathischen Hünen vor sich.

»Das glaube ich gern«, sagte Noah, warf dann aber Tyler einen solch abfälligen Blick zu, dass Lorena zusammenzuckte und Tyler mit finsterer Miene die Hände zu Fäusten ballte.

Juan schüttelte den Kopf. »Jungs, was ist nur mit euch los? Ich erkenne euch nicht wieder. Reißt euch doch ein wenig zusammen und habt einfach Spaß. Sagt, was wollt ihr trinken?«

Die Männer orderten Bier, während Jake noch einen Cocktail für Lorena bestellte.

»Ekliges Zeug«, kommentierte Noah. »Wie kann man nur so etwas trinken?«

Lorena tat, als müsse sie überlegen, und leerte ihr erstes Glas mit einem langen Zug. »Lass es mich so sagen: Es ist bunt und süß, wie wir uns das Leben wünschen. Aber es schmeckt auch ein wenig bitter, um der Leichtigkeit Würze zu verleihen. Es steigt in den Kopf, verwirrt unsere Sinne und lässt uns den Alltag für einige Stunden vergessen. Man fühlt sich leicht, als könne man fliegen, als gäbe es nichts, keinen Widerstand und keinen Feind, den man nicht bezwingen könnte.«

Noah starrte sie verblüfft an. Sie sah das Wechselspiel seiner sich wandelnden Emotionen, doch dann erhellte ein Lächeln seine Miene, und Lorena glaubte, den alten Noah wiederzuerkennen.

»Du bist eine seltsame Frau«, sagte er schließlich. »Ich glaube, ich habe noch keine so wie dich getroffen.«

»Das glaube ich gern«, erwiderte Lorena trocken. »Und? Wollen wir eine Partie wagen?«

»Traust du dich wirklich? Wir werden dich hinwegfegen!«, sagte er, doch seine Worte hatten nichts Feindseliges mehr.

»Werden wir sehen«, gab Lorena kämpferisch zurück. Ein warmes Gefühl breitete sich in ihrem Inneren aus. Vielleicht war er doch noch nicht verloren.

Obwohl sie müde war, fühlte sich Lorena so aufgewühlt, dass an Schlaf nicht zu denken war. Vielleicht konnten ein paar Notizen in ihrem Buch der Erinnerungen, wie sie es inzwischen nannte, sie zur Ruhe bringen?

Lorena schloss die Augen und ließ die Gedanken wandern. Die erst wirren Fetzen begannen sich zusammenzuziehen, bis ein Bild vor ihr entstand. Sie nahm den Stift und begann zu schreiben …

Wochenlang hatte ich mich nicht mehr verwandelt. Ich fühlte mich nicht sonderlich wohl. Es war, als ob eine düstere Wolke mich einhüllte. Wohin ich auch ging, begleitete sie mich und verschluckte alle wärmenden Sonnenstrahlen. Nur essen spendete mir noch Trost, was natürlich nicht spurlos an mir vorüberging. Meine Großmutter hatte in den vergangenen Monaten zweimal mit mir nach Hamburg fahren müssen, um mir neue Kleidung zu kaufen. Die Kommentare in der Schule waren nicht schmeichelhaft, und es fiel mir schwer, sie zu überhören. Am liebsten wäre ich überhaupt nicht mehr hingegangen. Ich wollte mich nur noch in meinem Bett verkriechen und an nichts mehr denken müssen. Doch gerade wenn ich alleine in meinem Zimmer war und nichts tat, begann der Teufelskreis meiner Gedanken mich zu quälen. Bilder, Geräusche und Gesprächsfetzen stürzten auf mich ein und führten einen bizarren Tanz auf. Doch sosehr mich das erschreckte, was ich sah und hörte, noch mehr quälte mich, an was ich mich nicht mehr erinnern konnte.

Den ganzen Tag war ich unterwegs gewesen: erst Schule bis nachmittags um vier, dann Volleyballtraining, in dem ich mich wieder einmal nicht mit Ruhm bekleckert hatte. Ich könnte aufhören, aber was sollte ich stattdessen machen? Klavierspielen, wie Großmutter es vorschlug? Ich wusste es nicht. Wenigstens war ich während der Volleyballspiele abgelenkt. Und am Abend zurück in meinem Zimmer, brach wieder alles über mir zusammen. Ich drehte die Musik lauter. Das half vielleicht ein wenig gegen die Stimmen in meinem Kopf, doch die Bilder schienen mir nun nur noch greller, sodass ich glaubte, mein Schädel würde vor Schmerz gleich platzen.

Plötzlich stand Großmutter in der Tür. Sie hatte vermutlich angeklopft, das tat sie immer, doch ich hatte es nicht gehört.

»Bitte dreh die Musik leiser! Dein Vater ist müde und möchte sich etwas ausruhen.«

Mir lag eine schnippische Bemerkung auf der Zunge, doch in Großmutters Miene war so viel Kummer zu lesen, dass ich sie herunterschluckte. Großmutter hatte nicht gesagt, ich solle leise sein, weil es Mama störte oder weil Lucy schlief, aber ich sah in ihren Augen, dass ihr dieser Gedanke auch gekommen war.

Es gab sie nicht mehr. Es war, als habe es sie nie gegeben. Meine Mutter und meine Schwester waren fort. Lucys Sachen, die überall im Haus verstreut herumgelegen hatten, waren verschwunden, und weder mein Vater noch Großmutter redeten über sie und meine Mutter. Wenn es oben nicht das verschlossene Kinderzimmer gegeben hätte, in dem all ihre Sachen noch unberührt wie am Tag ihres Verschwindens lagen, hätte man meinen können, ich habe nie eine kleine Schwester gehabt.

Und keine Mutter.

Diesen Gedanken wollte ich nicht weiterverfolgen. Ich zog eine mürrische Miene, stand aber auf und drehte die Musik leiser.

»Danke. Willst du noch etwas essen?«

Hunger hatte ich. Nein, es war eine Art Gier, alles zu verschlingen, was ich mir auf den Teller lud. Ob Wurstbrote oder Braten mit Kartoffeln oder Schokolade, ich konnte nicht aufhören, wenn ich erst einmal angefangen hatte. Die Stimmen in meinem Kopf schwiegen, während ich aß, und die Bilderfolgen verschwammen, daher aß ich gern und viel. Andererseits spannte meine Hose schon wieder um die Taille, und ich wollte nicht noch eine Größe mehr, daher biss ich die Zähne zusammen und schüttelte den Kopf.

»Nein, kein Hunger. Ich geh dann ins Bett.«

Großmutter nickte, doch sie sah mich mit einem Blick an, der mir nicht gefiel. Da war etwas Forschendes, Aufmerksames. Dann aber nickte sie. »In Ordnung. Ich wünsche dir eine gute

Nacht.« Sie trat näher, umarmte mich und drückte mir einen Kuss auf die Wange, obwohl ich mich ganz steif machte.

Ich wusste nicht, warum. Früher hatte ich mich gern in Großmutters Arme gekuschelt oder mich auf ihren Schoß gesetzt, wenn sie mir Geschichten vorgelesen hatte, doch jetzt wollte ich nicht mehr, dass sie oder mein Vater mich umarmten. Nicht dass mein Vater das noch versucht hätte. Das letzte Mal hatte er mich wohl vor dem Tod meiner Mutter berührt. Oder vor Lucys Verschwinden? Das war auch möglich. Vielleicht stand mir das einfach nicht mehr zu.

Leise schloss meine Großmutter die Tür, und ihre Schritte entfernten sich.

Ich fühlte mich wie ein Tiger in einem Käfig und lief in meinem Zimmer auf und ab. Ich wusste genau, was das für eine Nacht war, und wollte mich unbedingt verwandeln. Ich musste raus, musste die Freiheit spüren und die wilde Lust. Ich wollte diesen Körper, der schwerelos durch die Luft strich.

Ich sah auf die Uhr. Noch nicht einmal zehn. Vielleicht konnte ich mich schon vor Mitternacht wandeln? Wenn ich mich ganz fest konzentrierte, gelang mir das.

Ich bemerkte das Grummeln in meinem Magen, das mich ablenkte. Es roch nach Kartoffelgratin, das Großmutter für meinen Vater warm gemacht hatte. *Wenn ich vielleicht doch ein wenig davon essen würde?*, überlegte ich. Nur eine kleine Portion, um das Magenknurren zu beruhigen?

Leise zog ich die Tür auf und schlich in die Küche. Die Wohnzimmertür war nur angelehnt. Ich huschte in die Küche, füllte mir einen großen Teller mit dem noch lauwarmen Gratin und wollte gerade in mein Zimmer zurück, als ich Großmutter sagen hörte: »Sie braucht mich!«

Es war der scharfe Ton, den ich von ihr nicht gewöhnt war und der mich innehalten ließ. Ich hielt den Atem an und lauschte.

»Sie ist vierzehn. Es dauert kaum mehr ein paar Jahre, dann wird sie das Haus verlassen«, erwiderte mein Vater. »Sie kommt schon zurecht.«

»Das hoffst du, nicht wahr?«

»Es ist eine Tatsache, vor allem, wenn sich ihre Noten weiterhin so rapide verschlechtern wie in diesem Halbjahr. Dann wird ihr gar nichts anderes übrig bleiben, als nach der Zehnten abzugehen und sich eine Lehrstelle zu suchen.«

Wie kalt seine Stimme klang, als ob er über jemand reden würde, den er gar nicht kannte. Mir lief ein eisiger Schauder über den Rücken.

»Lorena hat innerhalb eines halben Jahres ihre Schwester und ihre Mutter verloren... Was erwartest du?«, erwiderte meine Großmutter fast ebenso kühl.

»Danke, dass du mich daran erinnerst. Ja, meine Tochter und meine Frau, die ich beide sehr geliebt habe, sind tot.«

»Und du gibst Lorena die Schuld?«

Er zögerte, doch dann brach es aus ihm heraus. »So ist es doch, oder etwa nicht? Das hat die Polizeiuntersuchung ergeben.«

»Du tust gerade so, als ob sie ihre Mutter ermordet hätte. Sie hat vielleicht mit ihr gestritten, ja, und dann ist es zu diesem tragischen Unfall gekommen. Und auch bei Lucy kannst du ihr keinen Vorwurf machen. Sie hat immer gut auf sie aufgepasst. Es waren unglückliche Umstände. Wir wissen nicht genau, was passiert ist, ob sie von allein weggelaufen ist oder ob sie jemand mitgenommen hat.«

»Nein, das werden wir vermutlich nie erfahren«, sagte mein Vater mit solch tiefem Schmerz, dass er auch mir durchs Herz schnitt. »Ich habe alles verloren«, fügte er hinzu, und ich spürte, dass er es so meinte.

Ich hatte plötzlich das Gefühl, keine Luft mehr zu bekommen, und konnte gerade noch verhindern, dass mir der Teller aus den Händen rutschte.

»Bitte, Thomas, überlege es dir noch einmal. Ich ziehe gern zu euch und kümmere mich um sie. Sie wird ihren Weg gehen und die schweren Schicksalsschläge irgendwann überwinden.«

»Indem wir sie einsperren?«, gab er sarkastisch zurück.

Ich war verwirrt.

»Nein, du siehst das falsch. Vertrau mir einfach. Sie braucht mich jetzt dringend – und sie braucht einen Vater, der sie liebt!«

»Hm.«

»Du darfst sie nicht weiter ignorieren. Ich fürchte Schlimmes, wenn du sie einfach sich selbst überlässt.«

»Ach, noch Schlimmeres, als bisher geschehen ist? Was sollte das denn sein? Ich kann mir nichts vorstellen, was uns jetzt noch passieren könnte«, stieß er hervor.

»Thomas, hörst du dir eigentlich selbst zu? Ich verstehe deine Trauer um die, die du verloren hast, doch Lorena ist deine Tochter, die dich braucht und die du lieben solltest. Willst du das Einzige vertreiben, was dir geblieben ist?«

Er stöhnte. »Ich kann nicht! Wenn ich sie ansehe, dann stelle ich mir vor, wie sie Susanne die Treppe herunterstößt oder ihre Schwester in den Teich wirft und elendig ertrinken lässt. War sie ihr nicht schon immer im Weg? Hat sie uns nicht von Anfang an ihre Eifersucht gezeigt? Das ist mir nach Susannes Tod endlich klar geworden.«

Mir entschlüpfte ein Laut des Entsetzens. Der Teller rutschte mir aus den Händen, und Tränen schossen mir in die Augen. Ich rannte in mein Zimmer, schlug die Tür zu und drehte den Schlüssel um. Ich wusste, dass Großmutter mich gehört hatte und mir folgen würde, um mich zu trösten, aber es gab keinen Trost. Ich hörte, wie die Klinke runtergedrückt wurde. Ein kleiner Teil von mir vernahm die Stimme der Großmutter, doch ich reagierte nicht. Der größere Teil hatte sich in den Strudel gestürzt, der mich immer tiefer herabzog, bis Zorn und Verzweiflung so stark geworden waren, dass ich die Decke von mir warf und vor den Spiegel trat. Ich kniff die Augen zusammen und sah nur noch das wilde, schöne Wesen vor mir, das tief in mir wohnte. Es wollte heraus! Ich spürte es mit jeder Faser. Mein Körper zuckte und wand sich, bis die Wandlung vollbracht war.

Ich riss die Augen auf und weidete mich an dem Bild im Spiegel. Ich drehte mich und wiegte die Hüften. In jener Nacht wollte ich Daniel besuchen. Er hatte mich verschmäht und mit diesem verächtlichen Blick bedacht. Nun sollte er um meine Küsse wimmern und sich mir zu Füßen werfen!

Der Gedanke zauberte ein Lächeln in das schöne Gesicht, dessen Augen so kühl mein eigenes Spiegelbild musterten. Das Gedankenkarussell war zum Stillstand gekommen. Es quälten mich keine Schuldgefühle mehr und keine Traurigkeit. Auch die verletzenden Worte meines Vaters ließen mich kalt. Die Nacht erwartete mich!

Ich schnitt meinem Spiegelbild noch eine letzte Grimasse, dann wandte ich mich ab und trat ans Fenster.

Es war geschlossen. Besser gesagt, es war verschlossen! Ich wusste nicht, wann das geschehen war, jedenfalls sah ich den Riegel mit dem Schloss das erste Mal. Man konnte das Fenster nun nur noch kippen, um frische Luft hereinzulassen, es jedoch nicht mehr so weit öffnen, dass ich hindurchschlüpfen hätte können.

Das konnte nicht sein. Erst neulich war ich so in den Garten gelangt… nun gut, das war schon ein paar Wochen her, aber das tat nichts zur Sache. Seit ich mich das erste Mal gewandelt hatte, hatte ich so einfach und unbemerkt das Haus verlassen und wieder betreten. Nun war mir dieser Weg versperrt.

So leicht gab ich mich jedoch nicht geschlagen! *Es würde*

sich in der Werkzeugkiste meines Vaters schon etwas finden, das mit diesem Riegel fertigwerden sollte!

Ich eilte zur Tür. Der Schlüssel lag auf dem Boden. Ich hob ihn auf und versuchte, ihn ins Schloss zu schieben, aber da steckte bereits ein Schlüssel von der anderen Seite.

Wie war das möglich? Ich rüttelte an der Klinke. Das durfte doch nicht wahr sein. Hatte mein Vater mich eingeschlossen? Warum? Er ahnte doch nichts von meinen nächtlichen Ausflügen. Oder konnte es Großmutter gewesen sein? *Hatten sie vorhin das hier gemeint?*

Ich war fassungslos, doch wie ich es auch drehte und wendete, ich kam nicht aus dem Zimmer heraus, ohne das Fenster oder die Tür zu zertrümmern, was natürlich meinen Vater auf den Plan gerufen hätte. Allein die Vorstellung ließ mich zurückzucken.

Nur zu!, rief ein Teil in mir. *Vielleicht wäre es ganz gut, wenn er einmal mit eigenen Augen sehen würde, was alles in seiner missratenen Tochter steckt!*

Etwas flüsterte mir zu, dass das seine Abneigung mir gegenüber nicht heilen würde – trotz des übernatürlichen Charmes und der Schönheit, über die ich in dieser Gestalt verfügte. *Nein, bei meinem Vater würden die Zauberkräfte vermutlich versagen.*

Ich ließ mich aufs Bett fallen. *Was nun?* Ich konnte doch nicht die ganze Nacht über rumsitzen? Und doch blieb mir nichts anderes übrig.

Um ein Uhr war der Spuk vorbei, und ich war wieder nur die dicke, unglückliche Lorena, die ihre halbe Familie ausgelöscht hatte. Ein Monster!

Durch und durch ein Monster.

Lorena blinzelte und sah ein wenig ungläubig auf das Geschriebene. Sie las die letzte Seite noch einmal durch.

Der Riegel am Fenster und die verschlossene Tür genau

zu Neumond, das war kein Zufall. Das konnte nur eines bedeuten: Jemand wusste von ihrer Natur. Jemand kannte den Nachtmahr in ihr … Doch warum hatte keiner je mit ihr darüber gesprochen? Weder ihr Vater noch ihre Großmutter hatten eine Andeutung gemacht.

Lorena dachte nach. Was war dann passiert? Großmutter war tatsächlich wieder in ihr eigenes Haus zurückgekehrt.

»Ich komme dich bald besuchen«, hatte sie beruhigend gesagt und Lorena an sich gezogen. »Du bist nicht allein. Du kannst mich jederzeit anrufen, und wenn du mich brauchst, dann komme ich.«

So blieb es. Großmutter kam zwar regelmäßig zu Besuch und übernachtete auch ein paar Tage, aber sie blieb nie wieder so lange am Stück wie nach Mamas Tod.

Dann war es ihr Vater gewesen, der Bescheid gewusst hatte und von nun an verhinderte, dass sie in Gestalt des Nachtmahrs das Haus verließ?

Lorena seufzte. Zu spät. Die Erkenntnis kam viel zu spät. Warum nur hatte er nie mit ihr darüber gesprochen? War ihm ihr Geheimnis zu widerlich erschienen, um es anzusprechen? Hatte er sie deshalb so verabscheut, dass er es nicht mehr über sich brachte, seine eigene Tochter in die Arme zu nehmen? Sie, die so viele Jahre Papas Liebling gewesen war und von der er nie genug bekommen hatte, bis Lucy geboren worden war.

Lorena spürte einen brennenden Schmerz in der Magengegend und drückte sich die Handflächen gegen die Brust. Es fiel ihr schwer zu schlucken.

Danach war Lucy sein Liebling gewesen, bis sie in jener Nacht verschwand und ihr Vater zu Stein wurde. Er hatte sich nie wieder von diesem doppelten Schicksalsschlag erholt – bis zu seinem ebenso frühen Ende.

Lorena spürte, wie ihr Tränen über die Wangen liefen. Nein, daran wollte sie jetzt nicht denken. Das war zu viel. Nicht auch noch der Tod ihres Vaters.

Und doch musste sie sich fragen, ob mit ihm der einzige Mensch gestorben war, der über den Nachtmahr in ihr Bescheid gewusst hatte.

So musste es sein. Oder doch nicht? Lorena versuchte, sich daran zu erinnern, wann Großmutter das nächste Mal zu Besuch gekommen war. Einen Monat später, zu Neumond! Sie überlegte. War sie sich sicher, oder narrte sie ihre Erinnerung. Nein, es war der Abend, als sie zusammen in Hamburg im Kino gewesen waren und Lorena auf der Rückfahrt schon ganz nervös geworden war. Es war nach elf gewesen, als sie endlich zu Hause ankamen, doch als sie sich in ihrem Zimmer verwandelte, fand sie erneut die Tür und das Fenster verschlossen vor.

Und der Monat danach? Und der nächste? Und dann an Weihnachten. Sie war gerade ein paar Tage zuvor fünfzehn geworden. Auch in dieser Nacht war Großmutter zu Besuch gewesen. Lorena erinnerte sich an den Abend.

Ich hatte mir nichts gewünscht, und mein Vater hatte auch nicht danach gefragt. Der ganze Abend war in schrecklich bedrückender Stimmung verlaufen. Es war das zweite Weihnachten ohne Lucy und ohne meine Mutter. So saßen wir zu dritt um den Tisch und stocherten schweigend in unserem Essen herum, während die Weihnachtslieder von Großmutters CD uns zu verhöhnen schienen. Plötzlich legte mein Vater die Gabel beiseite, verbarg das Gesicht in den Händen und weinte. Ich starrte ihn entsetzt an. Langsam, wie von einer fremden Macht getrieben, erhob ich mich und ging um den Tisch herum. Ich sah zu meiner Großmutter hinüber.

War ich verrückt, dass ich auch nur an so etwas dachte? Doch meine Großmutter lächelte mir aufmunternd zu und nickte. Also legte ich den Arm um meinen Vater und begann, ihm mit der anderen Hand über den Kopf zu streicheln, so als wäre er Lucy, die mal wieder weinte und die ich zu trösten versuchte.

Es hätte mich nicht gewundert, wenn er meine Hand weggeschlagen und mich angeschrien hätte. Oder wenn er einfach nur aufgestanden und stumm davongegangen wäre, doch stattdessen weinte er nur noch heftiger. Dann wischte er sich über das Gesicht, hob den Kopf und sah mich aus seinen rot verweinten Augen an, doch zum ersten Mal seit dem Tod meiner Mutter las ich nicht den stummen Vorwurf in ihnen.

»Lorena«, flüsterte er, dann zog er mich zu sich herunter und umschlang mich, als wollte er mich zerbrechen. Wir rutschten zusammen auf den Boden, doch wir ließen einander nicht los. Die Zeit verrann, das Essen wurde kalt, doch wir rührten uns nicht von der Stelle. Es kam mir so vor, als hätten wir uns die ganze Nacht gegenseitig festgehalten.

Der zweite Weihnachtsfeiertag war Neumond gewesen, und wieder fand ich Fenster und Tür verschlossen. Am nächsten Tag war Großmutter abgereist.

Und dann? Dann hatte sie diesen schrecklichen Unfall, der sie in den Rollstuhl verbannte und sie zwang, ihr Haus aufzugeben, um in ein Pflegeheim umzusiedeln.

Und keiner hatte mich danach mehr eingeschlossen.

Großmutter!

Sie ist es gewesen. Sie hat die ganze Zeit über Bescheid gewusst. Warum nur hat sie nie mit mir darüber gesprochen? Warum habe ich sie nie gefragt? Und warum habe ich sie seit drei Jahren nicht mehr besucht? Das letzte Mal war ich nach meiner Abschlussfeier an der Universität bei ihr gewesen, ehe ich meine Stelle bei der HSBC angetreten habe.

Aber vielleicht ist es ja noch nicht zu spät? Sie sitzt dort in Hamburg in ihrem Seniorenstift im Rollstuhl, und soweit ich weiß, hat sie trotz der langsam fortschreitenden Demenz des Alters durchaus noch ihre klaren Momente.

Lorena sprang auf. Sie musste ihre Großmutter sehen. So schnell wie möglich!

»Ich muss die Lady sehen«, sagte Raika und versuchte sich an einem würdevollen Blick.

Der Butler ließ sich nicht beeindrucken. Er war zwar so etwas wie ein Sklave der Lady, aber das hieß noch lange nicht, dass er sich auch von anderen Nachtmahren herumkommandieren ließ. Zumindest nicht von Raika, wie diese erfahren musste.

»Mir ist nicht bekannt, dass sie nach Ihnen geschickt hat«, sagte er durch den Türspalt, ohne den Flügel weiter zu öffnen.

»Das weiß ich auch«, brauste Raika auf. »Aber ich habe Informationen für sie, die sie bestimmt interessieren.«

Der Butler schien noch immer nicht überzeugt. Vermutlich konnte er sich nicht vorstellen, dass Raika etwas wusste, von dem die Lady keine Kenntnis hatte. Sie schien einfach allwissend zu sein, und so war sich Raika auch nicht ganz sicher, ob sie wirklich mit einer Neuigkeit kam. Dennoch hatte sie den Weg nach Oxford nicht auf sich genommen, um unverrichteter Dinge wieder nach London zurückzukehren.

Außerdem wollte sie sich absichern. Hamburg oder nicht? Sollte sie Lorena dorthin folgen? Was, wenn sie wieder das Falsche tat und den Zorn der Lady heraufbeschwor? Nein, da stritt sie sich lieber mit diesem störrischen Butler.

»Wirst du mich jetzt melden? Ich warte hier im Garten.«

Der Butler ließ sich gnädig zu einem Nicken herab. »Ich werde Sie melden, sobald sich Myladys Besuch verabschiedet hat. Ich habe Anweisung, währenddessen nicht zu stören«, sagte er.

Raika hob interessiert die Augenbrauen. »Besuch? Wer ist denn bei ihr?«

Wie nicht anders zu erwarten, erntete sie nur einen hochmütigen Blick. Natürlich schwatzte der Butler nicht über die Angelegenheiten der Lady. *So etwas würde ihm sicher schlecht bekommen,* dachte Raika mit einem ungewohnten Anflug von Verständnis. Dennoch war sie neugierig und beschloss, in Sichtweite der Eingangstür zu bleiben, um einen Blick auf den Besucher zu erhaschen, wenn dieser das Herrenhaus verließ.

Sie musste nicht lange warten, bis der Butler mit einer tiefen Verbeugung zwei Frauen die Tür öffnete. Raika konnte sich nicht erinnern, sie schon einmal gesehen zu haben. Sie spürte, dass diese Frauen Nachtmahre waren wie sie, obgleich ihr Äußeres eher durchschnittlich und ihre Kleidung unauffällig war. Unwillkürlich reckte sich Raika ein wenig und strich mit der Hand über ihre tadellose, schlanke Taille. Unauffällig näherte sie sich den beiden, um etwas von ihrem Gespräch mitzubekommen. Vielleicht verriet es etwas über ihre Herkunft oder den Grund ihres Besuchs hier.

Sie fing ein paar Worte auf, die jedoch nicht sehr aufschlussreich waren. Allerdings verriet ihre Aussprache, dass sie nicht von hier stammten oder zumindest schon eine ganze Weile nicht mehr in England gewesen sein konnten. War das ein amerikanischer Akzent?

Das wurde ja immer geheimnisvoller. Raika beschloss, ihnen noch weiter zu folgen, doch die Stimme des Butlers hielt sie zurück.

»Mylady ist nun bereit, Sie zu empfangen, Miss Raika.«

Die beiden fuhren herum und starrten Raika an. Die Ältere der beiden hob fragend die Augenbrauen, und Raika konnte die Macht ihrer Magie spüren, mit der sie nach ihrem Geist griff. Ihr abschätzender Blick zeigte deutlich, dass Raikas makellose Schönheit sie nicht im Mindesten beeindruckte. Ja, es lag sogar ein wenig Verachtung darin.

Die Jüngere der beiden dagegen lächelte und streckte Raika eine Hand entgegen. »Ich kann es spüren«, sagte sie. »Du bist eine unserer englischen Schwestern, nicht wahr?« Sie hatte einen festen Händedruck. »Wie schön, dich zu sehen«, sagte sie mit ihrem amerikanischen Akzent, und Raika hatte das Gefühl, sie meinte stets alles so, wie sie es sagte.

»Ich bin Emily, und das ist Olivia. Schade, dass uns nicht die Zeit bleibt, uns näher kennenzulernen.«

»Sonst verpassen wir noch unseren Flug«, mischte sich Olivia ein. Sie hatte die vierzig bestimmt schon überschritten und unternahm nichts, dies zu beschönigen. Dabei hätten ihr als Nachtmahr so viele Möglichkeiten zur Verfügung gestanden. Ihre Magie war sicher mächtiger als Raikas eigene, mit der sie Erstaunliches zustande gebracht hatte.

Sie sah, wie die andere ihre Lippen kräuselte, und hatte das unangenehme Gefühl, ihre Gedanken laut ausgesprochen zu haben.

»Wohin geht es denn?«, fragte sie daher rasch, um von dem Gefühl der Peinlichkeit abzulenken.

»Heim nach San Francisco«, gab Emily offen Auskunft, doch Raika hatte den Eindruck, dass Olivia dies nicht recht war.

Warum nur? Hatten die beiden etwas zu verbergen?

»Mylady schätzt es nicht, wenn man sie warten lässt«,

brachte sich der Butler hinter ihr in Erinnerung, während Olivia nach Emilys Arm griff und sie zum Tor dirigierte, wo eben eine schwarze Limousine vorfuhr.

Kapitel 14

GROSSMUTTER ELSE

Ein erfundener Notfall in der Familie verhalf ihr zu zwei Tagen Urlaub. Bereits am nächsten Morgen saß Lorena im Flugzeug und sah zu, wie England unter ihr verschwand. Vielleicht war die Eile ja übertrieben, nachdem sie sich so lange Zeit nicht um ihre Großmutter gekümmert hatte, doch es kam ihr so vor, als würde sie alles verlieren, wenn sie sich jetzt nicht beeilte. Wie hätte sie sich auch nur eine Stunde auf ihre Arbeit konzentrieren können, nachdem sie erkannt hatte, dass es doch einen Menschen gab, der über ihre Natur Bescheid wusste? Unruhig rutschte Lorena in ihrem Sitz hin und her und starrte immer wieder in die grauen Wolken vor ihrem Fenster hinaus.

»Flugangst?«, erkundigte sich ihr Sitznachbar und beugte sich mit einer Miene voll Verständnis zu ihr herüber. »Das kenne ich. Ich nehme vorher immer ein oder zwei Drinks, das hilft! Sollten Sie auch probieren. Soll ich die Stewardess rufen? Die hat bestimmt was für Sie. Der Service ist zwar längst nicht mehr wie früher, aber in Notfällen kann man da sicher was arrangieren.«

Lorena schenkte ihm ein verkrampftes Lächeln. »Danke, es geht schon. Ich habe keine Angst, ich bin nur – nun ja, in Eile.«

Er sah eigentlich ganz nett aus. Vielleicht Mitte vierzig, ein glatt rasiertes Gesicht mit klaren Linien und ersten grauen Strähnen an den Schläfen in seinem sonst dunklen Haar. Vermutlich war er recht groß. Lorena registrierte einen sportlichen Körper mit einem kleinen Ansatz von Bauch unter seinem Anzug.

Er nickte. »Ich verstehe. Dagegen hilft ein Drink zwar nicht, aber es entspannt dennoch. Ich will sehen, ob ich etwas organisieren kann.« Er löste seinen Gurt und erhob sich.

Lorena starrte aus dem Fenster. Unter ihnen rissen die Wolken auf, und sie sah, wie Englands Küste hinter ihnen zurückblieb. Sie schwebten über dem blauen Kanal dahin, dessen Wasser von ein paar Frachtern durchschnitten wurde.

Ihr Sitznachbar kam mit zwei Plastikbechern zurück und reichte ihr einen. »Whisky«, sagte er und blinzelte ihr verschwörerisch zu. »Ich habe behauptet, uns wäre von den Turbulenzen übel.«

»Aber der Flug verläuft doch völlig ruhig«, meinte Lorena über das gleichmäßige Dröhnen hinweg.

Ihr Nachbar ließ sich wieder in seinen Sitz sinken. »Das ist Ansichtssache. Es gibt Menschen, die einen sehr empfindlichen Magen haben. Nun nehmen Sie schon!«

Lorena hatte zwar keine Lust auf Whisky, dennoch dankte sie ihm und nahm den Becher entgegen.

»Cheers!«, prostete er ihr zu.

Lorena erwiderte die Geste. »Skoal!«, sagte sie mit gespielt tiefer Stimme und schlug im Sitzen die Hacken zusammen.

Ihr Nachbar lachte. »Miss Sophie, ist das nicht mein Part?«, erkundigte er sich.

»Nur wenn Sie Admiral sind«, gab Lorena zurück. *Dinner for one* kannte einfach jeder!

»Bedaure«, gab er zurück, »nur einfacher Zivilist mit dem Namen Henry Collins.«

Lorena stellte sich ebenfalls vor, während sie sich die

Hände reichten. Sie tranken ihren Whisky, und es gelang ihr sogar, seiner lockeren Konversation zu folgen, bis die Lautsprecher verkündeten, dass sie sich bereits im Landeanflug auf Hamburg befanden.

»Sehen Sie, so schnell vergeht die Zeit, wenn man nicht mehr darauf achtet, wie langsam sie verstreicht«, sagte Henry Collins zum Abschied.

»Ja, danke für die Unterhaltung und für den Whisky.«

Lorena nahm sich am Flughafen einen Mietwagen, obwohl sie ein wenig Bedenken hatte. Sie war lange nicht mehr in Deutschland gefahren und fürchtete, auf die falsche Straßenseite zu gelangen. Wenigstens musste sie sich beim Fahren so konzentrieren, dass ihr jetzt kein Raum für Grübeleien blieb. Lorena mietete sich gleich noch ein Navigationsgerät und tippte die Adresse des Altenwohnheims im Norden Hamburgs ein, das sie zuletzt vor drei Jahren aufgesucht hatte. Aufmerksam fädelte sie sich zwischen den anderen Fahrzeugen ein und ließ sich von Fuhlsbüttel in Richtung Norderstedt leiten. Der dichte Verkehr und die ungewohnte Fahrweise hielten zum Glück auch ihr schlechtes Gewissen in Schach, bis sie auf den Parkplatz vor der Seniorenresidenz einbog.

Wie hatte sie die Einzige ihrer Familie, die noch lebte, nur so vernachlässigen können?

Vielleicht weil sie genau aus diesem Grund noch lebte? Weil Lorena ihr ferngeblieben war? Wieder tauchten die verschwommenen Bilder jener Nacht auf, in der ihre Mutter die Treppe hinuntergestürzt war und sich das Genick gebrochen hatte, und die Nacht, in der Lucy verschwunden und im See ertrunken war.

Ehe ihre Albträume noch beim tödlichen Unfall ihres Vaters anlangten, stieß sie energisch die Wagentür auf und stieg aus. Am Flughafen hatte sie einen Strauß Rosen gekauft und eine mit einer großen roten Schleife versehene Schachtel Pralinen. So bewaffnet, machte sie sich auf den Weg. Sie hielt die erste Pflegerin an, die sie im Gang traf.

»Entschuldigen Sie, ich bin auf der Suche nach Frau Maschek«, sagte sie und erklärte: »Ich bin ihre Enkelin Lorena.«

Die Frau maß sie mit einem Blick, der Lorena im Boden hätte versinken lassen, wäre ihr das möglich gewesen.

»Ich wohne im Ausland«, fügte sie verschämt hinzu.

Die Pflegerin war immerhin so taktvoll, ihre Gedanken nicht laut auszusprechen. »Sie wohnt immer noch in Zimmer achtzehn«, sagte sie nur und meinte gnädig: »Frau Maschek wird sich freuen, Sie zu sehen.«

»Wie geht es ihr denn?«, erkundigte sich Lorena.

Die Pflegerin musterte sie einige quälende Augenblicke, ehe sie gedehnt sagte: »Nun, wie Sie wissen, ist Ihre Großmutter fünfundachtzig und sitzt seit fast fünfzehn Jahren im Rollstuhl. Aber den Umständen entsprechend geht es ihr gut.«

»Und ihr Geist? Ich meine, ist sie noch klar bei Verstand?«, hakte Lorena nach und hielt angespannt die Luft an.

»Mit der Demenz des Alters haben hier die meisten zu kämpfen«, sagte die Pflegerin streng. »Doch sie hat ihre klaren Tage, an denen sie uns noch immer mit ihrem scharfen Verstand verblüfft.«

Mit einem Seufzer ließ Lorena die Luft entweichen und lächelte. »Danke!«, sagte sie und eilte dann den Gang entlang. Die Pflegerin sah ihr kopfschüttelnd nach.

Vor der Tür mit der Nummer achtzehn blieb Lorena stehen. Sie spürte plötzlich einen Kloß im Hals. Zaghaft klopfte sie an die Tür, öffnete sie behutsam und lugte in das Zimmer.

Es war spartanisch eingerichtet: ein Bett, ein Nachtschränkchen, ein kleiner Tisch mit einem Sessel und einem Stuhl, ein Kleiderschrank. Nur der bunte Überwurf auf dem Bett und die Fotos an den Wänden gaben ihm ein wenig Farbe und ließen ihn nicht ganz wie ein Krankenhauszimmer wirken. Eine Glastür gegenüber führte auf einen kleinen Balkon hinaus, von dem aus man das nach Süden abschüssige Gelände des Altenheims überblicken konnte. Ein schöner Garten mit Rosenbeeten und ebenen Wegen, über die man einen Rollstuhl schieben konnte, wurde von einer Baumgruppe begrenzt, in der ein Schwarm Spatzen tschilpte.

Lorena durchquerte das Zimmer und blieb in der offenen Balkontür stehen. Ihr Blick saugte sich an der mageren, alten Frau fest, die aufrecht in ihrem Rollstuhl saß, den Blick irgendwo in die Ferne gerichtet.

»Großmutter«, war alles, was sie hervorbrachte.

Für einen späten Oktobertag war es erstaunlich mild. Die Sonne wärmte den windstillen Platz auf dem Balkon und hüllte die magere Gestalt ein, ohne ihrem faltigen Gesicht zu schmeicheln.

Die alte Frau rührte sich nicht. Noch immer war ihr Blick auf etwas gerichtet, das Lorena nicht sehen konnte. Ein heißer Schmerz durchfuhr sie. Hatte Großmutter sie nicht gehört, oder erinnerte sie sich gar nicht mehr an sie? War ihr Geist doch schon in seiner eigenen Welt und die Demenz fortgeschrittener, als die Pflegerin behauptet hatte?

Lorena wollte sie gerade noch einmal ansprechen, als sie den Mund öffnete. »Kannst du sie hören? Ich finde, sie plappern wie eine Horde kleiner Kinder, die gerade von der Schule kommen und sich unendlich viel zu erzählen haben. Sie sind den ganzen Tag beisammen, und dennoch stehen ihre Schnäbel niemals still. Weißt du, von allen Vögeln habe ich die Spatzen stets am meisten gemocht. Sie strahlen so viel Lebensfreude aus. Bei ihnen ist immer etwas los, und sie scheinen es am Morgen kaum abwarten zu können, einen neuen, aufregenden Tag zu beginnen.«

Was sollte sie darauf sagen? Zaghaft trat sie einen Schritt vor. Endlich drehte ihre Großmutter den Kopf und sah sie an. Lorena wagte nicht, ihre Musterung zu unterbrechen. Ihr Blick schien klar, und es huschten im Wechsel Freude und Trauer über das faltige Antlitz.

»Was ist geschehen?«, fragte sie schließlich.

Lorena rannen Tränen über die Wangen. Sie eilte zu der Frau in ihrem Rollstuhl, sank auf die Knie und legte die Blumen auf das Tischchen neben dem Stuhl. »Es tut mir so leid«, sagte sie.

Eine schmale, knittrige Hand senkte sich auf ihr Haar und begann, zärtlich darüberzustreichen. Lorena schluchzte lautlos.

»Es gibt nichts, das dir leidtun müsste, mein Kind«, sagte Else Maschek.

»Doch! Ich hätte dich nicht so lange allein lassen dürfen«, widersprach Lorena.

»Du hattest sicher deine Gründe.«

»Ja, aber ich weiß nicht mehr, ob sie richtig sind. Du darfst nicht denken, dass ich dich nicht liebe!«

Die alte Dame lächelte. »Das weiß ich doch. Und nun trockne deine Tränen und nimm dir einen Stuhl. Setz dich zu mir und erzähl mir, was dich heute zu mir führt.«

Lorena nickte und gehorchte. Zumindest der erste Teil war einfach, aber wie konnte sie den Grund nennen, der sie hierherführte, ohne mit der Tür ins Haus zu fallen?

Mir kam der Verdacht, dass du schon seit vielen Jahren weißt, dass ein Monster in mir wohnt, das als Mahr Nacht für Nacht aus mir herausbricht, und dass ich in dieser Gestalt schreckliche Dinge getan habe.

Nein, so ging das nicht. Verlegen zuckte Lorena mit den Schultern. »Ich habe einen Mann kennengelernt, nein, eigentlich kenne ich ihn, seit ich nach England gegangen bin und die Highschool besucht habe, aber nun habe ich ihn wiedergetroffen, und wir haben uns ineinander verliebt.«

Was war das in der Miene ihrer Großmutter? Erschrecken? Warum?

»Und deshalb bist du hier? Du willst doch nicht etwa heiraten?«

Lorena sah sie erstaunt an. »Nein, so weit ist es sicher noch lange nicht. Wir sind erst wenige Wochen zusammen.«

»Und warum kommst du dann zu mir? Er ist sicher nicht der erste junge Mann, in den du dich verliebst.«

»Nein, das nicht«, gab Lorena zu, »doch es ist zum ersten Mal so etwas wie eine Beziehung.«

»Du meinst, er bleibt über Nacht?«

Eine seltsame Frage in der heutigen Zeit, doch die ernste Miene bedeutete vielleicht noch etwas anderes. Dachte sie etwa das, was auch Lorena umtrieb?

»Ja, das ist heute doch normal«, gab sich Lorena ahnungslos.

Ihre Großmutter wiegte den Kopf hin und her. »Ja, das ist wahr, und doch kommst du damit zu mir, nachdem du deiner Heimat drei Jahre lang ferngeblieben bist. Du steckst in Schwierigkeiten, nicht wahr?«

»Nein!«, rief Lorena. Sie wischte sich die Tränen ab, stand auf und ließ sich dann auf einen Stuhl nieder. »Nein, nicht jetzt, nicht mehr als sonst«, fügte sie leise hinzu.

Ihre Großmutter beugte sich in ihrem Rollstuhl vor und tätschelte ihre Hand. »Ich weiß, du hattest es nicht leicht.

Und dann musstest du auch noch deine Familie verlieren, Stück für Stück viel zu früh von ihnen Abschied nehmen.«

War da ein Vorwurf in ihrem Blick? Die Anklage, die sie stets in den Augen ihres Vaters hatte lesen müssen?

Nein, nur Traurigkeit und Mitgefühl.

»Ich kann nichts dafür«, stieß Lorena hervor, obgleich sie das nicht hatte sagen wollen. »Ich kann mich ja nicht einmal mehr daran erinnern, was in diesen Nächten geschah. Du musst mir glauben!«

»Ich glaube dir«, beschwichtigte die alte Frau. »Du warst in diesen Nächten nicht du selbst.«

»Wie so oft, seit ich dreizehn wurde«, hauchte Lorena.

Die beiden Frauen sahen einander in die Augen. Im Blick aus den kühlen grauen Augen fand Lorena endlich die Gewissheit, die sie so viele Jahre gesucht hatte: Sie war mit ihrem schrecklichen Wissen nicht allein.

»Kannst du mir sagen, was geschehen ist?«, flehte sie.

Ihre Großmutter wich ein Stück zurück und senkte den Blick. »Ich weiß es nicht. Vielleicht habe ich schon zu viel gesagt und gemacht.«

»Ich verstehe dich nicht. Bitte, wenn du etwas weißt, dann sprich mit mir.«

Was war das in ihrem Blick? Konnte es Angst sein? Vor wem und warum? Fürchtete sie sich gar vor Lorena, weil sie um das wilde Tier in ihr wusste?

»Großmutter, ich würde dir nie etwas antun, bitte glaube mir.«

Else Maschek stieß einen Seufzer aus. »Das weiß ich doch, mein Kind. Ich fürchte nicht um mich. Nicht mehr. Was könnte man mir noch antun? Ich sitze hier und warte auf den Tod. Nein, wenn ich um jemanden fürchte, dann um dich. Ich habe mich schon einmal zu weit vorgewagt und bereue es noch heute«, sagte sie bitter. »Ich habe meine Lektion gelernt.«

Lorena runzelte verwirrt die Stirn. »Was meinst du damit?«

Doch ihre Großmutter schüttelte den Kopf. »Sprechen wir über etwas anderes.«

»Sage mir, was mit mir geschieht!«, beharrte Lorena. »Ich sehe es in deinem Blick, dass du Bescheid weißt. Warum sprichst du nicht mit mir?«

Ihre Großmutter bedeckte die Augen mit einer Hand. »Ach Kind!« Sie seufzte. »Ich bin eine alte Frau. Ich weiß gar nichts.«

»Das glaube ich dir nicht. Du hast es immer gewusst. Warum sonst hast du in diesen Nächten mein Zimmer verschlossen? Du warst es, streite es nicht ab!«

»In diesen Nächten?«

»In den Nächten des Neumonds, wenn ich mich wandeln musste.«

Else Maschek stöhnte. »Wir dürfen nicht darüber sprechen.«

»Nein? Warum nicht? Wer könnte es uns verbieten?«

Ein Ruck durchlief den Körper ihrer Großmutter, dann richtete sie ihren Blick wieder auf Lorena. Er war fest, und sie sah die Entschlossenheit darin.

»Vielleicht hast du recht. Sprechen wir darüber. Vielleicht hätten wir das schon viel früher tun sollen. Was bedrückt dich, mein Kind?«

»Was passiert in diesen Nächten«, wiederholte Lorena. »Ich meine mit mir? Was geht da vor sich? Woher kommt das und warum diese Wandlung?«

Else Maschek sah ihre Enkelin lange an, dann schüttelte sie den Kopf. »Das kann ich dir nicht sagen, mein Kind. Weder woher das kommt, noch warum es geschieht. Ich weiß nur, dass es diese Wesen gibt, von denen der größte Teil der Menschheit nie etwas gehört hat und die dennoch seit Generationen unter uns leben. Ihr Leben ist geprägt von Lügen und Geheimnissen und viel Dunkelheit.«

Lorena starrte ihre Großmutter mit weit aufgerissenen Augen an. »Diese Wesen? Du meinst, es gibt noch andere wie mich?«

Die alte Frau nickte. »Meine Mutter war ein Nachtmahr. Aus ihrem Mund hörte ich dieses Wort zum ersten Mal. Ein einziges Mal, als sie mich schwören ließ, niemals darüber zu sprechen! Sie sagte mir, sonst würde ich mich und sie in tödliche Gefahr bringen. Damals wusste ich nicht, was sie damit meinte, aber ich gehorchte. Meine Mutter wandelte sich von Zeit zu Zeit, so wie du. Dann war sie die ganze Nacht über verschwunden. Ich weiß nicht, was sie in diesen Stunden tat, sie hat es mir nie erzählt, und ich habe nicht gewagt, sie danach zu fragen.«

»Und du?«, unterbrach Lorena. »Hast auch du dich jemals gewandelt?« Sie hielt den Atem an, doch ihre Großmutter schüttelte den Kopf.

»Nein, anscheinend wird es nicht an jede Generation weitergegeben. Auch deine Mutter war kein Mahr. Nein, sie wusste nicht einmal, dass es so etwas gibt. Ich denke, sie hat nie von deinem Leid erfahren.«

Lorena schluckte. Bilder jener letzten, verhängnisvollen Nacht stiegen in ihr auf. Sie waren verwirrend. Einzelne Sequenzen, zwischen denen immer wieder Teile fehlten, die sie mehr verwirrten, als Klarheit zu schaffen. Bilder, die sie lieber nicht sehen wollte. Doch sie waren so gnädig, das Schlimmste zu verbergen. Noch immer sah sie nur Schwärze, wenn sich die Nacht ihrem schrecklichen Höhepunkt näherte. Sie konnte nicht sehen, was geschehen war, und dennoch musste sie glauben, dass es sich so zugetragen hatte. Hatte die Kripo den Fall nicht untersucht und unzweifelhaft festgestellt, dass sie allein die Schuld daran trug? Sie hatte ihre eigene Mutter umgebracht!

Lorena kniff die Augen zu und schüttelte heftig den Kopf. Sie wollte nicht mehr an diese Nacht denken. Sie konnte nichts tun, um es wiedergutzumachen. Es brachte nichts, wenn sie sich immer wieder damit quälte. Sie versuchte, sich auf etwas anderes zu konzentrieren. Sie musste noch so viele Fragen stellen, die sie schon lange quälten und auf die sie keine Antworten fand.

»Hat sie denn nie etwas bemerkt?«, fragte sie leise.

Ihre Großmutter zuckte mit den Schultern. »Ich glaube nicht. Du hast dir ja auch jede Mühe gegeben, es vor allen zu verbergen.«

»Ja, schon, doch sie war immerhin meine Mutter. Sie hätte es merken müssen!«

Else Maschek schloss für einen Moment die Augen. Als sie sie wieder öffnete, sah sie erschöpft aus. »Vielleicht hast du recht. Eine Mutter müsste den stillen Hilfeschrei hören können, aber wie soll man das Unfassbare begreifen? Und dann verschwand Lucy, und deine Mutter war in ihrer Trauer gefangen. Hätte ich etwas bemerkt, wenn ich nicht gewusst hätte, dass es so etwas Fantastisches gibt? Vermutlich nicht. So aber erkannte ich die Zeichen – wenn vielleicht auch zu spät –, und ich ahnte um die Gefahr in diesen Nächten.«

»Du hast mich eingeschlossen!«, rief Lorena vorwurfsvoll.

»Es war nur zu deinem Besten.«

»Du meinst, um andere vor mir zu schützen«, sagte sie bitter.

»Um dich selbst zu schützen!«, widersprach ihre Großmutter sanft. »Was hätte ich denn sonst tun sollen?«

»Mit mir darüber sprechen!«

Sie schwiegen und sahen einander lange an.

Dann endlich brach Else Maschek die Stille. »Ja, vielleicht hätte ich das tun sollen. Vielleicht hätte ich nicht auf sie hören sollen.« Ihre Großmutter hob abwehrend die Hände. »Ich habe einmal meine Mutter bei ihrer Wandlung heimlich beobachtet. Es schaudert mich noch immer, wenn ich daran denke. Sie hat mich erwischt und war so zornig, dass ich fürchtete, sie könne mir in dieser Gestalt, in der sie nicht sie selbst war, etwas antun. So war es das große Schweigen. Ich glaube, nicht einmal mein Vater hat je begriffen, was da vor sich ging. Aber vielleicht hat er etwas gespürt. Es hat ihn auf irgendeine Weise verändert. Als ich noch klein war, habe ich ihn als sanften, liebevollen Mann in Erinnerung, doch mit den Jahren wurde er jähzornig, sodass ich mich aus Furcht oft vor ihm versteckte. Bis er dann früh starb.« Sie seufzte tief. »Eine Schlägerei in der Kneipe. Irgendwer zog ein Messer, und am Ende waren zwei Männer tot. Da war ich gerade zwölf. Meine Mutter war untröstlich. Sie gab sich für diesen Vorfall die Schuld, obgleich ich mich zu erinnern glaube, dass sie in dieser Nacht zu Hause war. Auch sie hat sich danach verändert. Sie zog sich immer mehr von mir zurück und ließ mich in der Obhut einer Nachbarin. Sie selbst war stets auf Reisen. Irgendetwas trieb sie an. Sie war den Rest ihres Lebens auf der Suche. Ob sie gefunden hat, was sie suchte …?« Wieder seufzte sie. »Ich kann es dir nicht sagen. Ich weiß nicht einmal, wie alt sie geworden ist und wann und wo sie starb. Es gibt kein Grab, das ich hätte besuchen können. So vieles, was diese Wesen umgibt, liegt im Dunkeln, und wenn man versucht, tiefer zu graben, trifft man immer nur auf Schweigen und Angst – und auf den Tod. Vermutlich war es meine Schuld. Ich hätte meiner Mutter glauben sollen und wissen, dass sie keine Einmischung, ja, nicht einmal das Wissen um sie tolerieren. Ach, so viel Leid. So viel Tod. Dein Leben hätte ganz anders verlaufen können. Hätte anders laufen müssen!«

Ihr Blick verschleierte sich und glitt in die Ferne. Sie legte den Kopf schief, als lausche sie dem Tschilpen der Spatzen, die von einem Baum zum anderen flatterten.

»Wie spät ist es, mein Kind?«, fragte sie plötzlich mit seltsam hoher Stimme. »Müsste dein Vater nicht schon längst zurück sein? Er holt dich ab, nicht wahr? Er hat mir bestimmt gesagt, wann er kommt, aber ich kann mich nicht mehr erinnern.«

Lorena blinzelte, um die Tränen zurückzuhalten. Sie stand auf, kniete sich vor die alte Frau und umfasste die knochigen Hände.

»Großmutter, Papa ist schon viele Jahre tot!«

»Ja?«, piepste sie mit kindlicher Stimme, die Lorena bis ins Mark schmerzte.

»Warum hat mir das keiner gesagt? Und wo ist deine Mutter? Ich werde Susanne rügen, wenn sie kommt, auch wenn sie meint, mir würde das nicht zustehen.«

»Großmutter, auch Susanne ist schon sehr lange tot. Erinnerst du dich denn nicht mehr?«

Der Blick kehrte für kurze Zeit aus der Ferne zurück und fokussierte Lorena, doch die Hoffnung trog.

»Sie sind gekommen und haben das Kind geholt«, sagte sie mit düsterer Stimme. »Sie töten alle, die ihnen im Weg sind, aber ich habe gesagt, dich werden sie nicht bekommen. Zur Strafe sitze ich nun in diesem verdammten Stuhl und komme hier nicht wieder raus.«

»Gehen Sie jetzt.« Eine Stimme ertönte von der offenen Terrassentür her. Lorena wandte sich um und sah die Pflegerin in der Tür stehen.

»Frau Maschek kann sich nicht mehr so lange am Stück konzentrieren. Wenn sie müde wird, wandern ihre Gedanken in die Vergangenheit. Vielleicht ist sie morgen wieder klarer. Jetzt sollte sie erst einmal etwas essen und ein wenig schlafen.«

Lorena nickte widerstrebend. Sie erhob sich und drückte ihrer Großmutter einen Kuss auf die Stirn. »Ich komme morgen wieder, ja?«

Der Blick der Großmutter huschte unstet umher. »Ja, Mama, ich werde brav sein, ich verspreche es dir«, antwortete sie mit kindlicher Stimme.

Lorena nickte, strich ihr über das Haar und wandte sich ab. Ihr Herz wog schwer, als sie durch den tristen, verlassenen Flur zum Ausgang zurückging.

Warum nur hatte sie so viel wertvolle Zeit vergeudet? Warum hatte sie die einzige Überlebende hier ihrem Schicksal überlassen?

Sie wusste die Antwort. Sie hatte sich eingebildet, sie vor sich selbst und dem wilden Wesen zu schützen … Doch war das nicht nur eine billige Ausrede gewesen, ihr altes Leben mit all den schmerzlichen Erinnerungen hinter sich zu lassen, um – wie Phoenix aus der Asche – in England ganz neu zu beginnen? Ein neues Land, eine neue Familie, eine neue Schule. Keiner wusste von den Katastrophen, die sie innerhalb von zwei Jahren heimgesucht hatten. Keiner sah sie mit diesem anklagenden Blick an. Keiner wusste, was sie Schreckliches getan hatte. Und so hatte sie auch ihre Großmutter mit ihrem alten Leben dem Vergessen überlassen.

Lorena mietete sich in einer einfachen Pension in der

Nähe ein Zimmer und ließ sich dort auf das Bett fallen. Sie schlief sofort ein, doch Erholung wollte ihr der Schlaf nicht gönnen. Geisterhafte Finger griffen nach ihr und zogen sie mit sich. Sie reiste mit bangem Gefühl durch die Traumwelt, denn sie ahnte, dass nichts Angenehmes sie erwartete.

Lorena folgte einer Straße, die ihr bekannt vorkam. Ja, hier war sie früher mit ihren Freundinnen ab und zu entlanggeradelt, wenn sie im Sommer zum See wollten oder im Nachbardorf in die Eisdiele, wo das Eis so viel besser schmeckte. Sie erkannte die alten, knorrigen Weiden, die am Ufer des Bachs wuchsen, der durch feuchte Wiesen mäandrierte. Doch war dies keine laue Sommernacht. Lorena spürte die eisige Kälte, die ihr in die Knochen kroch. Der Boden glitzerte im Schein der Sterne, und sie sah, wie sich eine dünne Reifschicht auf den kahlen Zweigen der Weiden auszubreiten begann.

Lorena folgte der nächsten Biegung. Ihre Schritte wurden immer verzagter, als ihr klar wurde, wohin sie sie führen würden. Schon stieg ihr der Gestank von verbranntem Gummi in die Nase, der sich mit dem Geruch von Benzin vermischte. Sie fürchtete sich davor, was sie als Nächstes riechen würde: Blut. Frisch vergossenes Blut, mit dem das Leben zwischen dem Wurzelwerk der Pappel versickerte.

Lorena blieb stehen und ließ den Blick voller Grauen über das rauchende Autowrack schweifen, in dem ihr Vater gerade starb.

So musste es sich zugetragen haben. So konnte es ausgesehen haben. Es war nur ein Bild ihrer Fantasie. Sie war in jener Nacht nicht dort gewesen. Sie hatte nichts mit diesem Unfall zu tun!

Lorena mühte sich, den Blick von dem zertrümmerten Wagen zu lösen. Sie ließ ihn über das schwarze Wasser des

Bachs, über die Wiesen in der Ferne bis in den Himmel hinaufgleiten. Er war samtschwarz, besetzt mit Tausenden von Sternen, deren Licht von keinem Mond überstrahlt wurde. Lorena stöhnte auf. Nein! Sie musste von hier weg. Schnell.

Unruhig wälzte sie sich herum, bis ihre Natur sie um Mitternacht wieder erwachen ließ.

Kapitel 15

ERINNERUNGEN

Lorena verließ die Pension durch das Fenster und ließ sich hinab in die Tiefe gleiten. Sie landete in einem Blumenbeet.

Rosen und Lavendel. Der Duft stieg ihr in die Nase, obgleich der Lavendel schon lange nicht mehr blühte und nur noch ein paar späte Rosenblüten an den Büschen hingen. Oder war der Duft nur Erinnerung? Daheim hatte ihr Zimmer im Frühsommer immer nach Rosen und Lavendel gerochen. Sie konnte sich selbst in ihrem Bett sehen, wie sie auf dem Rücken lag und diesen beruhigenden Geruch in sich einsog, der durch das offene Fenster hereinströmte.

Ich konnte die beiden Katzen der Nachbarn hören, die sich im Garten draußen wieder einmal zankten. Im Haus war es still, dann erklang das Weinen eines kleinen Mädchens. Lucys Weinen. Sofort hörte ich Schritte auf der Treppe und die beruhigende Stimme meiner Mutter, die Lucy tröstete. Ich musste nicht lange warten, bis ich auch die Stimme meines Vaters vernahm. So zärtlich. So besorgt. Früher hatte er auch mit mir so gesprochen. Hatte mich gar in den Schlaf gesungen, ja früher, ehe Lucy gekommen war und all seine Liebe und Aufmerksamkeit auf sich gezogen hatte. Sie war aber auch so ein hübsches Kind und noch dazu von zarter Gesundheit. Natürlich kümmerten sich alle Erwachsenen um sie. Ich war ja schon groß und viel robuster. Ich musste vernünftig sein und das verstehen.

Unter ihre Erinnerungen mischten sich die Stimmen zweier Männer. Lorena runzelte die Stirn. Sie gehörten nicht hierher. Sie störten! Verärgert öffnete sie die Augen und sah sich um. Sie stand noch immer auf der Rückseite der Pension mitten im Blumenbeet. Wieder hörte sie die beiden Männer, die, nach den Stimmen zu urteilen, vielleicht zwischen zwanzig und dreißig sein mussten. Vielleicht wäre sie in einer anderen Nacht ums Haus gegangen, angezogen wie die Fliege vom Honig, und hätte sich ihnen mit diesem Lächeln genähert, dem kein Mann widerstehen konnte. Dann hätte sie sich den attraktiveren der beiden genommen und wäre mit ihm auf sein Zimmer gegangen. Doch heute lockte sie die Aussicht auf ein Sexabenteuer nicht. Seltsam. Sie fragte sich, wie frei der Nachtmahr in seinen Entscheidungen war. Wurde sie von ihren Trieben gesteuert? Musste sie in die Nacht hinaus, um Männer zu jagen? Um sie sich im Akt der Vereinigung untertan zu machen? Warum?

Weil es Spaß macht und befriedigt!

O nein! So einfach war das nicht.

Weil ich dazu geschaffen bin, Macht über Männer auszuüben!

Ja, vielleicht ging es hier in diesem Spiel um Macht, doch die Frage war: Wer hatte Macht über wen? Der Mahr über die Männer oder der dunkle Trieb in ihr über sie?

Nein! Nichts und niemand hatte Macht über sie. Sie nährte sich von der Magie der Finsternis und konnte frei entscheiden, was ihr gefiel und was nicht. Sie nahm sich, was sie wollte, und verzichtete, wenn sie nicht wollte.

Und im Moment stand ihr der Sinn nicht nach Sex, daher würdigte sie die beiden Männer keines Gedankens mehr, sondern verließ den Garten und schwang sich in die Nachtluft.

Es war ihr schnell klar, wohin sie sich aufmachte. Der

Duft der Erinnerung zog stark an ihrer Seele und führte sie über Wiesen und Wälder und kleine verschlafene Ortschaften hinweg. Bald schon erkannte sie einzelne Häuser und Plätze wieder und sah, wie viele neue Gebäude seit ihren Kindertagen gebaut worden waren. Dort war ein Feld verschwunden, in dem sie als Kinder Kränze aus Kornblumen geflochten hatten, hier fehlten der Spielplatz und der Bach mit den Obstbäumen. Stattdessen breitete sich ein Neubaugebiet mit Doppelhäusern aus, die sich glichen wie ein Ei dem anderen. Lorena überflog winzige, umzäunte Gärten mit ein paar gestutzten Büschen, ein wenig Gras und ein paar Blütenstauden.

Dann tauchte die Straße unter ihr auf. Von hier oben glich sie einer grauen Schlange, sie sich durch das Gras wand. Sie sah die Bäume, die bereits in ihren Träumen aufgetaucht waren. Lorena wäre am liebsten abgedreht, doch sie zwang sich, der Straße bis zu der scharfen Biegung weiter zu folgen.

Hier war es geschehen. Hier war der Wagen von der reifglatten Fahrbahn abgekommen und gegen den Baum geprallt.

Doch da war kein Baum. Lorena blinzelte. Nein, sie irrte sich nicht. Das war die Stelle, und dort hatte die Pappel gestanden.

Hatte man sie zur Strafe gefällt? Weil sie ein Menschenleben zerstört hatte? Auge um Auge? Zahn um Zahn? Vielleicht. Jedenfalls spürte sie so etwas wie Befriedigung, als ihr Blick über die verödete Stelle glitt. Der abgesägte Stumpf diente nur noch den Baumpilzen als Nährboden.

Lorena wandte sich ab und flog weiter. Sie folgte der Straße bis zu dem Feldweg, der sie zum See brachte. Sie landete am Ufer und fühlte, wie die scharfen Schilfblätter in ihre nackten Füße schnitten, doch das machte ihr nichts aus. Zäher Schlamm quoll zwischen ihren Zehen hervor, als sie am Ufer entlangschritt. Zwei Sumpfhühner, die sich in ihrem Schlaf gestört fühlten, fiepten aufgeregt. Lorena blieb stehen und schaute über den schwarzen Spiegel zum anderen Ufer hinüber.

Wie viele Gefühle löste dieser Platz in ihr aus. Einst war er ein Ort der Zuflucht gewesen, der kindlichen Freude und des Trostes, wenn sie vor dem Streit daheim hier hinaus geflüchtet war. Tränen und böse Worte gab es viele. Nachdem Lucy geboren worden war. Vorher musste stets heitere Freude im Haus geherrscht haben. Zumindest gaukelten ihr das die schönen Erinnerungen vor. Sie war Mamas und Papas Liebling, und für beide hatte es nichts Schöneres gegeben, als sie zum Strahlen zu bringen.

Und dann kam Lucy. Lorena war längst nicht mehr süß und niedlich anzusehen. Vielleicht waren es schon die ersten Boten der körperlichen Veränderung, die sie zu Trotz und Widerstand neigen ließen. Oder es lag an diesem Eindringling, der so unerwartet in ihre Welt einbrach und alles auf den Kopf stellte. Plötzlich standen Papa und Mama jede freie Minute um die Wiege dieses hässlichen, verschrumpelten Wesens, das nichts konnte, außer zu schreien und in die Windel zu machen, doch sie taten, als sei dies das größte Glück auf Erden. Lorena dagegen war von nun an die Große, die Vernünftige, der man mit dieser plumpen Schmeichelei stets etwas auftrug, zu dem sie gerade keine Lust hatte: den verlorenen Schnuller suchen, das Plüschtier aufheben, die Milchflasche holen oder einfach nur leise sein, um Lucys Schlaf nicht zu stören. Nein, sie hatte ihre kleine Schwester nicht willkommen geheißen und musste oft genug hören, dass Eifersucht und Neid keine Tugenden seien.

Vielleicht machten ihr diese ständigen Ermahnungen ihre kleine Schwester noch mehr verhasst. Sie wusste es nicht. Nur Großmutter hatte sich mit Lucys Geburt nicht verändert. Sie zeigte nach wie vor an allem Interesse, was Lorena ihr zeigte und erzählte, wenn sie zu Besuch kam. Sie gab ihr stets das Gefühl, wichtig zu sein, ohne dabei die Kleinere zu vernachlässigen.

Heute empfand Lorena Trauer, wenn sie an Lucy dachte, und die gleichen Schuldgefühle, die sie beim Andenken an ihre Mutter überfielen. Wie es wohl heute wäre, wenn sie noch leben würde? Würden sie sich lieben und nicht nur Schwestern von Geburt her sein? Wären sie Freundinnen, die einander vertrauten? Sich einander anvertrauten?

Wohl kaum.

Ein schmerzhaftes Gefühl von Sehnsucht überfiel sie. Was für ein schöner Traum. Hätte sie Lucy davon erzählen können, was sie wirklich war? Von ihren Ängsten und Zweifeln, aber auch von dem Gefühl der Macht und der unbändigen Lust, die sie bei der Wandlung überfielen? Von all den bösen Dingen, die sie in dieser Gestalt getan hatte?

Lucy würde sich von ihr abwenden und sie verabscheuen. Wer wollte schon eine Missgeburt als Schwester!?

Missgeburt?, empörte sich die Stimme des Nachtmahrs in ihr. *Sieh ins Wasser und betrachte dein Spiegelbild. Du bist schöner, als es Lucy je hätte werden können.*

Schön? Ja, das war sie. Überirdisch schön, aber vielleicht gerade deshalb eine Missgeburt.

Blödsinn!

Sie ignorierte den Einwand und strich weiter am Ufer entlang, während ihre Gedanken zu jener ersten verhängnisvollen Nacht zurückwanderten.

Es war einer dieser schwülen Spätsommerabende im August. Eine düstere Gewitterfront schob sich von Westen her über den Himmel. Langsam wurde es dunkel, und man sehnte sich nach einem kühlen Luftzug. Ich stand vor dem Spiegel und probierte ein paar Kleider aus, die Sabrina mir geliehen hatte, als Mama ins Zimmer kam, um mich um einen Gefallen zu bitten. Eine ältere Freundin liege krank im Bett, und sie wolle nach ihr sehen.

»Ja und?«

»Könntest du währenddessen auf Lucy aufpassen? Sie spielt noch so schön. Ich bringe sie ins Bett, wenn ich zurück bin.«

Ich hatte nicht gerade erfreut auf die Bitte meiner Mutter reagiert. Ich knurrte lediglich etwas, aus dem man vielleicht meine Zustimmung hätte herauslesen können. Jedenfalls hatte Mama daraufhin das Haus verlassen.

Dann bin ich noch einige Zeit vor dem Spiegel gestanden. Inzwischen war es dunkel geworden, denn ich setzte all meinen Willen ein, um mich zu wandeln und die mir sonst zu engen Kleider über den wundervollen Frauenkörper zu streifen. Ich drehte mich vor dem Spiegel hin und her und gefiel mir sehr.

Da ließ ein Krachen mich innehalten. Die strahlende Gestalt im Spiegel verblasste, bis er wieder das junge Mädchen zeigte. Eine Tür schlug. Einen Fluch auf den Lippen, lief ich in den Flur.

»Lucy? Was zum Teufel machst du schon wieder?«

Ich rannte die Treppe hoch in Lucys Zimmer. Da lagen die Barbiepuppen und das ganze rosa Plastikzeug überall auf dem Boden verteilt, doch von meiner kleinen Schwester war nichts zu sehen.

»Lucy? Wo bist du? Ich habe keine Lust, mit dir Verstecken zu spielen. Also komm sofort raus!«

Ich lauschte. Nichts, nur Stille im Haus. Draußen grollte in der Ferne der Donner. Dann schlug wieder eine Tür. Eine Böe schien durch das Haus zu rauschen. Ich spürte, wie es mir eiskalt über den Rücken rann. Ich sprang die Treppe hinunter und lief ins Wohnzimmer, in die Küche, in Papas Arbeitszimmer. Lucy war nirgends zu finden.

»Lucy, das ist nicht lustig. Komm sofort raus, sonst setzt es was hinter die Ohren!«, rief ich, obgleich ich bereits ahnte, dass Lucy mich nicht hören konnte. Dennoch durchsuchte ich noch einmal das obere Stockwerk, ehe ich ins Wohnzimmer zurückkehrte. Ein Blitz erhellte den Raum, dann ließ ein Krachen den Boden erzittern. Ein Windstoß schob die Terrassentür auf und ließ sie dann mit einem Knall wieder zufallen. Die Scheiben klirrten.

Langsam ging ich auf die Tür zu. Meine Mutter hatte sie ganz sicher geschlossen, ehe sie das Haus verlassen hatte. Ich schob die Tür zu und ließ den Riegel einrasten. Konnte Lucy diese Tür alleine öffnen? Das war nicht möglich. Oder doch?

Wieder schlug eine Tür. Ich eilte in den Flur hinaus und in den Windfang. Die Haustür stand sperrangelweit offen, obwohl meine Mutter sie abgeschlossen haben musste. Ich rannte nach draußen, rief Lucys Namen. *Wo zum Teufel war sie hingelaufen? Wo konnte sie sich vor dem Gewitter verstecken? Sie musste Angst haben. Vermutlich kauerte sie sich irgendwo zusammen und zitterte vor Furcht. Wie sollte ich sie nur aufspüren? Wie lange war sie überhaupt schon weg?*

Ich lief durch den Garten, sah im Gartenhäuschen nach und unter jedem Busch. Dann erweiterte ich meine Kreise. Ich rief nach Lucy, bis meine Stimme wieder vom Donnergrollen verschluckt wurde. Ein grelles Leuchten zerriss den Himmel und öffnete die Schleusen. Der herabprasselnde Regen nahm mir die Sicht. Ich war zu langsam und zu unbeweglich! Ich riss mir die Jacke herunter und schlüpfte aus dem T-Shirt. Dann wandelte ich mich. Mit ausgebreiteten Schwingen schoss ich los. Ich flog zu allen Plätzen, die mir einfielen. Ich hatte das Gefühl, jeden Quadratmeter des Dorfs abgesucht zu haben, jeden Feldrain, das Wäldchen, den Bach. Ich umrundete den ganzen See, während das Gewitter mit seinen Sturzfluten mich zu verhöhnen schien. Bald konnte ich meine heiseren Rufe selbst kaum mehr hören. In der Ferne sah ich mehrere Wagen mit Blaulicht auf- und abfahren. Dann hörte ich Hundegebell, doch ich setzte meine Suche beharrlich fort. Ich musste Lucy finden und sicher nach Hause bringen.

Es musste längst nach ein Uhr gewesen sein, als ich erschöpft am Ufer des Sees landete. Ich fühlte mich verbraucht. Mein Körper strebte zu seiner eigenen Gestalt zurück. Halb nackt kauerte ich mich zitternd im Schilf zusammen, bis der Regen endlich nachließ.

So fand mich der Hundeführer in den frühen Morgenstunden. Kaum zehn Meter von der Stelle am Ufer entfernt, wo Lucys Kleider im Schilf im Wasser lagen.

Lorena wandte sich ab. Die Erinnerungen schmerzten sie. Lucys kleiner Körper war nicht wieder aufgetaucht, und so hatte man, als die Kriminalpolizei keine Hoffnung mehr schenken konnte, einen leeren weißen Kindersarg begraben. Ihre Eltern ruhten nun an ihrer Seite.

Mit brennendem Herzen schritt Lorena langsam den Weg zurück, den sie als Kind so oft fröhlich entlanggehüpft war. Noch eine Biegung, dann stand sie vor der Hecke des Hauses, in dem sie ihre ersten fünfzehn Jahre verbracht hatte. Fast kühl ließ sie ihren Blick durch den Garten und über das Gebäude schweifen und registrierte all die kleinen Veränderungen, die sie erlebt hatten, seit der Nachlassverwalter nach Papas Tod das Haus hatte verkaufen lassen. Nein, das war nicht mehr ihr Zuhause. Es war nur ein Haus mit einem Garten, nichts weiter.

Bereits um neun am nächsten Morgen stieß Lorena die Eingangstür des Seniorenstifts auf und eilte zum Zimmer mit der Nummer achtzehn. Dort klopfte sie und lauschte ängstlich, ob die Stimme, die sie hereinrief, kräftig klang. Zaghaft öffnete sie die Tür. Ihre Großmutter saß noch in ihrem Bett, ein Tablett mit einem etwas lieblos zusammengestellten Frühstück auf den Knien. Ihr missmutiger Blick wandelte sich zu einem warmen Lächeln.

»Lorena, wie schön, dass du kommst. Ich war mir nicht ganz sicher, ob du wirklich bei mir warst oder ob mein Geist mir wieder Streiche spielt. Komm zu mir! Würdest du mir bitte die Rinde vom Brot schneiden? Es fällt mir so schwer, sie zu kauen, aber das kann man den Pflegerinnen hier hundertmal sagen.« Sie seufzte. »Ich weiß, ich sollte mich nicht beschweren. Sie haben hier alle so viel zu tun. Das Personal ist knapp und schlecht bezahlt, und dennoch ärgert es mich, wenn ich bis Mittag warten muss, bis mir jemand in meinen Rollstuhl hilft, oder wenn ich dieses harte Brot auf den Teller bekomme, das ich nicht richtig kauen kann. Außerdem esse ich viel lieber Erdbeermarmelade. Diese Kernchen aus den Himbeeren bleiben immer in den Zähnen hängen.« Sie hielt inne und seufzte. »Entschuldige, mein Kind, ich wollte dich nicht mit meinen alltäglichen Nichtigkeiten belästigen, wenn du schon einmal Zeit hast hierherzukommen. Sag mir, wovon haben wir gestern gesprochen? Es ist alles ein wenig verschwommen. Weißt du, die neuen Dinge sind so flüchtig geworden. An meine Kindheit und an deine ersten Jahre kann ich mich noch sehr gut erinnern.«

Das schien Lorena das rechte Stichwort. Sie zog sich einen Stuhl heran, griff nach dem Messer und befreite die Brotscheiben von der Rinde. Dann bestrich sie sie mit Butter und Marmelade. »Davon haben wir gesprochen, von deiner und von meiner Kindheit – und von deiner Mutter, die wie ich dieses wilde Wesen in sich trug«, sagte sie.

»Nachtmahr«, sagte die alte Frau und lauschte dem Wort nach. »Ich wusste damals nicht einmal, dass es einen Namen dafür gibt. Es war nur ein faszinierendes, doch auch erschreckendes, dunkles Geheimnis, einzigartig auf der Welt, wie ich dachte.«

»Das habe ich auch geglaubt«, sagte Lorena leise. »Ich dachte, ich bin die Einzige, die diese Qual erdulden muss, ein Geheimnis, das ich mit niemandem teilen kann.«

Ihre Großmutter hob den Blick. »Nur eine Qual? Ich habe meine Mutter als Mahr gesehen. Sie war überirdisch schön! Und sie hat die Wandlung genossen. Ich glaube, sie hat jede Nacht die Stunde herbeigesehnt, da sie in ihre andere Haut schlüpfen und ihrem ärmlichen Alltagsleben entfliehen konnte. Empfindest du es denn nur als Last?«

Ja!, war Lorena versucht zu rufen, doch so recht wollte es ihr nicht über die Lippen. Sie erinnerte sich an den Rausch, an das Glück, auf weiten Schwingen durch die Nacht zu gleiten, an die so anderen Farben und Gerüche der Nacht, die intensiver und eindringlicher schienen. Sie dachte an die befreienden Gefühle der Lust, die ihren Körper erbeben ließen, wenn sie sich mit einem Mann vereinte, den sie sich für die Nacht gewählt hatte. Nein, es wäre eine Lüge gewesen.

»Es gibt Nächte, die sind herrlich«, gab sie zu, »und früher, am Anfang, habe ich jede Wandlung herbeigesehnt, weil ich immer wieder diese schöne Gestalt haben wollte, doch alles hat seinen Preis. Ich kann das Wesen in mir nur schlecht kontrollieren. Es ist ein archaisches Ungetüm, das mir Angst einflößt. Viele Dinge, die ich in der Nacht als Mahr getan habe, würde Lorena am Tag verabscheuen!«, sagte sie leise.

Ihre Großmutter nickte. »Ich glaube, ein Nachtmahr lässt

sich nicht von der Moral unserer Tage einschränken. Er unterwirft sich nur seinen eigenen Regeln, die wir vielleicht nicht gut finden.«

Sie sprachen lange miteinander. Später schob Lorena ihre Großmutter im Rollstuhl durch den Park, bis sie zum Mittagessen gerufen wurden. Else Maschek verdrehte beim Anblick des Labskaus auf ihrem Teller die Augen und schob den Bismarckhering zur Seite.

Lorena sah, dass sie nicht viel aß. Bald schon legte sie das Besteck beiseite und schloss die Augen.

»Bist du müde? Willst du dich hinlegen?«

Else Maschek nickte. »Ja, ich fürchte, ich schaffe es ohne meinen Mittagschlaf nicht mehr. Unser Ausflug in die Vergangenheit hat mich mehr angestrengt, als ich gerne zugebe.«

So half Lorena ihrer Großmutter ins Bett und unternahm selbst einen strammen Fußmarsch, während sie schlief. Später saßen sie bei Tee und Kuchen, den Lorena in einer Konditorei besorgt hatte, wieder zusammen in Else Mascheks Zimmer. Der Himmel hatte sich zugezogen, und es regnete ein wenig, doch sie bemerkten es kaum. Sie reisten zusammen wieder in die Vergangenheit.

»Ich kann mich an so vieles nicht mehr klar erinnern, doch ich habe Angst, zu tief zu graben. Ich fürchte mich davor, was ich dort entdecken könnte. Vielleicht ist es eine Gnade, dass ich es verdrängt habe? Und dennoch treibt es mich um und lässt mir keine Ruhe. Was habe ich in dieser Gestalt alles getan? Wie viel Leid habe ich anderen und damit auch mir zugefügt?«

Else Maschek schüttelte mit bedauernder Miene den Kopf. »Ach mein Kind, ich weiß es nicht, doch auch ich habe um dich gefürchtet.«

»Deshalb hast du mich eingeschlossen.«

»Ja, und ich habe dir diese Pillen gegeben. Sie hat gesagt, es würde einfacher für dich werden.« Else Maschek runzelte die Stirn. »Es ist alles ein wenig verschwommen, doch ich weiß, dass sie zu mir kam und mich warnte, mich einzumischen. Aber sie gab mir diese kleinen roten Dinger, damit du die Kontrolle behältst und nicht auffällst. Irgend so etwas war es.« Else Maschek hob den Kopf und sah ihre Enkelin scharf an.

»Du nimmst sie doch noch? Du hast mir geschworen, dass du sie niemals absetzen wirst!«

»Diese Vitamintabletten, die du mir gegeben hast?«

»Ja, nein, ich meine, ich sagte dir, es seien Vitamintabletten. Du hast sie doch genommen? Du hast es versprochen!«

Lorena griff beruhigend nach ihrer Hand. »Aber ja, Großmutter, du musst dich nicht aufregen. Ich habe sie noch während der ganzen Highschoolzeit brav geschluckt, und mir ging es gut. Aber sag, wer hat sie dir gegeben? Mit wem hast du gesprochen?«

Doch ihre Großmutter reagierte nicht auf ihre Fragen. »Und später? Nimmst du sie jetzt auch noch?«, fuhr sie beharrlich fort.

»Nein, schon lange nicht mehr. Irgendwann dachte ich mir, sie seien nicht so wichtig.« Dass sie den Rest der Pillen in einer Neumondnacht ins Klo geschmissen und heruntergespült hatte, verriet sie lieber nicht.

»O Gott, du hast keine mehr? Natürlich. Es sind Jahre vergangen. Ich habe lange nicht mehr daran gedacht. Kind, wie konnte ich das vergessen? Es ist noch eine ganze Kiste bei meinen Sachen auf dem Dachboden. Ich erinnere mich genau. Ich sagte, sie dürfen sie nicht wegwerfen, und habe sie zu den Dingen gestellt, die mir wichtig waren. Den Rest haben sie wohl verkauft oder verschenkt.« Sie runzelte verwirrt die Stirn und schüttelte den Kopf, als wolle sie so ihre Gedanken klären.

»Kind, ich mag mir gar nicht ausmalen, was du durchgemacht hast. Und jetzt bist du mit diesem Jason zusammen? Wie geht das? Oh, jetzt verstehe ich deine Sorge und deine Ängste. Mein armes Kind. Du musst auf den Dachboden gehen und sie holen. Es ist wichtig, hörst du. Du kannst es sonst nicht beherrschen. Was musst du durchgestanden haben!«

Lorena drückte eindringlich die schmalen Hände der Großmutter und sagte: »Dein Haus gehört dir nicht mehr. Es wurde schon vor vielen Jahren verkauft. Erinnerst du dich nicht mehr? Vater hat mit dir darüber gesprochen, dass du das Geld für das Heim hier brauchst.«

»Aber ich habe gesagt, dass die Kisten auf dem Dachboden bleiben sollen«, insistierte ihre Großmutter. »Sie hat es mir versprochen. Sie gehören dir, und ich will, dass du sie bekommst. Du musst sie wieder nehmen. Wie soll das sonst werden? Ich darf gar nicht daran denken, was noch alles hätte passieren können.« Ihr Blick schweifte ab, und Lorena spürte, wie ihr Geist ihr entglitt.

»Großmutter, bitte, konzentrier dich. Was sind das für Tabletten und was bewirken sie? Warum sollten sie für mich wichtig sein? Wer hat mit dir darüber gesprochen? Wer weiß sonst noch über uns Nachtmahre Bescheid?«

Doch ihre Großmutter entriss ihr ihre Hände und duckte sich unter ihrem Blick.

»Ja, Mama, ich hab sie genommen, aber ich hab nur eine geschluckt«, sagte sie mit kindlich hoher Stimme. »Ich dachte, sie schmecken süß, weil du sie immer nimmst, aber ich mochte sie nicht. Bitte sei nicht böse. Ich werde es nicht wieder tun. Ich gebe sie dir alle wieder. Ich habe sie in meiner Truhe unter den Puppenkleidern versteckt. Bitte nicht mehr schimpfen!«

Lorena versuchte vergeblich, den Geist ihrer Großmutter in die Gegenwart zurückzurufen, doch je mehr sie sie drängte, desto tiefer flüchtete sie sich in ihre fernen Kindheitserinnerungen. Und als Lorena streng die Stimme erhob, fing sie gar an zu weinen.

»Was ist denn hier los?«

Die barsche Stimme der Pflegerin ließ Lorena zusammenzucken. Sie hatte sie nicht hereinkommen hören, doch nun stürmte sie an den Tisch und beugte sich über ihren Schützling.

»Was ist denn geschehen, Frau Maschek? Haben Sie Schmerzen?«

»Nicht schimpfen«, jammerte die alte Dame. »Ich werde es nicht wieder tun.«

Lorena hob abwehrend die Hände. »Ich habe nichts gemacht. Sie ist im Moment nur etwas verwirrt.«

»Ja, und sehr erregt. Bitte gehen Sie jetzt!«

Lorena fügte sich in ihr Schicksal, küsste ihre Großmutter zum Abschied und verließ dann das Heim, doch sie schwor sich, das Thema am nächsten Tag noch einmal anzuschneiden.

Kapitel 16

EINE NACHT AUF DEM KIEZ

Am Samstag fing ein Arzt Lorena ab, als sie den Gang zu Zimmer achtzehn entlangeilte. Es gab noch so viele Fragen, auf deren Antwort sie hoffte. So viele nebelhafte Erinnerungen, die sie zusammen ins helle Licht holen mussten.

»Darf ich Sie kurz sprechen? Sie sind doch Frau Mascheks Enkelin?«

»Ja«, gab Lorena zögernd zu und reichte ihm die Hand.

Er führte sie in sein Sprechzimmer und ließ sie dort Platz nehmen.

»Was gibt es denn?«, fragte Lorena ungeduldig. Sie wollte zu ihrer Großmutter und jede Minute der wenigen Zeit nutzen, die ihnen vor ihrem Abflug noch blieb.

»Frau Maschek geht es nicht gut«, sagte der Arzt und sah sie streng an. »Sie fiebert.«

»Hat sie sich gestern erkältet?« Lorena dachte schuldbewusst an ihren langen Ausflug. Hätte sie nur eine Decke mitgenommen. Sie selbst hatte nicht gefroren, Großmutter aber war eine alte Frau und konnte sich nicht bewegen.

»Nein, keine Erkältung«, widersprach der Arzt. »Ich denke, die Aufregung war einfach zu viel. Ich weiß nicht, was Sie mit ihr besprochen haben, jedenfalls muss es Frau Maschek sehr aufgewühlt haben. So sehr, dass sich ihr Geist in die Vergangenheit zurückzieht und ihr Körper sich mit Fieberschüben wehrt.«

»Ich muss zu ihr!«

Der Arzt hielt sie zurück. »Nein, das halte ich für keine gute Idee. Sie hat sich in den vergangenen beiden Tagen so aufgeregt, dass ich im Augenblick keinen weiteren Besuch erlauben kann.«

Lorena spürte, wie ihr die Tränen in die Augen stiegen. »Bitte, ich weiß, dass es meine Schuld ist, dass ich so viel Zeit versäumt habe, aber geben Sie uns doch die Chance, das zu nutzen, was uns noch bleibt.«

Die Miene des Arztes wurde weicher. »Das würde ich gern, aber im Moment erkennt sie niemanden. Ihr Geist irrt durch irgendeine Fantasiewelt ihrer Kindheit. Sie redet wirr und ist nicht ansprechbar. Ich musste ihr ein Beruhigungsmittel geben. Sie schläft jetzt, und ich hoffe, dass das Fieber bis morgen gesunken ist und sie in ihren Gedanken wieder klar wird. Gehen Sie jetzt und kommen Sie morgen wieder!«

Mehr konnte Lorena nicht erreichen. Enttäuscht verließ sie das Heim. Was sollte sie mit dem Tag jetzt anfangen? Sie fuhr an die Elbe und wanderte stundenlang am Ufer des breiten Stroms entlang, der ihr so aufgewühlt vorkam wie ihre Gedanken. Es wurde Abend, doch sie wollte nicht zu ihrer Pension zurückkehren. Sie würde in diesem Zimmer keine Ruhe finden. Stattdessen trieb es sie an die Orte ihrer Kindheit zurück. Sie fuhr bis zum Beginn der Straße, an deren Ende das Haus stand, in dem sie das Glück und das Leid ihrer Kindheit erlebt hatte. Noch einmal betrachtete sie es, bis sich die Dunkelheit über den Garten legte und im Haus die ersten Lichter angeschaltet wurden. Die Hände in den Hosentaschen vergraben, machte sich Lorena noch einmal zum See auf. Es war kalt. Der Herbstwind zerrte an ihren Haaren und drang durch ihre Jacke, doch noch kälter war ihre Seele, die sie ruhelos vorantrieb. Die Fragen drehten sich immer schneller und peinigten sie. Sie machten sie taub und blind für ihre Umgebung, die nur schemenhaft an ihr vorüberglitt. Und dennoch schien einer ihrer Instinkte hellwach. Lorena hatte das Seeufer fast erreicht, als sie innehielt. Die Fragen waren für einen Augenblick vergessen.

Was war das?

Sie bewegte sich nicht. Sie konnte den Schatten spüren, der sich von hinten langsam näherte. Blitzschnell wandte sie sich um, doch da war nur ein Huschen in ihrem Augenwinkel und dann Stille und Dunkelheit. Und dennoch war sich Lorena sicher, dass sie nicht allein war. Wer trieb sich um diese Stunde an einem späten Herbstabend hier herum? Irgendein Landstreicher? Der böse schwarze Mann, vor dem man die Mädchen seit Generationen warnte?

Sie lauschte in sich hinein. Nein, Furcht empfand sie nicht. Die Nacht war bereits hereingebrochen. Sie konnte sich jederzeit wandeln und der Gefahr entfliehen.

Langsam wandte sich Lorena wieder um und ging Schritt für Schritt weiter, während all ihre Sinne angespannt waren, bis sie den Schatten wieder wahrnahm, der lautlos die Verfolgung fortsetzte.

Wer war das?

Nein, die Frage war nicht ganz richtig.

Was war das?

Sie wusste, dass sie diesen Schatten nicht zum ersten Mal wahrnahm. In London hatte sie seine Anwesenheit in den vergangenen Wochen immer wieder gespürt. Jemand beobachtete sie und folgte ihren Schritten. Aber warum?

Lorena blieb am Seeufer stehen, doch während ihr Blick über das Wasser glitt, erspürten ihre anderen Sinne, wie die Gestalt hinter ihr näher kam und sich dann rechts von ihr im Schilf verbarg.

Langsam wandte sich Lorena der Stelle zu, ohne dass sie jemanden sehen konnte, dennoch war sie sich sicher, dass sich genau dort etwas vor ihr verbarg.

»Können wir das Versteckspiel nicht endlich lassen? Ich weiß, dass Sie mir folgen und sich hier verbergen, und Sie wissen, dass dies nicht das erste Mal ist, dass ich Sie entdecke. Also würde ich vorschlagen, wir stellen uns einander vor. Ich denke, Sie sind im Vorteil und wissen, wer ich bin. Wäre es da nicht fair, wenn Sie sich endlich nun auch mir vorstellen würden?«

Obgleich sie angestrengt lauschte, hörte sie das Schilf nicht rascheln, doch ein paar der langen Wedel bewegten sich, und dann stand unvermittelt eine Frau vor ihr auf dem schmalen, grasbewachsenen Uferweg. Obgleich es dunkel war, erkannte Lorena sie. Das heißt, sie sah ihre ungewöhnliche Schönheit und wusste sofort, wo sie sie schon einmal gesehen hatte. Jason kam ihr in den Sinn. Sie sah seinen bewundernden Gesichtsausdruck, der sich in Verwirrung wandelte und dann in so etwas wie Schuldbewusstsein. Musik ertönte in ihrer Erinnerung. Es war der mitreißende Rhythmus von Salsamusik.

»Raika«, stieß Lorena hervor. »Wie kommen Sie hierher? Was tun Sie hier? Und warum folgen Sie mir?«

Raika deutete eine Art Kratzfuß an und setzte ein betörendes Lächeln auf. Lorena konnte die Magie dahinter spüren, die es so schwer machte zu widerstehen.

Da endlich beugte sich ihr Geist dem Offensichtlichen.

»Sie sind ein Nachtmahr«, stieß Lorena hervor. Wobei sie nicht wusste, was sie mehr aus der Fassung brachte: dass sie endlich auf ein anderes Wesen stieß, das wie sie war, oder dass sie sie bei ihrem ersten Treffen nicht erkannt hatte. Vielleicht, weil sie noch zu sehr davon überzeugt gewesen war, allein auf der Welt zu sein.

Und doch. Keimte in ihr nicht schon seit Monaten der Verdacht, der bei jeder seltsamen Meldung in den Medien gewachsen war?

»Sie verfolgen mich bereits seit Wochen!«, setzte sie empört hinzu. »Was soll das?«

Raika ließ ihr gewinnendes Lächeln unverändert. »Verzeih, Lorena, ich bin nur neugierig. Vielleicht wollte ich mehr über die Frau erfahren, die zu uns gehört?«

»Aber warum hast du mich dann nicht einfach angesprochen und dich vorgestellt?«, schmollte sie. »Ich frage mich schon so viele Jahre, ob ich die Einzige auf dieser Welt mit solch einem finsteren Geheimnis bin, und nun stehst du einfach so da.«

Raika zuckte die Achseln. »Wir sind, glaube ich, von Natur aus Einzelgänger.«

»Und dennoch hast du dich mir in der Latino Bar genähert.«

Sie sah ein seltsames Zucken in Raikas Miene und spürte, wie Eifersucht in ihr aufstieg. Sie hatte noch deutlich vor Augen, wie Raika Jason zum Tanz aufgefordert hatte.

»Oder ging es gar nicht um mich? Wolltest du dich lediglich an Jason ranmachen?«

Raika warf den Kopf in den Nacken und lachte glockenhell. Vielleicht hätte ein anderer Mensch diesem Klang verzückt gelauscht, Lorena dagegen empfand plötzlich Zorn.

»Du hast versucht, mir Jason auszuspannen, und nur weil ich mich gewandelt habe, konnte ich ihn deinen Klauen wieder entreißen!«

Raika hörte auf zu lachen und sah sie mit hochgezogenen Augenbrauen an. »Ist das so? Dann ist er nicht sehr standhaft in seiner Liebe zu dir. Du solltest dir überlegen, ob er es wert ist, dass du solch starke Gefühle an ihn verschwendest.«

»Er ist es wert«, widersprach Lorena heftig. »Es war allein die Magie von uns Nachtmahren, gegen die er nicht ankam, obgleich er es versucht hat. Ich habe es gespürt. Er liebt mich in meiner menschlichen Gestalt mit all ihren Fehlern und Schwächen. Ich habe nicht den Eindruck, dass er der Perfektion des Nachtmahrs nachweint – weder dir noch mir!«, ergänzte sie trotzig.

»Ja, ganz erstaunlich«, stimmte ihr Raika mit ernster Stimme zu, doch Lorena war sich nicht sicher, ob sie nicht doch über sie spottete.

»Hast du eine feste Beziehung?«, erkundigte sie sich, obgleich sie die Antwort ahnte.

Raika machte eine wegwerfende Handbewegung. »Aber nein. Wofür sollte das gut sein? Ich bekomme auch so von jedem Mann, was ich haben will.«

»Sex ist doch nicht alles«, wagte Lorena zu widersprechen. »Es gibt so viele andere Gefühle.«

Raika zog eine Grimasse. »O ja, Misstrauen und Eifersucht, Verdächtigungen und sinnlosen Streit. Und sehr schnell fangen sie an, einen kontrollieren zu wollen. Sie schränken einen ein und fordern Rechenschaft über alles Tun. O nein, warum sollte ich mir das antun? Kein Mann ist das wert!«

»Dann zählen solche Werte wie Wärme, Vertrauen und Verlässlichkeit gar nicht für dich?«

Raika musterte sie mit einem seltsamen Blick. »Ach, du meinst solche Werte wie Ehrlichkeit und Treue?«

Lorena tat ihr den Gefallen, rot zu werden. Sie ahnte, dass Raika sie mit Noah beobachtet hatte. Und nicht nur mit ihm. Dennoch protestierte sie schwach: »Das ist nicht fair.«

»Nein? Da hast du recht. Es ist nicht fair, das von einem Nachtmahr zu fordern, denn es ist gegen unsere Natur!«

Lorena ließ den Kopf hängen. »Was ist unsere Natur? Warum gibt es uns? Was für einen Zweck verfolgt Gott mit Wesen wie uns?«

Raika schnaubte ungeduldig. »Was für sinnlose Fragen! Warum sollte es einen Gott geben? Allein die Vorstellung, dass dort einer sitzt und alle Kreaturen an unsichtbaren Fäden lenkt, ist absurd. Und wenn, müsste er schon einen ziemlich grausamen Sinn für Humor besitzen, so, wie es auf der Welt zugeht. Nein, die Natur lebt mit all ihren Kreaturen ohne Ziel. Fragt sich etwa der Löwe, warum es ihn gibt und weshalb er jagen und töten muss? Nein! Was bedeuten ihm Gut und Böse? Er kennt den Unterschied nicht. Er lebt einfach und sorgt dafür, dass seine Art weiter besteht.«

»Wir sind aber keine Tiere ohne Willen. Wir kennen den Unterschied und können uns danach richten. Wir wissen, dass es unrecht ist, den Geist eines Menschen so sehr zu verwirren, dass er sich in den Tod stürzt!« Sie blickte Raika anklagend an. »Das warst du, nicht wahr? Unerklärliche Selbstmorde, seltsame Unfälle. Geht das alles etwa nicht auf dein Konto?«

Sie konnte den Blick nicht ganz deuten, mit dem Raika sie betrachtete. Es war so etwas wie Stolz darin, aber auch Erschrecken.

»Wie kommst du auf den Gedanken? Du wusstest ja bis vorhin nicht einmal, dass es mich und die anderen gibt.«

Lorena schüttelte den Kopf. »Nein, ich wusste es nicht, doch die Fälle haben mich nachdenklich gemacht, und nun weiß ich es. Du hast diese Menschen getötet. Sag mir, warum? Was haben sie dir getan?«

Raika zuckte gelangweilt mit den Schultern. »Das ist die falsche Frage. Wir Nachtmahre töten nicht aus Rache. Normalerweise. Ich meine, was tut das denn zur Sache? Wie du selbst schon gesagt hast, sind wir keine Menschen, und deshalb langweilt es mich außerordentlich, über ihre Moral und ihre Sitten nachzudenken. Wir sind Nachtmahre, und wir leben, wie die Natur es für uns vorgesehen hat. Und meine Natur sagt mir jetzt, dass ich dieser Unterhaltung leid bin und mich amüsieren will. Hamburg ist nah. Komm, wandle dich und lass uns einen Ausflug nach St. Pauli machen. Ich wette, wir werden uns großartig amüsieren.«

»Nein!«

»Warum nicht?«

»Weil mir im Augenblick nicht nach Zerstreuung auf dem Kiez ist.«

Raika schnitt eine Grimasse und schüttelte den Kopf. »Nach was ist dir denn? Hier an einem kalten See grübelnd in der Einsamkeit abhängen? Ein tolles Programm, das muss ich schon sagen. Ich dachte, du hast dich danach gesehnt, nicht mehr allein zu sein. Nun hast du jemanden deiner Art getroffen, willst ihn aber nicht an dich ranlassen. Du hast mich in deine Moralschublade geworfen und entschieden, es lohnt sich nicht, mich kennenzulernen. Nach Offenheit und Toleranz klingt mir das nicht gerade. Aber gut, wenn du nichts mit mir zu tun haben willst, dann gehe ich allein. Ich wünsche dir erfolgreiches Grübeln. Wer weiß, vielleicht laufen wir uns in ein paar Jahren mal wieder über den Weg.«

Sie wandelte sich vor Lorenas Augen. Es ging blitzschnell, und Lorena konnte im ersten Moment gar nicht genau sagen, was sich an ihr verändert hatte, so sehr glichen sich ihre menschliche und ihre Nachtmahrgestalt. Sie ahnte, dass dies nicht immer so gewesen war.

Dann konnte man also mithilfe der Magie auch sein menschliches Aussehen formen? Sie spürte ihr eigenes Begehren nach dieser Schönheit, verdrängte den Gedanken aber und konzentrierte sich wieder auf Raika, die nur äußerlich unverändert schien. Ihre Ausstrahlung war eine andere. Lorena spürte die hypnotische Wirkung jeder ihrer Bewegungen. Die Faszination ihres Blicks. Mit träger Anmut entfaltete sie ihre Schwingen.

»Leb wohl, Lorena.«

»Halt!«

Raika bewegte die Flügel, sodass ihre Füße nur noch die Spitzen der Grashalme streiften.

»Ja?«

»Du hast recht. Ich sollte nicht so vorschnell in meinem Urteil sein. Ich will dich kennenlernen, und ich habe so unendlich viele Fragen.«

Raika rollte mit den Augen, doch dann lächelte sie. »Dann wandle dich, auf! Die Nacht verrinnt.«

Lorena hatte sich noch nie vor den Augen eines anderen gewandelt. Sie schielte nach beiden Seiten, ob sie sich nicht hinter einen Busch zurückziehen konnte.

»Was ist?«, erkundigte sich Raika ungeduldig. »Du kannst dich doch nach Einbruch der Dunkelheit wandeln. Ich weiß, dass du nicht immer bis Mitternacht warten musst, um dich deiner natürlichen Wandlung zu überlassen.«

»Ja, schon, aber …« Lorena spürte, wie sie errötete.

Raika starrte sie verblüfft an. »Es ist dir peinlich? Himmel und Hölle, Schwester! Es ist das Natürlichste für uns auf dieser Welt!« Sie ließ sich ins Gras zurücksinken und trat auf Lorena zu. Mit einer flinken Bewegung streifte sie ihr die Jacke ab. Ihre Finger schlossen sich um ihre Handgelenke. Sie waren kühl, und doch spürte Lorena, wie ein heißer Fluss in ihre Arme überging und bis in ihre Schultern hinaufschoss. »Konzentriere dich!«

Lorena schloss die Augen und stellte sich ihre Nachtmahrgestalt vor. Wie eine Welle kam die Wandlung über sie, so schnell und so heftig, dass sie aufkeuchte. Sie riss die Augen auf und sah an sich hinunter.

»Recht nett«, kommentierte Raika. »Und nun komm!«

Sie breiteten ihre Schwingen aus und flogen gemeinsam auf den Lichtschein am Horizont zu, der sich wie eine Glocke über die Stadt spannte.

Es war ein seltsames Gefühl. Sie war nicht mehr allein. Sie flog Seite an Seite mit einem Nachtmahr, um sich ihre Welt zeigen zu lassen. Ein Gefühl von Spannung und Vorfreude breitete sich in ihrem Innern aus und löschte jede andere Regung aus. Sie spürte ein Jauchzen in sich aufsteigen. Der Wind blähte ihre Flügel und zerrte an ihrem Haar. Sie fühlte sich so frei. Ihre Grübeleien hatte sie unten am schilfgesäumten Ufer zurückgelassen. Nun war in ihr nur noch Raum für das Glücksgefühl, das ihr kribbelnd durch die Adern rann. Heute Nacht war sie nur ein Nachtmahr, der sich an der Seite eines anderen Mahrs auf die Jagd machte.

Die beiden Nachtmahre hatten sich gerade in den Nachthimmel erhoben, als sich aus dem Schilf noch zwei Schatten lösten und von gemächlich auf die Stelle zuschritten, an der Raika und Lorena eben noch gestanden hatten. Sie waren beide groß und von beinahe hagerer Gestalt, doch während das Haar der einen bereits ergraut war, konnte die andere kaum über dreißig Jahre alt sein.

»Na, ob das so die richtige Taktik ist? Mylady wird sehr zornig sein, wenn ihr Plan fehlschlägt«, sagte die Jüngere, die den schwindenden Schatten der beiden Nachtmahre nachsah und den Kopf schüttelte.

»Der Plan darf nicht fehlschlagen. Vielleicht hängt unser aller Überleben davon ab.«

»Dann frage ich mich, warum Mylady ausgerechnet Raika mit dieser Aufgabe betraut«, sagte die Dunkelhaarige ein wenig missmutig. Wie ihre Begleiterin trug sie einen streng geschnittenen, dunklen Hosenanzug, der sie noch größer und dünner wirken ließ. Sie trugen keinen Schmuck, das lange Haar war zu einem festen Knoten frisiert, und auch sonst gab es nichts, was die Strenge ihrer Aufmachung auflockerte. Das einzig Besondere an ihren eng anliegenden Jacketts waren die beiden schrägen Nähte über den Schulterblättern, die sich bei genauerem Hinsehen als zwei Schlitze zwischen den überlappenden Stoffschichten entpuppten.

»Mylady weiß, was sie tut«, sagte die Ältere bestimmt. »Unsere Aufgabe ist es, ihre Anweisungen zu befolgen, und diese lauten: zu beobachten.«

»Und nur im äußersten Notfall einzugreifen«, ergänzte die Jüngere. »Aber werden wir erkennen, wann die Zeit gekommen ist? Audry, mir ist nicht klar, was Raika mit dieser Aktion gewinnen will?«

Audry lächelte grimmig. »Ich habe da so eine Ahnung. Nun, vielleicht geht ihr Plan auf.«

»Oder sie hat gar keinen Plan und folgt wie üblich nur ihren niederen Instinkten.«

»Wir werden sehen. Jedenfalls werden wir sie die Nacht über nicht aus den Augen lassen. Also komm, Grace, wir dürfen sie nicht verlieren.«

Grace entfaltete ihre Flügel. »Dann wollen wir hoffen, dass unser Eingreifen nicht nötig werden wird.«

Auch Audry klappte ihre Schwingen auf, die so schwarz waren wie ihr strenger Hosenanzug. Sie wollte sich gerade in die Luft erheben, als Grace sie mit einem Ausdruck von Unsicherheit ansah.

»Meinst du, sie würde dich wiedererkennen, wenn sie dich sieht?«

»Wer? Lorena?«

Grace nickte. »Sie hat sich damals gewehrt, als es dann zu diesem folgenreichen Handgemenge kam.«

»Was weißt du darüber?«, entgegnete Audry scharf. »Das ist jetzt fast sechzehn Jahre her.«

»Ja, ich weiß. Lorena hat begonnen, sich zu wandeln, als wenige Monate später ihre Schwester verschwand. Und dann hat Mylady dir und Chloe den Auftrag gegeben, sie zu holen … War es nicht so?«

Audry schwieg und starrte Grace abweisend an, doch diese ließ nicht locker.

»Etwas muss schiefgegangen sein, denn am Ende war die Mutter tot, und ihr habt Lorena nicht mit nach England gebracht.«

»Das ist lange her«, wehrte Audry ab. »Ja, es lief nicht so, wie ursprünglich gedacht, doch dann hat Mylady ihren Plan geändert und beschlossen, Lorena noch eine Weile bei ihrer Familie zu lassen, natürlich unter unserer Aufsicht.«

»Und Lorena weiß wirklich nicht, was in dieser Nacht vorgefallen ist?«, bohrte Grace weiter.

»Nein, ihre Erinnerungen an diesen Vorfall sind gelöscht. Sowohl die Polizei als auch ihr Vater waren davon überzeugt, sie habe in einem Anfall pubertären Zorns ihre Mutter die Treppe hinuntergestoßen, wobei sie sich das Genick brach. Warum sollte Lorena etwas anderes denken?« Audry schlug mit den Schwingen und schoss in die Höhe, um der Unterhaltung ein Ende zu setzen.

Grace folgte ihr, murmelte aber ein wenig trotzig vor sich hin: »Und dennoch kann die Erinnerung an jene Nacht zurückkommen. Es braucht nur einen Anlass, ein starkes Beben der Seele, um einen Erdrutsch auszulösen und das Verschüttete freizugeben.«

Es fiel Lorena schwer, die Augen zu öffnen, doch als ihr Blick auf die Uhr fiel, sprang sie mit einem Satz aus dem Bett. Ihr blieb nicht mehr viel Zeit. Sie musste sich beeilen, um noch einmal mit Großmutter reden zu können, bevor sie zu ihrem Flug zurück nach London aufbrechen musste.

Verschlafen tappte sie an der Wand entlang zum Bad. Bruchstückhaft kehrte die Erinnerung an den Verlauf der Nacht in ihr Gedächtnis zurück. Sie starrte sich im Spiegel an, während sich ihre Wangen rot färbten.

Was hatte sie getan? Zu welch Zügellosigkeiten hatte sie sich hinreißen lassen?

Auch nicht schlimmer, als sich mit Noah in seinem Bett zu wälzen.

Doch!

Wirre Szenen tauchten vor ihrem geistigen Auge auf, die sie dort nicht finden wollte. Sie sah sich und Raika in zwei sexy schwarze Kleider gehüllt, die sie irgendwo auf dem Kiez gekauft hatten, nachdem Raika ihrer Begleiterin unmissverständlich klargemacht hatte, dass sie sich in ihrem momentanen Aufzug nicht weiter mit ihr sehen lassen würde.

Dann trieben sie wie zwei führerlose Boote durch die Nacht. Oder war das Bild falsch? Hatten sie sehr wohl einen Antrieb. Einen sehr starken Trieb, der sie in die Bars und zu den hungrigen Männern drängte. Lorena glaubte noch immer, ihren Geruch in der Nase zu haben. Sie stanken nach Schweiß oder billigem Deodorant und vor allem nach ihrer Lust. In ihrer menschlichen Gestalt konnte sie so etwas nicht riechen, doch hatte sie sich in den Nachtmahr verwandelt, dann sah, hörte und vor allem roch sie Dinge, die sonst verborgen waren. Und diesen Männern war die Lust auf billiges Vergnügen geradezu aus allen Poren gedrungen.

Warum nur hatte sie das in dieser Nacht so unwiderstehlich angezogen? Warum war sie Raika gefolgt, hatte getrunken, gelacht und getanzt und die Männer in den Wahnsinn getrieben. Zuerst waren sie im Docks gewesen, einer großen Disco am Spielbudenplatz. Unter den zuckenden bunten Lichtern bewegten sich die beiden hinreißenden Frauenkörper im Rhythmus der Musik, während die Bässe in ihren Eingeweiden vibrierten. Männer scharten sich um sie, versuchten, ihnen nahe zu kommen, um sich wenigstens ein paar Taktschläge zusammen mit ihnen zu bewegen. Lorena beobachtete Raika bei ihrem Spiel, das sie perfekt beherrschte. Sie lockte, machte Hoffnung, schenkte ein Lächeln und verstieß dann ebenso schnell wieder, um sich anderen Männern zuzuwenden.

Dann waren sie weitergezogen. In die Bars, in denen fast nackte Frauen in hohen Schuhen ihren Körper lasziv um Stangen wanden. Je schöner und jünger die Mädchen und je weniger bekleidet sie waren, desto teurer wurden die Getränke. Raika sprang auf einen der Tische und begann ebenfalls, zum Rhythmus der Musik zu tanzen. Die Männer johlten und applaudierten. Und ehe es sich Lorena versah, hatte Raika ihre Hand nach ihr ausgestreckt und sie ebenfalls hinaufgezogen, wo sie im Spot eines Scheinwerfers ihren Körper zur Schau stellte. Sie hatten mit den Männern getrunken und nicht nur das.

Ja, Raika hatte Lorena ihre Welt gezeigt.

Und es hat Spaß gemacht!

Ja, das hatte es. Sie hatte sich völlig vergessen, doch gerade das lag ihr jetzt schwer im Magen. Sie dachte an Jason, und ihr Gewissen rührte sich.

Weißt du, was er macht, während du nicht da bist?

Nein, aber das ist kein Argument. Außerdem ist er nicht so. Er würde mich nicht betrügen.

Bist du da ganz sicher? Ich denke, er kennt Raika näher, als er dir gegenüber zugeben will.

Lorena wollte ihrem Spiegelbild gegenüber gerade protestieren, als ihr der Blick einfiel, mit dem Jason auf Raikas Erscheinen in der Latino Bar reagiert hatte.

Hatte sich Raika wirklich an ihm vergriffen? Zuzutrauen wäre es ihr. Sie kannte keine Skrupel, und wie hätte er einem Nachtmahr widerstehen können?

Dennoch schmerzte die Vorstellung, sodass sie sie lieber verdrängte und unter der kalten Dusche versuchte, ihre bleiche Gesichtsfarbe und die Ringe unter den Augen zu vertreiben. Endlich war sie angezogen, warf ihre Sachen in den Koffer und fuhr eilig zum Altenheim zurück. Doch auch heute hatte sie kein Glück. Die Pflegerin fing sie auf dem Flur ab und dirigierte sie zum Zimmer des Arztes, der nicht mit sich reden lassen wollte.

»Frau Maschek ist in keinem Zustand, in dem sie Sie auch nur erkennen würde«, behauptete er. »Sie fiebert noch immer, und solange sie nicht wieder bei Kräften ist, kann ich keinen Besuch zulassen. Vor allem keinen, der sie so sehr aufregt!« Der Arzt sah Lorena streng an. »Ich weiß ja nicht, worüber sie gesprochen haben, gut hat es Frau Maschek jedenfalls nicht getan!«

Er legte eine Pause ein und sah Lorena auffordernd an, doch sie schwieg. Sie würde einen Teufel tun und mit dem Arzt über Nachtmahre und ihre Probleme plaudern!

»Darf ich mich wenigstens von ihr verabschieden?«

Der Arzt erhob sich und nickte. »Gut, ich werde ihrer Pflegerin Bescheid sagen. Sie wird Sie begleiten.«

Er traut mir nicht über den Weg, dachte Lorena bitter, folgte aber der Schwester ins Zimmer ihrer Großmutter.

Da lag sie bleich und eingefallen in ihrem Bett, den Blick starr zur Decke gerichtet. Sie murmelte ein paar unverständliche Worte, als Lorena zu ihr trat, sich über sie beugte und sie auf die Wangen küsste.

»Bitte, werde wieder gesund, Großmutter«, flüsterte sie. »Wir müssen noch über so viele Dinge reden. Ich komme wieder, sobald es mir möglich ist.«

Schweren Herzens verließ sie das Zimmer. In einem der Aufenthaltsräume wartete sie bis zum Nachmittag, dann brach sie unverrichteter Dinge zum Flughafen auf.

Kapitel 17

ERNEUT NACH HAMBURG

Jason holte sie vom Flughafen ab. Es war tröstlich, sich an ihn zu schmiegen, und doch wäre sie lieber mit ihren Gedanken und Gefühlen allein gewesen. Was konnte sie ihm schon berichten? Nichts von dem, was ihr etwas bedeutete und sie umtrieb. So war sie ungewöhnlich schweigsam, während sie in einem kleinen Pub Fish und Chips aßen.

»Willst du mir denn gar nichts erzählen?«, fragte Jason schließlich, als sie ihre Teller und die Gläser geleert hatten. »Es geht deiner Großmutter schlecht, nicht wahr? Deshalb bist du so überstürzt zu ihr geflogen.«

Lorena nickte. »Ja, ich mache mir große Sorgen, und ich fühle mich schuldig, dass ich sie so lange vernachlässigt habe.« Das wenigstens stimmte, und sie konnte an Jasons mitfühlender Miene sehen, dass er sie verstand.

»Ich weiß einfach nicht, wie viel Zeit uns noch bleibt. Ihr Geist ist nur noch zu bestimmten Zeiten klar. Als ich sie verließ, erkannte sie mich nicht einmal mehr. Sie sagte wirres Zeug, das ich nicht verstand. Es tat mir so weh, aber ich konnte nicht zu ihr vordringen. Und nun frage ich mich, ob es ihr heute besser ginge, wenn ich sie nicht mit meinem alten Leben zurückgelassen und mit all dem anderen, das ich vergessen wollte, aus meinen Gedanken verdrängt hätte.«

Jason sah sie lange an, ehe er wieder sprach. »Du kannst dir nun natürlich die Schuld dafür geben und mit dir hadern, aber du weißt selbst, dass dies nichts an der Situation ändert. Du hattest damals deine Gründe, dein altes Leben in Hamburg zurückzulassen und hier in London ganz neu anzufangen. Ich weiß ja nicht sehr viel von deinem alten Leben, doch was ich weiß, ist, dass Dinge passiert sind, die schmerzhafter waren, als deine Seele ertragen konnte. Du hast in jungen Jahren deine ganze Familie verloren, und dennoch hast du den Mut gefunden, noch einmal ganz von vorn zu beginnen und ein positiver, fröhlicher Mensch zu werden. Was willst du dir vorwerfen?«

»Dass ich Großmutter geopfert habe«, sagte Lorena leise. »Das hatte sie nicht verdient. Sie war nach Mamas Tod immer für mich da, und sie hat nie mir die Schuld gegeben für das, was alles passiert ist. Und ich habe sie dafür mehr als zehn Jahre in diesem Heim allein in ihrem Rollstuhl sitzen lassen! Auch sie hat ihre ganze Familie verloren, nicht nur ich. Sie musste ihre Tochter, ihren Schwiegersohn und ihre Enkelin begraben.«

Jason streichelte sanft ihre Hände. Sie sah in seinem Blick, wie sehr ihn ihre Seelenpein schmerzte. Das tat gut.

»Vielleicht hast du einen Fehler gemacht oder sie ungerecht behandelt, um dich selbst zu retten. Doch wie hättest du dich um sie kümmern können? Du warst gerade einmal fünfzehn, bist in ein neues Land gekommen und warst selbst aus der Bahn geworfen. Wie hättest du eine alte Frau im Rollstuhl aufnehmen und pflegen können?«

»Ich hätte sie zumindest besuchen können.«

Jason nickte. »Ja, das hättest du vielleicht, aber das Vergangene ist vergangen und lässt sich nicht mehr ändern. Du kannst dir nur für die Zukunft vornehmen, es anders zu machen. Wer weiß, vielleicht erholt sie sich wieder, und euch bleiben noch viele schöne Stunden zusammen.«

Lorena lächelte ihn an. »Ja, das werde ich tun. Ich fliege gleich am Freitag wieder nach Hamburg. Ach, Jason, du bist so ein guter Mensch. Ich habe dich gar nicht verdient.«

Nun verdüsterte sich seine Miene. »Rede nicht solch einen Unsinn! Ich liebe dich, und es gibt nichts Schöneres für mich als die Stunden, die wir zusammen sind. Daher werde ich dich auch gern am Wochenende zu deiner Großmutter begleiten. Ich freue mich, sie kennenzulernen. Ich glaube, wir werden gut miteinander auskommen.«

Das bezweifelte Lorena nicht, doch wie sollte so eine gemeinsame Reise funktionieren? Sie hatte keine Ahnung, doch wie konnte sie sein Angebot ablehnen, ohne ihn zu kränken? So sagte sie lieber nichts und versuchte, sich ihr Erschrecken nicht anmerken zu lassen. Vielleicht würde ihr ja noch eine Lösung einfallen. Es waren noch fünf Tage. Da konnte viel geschehen.

»Du siehst müde aus. Lass uns nach Hause gehen«, sagte Jason zärtlich. Er legte ihr den Arm um die Schulter und küsste ihr Haar.

Lorena spürte Wärme in ihrem Körper aufsteigen, die ihre ganze Seele auszufüllen schien. Sie wusste, sie würde nicht die Kraft aufbringen, ihn von sich zu weisen, auch wenn das für ihn vermutlich die bessere Lösung wäre, selbst wenn er dies nicht verstand. So selbstlos war ihre Liebe nicht, musste sie sich eingestehen. Sie brauchte ihn, sie begehrte ihn, und sie wollte ihn nie wieder verlieren. Vielleicht hatte ihr gerade die zügellose Nacht an Raikas Seite gezeigt, was sie wirklich wollte und brauchte.

Lorena setzte eine entschlossene Miene auf. Sie würde eine Lösung finden! Für sich selbst und für Jason. Für eine gemeinsame Zukunft.

Raika machte sich mal wieder nach Oxford auf. Schon wieder! Sie konnte sich nicht erinnern, in den Jahren zuvor auch nur mehr als dreimal hier gewesen zu sein, und nun suchte sie das Herrenhaus bald wöchentlich auf. Nun gut, sie musste zugeben, dass ihr der Auftrag gar nicht so schlecht gefiel. Besser als ihre neue Arbeit als Sachbearbeiterin bei einer der großen Versicherungen in der City allemal. Gab es etwas Langweiligeres? Wohl kaum. Deshalb hatte sie sich jetzt erst mal für zwei Wochen krankgemeldet. Schließlich musste sie Zeit haben, ihre Aufträge für Mylady zu erledigen.

Nein, das Versicherungsgeschäft war nichts für sie. *Da hat die Arbeit im Büro des Architekten doch mehr Spaß gemacht,* dachte sie mit einem Anflug von Wehmut. Aber nach dem Zwischenfall mit Brent hatte sie sich ja von dort zurückziehen müssen.

Zum ersten Mal fragte sie sich, ob es klug gewesen war, all ihre Kräfte darauf zu verwenden, ihr menschliches Äußeres dem des Nachtmahrs anzugleichen. Zu dumm, wenn sich Zeugen an sie erinnerten!

»Guten Abend, Miss Raika«, begrüßte der Butler sie wie üblich mit diesem distinguierten Tonfall. »Wenn ich Sie bitten dürfte, hier zu warten. Ich werde Sie anmelden, sobald Mylady Zeit hat.«

Raika zog eine Grimasse. Sie hasste es, wenn man sie warten ließ, und starrte missmutig auf die verschlossene Tür. Da glaubte sie, Stimmen zu vernehmen, wandte sich rasch um, ob jemand sie beobachtete, und näherte sich dann der Tür, um ihr Ohr an das Schlüsselloch zu legen.

Wer war das, der da gerade sprach? Raika ging in Gedanken die Nachtmahre durch, die sie kannte und von denen sie wusste, dass sie im Auftrag von Mylady arbeiteten. Eine hochgewachsene Gestalt mit streng zurückgekämmtem Haar stieg vor ihrem inneren Auge auf.

Audry?

Ja, das könnte sein. Sie war seit langer Zeit Hüterin und Vertraute der Lady, auch wenn vor vielen Jahren etwas geschehen sein musste, das sie für eine Weile in Ungnade hatte fallen lassen. Doch das war längst vergessen, und nun betraute die Lady sie wieder mit den ihr wichtigen Aufträgen.

Dann sprach Mylady. Es fiel Lorenas Name und dann noch einer, den Raika nicht einordnen konnte. Lucy? Von wem sprachen die beiden da? Es musste etwas mit Lorena zu tun haben. Das ergab keinen Sinn.

Nun fielen noch zwei Namen, die sie erst vor Kurzem gehört hatte: Olivia und Emily. Waren das nicht die beiden Nachtmahre aus Amerika gewesen? Was hatten die mit dem Ganzen zu schaffen? Rätselhaft. Äußerst rätselhaft, und auch spannend. Selbst wenn sie noch nicht recht verstand, um was es ging, saugte Raika jedes Wort in sich auf. Wer konnte schon sagen, ob ihr das nicht irgendwann von Nutzen sein konnte. Später, wenn sie das große Ganze endlich verstand.

Lorenas erstes Problem löste sich am Mittwoch von allein. Jason kam am Abend überraschend vorbei und lud sie zum Essen ein.

»Es tut mir so leid«, sagte er nach der Vorspeise, ehe ihre Pasta kam. »Ich kann am Wochenende nicht mit dir nach Hamburg kommen.«

Lorena presste die Lippen aufeinander. »Warum denn?«, erkundigte sie sich, als sie sicher war, ihre Stimme im Griff zu haben.

»Ich muss Samstagabend für einen Kollegen einspringen. Ein Engagement für eine private Feier, Streichquartett, eigentlich nichts Großes, aber, na ja, er hat mir auch schon öfter einen Gefallen getan, und es werden ein paar wichtige Leute auf dieser Party erwartet, die sich in der klassischen Musikszene als Gönner herumtreiben.« Er schwieg ein wenig verlegen.

»Und da könnte es ja sein, dass einer von denen auf deine Talente aufmerksam wird«, ergänzte Lorena, beugte sich vor und hauchte ihm einen Kuss auf die Wange.

»Du bist nicht böse?«

»Nein! Ich verstehe deine Entscheidung und finde sie vernünftig. Du hast bisher nur ein Engagement auf Zeit und musst sehen, wie es danach weitergeht, falls dein Vertrag nicht verlängert wird.«

Sie sah ihm seine Erleichterung an und hoffte nur, dass man ihre eigene nicht so leicht in ihrem Gesicht lesen konnte.

Später, als Jason sich verabschiedet hatte, um in seine Wohnung in Soho zurückzukehren, lag sie noch wach im Bett und versuchte, sich an die genauen Worte ihrer Großmutter zu erinnern, die sie bei ihrem letzten Gespräch gesagt hatte. Es war etwas Wichtiges gewesen, etwas, das sie so sehr in Aufregung versetzt hatte, dass ihr Geist wieder in die Vergangenheit abgeglitten war. Zuerst hatte sie von diesen Vitamintabletten gesprochen, die sie ihr irgendwann einmal gegeben hatte. Das war schon verdammt lange her. Lorena runzelte die Stirn. Es war nach Mamas Tod gewesen. Sie hatte ihr diese kleinen roten Pillen gegeben und sie geradezu beschworen, sie einmal im Monat zu nehmen. Ja, sie hatte ihr sogar einen Kalender gegeben, in dem der Tag rot markiert gewesen war. Eigentlich einfach zu merken. Zufall oder nicht, es war stets der Morgen nach Neumond. Lange Zeit hatte sich Lorena daran gehalten, obwohl sie nicht wusste, wozu sie eigentlich gut sein sollten. Doch dann irgendwann während des Studiums hatte sie den Rest in einem Anfall von Zorn vernichtet.

Nichts war passiert. Oder doch? Es war eine stürmische Zeit an der Universität, in der sie sich in so manche Affäre gestürzt und sich immer häufiger nachts gewandelt hatte, bis es jede Nacht über sie kam.

Was hatte Großmutter gesagt?

Du kannst es sonst nicht beherrschen.

Seltsam. Was bewirkten diese Tabletten? Dass sie sich nicht mehr wandelte? Nein, das konnte nicht sein. Sie hatte sich seit ihrem dreizehnten Lebensjahr von Zeit zu Zeit immer wieder gewandelt. Am Anfang nicht so oft, dann häufiger, und zu ihrer Highschoolzeit nur selten, nur zu Neumond oder wenn sie es wollte, später aber jede Nacht. Lorena stutzte.

Konnte das mit diesen Pillen zusammenhängen? Aber wie genau wirkten sie? Zu schade, dass sie keine mehr hatte und auch nicht wusste, woraus sie bestanden. Dass sich ihre Großmutter an das Rezept erinnerte, bezweifelte Lorena. Irgendwo unter ihren Sachen musste es noch eine Kiste mit diesen Pillen gegeben haben, doch es war viele Jahre her, dass ihr Haus verkauft und ihre Sachen verteilt oder weggeworfen worden waren. Sicher hatte ihr Vater die Pillen vernichtet, von denen er nicht wusste, wozu sie gut sein konnten. Jedenfalls nahm sich Lorena vor, ihre Großmutter noch einmal nach ihnen zu fragen, sollte sie das Glück haben, sie bei klarem Verstand anzutreffen.

»Oh, meine Liebe, da bist du ja wieder«, begrüßte ihre Großmutter sie, als sie am Freitagabend ihr Zimmer betrat. Lorena hatte all ihre Überredungskunst benötigt, dass die Pflegerin sie um diese Zeit noch einließ. Nachdem sie sich vergewissert hatte, dass Else Maschek noch nicht schlief, ließ sie sich erweichen, bat sie aber, leise zu sein und die anderen Heimbewohner nicht zu stören.

»Die meisten hören doch sowieso nichts mehr«, sagte ihre Großmutter, als die Pflegerin das Zimmer nach ihren mahnenden Worten wieder verließ.

Else Maschek schaltete den Fernseher aus und ließ sich von Lorena umarmen. »Das ist natürlich eine viel schönere Abendbeschäftigung als diese dummen Fernsehsendungen. Ich kann diese Krimiserien nicht mehr ertragen – und all die schnulzigen Liebesfilme, die ich früher gern gesehen habe, schon gar nicht mehr. Sport interessiert mich nicht, und Talkshows sind so unerträglich, dass ich sofort umschalte.«

»Ja, da bleibt nicht viel«, stimmte ihr Lorena zu. »Kannst du denn noch lesen?«

Else Maschek nickte. »Das macht mir noch immer großes Vergnügen, aber es geht nicht mehr so lange am Stück, und ich bin froh, wenn ich Bücher in größerer Schrift bekomme. Meine Zimmernachbarin bringt mir immer wieder welche aus der Bibliothek mit. Sie ist mit ihren neunundachtzig noch unglaublich agil und geistig fit. Aber lass uns von etwas anderem sprechen. Du bist sicher nicht so schnell wieder hergekommen, um dir die Alltagssorgen von uns Alten anzuhören.«

»Deine Probleme interessieren mich sehr wohl«, widersprach Lorena, ihre Großmutter winkte jedoch ab.

»Erzähl mir, wie es dir ergangen ist. Es ist doch nichts passiert, dass du so schnell wieder zu mir kommst?« Die Sorge in ihrer Miene tat Lorena gut.

»Nein, das nicht, aber es gibt noch viele Fragen, die ich nicht beantworten kann. Es tut mir leid, dass ich dich das letzte Mal so aufgeregt habe, dass du krank geworden bist, doch wenn du dich stark genug fühlst, dann würde ich gern noch mehr erfahren.«

In ihrem Blick war so viel Kraft, als sie Lorena aufforderte zu sprechen, dass es aus ihr heraussprudelte. Dann lauschte sie atemlos den Worten ihrer Großmutter, die sich bemühte, ihrem Gedächtnis so viele Details wie möglich zu entreißen. Sie schien klar bei Verstand, und doch ließen manche ihrer Worte Lorena ungläubig die Stirn runzeln. Vielleicht brachte sie da doch ihre Wunschgedanken mit der Wirklichkeit durcheinander? Doch sie widersprach nicht und unterbrach die Erzählungen ihrer Großmutter nicht, bis die Pflegerin kurz vor Mitternacht ins Zimmer kam und empört feststellte, dass sie noch immer am Bett ihres Schützlings saß.

»Frau Maschek, Sie müssen jetzt schlafen! Wissen Sie, wie spät es ist?«

Die alte Frau sah auf die Uhr. »Ja und? Bin ich ein kleines Kind, das ins Bett geschickt wird? Ich muss morgen nicht ausgeruht sein für die Schule. Auf mich wartet nur noch der Tod, und der nimmt mich auch mit, wenn ich nicht ausgeschlafen bin!«

Lorena erhob sich jedoch und nickte ihrer Großmutter mit einem Lächeln zu.

Else Maschek wusste auch ohne Worte, was sie ihr damit signalisieren wollte, und sagte: »Dennoch denke ich, dass es besser wäre, wenn du jetzt gehst, mein Kind, meinst du nicht auch?«

Sie tauschten einen einvernehmlichen Blick. Lorena wusste, dass sie das Gleiche dachten. Nein, es wäre keine gute Idee, wenn sie sich hier im Heim wandelte. Rasch verabschiedeten sie sich voneinander, dann begleitete die Nachtschwester Lorena hinaus und schloss hinter ihr die Tür ab.

Am nächsten Morgen stand Lorena in aller Frühe vor dem kleinen Häuschen, in dem ihre Großmutter viele Jahre gewohnt hatte. Das war lange her, und es sah nun noch älter und verwitterter aus, als sie es aus ihrer Kindheit in Erinnerung hatte. Die roten Klinker hatten eine gräulich schwarze Farbe angenommen, die weiße Farbe um die Sprossenfenster war abgeblättert und das einst rote Ziegeldach mit Moos bewachsen. Eine ausladende Eiche streckte ihre knorrigen Äste über dem Haus aus, unter denen es sich ein wenig zu ducken schien. Doch der Garten war gepflegt und sprach von einer Hand, die sich liebevoll um Rosen und Stauden kümmerte. Lorena blieb zögernd vor dem niederen Gartentor stehen, das nicht verschlossen schien, doch dann gab sie sich einen Ruck, drückte auf die Klingel und schob das Tor auf. Sie hatte den Vorgarten noch nicht durchquert, als die Haustür geöffnet wurde und eine Dame sie fragend ansah. Trotz der grauen Dauerwellenfrisur und der unkleidsamen Kittelschürze schätzte Lorena sie auf kaum über sechzig. Vielleicht hatte sie gerade ihr Leben als Rentnerin begonnen oder sie hatte jahrelang Kinder großgezogen und wartete nun darauf, dass ihre Hilfe als Großmutter gefragt sein würde. Lorena wusste es nicht, doch die Frau machte ihr einen mütterlichen Eindruck, sodass es ihr leichtfiel, sie anzusprechen.

»Mein Name ist Lorena Rittner. Ich bin die Enkelin von Else Maschek, der das Haus früher gehört hat.«

Ein Lächeln breitete sich auf dem Gesicht der Frau aus. »Ich ahnte, dass Sie irgendwann kommen. Ich heiße Sanders. Bitte, treten Sie ein.«

Verblüfft folgte ihr Lorena ins Haus. Sie wusste nicht so recht, was sie erwartet hatte, doch das sicher nicht. Sie ließ sich ins Wohnzimmer führen, das vom Stil ähnlich eingerichtet war wie Großmutters Zuhause. Noch immer sprachlos ließ sich Lorena zwischen die bestickten Kissen auf das Sofa nieder und nickte zu dem Angebot eines Tees mit Kandis und Sahne, den die Dame des Hauses mit frisch gebackenem Marmorkuchen wenige Minuten später auf einem Tablett hereinbalancierte.

»Nun, meine Liebe, wie geht es Ihnen? Ich weiß, wir kennen uns nicht persönlich, doch Ihre Großmutter hat uns von Ihnen erzählt.«

»Mir geht es gut. Ich lebe seit vielen Jahren in London«, stieß Lorena hervor.

Frau Sanders nickte, als sei dies für sie nichts Neues.

»Sie und Ihr Mann haben das Haus gekauft, als Großmutter damals ins Pflegeheim musste …«, fuhr Lorena fort.

Frau Sanders nickte zur Bestätigung. »Ja, das ist richtig. Holger und ich sind hierher in die Nachbarschaft meiner Schwester gezogen. Sie ist einige Jahre älter als ich und war mit Ihrer Großmutter eng befreundet. Ihre Kinder wurden bereits erwachsen und begannen, das Haus zu verlassen, ja und ich hatte damals die Hoffnung, Kinder zu bekommen, bereits begraben.«

Ein trauriger Zug legte sich über ihr sonst fröhliches Gesicht. »Nun sind meine Schwester und mein Mann tot, und mir bleibt nur noch, die Erinnerungen zu bewahren.«

Das erschien Lorena das rechte Stichwort. »Ich habe Großmutter gestern besucht. Meist ist sie noch recht klar und kann sich an vieles erinnern, doch dann flüchtet sie sich wieder in die Vergangenheit und erkennt die Menschen um sie herum nicht mehr.«

Frau Sanders nickte. »Ja, so war es bei meiner Schwester am Ende auch. Es ist traurig. An manchen Tagen hielt sie mich für unsere Mutter.«

»Gestern schien mir Großmutter ganz klar, und doch behauptete sie fest, dass – nach all diesen Jahren – hier auf dem Dachboden noch immer all ihre Erinnerungen zu finden seien.«

Frau Sanders erhob sich und strich ihr Schürzenkleid glatt. »Ja, so ist es. Alles, was ihr wichtig erschien, hat sie hiergelassen, und wir haben versprochen, es aufzubewahren, bis zu dem Tag, an dem Sie kommen und danach fragen.«

Lorena wusste nicht, was sie sagen sollte.

Frau Sanders lächelte. »Nun kommen Sie! Ich zeige Ihnen den Weg. Es gehört alles Ihnen. Nehmen Sie sich Zeit, die Sachen anzusehen und durchzulesen, und entscheiden Sie in Ruhe, was Sie mitnehmen wollen und was nicht.«

Es war eine Reise in eine andere Zeit. Lorena wusste nicht, was sie erwartet hatte, wenn sie überhaupt daran geglaubt hatte, dass es die Sachen ihrer Großmutter hier wirklich noch gab. Ein paar alte Kleider vielleicht, Lieblingsstücke, von denen sie sich nicht hatte trennen wollen und die sie dann im Altenheim doch nicht gebrauchen konnte. Oder Bücher, die sie gelesen und lieb gewonnen hatte. Andenken an Reisen oder Geschenke ihrer Familie, an denen Erinnerungen hingen. Jedenfalls ein paar Schachteln irgendwo verstaubt in einer Ecke, ein kärgliches Überbleibsel eines langen, wechselvollen Lebens.

»Nehmen Sie sich Zeit«, sagte Frau Sanders noch einmal, als sie den Dachboden betraten. Ihre ausladende Geste schien den gesamten hinteren Bereich zu erfassen.

Ein wenig verwirrt sah Lorena sie an. »Welches sind die Kisten meiner Großmutter?«, erkundigte sie sich angesichts des dicht an dicht zugestellten Bodens. Möbel, Kisten und aufgerollte Teppiche türmten sich aufeinander und bedeckten mehr als zwei Drittel der Fläche.

Frau Sanders ließ ein kurzes Auflachen hören. »Die Sachen gehören alle Ihrer Großmutter, und ich denke, sie haben zum größten Teil zuvor Ihrer Urgroßmutter gehört.«

»Sie haben all das über die ganzen Jahre aufbewahrt?«, rief Lorena, die zwischen Überraschung und Entsetzen schwankte. »Das ist ja fast der ganze Hausrat.«

Frau Sanders nickte freimütig. »Das ist wahr. Ihr Vater konnte sich damals nach dem Unfall Ihrer Großmutter nicht recht entscheiden, was er weggeben und was er behalten sollte. Er war – verständlicherweise – nach diesem Jahr voll tragischer Unglücksfälle in Ihrer Familie nicht recht bei der Sache. Ja, ich weiß noch, wie er mit dieser hilflosen Miene durch das Haus ging und mich um meine Meinung fragte, was er mit den vielen Sachen jetzt machen sollte. Der Gedanke, all die Erinnerungen Ihrer Großmutter in fremde Hände zu geben oder gar zu vernichten, behagte ihm nicht. Vielleicht hegte er ja auch noch die Hoffnung, sie würde sich wieder erholen und einige Jahre außerhalb des Heims leben können … Ich weiß es nicht. Jedenfalls bot ich ihm an, alles, was er nicht weggeben wollte, auf den Dachboden zu räumen. Tja, und da liegen sie nun. All ihr Besitz, außer ein paar moderneren Möbeln, die er an irgendwelche Bekannte verschenkt hat.«

Lorena nickte stumm, während ihr Blick über den vollgestellten Dachboden glitt. »Wissen Sie, ob die Dinge in irgendeiner Weise sortiert wurden?«, erkundigte sie sich nach einer Weile hoffnungsvoll, doch Frau Sanders schüttelte den Kopf.

»Ich kann Ihnen nicht sagen, was in den Kisten steckt. Die Möbel, Lampen und Teppiche jedenfalls wurden so zusammengerückt und aufeinandergestapelt, dass sie möglichst wenig Platz wegnehmen. Ich weiß nur, dass in den beiden

Kisten dort vorn Kleider sind. Wir hatten vor Jahren ein paar äußerst fleißige Mäuse hier oben, die sich durch den Karton gefressen haben, und da habe ich den Inhalt in neue Schachteln gepackt.«

Lorena nickte. »Danke, Sie sind so fürsorglich.«

Frau Sanders zuckte ein wenig hilflos die Achseln. »Ihre Familie hat mir so leidgetan. So ein Unglück, und dann musste Ihre Großmutter auch noch von der Leiter fallen und sich einen Wirbel brechen. Die Arme. Meine Schwester hat mir erzählt, wie sehr sie zu Anfang mit ihrem Schicksal gehadert hat. Sich nicht mehr selbst versorgen zu können. Und vor allem, nicht mehr für Sie da zu sein. Stattdessen anderen zur Last fallen zu müssen. Nein, das kam sie hart an. Ich habe mich allerdings gefragt, was sie dort im Dunkeln draußen auf einer Leiter wollte. Vielleicht ihre Katze vom Baum holen? Möglich. Meine Schwester sagte mir, dass sie eine Katzenliebhaberin war. Aber nun lasse ich Sie allein. Ich halte Sie mit meinem Geplapper nur ab. Sagen Sie mir, wenn Sie etwas brauchen. Ich bin unten in der Küche. Ich lege Essigfrüchte ein.«

Nach diesen Worten wandte sich Frau Sanders zur Tür. Die Holzstufen knarrten unter ihren Tritten. Dann war es still. Lorena starrte auf die leere Türöffnung. Frau Sanders letzte Anmerkung brannte wie Feuer in ihren Eingeweiden.

Es war Nacht gewesen, als ihre Großmutter von der Leiter gefallen war! Das hatte Lorena nicht gewusst, oder sie hatte es verdrängt, wie so vieles in ihrer Vergangenheit, das schmerzlich für sie war. Zu schrecklich, um es mit sich herumzutragen, ohne daran zu verzweifeln.

Gehörte diese Erinnerung auch dazu? Hatte sie an diesem Abend ihre Großmutter besucht und sie dann in ihrer Gestalt als Nachtmahr von der Leiter gestoßen? Hatte sie das

Leben ihrer Mutter und ihrer Schwester und auch die Gesundheit ihrer Großmutter auf dem Gewissen? Aber warum? Sie liebte ihre Großmutter von Herzen. Warum hätte sie ihr etwas antun sollen?

Die Antwort, die sich ihr aufdrängte, gefiel ihr gar nicht.

Ihre Großmutter war die Einzige, die ihr Geheimnis entdeckt und versucht hatte, den Nachtmahr in Fesseln zu legen. Oder zumindest im Zimmer einzusperren. War sie entwischt, als ihre Großmutter nicht da war, und hatte sie sie deshalb von der Leiter gestoßen?

Nein, das passte nicht zusammen.

Oder doch? Sie hatte ihre Mutter im Streit getötet und vielleicht auch ihre Schwester. Zumindest war sie unter ihrer Obhut verschwunden, und ihre Kleider waren am Ufer des Sees gefunden worden. Auch wenn sonst niemand den Verdacht je geäußert hatte, fragte sich Lorena, ob sie Lucy vielleicht in einem Anfall von Eifersucht ertränkt hatte.

Und hatte ihr vorher die Kleider ausgezogen?

Vielleicht habe ich sie überredet, mit mir baden zu gehen.

Und warum wurde dann ihre Leiche nie gefunden?

Lorena schüttelte den Kopf. Sie wusste es einfach nicht mehr. Noch ließ sich die Finsternis nicht durchdringen. Aber vielleicht war das auch ganz gut so.

Ihre Gedanken kehrten zu ihrer Großmutter zurück und zu dem Sturz, der sie in den Rollstuhl gebracht hatte.

Großmutter hatte versucht, den Nachtmahr zu bändigen, und das hatte ihm nicht gefallen. Nein! Das durfte nicht sein. Ausgerechnet ihre Großmutter?

Warum nicht? Wenn du keine Skrupel hattest, deine Mutter die Treppe hinunterzustoßen und deine Schwester für immer verschwinden zu lassen? Was zählt es da noch, eine alte Frau von der

Leiter zu stoßen? Schließlich war das nicht deine letzte schlimme Tat. Das weißt du genau.

Nein!

Doch! Stell dich endlich deiner Schuld. Wieso kannst du dich an das Bild des Unfallwagens erinnern, wenn du doch offiziell niemals da gewesen bist?

Ich habe die Fotos gesehen! Ganz einfach.

O ja, und deshalb hast du auch noch immer diesen schrecklichen Geruch in der Nase, wenn die Bilder in dir aufsteigen. Weil du niemals da gewesen bist?

Ich war es nicht! Ich habe meinen Vater nicht getötet.

Nein, es war nur der Nachtmahr in dir. Das ungezähmte Wesen. Das Monster.

Sie versuchte, die schrecklichen Gedanken zu verdrängen, und wandte sich stattdessen den ersten Kartons zu. Nicht den mit den Kleidern. Diese interessierten sie im Moment nicht.

Sie kniete sich in den Staub und klappte die Pappdeckel auf. Bücher. In den ersten beiden Kisten fand sie Romane, Kochbücher und einige zerfledderte Reiseführer nach Venedig, Paris und Rom. In der nächsten waren wieder Bücher. Sehr alte Bücher, die vermutlich schon Großmutters Mutter gehört hatten. Lorena hob ein paar ins Licht, um die Titel zu entziffern. Es ging um Magie, um die Kraft der Sterne und ihren Einfluss und um mystische Orte. Sie blätterte in einem der Bücher und sah, dass jemand Notizen an den Rand gemacht hatte. Verblasste Tinte, eine steile Schrift mit leicht geneigten Bogen, die sie, zumindest bei diesem trüben Licht, nicht entziffern konnte. Lorena klappte das Buch wieder zu und legte es in die Schachtel zurück. Ja, das würde zu ihrer Urgroßmutter passen. Zu ihrer wirklichen Ahnin, die wie sie ein Nachtmahr gewesen war.

Lorena schob die Kiste ein Stückchen in Richtung Tür. Diese Bücher wollte sie sich irgendwann etwas genauer ansehen.

Sie nahm sich die nächsten Kartons vor. Über zwei Stunden lang öffnete sie eine Schachtel nach der anderen, wuchtete Kisten hin und her und verrückte Möbelstücke, um in weitere Kisten zu sehen, doch in den meisten schien nichts Interessantes zu stecken. Küchenutensilien, Schreibzeug, Andenken aus fernen Ländern, Kleider und immer wieder Bücher über Bücher. Eine Kiste mit Briefen und Notizbüchern stellte Lorena zu den alten Büchern. Sie fühlte sich erschöpft. Ihre Kleider und Arme waren schmutzig und voller Staub, und als sie sich durch das Haar strich, fasste sie in Spinnweben. Die Hände in die Hüften gestemmt, blieb sie stehen und sah sich um. Wo um alles in der Welt hatte ihre Großmutter diese geheimnisvollen Pillen hingetan? Sie wollte sie unbedingt finden und ausprobieren, wie sie auf den Nachtmahr wirkten … Da vernahm sie Frau Sanders Schritte auf den Stufen.

»Möchten Sie nicht einmal eine Pause einlegen? Ich habe frischen Tee gemacht und belegte Brötchen.«

Dankbar kam Lorena mit Frau Sanders nach unten. Erst jetzt bemerkte sie, dass sie hungrig und vor allem durstig war.

»Ich werde wohl später noch einmal kommen müssen«, gestand sie.

Frau Sanders nickte. »Kommen Sie, wann Sie möchten. Ich schreibe Ihnen meine Telefonnummer auf. Nicht, dass ich gerade nicht da bin und Sie vor verschlossener Tür stehen. Möchten Sie denn heute noch weitermachen? Dann koche ich uns etwas Schönes.«

Lorena schüttelte den Kopf. »Nein, danke, sehr lieb von

Ihnen, doch ich mache mich nun auf den Weg. Ich möchte noch ein wenig Zeit mit meiner Großmutter verbringen.«

Ich habe noch so viele Fragen. Und es werden immer mehr.

Kapitel 18

JASONS ENTDECKUNG

Lorena fühlte sich erschöpft und unendlich müde. Mit halb geschlossenen Augen lehnte sie sich in dem verschlissenen Sitz zurück und versuchte, die harten Stöße abzufedern, mit der die U-Bahn sie hin- und herschleuderte. Das Rattern der alten Wagen und das Quietschen der Räder schmerzten in ihren Ohren.

Eigentlich hätte sie schon vor drei Stunden zurück sein müssen und sollte sich jetzt gemütlich bei einer Tasse Tee und einem Stück Schokolade auf ihrem Sofa ausstrecken, noch einmal in Gedanken die Tage in Hamburg durchgehen und die vielen überraschenden Erkenntnisse, die sie gewonnen hatte. Doch ein schweres Gewitter über Hamburg hatte den Start der Maschine verzögert. Es war, als versuchten die Elemente in höchstem Zorn, die kleinen Menschen mit all ihren lächerlichen Errungenschaften in einem Schlag zu zerstören. Fasziniert stand Lorena hinter der großen Scheibe des Warteraums und sah zu den finsteren Wolkenbergen auf, zwischen denen die Blitze zuckten. Der Donner krachte und ließ den Boden erbeben. Regen prasselte herab und wurde vom Wind in Böen gegen die Scheibe gedrückt. Gewitter machten ihr keine Angst. Sie zogen sie an. Sie fühlte sich ihnen nah. Die entfesselte Natur, wild, schrecklich, zerstörerisch und doch so herrlich frei. Lorena spürte ein Drängen in sich, so als müsse sie ihre Kleider abwerfen und hinaus in den Regen laufen, sich der Urgewalt der Elemente ergeben. Sie sah sich als junges Mädchen, wie sie draußen am See saß und mit freudiger Erwartung eine aufziehende Gewitterfront beobachtete.

»Sturmbraut«, hatte Großmutter sie einmal scherzhaft genannt, während ihre Eltern sie entsetzt ins Gebet genommen und vor den Gefahren des Gewitters gewarnt hatten. Doch Lorena war überzeugt, dass dies nur für normale Menschen galt. Für einen Nachtmahr war ein Gewitter keine Gefahr. Ganz im Gegenteil. Sie hatte das Gefühl, die Spannung in der Atmosphäre in ihren Adern spüren zu können. Sie war unsichtbare, flüssige Magie, die den Nachtmahr stärkte. Und so war sie vielleicht die Einzige am Hamburger Flughafen, die nicht mit Erleichterung aufatmete, als sich das Unwetter nach Osten verzog und die Maschine endlich starten konnte.

Nun ging es bereits auf elf Uhr zu, und Lorena sehnte sich nach nichts mehr als nach der Stille ihrer Wohnung und nach der Geborgenheit, die der kleine Rückzugsort ihr versprach.

Endlich verkündete die Ansage »Notting Hill Gate«. Der Zug kam mit quietschenden Rädern zum Halten. Lorena schulterte ihre schwere Reisetasche und stieg die Treppen aus dem unterirdischen Labyrinth der U-Bahnen hinauf. Frische Nachtluft hüllte sie ein. Für einen Moment blieb sie stehen, schloss die Augen und sog die ersten Atemzüge tief in ihre Lungen. Dann beeilte sie sich, die vom Verkehr dröhnende Hauptstraße hinter sich zu lassen und in die Stille von Notting Hill einzutauchen. Zumindest die Straßen mit den viktorianischen Häusern früherer Herrschaften wirkten um diese Zeit wie ausgestorben. Geradezu gespenstisch standen die weiß getünchten Gebäude mit ihren Säulen und Balkonen und den allgegenwärtigen eisernen Gittern zur

Straße hin in Reih und Glied da, eines glich dem nächsten, bis sich die Reihe in der Dunkelheit der Nacht verlor. Bäume verstreuten ihr herbstliches Laub auf die breite Straße. Ein Schein von Glanz und Glorie vergangener Zeiten, der gerade mal bis zu den Fassaden reichte. Hinter den herrschaftlichen Häusern verborgen, hatte in den »Mews« und »Closes« das wahre Leben stattgefunden. Noch immer verblüffte der krasse Unterschied, wenn man einen Blick in die Einfahrten warf, die zu den niederen Hinterhäusern führten, wo sich in einfachen Ziegelreihenhäusern die Stallungen befunden hatten und das Personal in kleinen Zimmern hauste. Auch heute gab es hier viele kleine Wohnungen. Die Stallungen waren in Garagen umgebaut worden, die – wie in alten Zeiten – den Wohlhabenden gehörten, die in den Häusern mit den hohen Zimmerdecken zur Hauptallee hin wohnten.

So war es Lorena, als sie in die Portobello Road einbog, als würde sie eine unsichtbare Grenze überschreiten. Das war die Welt der kleinen Leute mit ihren fröhlich bunt gestrichenen Häusern, von denen sich eins ans andere reihte, keines aber dem anderen glich. Mit kleinen Läden und Kneipen und mit Leben auf der Straße.

Mit einem erleichterten Lächeln auf den Lippen strebte sie auf das Haus mit dem Antiquitätenladen im Erdgeschoss zu, hinter dessen Mauern ihr Refugium auf sie wartete.

Plötzlich hielt Lorena inne. Sie ließ ihre Reisetasche zu Boden sinken und starrte zu den Fenstern hinauf, die alle finster hätten sein müssen. Doch was war das? Im ersten Stock war alles dunkel, und auch der Antiquitätenladen von Mr. Gordon lag verlassen da, wie sie es um diese Zeit erwarten würde. Früher hatte er, wie so viele Leute in der Portobello Road, zusammen mit seiner Frau über dem Ladengeschäft gewohnt, doch als sie vor drei Jahren starb, war er zu seiner alleinerziehenden Tochter und deren Kindern ein paar Straßen weiter gezogen und hatte die Wohnung über dem Laden vermietet.

Lorena stand wie angewurzelt da und starrte auf das Licht hinter dem kleinen Dachfenster. Hatte sie vielleicht vergessen, es auszuschalten, als sie sich in der Nacht vor dem Abflug nach Hamburg dort in ihrer eigenen Gefängniszelle eingeschlossen hatte?

Nein, das war nicht möglich. Donnerstag war sie nicht auf dem Dachboden gewesen. Und auch Mittwoch hatte Jason nicht bei ihr übernachtet, wodurch diese Vorsichtsmaßnahme überflüssig geworden war.

Dann brannte das Licht dort oben seit dem vergangenen Wochenende?

Ein ungutes Gefühl stieg in Lorena auf. Sie wusste, dass das nicht stimmte, und dennoch klammerte sie sich an die Hoffnung, dass das in ihrer Schusseligkeit durchaus möglich wäre, auch wenn sie tief in ihrem Innersten längst wusste, was dieses Licht bedeutete.

Jemand war in ihrer Wohnung. Jemand hatte ihre geheime Zuflucht entdeckt und stöberte womöglich gerade in ihren intimsten Geheimnissen herum. Lorena konnte ein Aufstöhnen nicht unterdrücken.

Wer in aller Welt konnte das sein? Ein zufälliger Einbrecher? Möglich, aber nicht sehr wahrscheinlich. Was sollte es in dieser Wohnung geben, das sich zu stehlen lohnte?

Oder war ursprünglich in Mr. Gordons Laden eingebrochen worden und ihre Wohnung nur eine einfache Gelegenheit mehr, Beute zu machen?

Lorena tastete nach dem Handy in ihrer Manteltasche. Sollte sie die Polizei rufen? Der Schuss könnte nach hinten losgehen. Sie wollte sich gar nicht vorstellen, welch unangenehme Fragen eine polizeiliche Untersuchung ihrer Wohnung auslösen würde.

Dann blieb ihr also nur, selbst nachzusehen. Lorena atmete schwer bei dem Gedanken. Was, wenn der Einbrecher bewaffnet wäre oder wenn sie es gar mit mehreren Tätern zu tun bekommen würde? Was würden sie tun, wenn sie sie so plötzlich überraschte?

Das konnte ganz bös ins Auge gehen. Lorena hatte Angst, doch wie war es mit dem Nachtmahr in ihr? Sie lauschte in sich hinein. Furcht kannte das magische Wesen der Nacht nicht. Es verfügte über die Kraft der Gedanken, es konnte Gefühle lenken, und es war schneller und stärker als die Menschenfrau. Ganz zu schweigen von ihren Schwingen, die sie innerhalb eines Wimpernschlags in Sicherheit bringen konnten. Entschlossen nickte Lorena. Sie stellte ihre Tasche in einem Durchgang schräg gegenüber ab, zog ihre Jacke aus und schloss die Augen. Ihre Wandlung verlief so schnell, dass es sie selbst überraschte. Sie sah an sich herunter und fühlte, wie die Magie durch ihre Adern prickelte.

Sie durfte keine Zeit mehr verlieren! Wie ein Schatten glitt sie über die Straße und schlüpfte durch die Haustür. Links ging es in den Laden, rechts führte die schmale Treppe zu ihrer Wohnung hinauf. Lautlos huschte sie die Stufen nach oben und steckte den Schlüssel ins Schloss. Es war nicht abgeschlossen. Lorena drückte die Klinke und schob die Tür so langsam auf, dass sie nicht knarrte. Sie sog prüfend die Luft ein, konnte aber keinen Fremden riechen. Sie erkannte den Geruch von Mr. Gordon, der ab und zu heraufkam und ihr ihre Post brachte oder hin und wieder den Kater versorgte, und den so wundervollen Geruch von Jason, doch von keinem Fremden, der hier eingedrungen war. Seltsam.

Lorena schloss die Tür genauso leise hinter sich und

durchquerte den Flur bis zur Stiege, die auf den Dachboden führte. Stufe für Stufe stieg sie hinauf, alle Sinne geschärft und auf alles gefasst, wie sie dachte, und dennoch hätte sie nicht schlimmer überrumpelt sein können. Sie hatte die letzte Stufe gerade betreten – ihr Blick war starr auf den Lichtstreifen gerichtet, der aus dem Spalt der angelehnten Tür über den Dachboden flutete –, als aus der Kammer eine Stimme ertönte.

»Lorena? Bist du das?«

Jason!

Bei allen Geistern der Nacht, wie kam er in ihre Wohnung? Sie hatten sich nicht verabredet, und er besaß auch keinen Schlüssel. Wie zum Teufel kam er hierher?

Noch ehe sie sich überlegen konnte, was sie jetzt tun sollte, wurde die Tür aufgerissen. Das Licht in der Kammer rahmte seine Silhouette wie ein Strahlenkranz ein, während sein Gesicht im Dunkeln blieb. Was sie allerdings deutlich erkannte, war das ledergebundene Buch, das er in den Händen hielt. Ihr Buch! Ihr Gedächtnis, ihre ganz persönlichen, schmerzlichen Erinnerungen. Ihre dunkelsten Geheimnisse. Er hatte doch nicht etwa darin gelesen? Nein, das konnte nicht sein. Das durfte nicht sein. Nicht der korrekte Jason!

Zögernd trat er einen Schritt näher, während Lorena noch immer wie versteinert auf der letzten Stufe stand. Sie konnte seine Züge nur vage erkennen, dennoch spürte sie sein Erstaunen, als er ihre Gestalt mit seinem Blick erfasste, die das Licht aus der Kammer sicher deutlich erhellte.

»Bist du das, Faith? Aber ja. Was tust du hier? Ich wusste gar nicht, dass du mit Lorena bekannt bist.«

Lorena wusste nicht, was sie sagen sollte. Wie konnte ihr nur so etwas passieren? Warum war sie überhaupt so dumm gewesen, ihm ihre Nachtmahrgestalt zu zeigen? Weil sie eifersüchtig auf Raika gewesen war?

Zu Recht!

Jedenfalls machte es die Sache im Moment nicht besser. Sie spürte, wie Jason sie anzog. Sie wollte zu ihm, ihn in die Arme nehmen und küssen, bis ihnen beiden die Luft wegblieb. Und dann?

Dann würden sich viele Dinge finden, die ihnen beiden gefielen. Die Nacht war noch lang.

Nein! Hast du vergessen, was mit Noah passiert ist? Willst du auch aus Jason ein Monster machen?

Es kostete sie viel Kraft, doch sie begann, eine Stufe nach der anderen zurückzuweichen.

»Faith, warte!«, rief Jason.

Lorena drehte sich um und hetzte die Stiege hinab. Sie rannte durch den Flur und war schon aus der Wohnung, ehe Jason die Treppe überhaupt erreichte. Lorena lief über die Straße und verbarg sich in dem dunklen Durchgang. Was sollte sie jetzt machen? Sie lugte um die Ecke. Es dauerte nicht lange, bis Jason in der Tür erschien und die Straße entlangblickte.

»Faith? Wo bist du? Was soll das?« Er hielt noch immer das Buch in der Hand. Ihr Buch.

Lorena atmete tief durch und zog sich noch tiefer in die Schatten zurück. Was sollte sie nur tun? Auf alle Fälle musste sie ihm das Buch abnehmen. Vielleicht war es noch nicht zu spät. Vielleicht war er noch nicht in die Welt ihrer dunklen Geheimnisse vorgedrungen.

Jason gab es auf, kehrte ins Haus zurück und zog die Tür hinter sich zu. Lorena wandelte sich zurück und zog sich ihre Jacke wieder an. Dann überquerte sie die Straße und betrat, ihre Reisetasche über dem Arm, das Haus. Jason war gerade auf dem Weg zum Dachboden, als sie die Wohnungstür öffnete. Für einige Augenblicke starrten sie einander wortlos an. Lorena konnte nicht verhindern, dass ihr Blick zu dem Buch wanderte, das er mit verkreuzten Armen an seine Brust drückte.

»Lorena«, sagte er endlich. Es schwangen so viele Emotionen in seiner Stimme, doch nicht alle gefielen ihr. Oder interpretierte ihre Furcht zu viel in dieses eine Wort?

»Hallo, Jason«, sagte sie mit unnatürlich hoher Stimme. »Es gab in Hamburg ein schweres Gewitter, deshalb haben sie den Flug verschoben.«

Er sagte nichts. Sah sie einfach nur an. Reglos. Ja, er blinzelte nicht einmal.

Lorena war sich nicht sicher, ob sie in diesem Augenblick in seinen Gedanken lesen wollte. Rasch sprach sie weiter. »Was tust du überhaupt hier? Wir waren heute Abend nicht verabredet, oder habe ich da was vergessen? Hattest du heute nicht einen Auftritt? Und wie bist du überhaupt hier hereingekommen?«

»Du meinst, nachdem du mir keinen Schlüssel gegeben hast?«, ergänzte Jason leise. »Soll ich sagen, ich weiß jetzt warum?«

Lorena zuckte zusammen.

»Doch um deine Fragen der Reihe nach zu beantworten: Ich bin gekommen, um dich zu sehen, ja, ich wollte dich überraschen und dachte, du freust dich.«

Lorena gab ein Geräusch von sich, in dem wenig Begeisterung mitschwang, doch Jason ging nicht darauf ein.

»Meinen Auftritt hatte ich gestern, und – falls es dich interessiert – er war erfolgreich. Ich bin mit einem Produzenten und einem sehr bekannten Dirigenten ins Gespräch gekommen, die sich sehr interessiert gezeigt haben. Außerdem hat uns der Gastgeber gleich für drei weitere Auftritte gebucht, die er außergewöhnlich gut bezahlt. Das wollte ich dir erzählen und vielleicht bei einem Essen oder einem Drink die gute Nachricht und deine Rückkehr feiern. Also habe ich vor deiner Tür gewartet, aber du kamst nicht. Dafür kam dein Vermieter vorbei. Er hatte Mitleid mit mir und wollte mich nicht länger draußen in der Kälte stehen lassen. Er hat mir angeboten, die Tür zu öffnen, und da mir kalt war, habe ich angenommen.«

Das hättest du nicht tun sollen, dachte sie, sprach die Worte aber nicht aus. Eine tiefe Traurigkeit stieg in ihr auf. Sie spürte, dass dies der Beginn des Endes war. Warum? Es war doch gut zwischen ihnen gelaufen. Sie hätten einfach nur so weitermachen müssen, ihre gemeinsame Zeit genießen und die Geheimnisse des anderen respektieren.

Lorena wusste, dass es nicht so einfach war, doch sie wollte es sich nicht eingestehen.

»Das ist schon in Ordnung«, presste sie hervor.

»Du meinst, wenn ich im Wohnzimmer auf dich gewartet oder mir einfach nur in der Küche einen Kaffee gekocht hätte?«

Er machte eine Pause, doch was sollte Lorena daraufhin sagen? Dass es sich nicht gehörte, in der Privatsphäre des anderen herumzuschnüffeln? *Warum nur war er auf den Dachboden gegangen!*

»Langeweile und ein wenig Neugier«, beantwortete er ihre stumme Frage. »Ja, ich muss zugeben, dass meine Neugier stärker war als die gute Erziehung. Mir wurde das Warten zu lang, und da bin ich einfach auf den Dachboden gestiegen. Nein, ich vermutete nicht, dort etwas Besonderes zu finden, doch wie sehr kann man sich täuschen. Andere Leute haben altes Gerümpel auf dem Dachboden, jedoch keine Gefängniszelle! Entschuldige, aber das hat viele Fragen in mir aufsteigen lassen.«

Endlich spürte Lorena, dass sie sich wieder bewegen konnte. Sie trat einen Schritt vor und streckte die Hand aus.

»Gib mir mein Buch!«

Zögernd löste Jason seinen Klammergriff und legte ihr das Buch in die Hand.

»Du hast darin gelesen«, sagte sie, so als könne sie bei der Berührung des alten Leders spüren, dass es von einer fremden Hand berührt und von unbefugten Augen entweiht worden war.

Mit einem einfachen Ja bestätigte er ihre schlimmsten Befürchtungen. Lorena stöhnte auf und taumelte gegen die Wand. Sie musste sich abstützen, um ihr Gleichgewicht wiederzufinden.

Wie viel hatte er gelesen? Glaubte er das, was in dem Buch stand? Sein Verstand musste dagegen rebellieren. Das war gegen jede Vernunft. Sie hätte ihn gern gefragt, doch sie brachte die Worte nicht über die Lippen. Aber Jason sprach von sich aus weiter.

»Du hast eine blühende Fantasie, meine Liebe. Du kannst dir wundervolle Geschichten ausdenken und sie packend niederschreiben. Wenn man die ersten Sätze gelesen hat, kann man nicht mehr von ihnen lassen.«

Lorena ließ die Luft entweichen, die sie unwillkürlich angehalten hatte. Sollte sie ihm sagen, dass dies der Entwurf für einen Fantasyroman sei? Ließ sich die Situation so noch retten? Doch er raubte ihr die Hoffnung mit seinen nächsten Worten.

»Wenn das Gefängnis nicht wäre und die vielen Fragen, die mich schon lange quälen, könnte ich es bei dem Gedanken belassen. Aber ich fürchte, so einfach ist die Lösung nicht. Mein Verstand weigert sich, die andere Möglichkeit zuzulassen, auch wenn meine Sinne ihm sagen, dass dies die Antwort auf alles ist. Ein Tagebuch voller Erinnerungen? Kann das wirklich möglich sein? Lorena – Faith. Ich fürchte, ich muss das Unmögliche glauben. Bitte antworte mir: Ist das wahr?«

Lorena sah keine Ausflucht mehr, vermutlich, weil es keine gab. So nickte sie stumm. Dann räusperte sie sich und sagte heiser: »Ja, alles, was du gelesen hast, ist wahr, so wie ich mich daran erinnere. Nun weißt du, dass du dich in ein Monster verliebt hast, dass ich dich bewusst getäuscht und meine wahre Natur vor dir verheimlicht habe. Zu meiner Verteidigung weiß ich nur zu sagen: Ich habe mich in dich verliebt, nicht erst vor ein paar Wochen. Schon damals auf der Highschool, und als wir uns dann wiedertrafen, besaß ich nicht die Stärke, meinen Gefühlen zu widerstehen, die seit dieser Zeit unmerklich in mir gewachsen waren. Wenn auch vieles Lüge war, das nicht! Ich liebe dich Jason, aber ich wusste auch, dass dieser Tag irgendwann kommt und ich dich gehen lassen muss. Ich bitte dich nur, mir zu verzeihen und mein Geheimnis für dich zu behalten.«

»Du willst Schluss machen? Einfach so, nur weil ich dein Geheimnis entdeckt habe?« Er schien fassungslos.

»Nicht weil du es entdeckt hast, sondern weil es dieses finstere Geheimnis gibt«, gab sie mit brüchiger Stimme zurück.

Jason trat vor, nahm ihre Hände und zwang sie, ihm in die Augen zu sehen.

»Lorena«, sagte er ernst. »Jetzt ist es kein Geheimnis mehr, das zwischen uns steht. Ich kann mit sehr vielem leben, aber nicht mit einem Gespinst aus Lügen. So etwas beginnt vielleicht harmlos mit ein paar Ausflüchten, doch dann wird es von Tag zu Tag dichter, bis es uns einschnürt und uns die Luft zum Atmen nimmt. Es würde unsere Liebe ersticken. Bitte, lass es nicht so weit kommen! Ich liebe dich von Herzen. Du bist nicht die erste Frau, mit der ich zusammen bin, aber die erste, bei der ich das Gefühl habe, dass ich sie nie wieder verlieren will. Bitte, sei ehrlich zu mir und schenk mir dein Vertrauen! Ich weiß, dass es nicht recht von mir war, in deinem Buch zu lesen, aber vielleicht musste ich es auf diese Weise erfahren. Ich glaube, von dir aus hättest du den Mut nicht aufgebracht, und dann wäre es irgendwann für uns zu spät gewesen. Jetzt können wir noch alles retten und noch einmal ganz neu anfangen.«

»Und wie stellst du dir das vor?«, fragte Lorena mit fast erstickter Stimme.

»Zeige mir, wer du wirklich bist. Lorena und Faith? Ich muss beide kennen, wenn ich dich in deiner ganzen Person verstehen und lieben können will.«

»Wie meinst du das?«

»Ich möchte es sehen!«

»Was?«

»Ich möchte sehen, wie du dich in einen Nachtmahr verwandelst. Vielleicht kann mein Verstand es erst dann wirklich annehmen.«

»Das geht nicht!«, wehrte sie ab.

»Nein? Warum nicht? Warst du nicht eben erst in deiner anderen Gestalt hier?«

Lorena nickte mit betretener Miene. »Das schon, aber trotzdem. Ich habe mich noch nie vor einem anderen gewandelt.« *Nur vor Raika, einem Nachtmahr wie ich,* fügte sie in Gedanken hinzu.

»Bitte. Bist du mir das nicht schuldig?«

Vielleicht hatte er recht. Dennoch fühlte sie so etwas wie

Peinlichkeit in sich aufsteigen. »Ich weiß nicht, ob ich das jetzt so einfach kann.«

»Aber du wirst es für mich versuchen?«

Noch immer schrie alles in ihr Nein!, doch Lorena sah ihm in die Augen, und was sie dort erkannte, ließ sie nicken. Sie entzog ihm die Hände und trat zwei Schritte zurück. »Bleib stehen und sei still! Ich muss mich konzentrieren.«

Jason rührte sich nicht, hielt aber den Blick unverwandt auf sie gerichtet.

Langsam zog Lorena ihre Jacke aus und ließ sie zu Boden gleiten. Es fiel ihr schwer, die Augen zu schließen und sich zu konzentrieren. Sie durfte nicht an Jason denken. Sie musste das Bild des Nachtmahrs in sich beschwören, um ihren Körper zu zwingen, sich zu wandeln.

Zu ihrer Überraschung ging es ganz leicht. Der Nachtmahr *wollte* sich zeigen. Er gierte geradezu danach, Jasons bewundernde Blicke auf der Haut zu spüren.

Als sie sein Stöhnen hörte, das eher nach einem Seufzer klang, öffnete sie die Augen.

»Unglaublich«, hauchte er. »Jetzt muss mein Verstand sich wohl oder übel dem Unfassbaren beugen.« Er streckte die Arme aus und tappte auf sie zu. Ein wenig unbeholfen strichen seine Finger an ihrem nackten Arm entlang. »Du bist ein fremdes Wesen und dennoch auch vertraut. Ich wundere mich, dass ich dich beim Salsatanzen nicht gleich erkannt habe. Und auch vorhin, oben auf dem Dachboden, wusste ich tief in meinem Innern, dass wir uns vertrauter sind, als mein Geist es mir eingeben wollte.«

Lorena spürte, wie ihre Finger zuckten. Sie wollten sich um seinen Hals legen, sein Gesicht heranziehen, damit sich ihre Lippen berührten. Seine Fingerspitzen auf ihrem Arm brannten wie Feuer, das sich über ihren ganzen Körper ausbreitete.

»Du bist wunderbar«, hauchte er. »Ich liebe dich!«

Quatsch!

Das war nur die Magie des Nachtmahrs, die ihn so sprechen ließ. Sie musste ihn schnellstens davon befreien, damit Jason wieder klar denken konnte.

Lorena kniff die Augen zusammen, doch nichts geschah. Sie konzentrierte sich mit aller Macht, dennoch schaffte sie es nicht, ihren Körper in seine menschliche Erscheinung zurückzuzwingen.

Das war doch nicht möglich! Da hörte sie die Uhr im Wohnzimmer Mitternacht schlagen.

Lorena riss die Augen auf. »Ich muss fort!«, stieß sie hervor.

Jasons Finger schlossen sich um ihr Handgelenk. »Warum? Was ist denn los?«

»Lass mich! Ich muss auf den Dachboden in meine Kammer und die Tür schließen. Warte hier. Um ein Uhr ist der Spuk vorbei, dann komme ich wieder herunter.«

»Nein, warte Lorena. Das brauchst du jetzt nicht mehr. Ich kenne nun beide Seiten, und wir müssen uns nicht mehr voreinander verstecken. Bleib hier bei mir!« Er stellte sich ihr in den Weg.

»Du meinst mich zu kennen? O Jason, du bist ein Narr! Hast du meine Erinnerungen wirklich gelesen und verstanden? Es ist gefährlich, in der Gesellschaft eines Nachtmahrs zu sein. Ich bin gefährlich! Für deine Seele, für deinen Charakter und für deine Gesundheit!«

Jason hielt sie noch immer fest. »Das glaube ich nicht. Egal, ob du dich Lorena oder Faith nennst, tief in deinem Innersten bist du immer der gleiche gute Mensch, der mich liebt und mir nichts Böses tun würde.«

Lorena dachte an Noah, und ihr war, als müsste sie weinen. »Du hast keine Ahnung, wovon du sprichst. Ich bin Gift für dich.«

Trotz ihrer Worte beugte sich Jason vor und küsste sie auf den Mund. »Ich werde aufpassen, dass weder dir noch mir etwas geschieht.«

Was für ein Narr. Aber ein äußerst liebenswerter und begehrenswerter Narr!

Lorenas Widerstand schmolz dahin. Sie erwiderte seine Küsse, schlang die Arme um ihn und presste ihn mit einer solchen Leidenschaft an sich, dass er aufstöhnte. Bei anderen Männern hatte der Nachtmahr stets die Kontrolle behalten. Es war ein Spiel, bei dem sie die Regeln bestimmte! Doch vielleicht war ihre Liebe für Jason schon zu tief gegründet, als dass sie einen kühlen Verstand hätte wahren können. Die Leidenschaft riss sie beide mit sich fort. Sie befreiten sich gegenseitig von ihren Kleidern und liebten sich das erste Mal dort am Fuß der Stiege, wo sie zu Boden gesunken waren. Lorena spürte seinen Körper so intensiv wie noch nie und schrie vor Lust. Dann schleppten sie sich ins Schlafzimmer, ruhten sich ein wenig aus und heizten sich von Neuem gegenseitig auf. Sie fuhr abwechselnd mit der Zunge und den Fingernägeln über seinen Rücken, während er sich wand und stöhnte. Dann zwang sie ihn, sich umzudrehen, und setzte sich rittlings auf ihn. Seine Finger gruben sich in ihre Pobacken, während sie den Rhythmus bestimmte, der angetan war, ihn in den Wahnsinn zu treiben. Seine Lust trieb auch die ihre voran, bis sie beide aufschrien und erschöpft auf die Kissen sanken. Eng umschlungen lagen sie da. Längst war es nach ein Uhr, doch Lorena zögerte, sich zurückzuverwandeln. Wollte Jason nach dieser Stunde die menschliche Lorena überhaupt wieder zurück? Oder würde er in Zukunft sein Bett lieber mit Faith teilen?

Sie spürte, wie hinter ihren Lidern Tränen aufstiegen, doch der Nachtmahr würde nicht weinen.

»Was ist mit dir?«, fragte Jason. Seine Stimme klang zärtlich. »Du siehst so wunderschön aus, dass mir ganz schwindelig wird, und doch kommst du mir plötzlich so traurig vor.«

»Wenn jemand traurig ist, dann Lorena«, sagte sie. »Solche Gefühle liegen nicht in Faiths Wesen.«

»Lorena und Faith sind eins, auch wenn sie äußerlich vielleicht unterschiedliche Schalen haben.«

Lorena schüttelte den Kopf. »Nicht nur die Hülle unterscheidet sich. Ich hoffe, das musst du nie schmerzlich erfahren.«

Jason zuckte mit den Schultern. »Ganz gleich, ich mag sie beide. Faith ist atemberaubend schön und aufregend, aber Lorena ist meine große Liebe. Wann wird sie wieder hervortreten?«

»Möchtest du sie denn wiederhaben?«, fragte Lorena ein wenig zaghaft.

»Aber ja! Sie ist es, die mir vertraut ist und die ich zum Einschlafen in meinen Armen halten möchte.«

Sie küsste ihn zärtlich auf den Mund, während sie sich in ihre normale Gestalt zurückverwandelte. Dann schliefen sie eng umschlungen ein.

Kapitel 19

KLEINE ROTE PILLEN

»Sie hat sich ihm offenbart, Mylady!«, rief Raika, noch ehe sie den Salon betreten und der Butler die Tür hinter ihr geschlossen hatte.

Für einen Moment war es totenstill, und Raika wagte es, den Blick zumindest bis zu den Händen zu heben, die im Schoß gefaltet lagen. Ein großer Siegelring blitzte im Kerzenschein der beiden Leuchter, die rechts und links des mächtigen Sessels auf zierlichen Tischchen standen. Wieder einmal fühlte sich Raika, als habe sie mit dem Betreten von Gryphon Manor eine Zeitreise in die Vergangenheit unternommen.

Noch immer sagte die Lady nichts. Hatte sie nicht begriffen, was Raika ihr damit sagen wollte? Dann musste sie deutlicher werden.

»Lorena hat sich vor Jason gewandelt und ihm all unsere Geheimnisse verraten! Ich habe gesehen, wie sie vor ihm zum Nachtmahr wurde, mit ihm Sex hatte und sich dann zurückverwandelt hat.«

Und wie hast du dich gefühlt, die Liebenden bei ihrem Spiel zu beobachten? Hat es dich erregt? Ist es dir schwergefallen, unentdeckt im Hintergrund zu bleiben?

Die Lady hatte noch immer nichts gesagt, doch in Raika erklangen diese überraschenden Fragen, die sie nicht vorhatte zu beantworten.

Natürlich hatte sie daran gar nicht gedacht, log sie sich vor. Sie hatte einen Auftrag, den sie erfüllen musste. Sie durfte sich nicht einmischen, nicht wahr?

Nun endlich vernahm sie die Stimme von Mylady. So kühl und unwirklich wie ein eisiger Windhauch.

»Du meinst so, wie bei eurer gemeinsamen Nacht in Hamburg?«

Raika wunderte sich kaum, dass Mylady ihre Gedanken aufgefangen hatte, und nahm sofort Verteidigungshaltung ein. »Lorena hatte mich entdeckt und wollte alles über unser Dasein als Nachtmahr erfahren. Sie war so unwissend wie ein Baby! Ich dachte, es kann nicht schaden, wenn sie mehr über uns erfährt. Sie muss es ja ohnehin irgendwann, wenn sie den Platz einnehmen soll, den Ihr für sie vorgesehen habt.«

Das war ein wenig auf den Busch geklopft, doch die Lady ließ sich nicht dazu verleiten, ihr etwas von ihren Plänen zu verraten. Stattdessen sagte sie: »Und da hast du ihr dann die Augen geöffnet?«

»Ja«, bestätigte Raika und versuchte, nicht kleinlaut zu klingen. »Und ich denke, das Ergebnis gibt mir recht. Sie ist jetzt noch enger mit ihrem Jason verbunden als zuvor.«

Die Lady gab ein Geräusch von sich, das vielleicht ein Lachen hätte sein können. »Und genau das hattest du mit deiner Aktion geplant.«

»Ja«, sagte Raika noch einmal und zog ein wenig den Kopf ein. Irgendwie hatte sie das Gefühl, es läge eine Abreibung in der Luft, auch wenn sie sich keiner Schuld bewusst war.

Nun ja, fast keiner. Es hatte sich eben so entwickelt. Natürlich hatte sie das alles nicht geplant, aber es war gut gelaufen, und mit dem Ergebnis konnten alle zufrieden sein.

»Gut, belassen wir es heute dabei«, sagte die Lady zu Raikas Überraschung. »Du wirst sie weiterhin im Auge behalten, aber pass auf, dass sie dich nicht bemerkt. Ich würde es nicht gern sehen, wenn meine Pläne jetzt noch scheiterten!«

Es hätte des scharfen Tons nicht bedurft, um Raika das klarzumachen. Mit einem Gefühl der Erleichterung zog sie sich zurück. Erst als sie das Haus schon verlassen hatte und über den Kiesweg auf das Tor zuging, stieg die Frage in ihr auf, woher zum Teufel die Lady schon wieder so genau über ihre Reise nach Hamburg Bescheid wusste. Das konnte doch nur bedeuten, dass sie ihr nicht vertraute und ihr Aufpasser hinterherschickte. Die Hüterinnen in ihren dunklen Anzügen, die ganz und gar keinen Spaß verstanden.

Aber warum musste dann Raika Lorena im Auge behalten? Warum taten das die Mahre der Lady nicht selbst? Und warum hatte sie gar nicht auf die Ungeheuerlichkeit reagiert, die sie ihr überbracht hatte? Für solch einen Verrat waren schon Menschen getötet und Nachtmahre vernichtet worden.

Raika fand darauf keine Antwort. Wie so oft war es ihr nicht möglich, die Lady und ihre Pläne zu durchschauen. Dennoch blieb ihr nichts anderes übrig, als die Anweisungen zu befolgen und das Spiel der großen Dame weiterzuspielen, in dem sie, wie so viele, nur eine kleine Schachfigur war.

Ein seltsames Geräusch, das nicht zu ihrem Traum passen wollte, drang in Lorenas Bewusstsein. Zuerst versuchte sie, es zu ignorieren, doch irgendein Teil in ihr war bereits wach genug, um ihrem Verstand zu melden, dass das keine gute Idee war. Mit einem Aufschrei fuhr Lorena hoch und brachte den altmodischen Wecker mit einem unsanften Schlag zum Schweigen. »O nein«, stöhnte sie, bedeckte die Augen mit der Hand und ließ sich wieder zurück in die Kissen sinken.

»Ist es schon Morgen?«, murmelte Jason schlaftrunken und riskierte einen Blick aus einem noch fast geschlossenen Auge. »Kann nicht sein«, brummelte er. »Ist noch dunkel.«

»Es ist halb sieben, und ich muss aufstehen!«, widersprach Lorena.

»Kommt nicht infrage!« Jason schlang seine Arme um sie und drückte sie fest an sich. Für ein paar Minuten genoss Lorena seine Nähe und seine Wärme, dann versuchte sie, sich aus seiner Umklammerung zu lösen.

»Ich muss aufstehen! Ich kann nicht schon wieder montags blaumachen.«

»Ach, machst du das öfter?«, erkundigte sich Jason, ohne die Augen zu öffnen. »Dann kommt es ja auf das eine Mal auch nicht mehr an.«

Lorena rutschte ein Stück von ihm weg. »Doch, das kommt es, und nein, ich mache das nicht öfter. Ich führe kein so unsolides Lotterleben wie ihr Künstler, die den halben Tag im Bett verbringen können.«

Mit einem wohligen Seufzer drehte er sich auf die andere Seite. »Gib zu, du bist nur neidisch«, murmelte er und gähnte herzhaft.

»Und ob!«, gab sie zu und stieß dann einen kleinen Schrei aus, als vier Pfoten mitten auf ihrem Bauch landeten.

»Aua, Finley, geh runter!«, schimpfte sie. »So schwer, wie du bist, hat Mr. Gordon dich gut gefüttert.«

Das war kein gutes Thema. Finley war jedes Mal beleidigt, wenn Lorena ihn – seiner Meinung nach – grundlos im Stich ließ. Gefüllte Näpfe waren eben nicht alles, was eine Katze für ihr Wohlbefinden begehrte. Und nachdem Lorena es gewagt hatte, innerhalb so kurzer Zeit noch ein zweites Mal zu verschwinden, war Finley ernsthaft beleidigt, was sich unter anderem daran zeigte, dass er sie an diesem Morgen nicht mit Schnurren begrüßte, sondern nur mit einem rauen Maunzen sein Frühstück einforderte.

»Gleich«, stöhnte Lorena und streichelte ihm über den Rücken, doch Finley ignorierte sie. Er hatte Jason entdeckt und stupste ihn in die Seite.

»Lass das! Ich muss noch eine Runde schlafen.« Er schubste den Kater zur Seite und zog sich die Decke über den Kopf.

»He, du musst dich mit der hier heimischen Raubkatze gut stellen«, sprang Lorena für den Kater in die Bresche. »Und ich hätte gegen ein Frühstück auch nichts einzuwenden. Oje, ich muss mich beeilen!«

Mit einem Satz war sie aus dem Bett und eilte ins Bad. Jason stöhnte, schälte sich aber aus den Laken und schlich hinter dem Kater in die Küche. Lorena hörte ihn mit Geschirr klappern. Als sie fertig angezogen zu den beiden stieß, begrüßte sie Jason mit einer Miene komischer Verzweiflung.

»Ich habe dir Tee gekocht, aber für Porridge bin ich noch nicht in der richtigen Verfassung. Dafür habe ich Cornflakes und Milch gefunden. Ich hoffe, das reicht für heute Morgen. Was dein Kater will, weiß ich allerdings nicht.«

Er deutete auf den mit Katzenfutter gefüllten Napf, vor dem sich Finley niedergelassen hatte. Er betrachtete das Futter mit sichtlicher Abneigung und peitschte unruhig mit dem Schwanz hin und her.

»Er möchte ebenfalls Porridge zum Frühstück«, teilte Lorena Jason mit einem verschmitzten Lächeln mit. Jason stöhnte gequält, während sich Lorena zu dem Kater hinabbeugte und ihm versöhnlich den Nacken kraulte. »Komm, sei nicht so, alter Junge. Heute muss es eben mal so gehen.« Sie setzte sich an den Tisch, aß eine Schüssel Cornflakes und trank den etwas zu stark geratenen Tee, während ihr Jason gegenübersaß und sie aus müden Augen betrachtete. Der Kater gab seinen Widerstand auf und machte sich ebenfalls über sein Frühstück her.

»Darf ich noch ein wenig bleiben?«, erkundigte sich Jason, »oder wirfst du mich jetzt raus?«

Lorena versuchte, nicht daran zu denken, wie er in ihrem Buch gelesen hatte. Außerdem wusste er jetzt alles über sie. Von nun an musste es keine Geheimnisse mehr zwischen ihnen geben. Ein seltsames Gefühl, ein ungewohntes, aber ein sehr schönes!

Lorena erhob sich, küsste Jason zärtlich auf den Mund und griff nach ihrer Tasche. »Schlaf dich ruhig aus, zank dich aber nicht mit Finley.«

Jason erwiderte den Kuss. »Wir werden schon miteinander klarkommen. Ansonsten regeln wir das eben wie unter Männern.«

Lorena kicherte. »Ach, und wie geht das?«

Jason gähnte. »Keine Ahnung, aber mir wird schon was einfallen. Ein Bier zur Versöhnung kann ich ihm vermutlich nicht anbieten?«

»Nein, auf Bier steht er nicht«, gab Lorena mit bemüht ernster Miene zur Antwort. Dann eilte sie zur Tür und sprintete im Dauerlauf zur U-Bahn-Station, wo sie gerade noch den Zug der Circle Line erwischte, der sie in die City bringen würde.

Die nächsten drei Tage sah Lorena Jason nicht. Sie telefonierten nur kurz miteinander. Sie war tagsüber in der Bank, er hatte Proben und musste darüber hinaus abends arbeiten: berufstätige Musikschüler, die nur zu diesen Zeiten Unterricht nehmen konnten. Für Jason war das eine zusätzliche Einnahmequelle, und so störte er sich nicht daran. Viel mehr hatten seine Mitbewohner in den anderen Wohnungen zu leiden, die sich bis spät abends mehr oder weniger schön vorgetragene Klavierstücke anhören mussten. Doch normalerweise war das kein Problem. Die alte Dame über ihm drehte ohnehin ihren Fernseher lauter, weil sie nicht mehr so gut hörte, und die beiden jungen Männer, die die Wohnung auf der rechten Seite gemietet hatten, waren zu diesen Zeiten meist noch in irgendwelchen Pubs unterwegs. Nur das junge Paar unter ihm war mit der Musik aus seiner Wohnung nicht so glücklich, beschwerte sich aber nicht. Wenn es sie störte, legten sie etwas ein, das ihrem Musikgeschmack entsprach und dessen durchdringender Rhythmus am Vibrieren des Bodens zu spüren war.

»Nimmst du mich am Wochenende mit?«, erkundigte sich Jason, als er Lorena am Donnerstag von der Bank abholte und mit ihr durch die City schlenderte. Sie wollten in einem Restaurant in der Nähe von St. Pauls Sushi essen gehen.

Lorena sah ihn überrascht an.

»Du wirst doch wieder deine Großmutter besuchen, nicht wahr? Und es drängt dich, ihre Sachen weiter zu durchforsten.«

Sie hatte ihm ein wenig von ihrem letzten Besuch erzählt, doch bisher hatte sie sich nicht entschieden, wann sie wieder nach Hamburg reisen wollte. Sie zögerte. Ja, es drängte sie, ihre Suche nach den geheimnisvollen Pillen fortzusetzen, und sie wollte wieder mit Großmutter sprechen. So viele Erinnerungen wurden wach. Die meisten davon gute, glückliche Momente und unbeschwerte Tage, die sie, wie die dunklen Zeiten, so tief in ihrem Gedächtnis vergraben hatte, dass sie sie selbst nicht mehr hatte finden können. Ihre Großmutter half ihr, das Gute zu entdecken. Solange ihr Geist klar blieb, erinnerte sie sich an vieles besser als Lorena.

So war Lorena erstaunt, dass einige Episoden, die Großmutter ihr von ihr und Lucy berichtete, keine schlechten Gefühle in ihr auslösten. Es gab Momente, in denen sie ihre Schwester geliebt hatte. Wo sie friedlich miteinander gespielt hatten oder zusammen durch den Garten getollt waren.

Macht es das etwa einfacher? Ist deine Schuld dadurch geringer?

Lorena schob den Gedanken beiseite und richtete ihre Aufmerksamkeit wieder auf Jason.

»Ja, ich möchte so bald wie möglich wieder nach Hamburg fliegen, aber für dieses Wochenende habe ich noch nicht gebucht. Es könnte teuer werden, so kurzfristig.«

Jason zuckte mit den Schultern. »Ich dachte, wir nehmen vielleicht das Auto, dann kannst du ein paar von den Kisten, die dich interessieren, gleich mitnehmen.«

Lorena dachte an Jasons schon etwas klapprigen Oldtimer, der der Strecke vermutlich nicht mehr gewachsen sein dürfte. Und auch ihr Mini bot sich nicht gerade an, möglichst viele Umzugskartons darin unterzubringen.

»Ich weiß nicht«, sagte sie bedächtig.

»Ob ich dich begleiten soll oder ob wir fahren?«, erkundigte sich Jason. »Falls dir lediglich unsere fahrbaren Untersätze Kopfzerbrechen bereiten, würde ich vorschlagen, einen Mietwagen zu nehmen. Irgendeinen großen Kombi, in dem du viel verstauen kannst. Und falls du den einen oder anderen Tag vielleicht auf Überstunden freibekommst, ich könnte Montag und Dienstag mit dranhängen.«

Lorena blieb stehen und sah ihn an. Es fühlte sich so fremd an, mit einem anderen Menschen zusammen Pläne zu schmieden. Mit ihm gemeinsam fortzufahren. Konnte sie das wirklich riskieren? Noch hatte sie kein Mittel, den Nachtmahr in ihr unter Kontrolle zu halten. In ihrer Wohnung hatte sie Sicherheitsvorkehrungen getroffen, um ihn zu schützen, aber auf einer solchen Reise? Konnte das gut gehen, oder würde sie ihm schaden?

»Du zögerst. Ich sehe es in deinem Blick. Sei doch einfach mutig und vertraue uns beiden. Auf, gib dir einen Ruck und sag ja, dann kümmere ich mich morgen um den Wagen!«

Lorena atmete tief durch. »Also gut, aber nimm dich vor dem Nachtmahr in Acht. Kämpfe gegen die Verlockungen an, wenn du das Gefühl hast, er würde dich zu etwas drängen, das du nicht gut findest.«

Jason grinste. »Aber sicher doch, meine Liebe. Ich fühle mich dir voll und ganz gewachsen, egal, in welcher Gestalt du es mit mir aufnehmen willst.«

Sie erwiderte sein Lächeln, auch wenn sie die Befürchtung nicht abschütteln konnte, dass er die Sache zu leicht nahm.

»Gut, reserviere uns einen Wagen. Ich kann Montag und Dienstag bestimmt freinehmen.« Sie senkte ein wenig beschämt den Blick. »Ich habe noch genug Urlaubstage.«

»Ach, dann hast du mich in diesem Punkt also auch angelogen?«

»Was konnte ich anderes tun? Wie hätte ich mit dir verreisen können?«, rief sie kläglich.

Jason schloss sie in die Arme. »Ich weiß, aber das haben wir jetzt hinter uns gelassen, und ich sage dir: Ich bin mächtig froh darüber. Jetzt lass uns aber essen gehen. Ich habe so einen Mordshunger, dass ich den Fisch roh verschlingen könnte.«

Lorena schmunzelte. »Das darfst du in einem Sushi-Restaurant ganz sicher, mein Schatz!«

Jason besorgte wie versprochen einen Kombi, und so fuhren sie am Freitag kurz nach vier los. Er holte sie am Fuß des schimmernden Wolkenkratzers ab, was allerdings bedeutete, dass sie sich erst mal durch Londons Feierabendverkehr quälen mussten, ehe sie sich ein wenig flotter auf den Weg zum Eurotunnel aufmachten, der die Straße von Dover unterquerte und ihnen so die Fähre ersparte. Dennoch war es ein weiter Weg bis nach Hamburg, und Lorena fragte sich ein paar Mal, während sie das nächtliche Belgien und die Niederlande durchquerten, ob es wirklich eine gute Idee gewesen war, mit dem Auto loszufahren. Jason fuhr unermüdlich, während Lorena das ein oder andere Mal wegdämmerte. Wilde Träume plagten sie, und so schreckte sie immer wieder hoch. Sie hatten die deutsche Grenze schon einige Zeit passiert, als die Uhr gegen Mitternacht vorrückte.

Jason sah Lorena fragend an. »Was sollen wir tun? Anhalten?«

Lorena nickte. »Ist vielleicht sicherer.«

Jason steuerte einen einsamen Waldparkplatz etwas abseits der Autobahn an, wo außer dem ihren kein Fahrzeug zu sehen war. Lorena sprang aus dem Wagen und lief in den Wald, um sich zu wandeln, während Jason widerstrebend im Auto zurückblieb. Doch er musste nicht lange warten. Mit lässigem Hüftschwung kam Lorena bereits wenige Minuten später zu ihm zurück und beugte sich durch die offene Scheibe zu ihm hinunter.

»Hallo, mein Schatz, da bin ich wieder.«

Sie spürte, wie sein Atem schneller wurde. Sein Blick saugte sich an ihrem schönen Gesicht fest. Begehren wallte heiß in ihm auf.

Dafür haben wir jetzt keine Zeit!, schimpfte eine Stimme in ihr.

Dafür ist immer Zeit, entgegnete das nächtliche Wesen, gab aber nach.

»Rutsch rüber. Jetzt fahre ich!«

»Bist du sicher?«, fragte Jason.

»Traust du mir etwa nicht? Warte es ab, wir sind in null Komma nichts in Hamburg!«

»Oder im Straßengraben«, murmelte Jason, nachdem er auf den Beifahrersitz gerutscht war und Lorena mit quietschenden Reifen und schlingerndem Heck auf die Straße zurückkehrte.

»Entspann dich«, rief sie heiter. »Oder schlaf ein wenig. Ich bin jetzt gar nicht mehr müde.« Schwungvoll nahm sie die Auffahrt zur Autobahn und querte mit heulendem Motor auf die linke Spur, ohne sich darum zu kümmern, dass Jason sich am Türgriff festklammerte und leise stöhnte.

Mit einem hatte Lorena recht: Flott voran kamen sie wirklich. Lorena ließ keine Lücke ungenutzt und holte aus dem Wagen heraus, was der Motor zuließ. Dass der Spritverbrauch nach oben schnellte, kümmerte sie nicht. Jason konnte sich zwar nicht so weit entspannen, dass er hätte schlafen können, doch immerhin ließ seine Verkrampfung nach, als er ihre schnellen Reflexe beobachtete und sah, wie sicher sie auch mit hohem Tempo umging. Da sie die Geschwindigkeitsbegrenzungen sehr locker auslegte, konnte er nur hoffen, dass ihre scharfen Sinne sie auch vor möglichen Radarfallen warnten.

Eine Stunde später erreichten sie Hamburg und suchten sich ein einfaches Hotel, da sie um diese Zeit draußen auf dem Land sicher keinen Hauswirt mehr wach antreffen würden. Lorena wandelte sich zurück und begleitete Jason in ihrer unauffälligen Gestalt auf ihr Zimmer. Nun griff wieder die Müdigkeit nach ihr, und sie schlief mit einem Seufzer in seinen Armen ein, kaum dass er die Decke über sie gebreitet hatte.

Lorena war ein wenig nervös, als sie am späten Vormittag das Seniorenheim betraten, doch ihre Sorge um den Zustand ihrer Großmutter erwies sich als unbegründet. Else Maschek begrüßte Lorena mit einem überraschten Ausruf und strahlte vor Freude, als ihre Enkelin sie umarmte.

»Hattest du erwähnt, dass wir uns so schnell wiedersehen?«, erkundigte sie sich.

Lorena schüttelte den Kopf. »Ich wusste ja selbst nicht, dass es mir möglich sein wird, so bald schon wieder hier zu sein.«

Sie überreichte ihrer Großmutter ein Paket mit Tante Rubys selbst gekochter Erdbeermarmelade, die sie ihr bei ihrem letzten Besuch in Oxford aufgedrängt hatte, und einigen Romanen in Großdruck, die Else Maschek erfreut entgegennahm.

»Ich wollte, dass du Jason kennenlernst«, sagte sie, als ihre Großmutter von ihren Mitbringseln aufsah. Lorena winkte ihn heran. Jason reichte der alten Frau die Hand und stellte sich höflich vor.

»Es freut mich sehr, Sie kennenzulernen, Frau Maschek«, sagte er.

»Die Freude ist ganz auf meiner Seite. Ich heiße Else. Und ich hoffe sehr, dass Sie meiner Kleinen Glück bringen, denn das hat sie auf alle Fälle verdient!«

»Das hoffe ich auch, Else. Noch mehr Glück, als sie mir jetzt schon geschenkt hat.«

Else Maschek nickte mit einem Lächeln. Offensichtlich war sie mit seiner Antwort zufrieden. »Sie hat es nicht leicht gehabt«, sagte sie sanft und sah Lorena bedeutungsvoll an.

»Er weiß es«, sagte sie.

Else Maschek hob überrascht die Augenbrauen. »Alles?«

»Soweit ich von mir behaupten kann, alles zu wissen«, bestätigte Lorena.

»Und Sie kommen dennoch zu mir, um sich mir vorzustellen? Jason, nun muss ich Lorena wohl glauben, dass sie an einen außergewöhnlichen Menschen geraten ist, wenn Sie dieses Schicksal mit ihr tragen wollen.«

Jason wirkte ein wenig verlegen. »Es ist ganz einfach. Wir haben uns ineinander verliebt, und wir nehmen uns an, so wie wir sind, mit unseren Stärken und unseren Schwächen.«

Am Nachmittag machten sie sich dann zu Else Maschecks altem Häuschen auf, um sich ihren Besitztümern auf dem vollgestellten Dachboden zuzuwenden. Frau Sanders begrüßte sie freundlich. Sie hatte wieder Kuchen gebacken und nötigte die beiden, zuerst Tee mit ihr zu trinken und ihren Kirschkuchen zu probieren, ehe sie sie auf den Dachboden führte und dort allein ließ.

Jason ließ den Blick schweifen. Ein Ausdruck komischer Verzweiflung stahl sich in seine Miene, doch er fragte tapfer: »Wo fangen wir an?«

Lorena schlug vor, die Schachteln mit den Fotos und Briefen gleich ins Auto hinunterzutragen und auch die Kiste mit den geheimnisvollen alten Büchern, die vermutlich Elses Mutter gehört hatten. Derweil öffnete Lorena eine Reihe weiterer Kisten, schob die meisten aber wieder an ihren Platz zurück und schrieb in wenigen Stichworten deren Inhalt auf den Deckel. Als Jason zurückkehrte, rückten sie die schweren Möbel weiter nach vorn, um an die Kisten dahinter zu kommen. So werkelten und wühlten sie bis zum späten Nachmittag, doch außer weiteren Fotos und einer kleinen Schachtel mit handschriftlichen Aufzeichnungen fanden sie nichts, was sich sofort mit nach London zu nehmen lohnte.

»Ein paar dieser alten Möbel würden mir gefallen«, sagte Lorena, als sie innehielt und sich den Staub mit einem Taschentuch aus dem Gesicht wischte. »Das Büfett gefällt mir, auch die beiden Sessel und der spindelbeinige Beistelltisch. Die könnte man von einer Spedition abholen und nach London schiffen lassen.«

Jason nickte. »Ja, die sind sehr schön, und mir gefällt auch das niedere Sideboard dort drüben. Ist das Nussbaum? Das Holz ist wundervoll gemasert.«

Lorena stimmte ihm zu. Sie bahnten sich einen Weg bis zur hinteren Wand und schoben die Kisten, die es halb verdeckten, auf die andere Seite. Dann rückten sie es ein wenig von der Wand ab.

»Das ist aber schwer.« Lorena stöhnte und rieb sich den Rücken.

Jason war schon auf die Knie gegangen und zog die Schubladen heraus. Trotz des Alters waren sie nicht verzogen und glitten leicht heraus und wieder hinein. »Wundervoll«, sagte er und drehte den Schlüssel im Schloss der linken Tür. Auch dieses war weder verrostet noch klemmte es. Allerdings fehlte der Schlüssel für die rechte Tür. »Das ist schade. Ich habe nicht viel Hoffnung, dass wir den hier finden«, meinte er und zuckte mit einem resignierenden Blick in die Runde die Achseln.

»Vielleicht passt der Schlüssel von der anderen Tür auch in dieses Schloss?«, schlug Lorena vor. Jason probierte es gleich aus, doch er ließ sich nicht drehen.

»Nein, natürlich nicht. Aber vielleicht kann man einen nachmachen lassen. Er müsste so ähnlich aussehen wie dieser hier.«

Er stieg über einige Kisten hinweg und legte Lorena den Schlüssel in die Hand. Sie wollte ihn gerade in ihre Tasche stecken, als sie innehielt. Sie spürte, wie ihr Herz schneller zu schlagen begann. Rasch wich sie unter die trübe Glühbirne zurück, die an einem Kabel von einem der Dachbalken herabbaumelte. Sie griff nach ihrer Handtasche, holte ihren Geldbeutel hervor und zog aus einem Seitenfach zwei Schlüssel heraus. Der eine war viel kleiner als der, den Jason von der Schranktür abgezogen hatte, der andere aber hatte dieselbe Größe. Sie hielt die beiden Schlüssel nebeneinander.

»Das könnte er sein«, sagte Jason verblüfft. »Woher hast du ihn?«

»Den hat mir meine Großmutter vor vielen Jahren gegeben – als sie nach ihrem Unfall ins Krankenhaus musste. Sie sagte, er sei wichtig für mich, und ich solle ihn nicht verlieren.«

Lorena bahnte sich einen Weg zu dem Sideboard und schob mit feierlicher Miene den Schlüssel ins Schloss der rechten Tür. Er ließ sich ganz leicht drehen. Mit einem kaum merklichen Klicken entriegelte das Schloss, und die Tür sprang auf. Mit zitternden Händen zog Lorena sie auf, bis der Lichtschein ins Innere strömte. Ihre Finger umschlossen eine hölzerne Truhe. Wie einen Schatz hob sie sie vorsichtig aus dem Schrank und trug sie ins Licht. Sie war wundervoll gearbeitet und sicher sehr alt. Auch das Schloss schien ein Meisterwerk längst vergessener Schmiedekunst zu sein.

»Ich glaube, nun weißt du auch, wohin der zweite Schlüssel gehört«, sagte Jason, dessen Stimme ebenfalls vor Aufregung zitterte.

Lorena schob vorsichtig den kleineren Schlüssel in das Schloss und drehte ihn ganz langsam, bis sie einen Widerstand spürte. Sie holte tief Luft, dann drehte sie weiter. Der Deckel hob sich, und die beiden starrten auf Hunderte kleiner roter Pillen, die in einem Bett von schwarzem Samt die

Truhe bis unter den Deckel füllten. Lorena griff eine davon heraus und legte sie in ihre Handfläche.

»Ich erinnere mich«, sagte sie leise. »Großmutter hat sie mir gegeben.«

»Und was haben sie bewirkt?«

»Ich weiß es nicht. Ich glaube, ich habe mich in der Zeit seltener gewandelt. Ich habe mich gut gefühlt. Ich denke, ich sollte es einfach ausprobieren.« Und ehe Jason sie davon abhalten konnte, steckte sie das rote Kügelchen in den Mund und schluckte es.

Kapitel 20

GUARDIAN

»Was ist?«, erkundigte sich Jason mit Sorge in der Stimme.

Lorena stand wie eingefroren da, ihr Blick war erstarrt. Dann lief ein Zittern durch ihren Körper. Sie wand sich und fiel auf die Knie.

Jason stürzte zu ihr. »Was ist das für ein Teufelszeug?«, rief er entsetzt. Er wollte sie hochziehen, doch Lorena streckte abwehrend die Arme aus.

»Bleib weg!«

Jason zog sein Handy aus der Tasche. »Ich rufe einen Krankenwagen. Du hast dich mit diesen Dingern vergiftet. Du musst sofort zum Arzt.«

»Nein!« Sie stöhnte auf. »Nicht!«

»Verflucht, ich habe kein Netz.« Er wollte zur Tür laufen, aber Lorena hielt ihn mit einem Befehl zurück.

Er blieb mitten im Schritt stehen und wandte sich dann ungläubig zu ihr um. Sie riss sich ihren Pullover herunter und sprang dann auf. Mit einem Geräusch, wie wenn Wind in ein Segeltuch fährt, klappten ihre Flügel auf.

»Du … du hast dich ge… gewandelt«, stotterte Jason.

»Ja, das merke ich auch«, blaffte ihn Lorena an. »Ich konnte nicht anders.«

Jason hob den Arm und deutete auf das Dachfenster. »Aber es ist noch nicht dunkel. Sagtest du nicht, du könntest dich nur in der Dunkelheit wandeln?«

Lorena war verwirrt. Sie ging zum Fenster und sah in den Garten hinunter, über den sich erst langsam die Dämmerung des späten Herbstnachmittags herabsenkte.

»Das ist richtig«, sagte sie leise. »Noch nie habe ich mit diesen Augen Tageslicht gesehen.«

»Heißt das, dass diese Pillen genau das Gegenteil dessen bewirken, was du erhofft hast? Oder bedeutet es gar …« Er sprach den Satz nicht aus, doch sie sah, wie sich ein Ausdruck der Hilflosigkeit auf seiner Miene ausbreitete.

Sie wusste, was er hatte sagen wollen, und der Gedanke war erschreckend. »Du meinst, dass ich nun immer in dieser Gestalt bleiben muss?«

Sie starrten einander an. Ehe sie wieder Worte fanden, hörten sie Schritte auf der Treppe. Dann erklang Frau Sanders Stimme. Lorena tauchte hinter einem Stapel Kisten ab, während es Jason übernahm, ihr Angebot, mit ihr zu Abend zu essen, freundlich, aber bestimmt abzulehnen. Enttäuscht stieg Frau Sanders die Treppe wieder hinunter.

»Sie ist weg«, verkündete Jason. Lorena erhob sich hinter dem Stapel der Kisten. Sie fühlte sich verwirrt, ihre Sinne spielten verrückt. Was zum Teufel ging da in ihr vor? Was machte diese winzige, rote Pille mit ihrem Körper und ihrem Geist?

»Ich brauche Luft!« Sie stöhnte, quetschte sich zwischen den Möbelstücken hindurch zum Fenster und drückte es mit Gewalt auf. Es war nicht gerade groß, doch das war ihr nun kein Hindernis. Sie hechtete durch die Öffnung und ließ sich einfach fallen. Jasons Schrei folgte ihr, doch bis er ans Fenster gestürzt war, hatte sie längst ihre Schwingen entfaltet, die ihren Sturz rechtzeitig bremsten und sie dann im schwindenden Licht des Tages in den Himmel steigen ließen.

»Es war schrecklich«, berichtete Lorena ihrer Großmutter am nächsten Morgen, als sie in ihrer normalen Gestalt bei ihr im Zimmer saß. »Ich habe die ganze Nacht gebraucht, um irgendwie wieder die Kontrolle zurückzubekommen. Ich wusste nicht, was ich tat. Also flog ich so weit weg wie nur möglich. Erst am Morgen ist es mir gelungen, mich zurückzuwandeln.«

Jason stand schweigend am Fenster und sah hinaus. Vielleicht hatte er jetzt endlich begriffen, was es bedeutete, sich mit einem Nachtmahr eingelassen zu haben. Gefährlich und unberechenbar!

Ihre Großmutter sah sie bekümmert an. »Es ist alles meine Schuld. Ich habe so vieles vergessen. War da nicht ein Schreiben in der Truhe? Ich dachte, ich hätte es dort gelassen.«

Lorena zuckte mit den Schultern. »Ich weiß es nicht. Ich habe nicht nachgesehen. Ich war so froh, die Pillen zu finden, dass ich gleich eine genommen habe. Es war leichtsinnig, das sehe ich jetzt ein.«

Ihre Großmutter nickte. »Ja, doch gib dir nicht selbst die Schuld. Wenn ich dir nicht so verworren davon erzählt hätte, wäre es nicht passiert. Wir können froh sein, dass dir nichts weiter geschehen ist. Doch zurück zu der Anweisung. Ich erinnere mich wieder.«

»Und wie lautet sie?«, ließ sich Jason ein wenig ungeduldig vom Fenster her vernehmen.

»Oh, nur zu Neumond. Die Pille muss am Morgen nach der Wandlung zu Neumond genommen werden. Dann unterdrückt sie für einen Monat den Drang der Wandlung und schenkt dem Nachtmahr einen klaren Verstand und die Freiheit der Wahl«, zitierte sie die Worte, die ihr nun plötzlich wieder klar vor Augen zu stehen schienen.

»Und zu jedem anderen Zeitpunkt bewirken sie genau das Gegenteil«, vermutete Lorena. »Gut, dann müssen wir bis Neumond warten. Das sind nur noch ein paar Tage.«

Jason fuhr herum und richtete sich zu seiner vollen Größe auf. »Du willst das Zeug doch nicht noch einmal probieren?«

Die beiden Frauen sahen ihn verständnislos an.

»Aber ja doch«, meinte Lorena. »Das ist meine Chance, Kontrolle über mein Leben zu erhalten. Das ist sehr wichtig für mich. Vielleicht kann ich dann endlich die Angst ablegen, dass ich etwas Unverzeihliches während meiner Wandlung tue, das nicht wiedergutzumachen ist. Es wäre ja nicht das erste Mal, dass ich Leben zerstöre«, fügte sie bitter hinzu.

Auch Else Maschek war dafür. »Es hat früher gut funktioniert. Ich habe dir die Pillen immer am Morgen nach Neumond gegeben, und soviel ich weiß, hast du dich in dieser Zeit nur noch selten gewandelt.«

»Nur wenn ich es wollte und natürlich zu Neumond«, bestätigte Lorena. »Das war noch während der ganzen Highschoolzeit so.« Sie seufzte. »Ich war ja brav und habe mich an deine Anweisungen gehalten. Bis ich dachte, ich sei erwachsen und müsse mich von meiner Vergangenheit lösen. Es war ein Fehler, den ich bitter bereue.«

»Was hast du getan?«, fragte ihre Großmutter sanft. »Die Pillen sind dir doch nicht ausgegangen, nicht wahr? Ich glaube mich zu erinnern, dass ich dir genug für ein halbes Leben mitgegeben habe.«

Lorena nickte und senkte beschämt den Kopf. »Ich wusste nicht, was sie bewirken, aber vielleicht hat das Wilde in mir etwas geahnt. In der Neumondnacht nach der Abschlussfeier habe ich den Rest der Tabletten ins Klo geworfen. Es war ein Gefühl von Triumph und Freiheit. Wie dumm von mir! Ich habe freiwillig dem Nachtmahr die Macht über mich und mein Leben zurückgegeben.«

Am Nachmittag fuhren sie wieder hinaus zum alten Haus der Großmutter. Viel gab es nicht mehr zu tun. Die meisten Kisten, die sie interessierten, waren bereits im Kofferraum des Mietwagens verstaut, und für die Möbel würden sie eine Spedition schicken, wie sie Frau Sanders mitteilten. Die Truhe mit ihrem wertvollen Inhalt stand, unter einer Decke verborgen, auf dem Boden hinter dem Fahrersitz.

»Den Rest werden wir dann abholen lassen. Vielleicht will eine Hilfsorganisation die Kleider und Küchengeräte an Bedürftige verteilen. Sie werden also endlich Ihren Dachboden selbst nutzen können.«

Frau Sanders wehrte ab. »Ich habe mich daran gewöhnt, und irgendwie war es ja auch ein schönes Gefühl, dass die Vorbesitzerin mit ihrer Lebensgeschichte mir hier noch immer Gesellschaft leistet. So hatte ich den Eindruck, nicht allein zu sein, vor allem seit mein Mann tot ist.« Sie seufzte, setzte dann aber ein Lächeln auf und bestand darauf, das am Tag zuvor versäumte Abendessen nachzuholen.

Lorena und Jason gaben nach, da sie sahen, welche Freude sie Frau Sanders damit bereiteten. Dann verabschiedeten sie sich herzlich und kehrten in die Pension zurück, in der sie übernachteten. Am nächsten Morgen fuhren sie noch einmal zu Else Maschek, ehe sie sich schweren Herzens verabschiedeten und sich auf die lange Rückfahrt nach London machten.

Lorena fieberte der Neumondnacht entgegen. Die nächsten Arbeitstage war sie unkonzentriert, und es unterliefen ihr einige Fehler, die weder ihren Kollegen noch ihrem Chef entgingen. Der rief sie am Freitag sogar in sein Büro und forderte sie auf, die Tür zu schließen, ehe er ihr das eröffnete, was er ihr zu sagen hatte. Es wurde nicht angenehm, und als sie eine Viertelstunde später sein Büro mit flammend roten Wangen verließ, wusste sie die Blicke jedes Kollegen auf sich gerichtet. Die einen voll Mitgefühl, manch andere eher mit mehr oder minder verhüllter Schadenfreude. Natürlich konnte sich Alice ein paar halblaute Bemerkungen nicht verkneifen, die garantiert das ganze Büro mitbekam. Mit fest zusammengekniffenem Mund arbeitete Lorena stumm weiter, bis es endlich Zeit war, ins Wochenende zu gehen.

»Und, werden wir dich nächste Woche noch hier sehen?«, erkundigte sich David in gespielt lässigem Ton, als sie zusammen im Aufzug standen. Sie wussten beide, dass man in ihrer Branche sehr schnell auf der Straße stand.

Lorena versuchte sich an einem Lächeln. »Mir ist nichts Gegenteiliges bekannt. Auch wenn mir ordentlich die Leviten gelesen wurden.«

Es tat ihr gut, Davids Erleichterung zu spüren, und sie lächelte ihn an.

»Also, dann bis Montag, und ich verspreche, meinen Kopf nächste Woche nicht irgendwo daheim zu vergessen.«

David nickte. »Das ist sicher eine gute Idee. Aber lass deinem Kopf übers Wochenende keine grauen Haare wachsen. So ist die Sache viel hübscher.«

Lorena gab noch ein paar scherzhafte Worte zurück, dann eilte sie zur U-Bahn, um sich, eingequetscht zwischen Touristen und den Schlipsträgern der City, durch die Katakomben der Stadt rumpeln zu lassen. Sie war schweißgebadet, als sie endlich Notting Hill Gate erreichten. Erleichtert sog sie die kalte Herbstluft ein, als sie die U-Bahn-Station hinter sich gelassen hatte. Es war schon finster. Ein kalter, feuchter Novemberabend. Nebelschwaden waberten um ihre Knöchel und würden vielleicht bald die ganze Stadt einhüllen. Eine dunkle Nacht brach herein, in der kein Mond zwischen den Wolken hervorlugen würde.

Neumond.

Die Nacht der wilden Kreaturen, in der der Nachtmahr seinen finsteren Trieben folgte. Lorena hatte Jason streng verboten, in dieser Nacht in ihre Nähe zu kommen, und sie hoffte, er würde sich daran halten.

Vermutlich. Die erzwungene Wandlung auf dem Dachboden der Sanders hatte ihm einen kleinen Schock versetzt, sodass er möglichen Gefahren nun hoffentlich mehr Respekt zollte.

Lorena eilte nach Hause, richtete sich ein kaltes Abendbrot und fütterte den Kater, der bereits auf sie wartete. Dies war keine Nacht nach seinem Geschmack, in der es sich lohnte, auf die Jagd zu gehen. Die milden Abende waren für dieses Jahr längst vorbei. Bei Kälte und Nebel zog er ein warmes Bett dem nächtlichen Streunen vor. Und so steuerte er auch gleich das Schlafzimmer an, nachdem er seine Schüssel geleert hatte. Lorena ließ ihn gewähren. Sie würde diese Nacht ohnehin nicht in ihrem Bett verbringen. Sie streichelte Finley noch ein wenig, während er es sich mit einem wohligen Schnurren auf ihrem Deckbett bequem machte, dann stieg sie die Treppe zum Dachboden hinauf, betrat die kleine Kammer und ließ die Tür hinter sich zufallen. Sorgfältig schob sie den Riegel vor und schloss den Stromkreis. Es waren noch mehr als zwei Stunden bis Mitternacht, doch sie würde in dieser Nacht nichts dem Zufall überlassen.

Bereits um elf dachte sie, sie könne es nicht mehr aushalten und wandelte sich in ihre Nachtmahrgestalt. Erleichterung brachte das nicht. Sie wusste, dass sie eingesperrt war und es keine Möglichkeit gab, diesem Gefängnis zu entkommen. Doch sie musste hinaus! Sie brauchte Freiheit und den Nachtwind auf ihrem Körper. Sie war ein Mahr und wollte ihre Schwingen ausbreiten.

Sicher hätte sie sich wie im Haus von Frau Sanders aus dem Fenster gestürzt, wenn es irgendeine Möglichkeit gegeben hätte, sich durch die winzige Öffnung ins Freie zu quetschen. So blieb ihr nur, wie ein gefangener Tiger in der kleinen Kammer hin und her zu gehen und dem Zorn in sich zu lauschen. Selten war die Zeit so unendlich zäh verstrichen. Die Gefangenschaft peinigte nicht nur Geist und Seele. Es bereitete ihr auch körperlich Schmerzen. Jede Sekunde war eine Qual.

Lorena war erschöpft, als sich die Nacht endlich ihrem Ende zuneigte und sie spürte, wie die Kraft des Nachtmahrs erlahmte und seine Wut verebbte. Sie wandelte sich zurück und entriegelte die Tür, deren Stromfalle sich automatisch abgestellt hatte. Mit schweren Schritten stieg sie die Treppe hinunter, in Gedanken bereits in ihrem warmen, weichen Bett, das sie die nächsten Stunden ganz sicher nicht verlassen würde. Und sollten die Touristen noch so viel Krach auf der Straße machen und sich in Strömen durch die Portobello Road wälzen, sie würde nur schlafen, schlafen, schlafen.

Lorena erreichte die letzte Stufe und tappte den Flur entlang, als ihr Blick eine Gestalt in der Dunkelheit erfasste. Sie prallte zurück. Für einen Moment fürchtete sie, Raika sei bei ihr eingedrungen. Das wäre mehr, als sie jetzt noch ertragen könnte! Doch dann vernahm sie seine Stimme, die sie einhüllte wie eine wärmende Decke.

»Wie geht es dir? Hast du es gut überstanden?« Jason trat ins Licht. Er zögerte kurz, doch dann kam er ihr entgegen und nahm sie in die Arme. »Wie fühlst du dich?«

»Nur noch erschöpft«, murmelte Lorena. »Den Zorn habe ich überwunden.«

Jason führte sie ins Schlafzimmer, half ihr beim Ausziehen und reichte ihr einen Schlafanzug. Ein Becher mit frischem Tee und ein Teller mit Schokolade und Keksen standen auf dem Nachttisch. Lorena nahm einen Schluck und kuschelte sich dann in ihre Decke.

»Schlaf, solange du willst. Ich werde da sein, wenn du aufwachst«, sagte er mit so sanfter Stimme, dass ihr Tränen in die Augen stiegen. Dann küsste er sie zärtlich auf den Mund.

»Ich habe dich gar nicht verdient«, hauchte sie, während ihr die Lider zufielen.

»Doch, das hast du«, gab er zurück und hielt ihr etwas hin.

Lorena riss die Augen auf.

»Willst du das noch nehmen? Ich habe den Brief in der Truhe studiert. Es ist, wie deine Großmutter sagte: am Morgen nach der Wandlung zu Neumond.«

Lorena nahm die kleine rote Pille und steckte sie in den Mund.

»Ich hoffe, wir tun das Richtige«, sagte Jason besorgt.

»Das hoffe ich auch«, erwiderte Lorena schläfrig und sank in ihre Kissen zurück. Sie schlief bis zum Mittag und ließ sich dann von Jason mit einem üppigen Frühstück verwöhnen, das sie brüderlich mit Finley teilte. Dann spazierten sie Hand in Hand durch den Kensington Park und wärmten sich später in einer kleinen Teestube auf.

Die Anspannung stieg, als es Abend wurde. Um die Zeit zu verkürzen, gingen sie ins Kino, doch Lorena konnte sich nicht so recht auf die Figuren und die Handlung konzentrieren. Sie lauschte in sich hinein und versuchte zu ergründen, was in ihrem Körper vor sich ging. Hatte das winzige rote Ding überhaupt etwas bewirkt, oder war das alles nur Einbildung? Es war nach elf, als sie zurückkehrten und sich ins Wohnzimmer setzten. Sie waren beide angespannt und sahen einander nur schweigend an. Alles, worüber sie sich hätten unterhalten können, wäre ihnen trivial erschienen, denn während die Minuten verstrichen, interessierte sie nur eine Frage: Würde die Pille so wirken, wie sie es sich erhofften? Würde Lorena dem Nachtmahr in sich die Kontrolle entreißen und wieder die eigene Herrin über ihre Nächte werden?

Lorena verfolgte mit ihrem Blick den Zeiger der Uhr, der auf die Zwölf vorrückte. Als die Londoner Kirchturmuhren zu schlagen begannen, sprang Lorena auf.

»Was ist?«, rief Jason und sah sie besorgt an.

Lorena ließ sich mit ihrer Antwort Zeit, bis die letzten Schläge verklungen waren und sie im Zimmer nur wieder das Ticken der Uhr hörten.

»Es ist nichts«, sagte sie. »Überhaupt nichts. Ich spüre, dass Mitternacht vorbei ist, aber ich muss mich nicht verwandeln.« Das Staunen in ihren Worten wurde zu einem Strahlen, das ihren ganzen Körper zu erfassen schien. »Ich fühle mich frei!«, rief sie und sank in Jasons ausgebreitete Arme.

Er küsste sie, ließ sie dann aber los und trat einen Schritt zurück. »Musst du dich nicht mehr wandeln, oder kannst du es nicht mehr?«

Lorena schloss die Augen und konzentrierte sich auf das Bild des Nachtmahrs. Ganz einfach glitt sie in die andere Gestalt. Sie konnte an Jasons erstaunter Miene sehen, wie fantastisch das wirken musste, und genoss seine Blicke. Sie hatte nichts von ihrer berückenden Schönheit eingebüßt. Lorena spürte, wie Lust in ihr aufflammte und sich warm in ihrem ganzen Körper ausbreitete. Sie ging auf Jason zu und küsste ihn, bis er nach Luft schnappte. Dann zog sie ihn ins Schlafzimmer und stieß ihn aufs Bett.

»Die Nacht ist noch jung«, sagte sie verführerisch. »Und mir fällt noch etwas ein, das schöner ist als Kino.«

»Ach, was könnte das nur sein«, murmelte Jason und zog sie zu sich herunter.

Raika saß in einem kleinen Salon von Gryphon Manor und wartete, dass die Lady sie rufen ließ. Es war ihr üblicher Bericht, den sie der Lady abliefern musste. Sie hasste es zu warten, und sie hasste es, wenn über sie verfügt wurde. Sie war schließlich ein freier Nachtmahr, der selbst über seine Zeit und sein Tun und Lassen bestimmte!

Zumindest war sie das viele Jahre lang gewesen, bis ihr Leben sich Stück für Stück verändert hatte. War sie zu einem Lakai der Lady geworden? Sie wollte keine unscheinbare Hüterin sein, die sich in ihrem schwarzen Anzug unsichtbar machte und nur für die Befehle der Lady zu existieren schien.

Nein!

Aber war sie nicht auf dem besten Weg, genau so zu werden?

Nein!

Selbst wenn sie für die Lady Lorena im Auge behielt und hierherkam, um zu berichten, so würde sie doch nie aufhören, das zu tun, was ihr Spaß machte, und so zu leben, wie sie es für richtig hielt.

Das hoffte sie zumindest.

Von draußen ertönten unvermittelt seltsame Geräusche. Ein lauter Ruf und dann ein Klirren, wie wenn Metall mit großer Wucht auf Metall trifft. Raika sprang von ihrem Stuhl auf und eilte zur Tür. Langsam drückte sie die Klinke runter und zog den schweren Flügel auf. Sie streckte den Kopf durch den Spalt, wich aber sofort wieder zurück, als ein Schatten knapp an ihr vorbeizischte. Für einen Moment hielt der Schemen inne und verdichtete sich zu der Gestalt einer hochgewachsenen Frau. Sie war mit einer schwarzen Lederhose und einem knappen Lederbustier bekleidet und hielt ein Schwert in den Händen, dessen Klinge gefährlich scharf im Schein der Lampen blitzte. Obgleich Raika sie nicht kannte, war klar, dass sie zu Myladys Guardians gehören musste.

Wie in Zeitlupe hob sie das Schwert über den Kopf und verlagerte das Gewicht auf das linke Bein. Die Frau war sehr groß, mindestens eins neunzig, und eher sehnig als weiblich zu nennen. Sie trug ihr schwarzes Haar sehr kurz geschnitten. Dennoch hatten ihre schmalen Gesichtszüge etwas, dem man sich nicht entziehen konnte. Raika konnte die Macht spüren, die von ihr ausging. Es war eine ganz eigene Schönheit, eher wild und katzenhaft. Ihr ganzer Körper war gespannt und ihre Augen in Konzentration zusammengekniffen.

»Komm!«, sagte sie leise, doch das Wort durchdrang mühelos die Halle.

Raika folgte ihrem Blick und entdeckte nun auch die zweite Gestalt. Diese Hüterin kannte sie. Allerdings hatte Grace ihren üblichen dunklen Anzug nun gegen ein ähnliches Lederoutfit getauscht und hielt ebenfalls ein Schwert in den Händen. Ihre Finger umklammerten den verzierten Griff, während sie langsam näher kam.

»Komm«, sagte die fremde Kämpferin noch einmal, dann sprang sie unvermittelt mit einem riesigen Satz vor. Die

Klingen prallten gegeneinander. Obgleich Grace den Angriff erwartet haben musste, bewegte sich die Guardian so schnell, dass es ihr kaum gelang, mit ihrem Schwert die richtige Verteidigungsposition einzunehmen. Raika hatte das Gefühl, sie würde das Gleichgewicht verlieren und nach hinten überkippen, so hart war der Schlag, doch dann fing sie sich mit einer raschen Schrittfolge.

»Gut«, kommentierte die Fremde, wirbelte um Grace herum und griff dann sofort noch einmal an. Wieder parierte Grace, doch es war klar, wer die Regeln dieses Kampfs schrieb. Dennoch biss die Jüngere der beiden die Zähne zusammen und wagte einen Angriff. Die Guardian parierte mühelos und wich dann dem nächsten Hieb mit einer so raschen Drehung aus, dass Raika ihr mit ihrem Blick nicht folgen konnte. Die Konturen verwischten und zogen sich erst wieder zusammen, als sie vor dem großen Kamin kurz innehielt. Wieder verlor Grace das Gleichgewicht. Dieses Mal fiel sie beinahe nach vorn, als ihr Hieb ins Leere ging.

»Das war nicht schlecht«, lobte die Kämpferin dennoch. Grace schnaubte. Raika konnte ihr ansehen, dass sie alles andere als zufrieden mit sich war. Sie spürte, wie es in dem jungen Nachtmahr kochte und der Zorn die Oberhand zu gewinnen suchte. Das war gefährlich! Raika wusste, wie schnell große Emotionen den Blick trüben konnten. Sie machten einen leichtsinnig und damit angreifbar. Und so kam es, wie es kommen musste: Grace stürzte blindlings vor, während die Guardian lässig ihren Angriff abwartete. Raika sah das überlegene Lächeln in ihrem Gesicht, als sie mit einer eleganten Drehung des Handgelenks ihr Schwert emporsausen ließ. Dann trat sie ebenso schnell mit ihrem Stiefel in Graces Magengrube. Es gab einen dumpfen Schlag, als Grace auf den Rücken knallte, und ein Scheppern, als ihr

Schwert in hohem Bogen davonflog und über den Steinboden davonschlitterte. Die Fremde setzte ihren spitzen Lederstiefel an Graces Kehle. Sie lächelte noch immer, doch Raika konnte keine Schadenfreude in ihrer Miene erkennen.

»Das war schon recht gut, aber du musst lernen, deine Emotionen unter Kontrolle zu halten. Und du musst schneller werden!«

Die Guardian nahm ihren Stiefel von Graces Kehle und reichte ihr die Hand. »Nutze deine magischen Fähigkeiten. Du musst erspüren, was dein Gegner als Nächstes tut, noch ehe er den Schlag ausführt. Nur dann hast du gegen unsere wahren Feinde eine Chance.«

»Sie können nicht fliegen«, sagte Grace ein wenig abfällig und stand auf, ohne nach der dargebotenen Hand zu greifen.

»Nein, das können sie nicht«, sagte die Kämpferin bedächtig. »Aber sie haben andere Stärken, die wir nicht unterschätzen dürfen. Und sie werden jeden Nachtmahr auf dieser Welt vernichten, wenn wir es zulassen.«

Ehe Raika sich fragen konnte, was genau sie damit meinte, öffnete sich am anderen Ende der Halle die Tür zur Bibliothek, und zwei Gestalten traten ein. Die eine sah der Fremden recht ähnlich. Sie war ebenfalls groß und hager mit einem schmalen Gesicht und kurz geschorenem schwarzem Haar. Ihre Kleidung wies sie ebenfalls als Guardian aus, nur dass sie statt der Lederhose einen kurzen schwarzen Lederrock trug.

Die andere Gestalt war Myladys Leibdienerin und Vertraute Morla, die langsam und mit fast gleitenden Schritten in die Halle trat. Sie hielt sich sehr gerade. Ihr altmodisches Gewand hüllte sie bis zu den Fußspitzen ein. Raika hatte noch nie mir ihr gesprochen, doch sie wusste, dass sie bereits viele Jahrzehnte nicht von Myladys Seite wich. Sie war fast so beeindruckend wie Mylady selbst, daher wandte sie rasch den Blick ab, als Morla ihre Stimme erhob.

»Wie ist es gelaufen, Sienna? Mylady möchte deine Einschätzung hören.«

Die Guardian verneigte sich tief und richtete sich dann wieder stolz zu ihrer vollen Größe auf. Raika spürte, wie Grace gespannt den Atem anhielt.

»Sagt Mylady, Grace ist ehrgeizig und mutig. Sie ist schnell und hat sich bereits eine gute Technik angeeignet. Ich denke, das ist eine ordentliche Grundlage. Wenn Mylady einverstanden ist, unterziehen wir sie einer strengen Ausbildung. Dann werden wir sehen, wie weit sie es bringen kann.«

Morla nickte und winkte die junge Frau zu sich. »Komm her, Grace.«

Grace eilte zu ihr und kniete vor ihr auf den Boden. Morla griff nach ihrer Hand. Raika spürte, wie Grace zitterte.

»Willst du dich der Aufgabe widmen?«, fragte Morla. »Willst du dem Ruf der Guardians folgen und dich ihrem harten Training unterziehen? Sie haben geschworen, ihr Leben dem Wohl der Nachtmahre zu widmen, und sie unterstehen allein Myladys Befehl.«

»Ja!«, sagte Grace mit bebender Stimme.

»Gut, dann erhebe dich. Mylady ist einverstanden. Nun pass gut auf und sieh genau hin. Sienna und Maddison werden dir zeigen, was alles möglich ist. Das wirst du lernen, wenn du dich anstrengst und niemals nachgibst.«

Auf ihre Worte hin trat Maddison vor und hob das Schwert auf, das Sienna Grace aus der Hand geschlagen hatte. Sie wog es in der Hand und ließ es dann ein paar Mal durch die Luft zischen.

»Bist du bereit, liebe Schwester?«, erkundigte sich Sienna.

Maddison deutete eine Verbeugung an und nickte.

Was dann folgte, war so unglaublich, dass Raika dachte, an ihren Sinnen zweifeln zu müssen. Die beiden Nachtmahre sprangen mit zwei riesigen Sätzen aufeinander zu. Ihre Füße schienen den Boden noch nicht wieder berührt zu haben, als die Klingen mit ungeheurer Wucht gegeneinanderschlugen. Dann sprangen sie zurück und drehten sich beide nacheinander blitzschnell um die Achse, während sich Sienna duckte und Maddisons Schwert knapp über ihr Haupt hinwegzischte. Sienna stieß einen Schrei aus, der fast wie ein Jauchzer klang. Mit einem Rauschen entfalteten sich ihre Schwingen. Sie stieß sich vom Boden ab, sodass das Schwert ihrer Gegnerin unter den Füßen hindurchschwang. Mit einem Salto, der sie fast bis zur Decke der hohen Halle katapultierte, brachte sie sich hinter ihre Gegnerin und griff diese sofort an. Doch Maddison war genauso schnell. Sie wich immer wieder aus, ohne auch nur einmal die Balance zu verlieren. Auch ihre Flügel schossen aus ihren Schlitzen unter den Schulterblättern, und die beiden Nachtmahre erhoben sich in die Luft, während ihre Schwerter auf und ab tanzten. Sie wirbelten immer schneller herum, sodass Raika nicht erkennen konnte, wer die Führung übernahm. Für einige Augenblicke schienen sie über die gewölbte Decke zu rennen, während die Klingen immer wieder klirrend aufeinandertrafen. Dann sausten sie wieder zu Boden.

»Sehr schön«, sagte Morla, und Raika fragte sich, ob Mylady durch den Geist ihrer Dienerin den Kampf mitverfolgt hatte. Grace stöhnte sehnsuchtsvoll, während sie mit weit aufgerissenen Augen dem Kampf zusah.

Und plötzlich war es zu Ende. Die beiden Schwestern

landeten zwei Meter vor Morla, senkten gleichzeitig ihre Schwerter und verbeugten sich.

»Du siehst, es gibt noch viel zu lernen«, sagte Morla zu Grace. »Und wenn du so weit bist, wirst du die Schwestern nach Amerika begleiten.«

»Nach Amerika?«, wiederholte Grace erstaunt, doch zu Raikas Enttäuschung ging Morla nicht näher darauf ein. Erst die beiden Nachtmahre aus Kalifornien – und nun sollte nach ihrer Ausbildung auch Grace dorthin reisen? Raika hätte zu gern den Grund gewusst. Bisher hatte sie gedacht, die Guardians seien allein dazu da, Mylady zu schützen. Was also sollten sie in Amerika? Plötzlich spürte sie Morlas Blick auf sich ruhen.

»Nun, Raika, hat dir der Kampf gefallen? Wäre das etwas für dich?«

Raika war sich nicht sicher, ob Morla ihre Frage ernst meinte oder über sie spottete.

»Danke, nein!«, sagte sie schnell, während sie noch immer die beiden Schwestern mit ihren gestählten Körpern anstarrte. Das sah alles ganz wunderbar leicht und elegant aus, doch Raika ahnte, wie viel hartes Training dahintersteckte und wie viel Schweiß man vergießen musste, um solche Perfektion zu erlangen. Sie würde weder eine Hüterin noch eine Guardian werden. Sie wollte einfach nur Raika sein, ein freier Nachtmahr, der zu seinem eigenen Vergnügen lebte. Das genügte ihr völlig!

Kapitel 21

AUF MESSERS SCHNEIDE

»Die Jungs und ich spielen heute Abend im Mau Mau. Willst du mitkommen?«, fragte Jason, als er Lorena während ihrer Mittagspause anrief.

»O ja«, rief sie spontan. »Das ist eine nette Truppe, und ich höre euch gern spielen.«

Jason bedankte sich artig für das Kompliment. »Soll ich dich abholen?«

Lorena lehnte ab. »Wir treffen uns dort. Ich sehe zu, dass ich vor neun da bin. Ich freu mich auf dich!«

Sie legte auf und wandte sich wieder ihren Unterlagen zu. Sie musste Mr. Lightner anrufen und ihm die neuen Zinsoptionspapiere anbieten, die ihr Haus groß auf den Markt bringen wollte. Das Auf und Ab der verunsicherten Finanzmärkte war geradezu eine Einladung, mit den Zinssätzen zu spekulieren.

Lorena legte sich die Argumente zurecht, mit denen sie Mr. Lightner überzeugen wollte. Leise summend blätterte sie in seiner Akte, als eine Stimme direkt hinter ihr sie zusammenfahren ließ.

»Wer ist denn hier in diesem tristen Büro so unverschämt fröhlich?«

»David!«, rief sie und fuhr auf ihrem Schreibtischstuhl herum. »Was fällt dir ein, dich so anzuschleichen? Du hast doch nicht etwa meine Telefonate belauscht? Ist das jetzt die neueste Schikane der Geschäftsleitung, dass wir uns gegenseitig ausspionieren?«

»Um unsere Gespräche mit den Kunden zu überwachen?« David wehrte verächtlich ab. »Wie langweilig. Nein, ich bin nur gekommen, weil mir das selige Lächeln auf deinem Gesicht verraten hat, dass du privat telefonierst.«

»Das ist in meiner Pause nicht verboten«, entrüstete sich Lorena.

David schnaubte. »Verboten oder nicht, wen interessiert das? Es geht darum zu erfahren, was diesen Gesichtsausdruck bei dir hervorzaubert.« Er legte sich die Hand an die Brust und sagte theatralisch: »Ein Lächeln, das es einem warm ums Herz werden lässt. Es ist doch nicht etwa noch immer Jason?«

»Das geht dich überhaupt nichts an!«, meinte Lorena.

»Sei nicht so hartherzig zu mir. Willst du es verantworten, dass ich womöglich am Wochenende an unbefriedigter Neugier sterbe?«

Lorena kicherte. »Ich wusste gar nicht, dass das zu den möglichen Todesursachen unserer Branche gehört.«

»Das ist nichts, worüber man Scherze treiben sollte«, entgegnete David mit gespielt ernster Miene. »Denk nur daran, was das für Folgen für dich haben könnte. Man würde dir meine Kunden auch noch aufbürden. Du müsstest endlos Überstunden schieben und hättest keine Zeit mehr für den Mann deines seligen Lächelns. Also überleg dir gut, ob du wirklich so hart zu mir sein willst.«

Lorena tat, als würde sie nachdenken. »Nun gut, vielleicht würde es mir doch auf die Laune schlagen, wenn ich dich auf dem Gewissen hätte, daher will ich deine typisch männliche Neugier stillen: Ja, ich habe mit Jason telefoniert, und es ist alles wunderbar.«

David stieß die Faust in die Luft. »Ich wusste es! Das war das Salsakleid. Das hat alles entschieden, und nun wird er dir dein Leben lang als treuer Sklave zu Füßen liegen.«

Lorena entschlüpfte ein Lachen. »Das hoffe ich doch nicht. Jedenfalls kannst du dich nun wieder beruhigt deiner Kundendatei zuwenden und noch ein paar Millionen an den Mann bringen, ehe du dich ins Wochenende verabschiedest.«

»Was? Das ist alles, was du mir verraten willst? Ich möchte schmutzige Details hören! Warst du nicht vergangene Woche mit deinem Lover jenseits des Kanals? Was habt ihr so alles getrieben? Gestehe! Paris bei Nacht?«

»Wir waren nicht in Paris, sondern in der Nähe von Hamburg«, berichtigte Lorena.

»Aha! Noch schlimmer. St. Pauli mit seiner Reeperbahn. Die sündigste Meile der Welt.«

Lorena dachte an ihre Nacht mit Raika und konnte es nicht verhindern, dass sich ihre Wangen röteten, was David nicht entging. Er stürzte sich mit einem Triumphschrei auf das verräterische Zeichen.

»Los komm, pfeif auf den Kunden! Der ist sicher sowieso noch nicht aus seiner Mittagspause zurück. Lass uns zusammen nach unten gehen und uns ein Sandwich holen, und bei der Gelegenheit möchte ich Details hören. Schmutzige Details!«

»Das ist ja nicht zum Aushalten!« Alices Gesicht tauchte zwischen den Monitoren mit den wichtigsten Aktienkursen und Zinssätzen auf. Sie zog eine Grimasse, die verriet, wie sehr das Gespräch sie anwiderte. »Gott im Himmel, das Gesülze hält ja kein Mensch aus! Als ob es irgendjemanden interessieren würde, mit was für einem Typen Lorena abhängt.«

Sie war eine attraktive Frau, der die Männer auf der Straße hinterhersahen, doch die gehässigen Worte schienen ihre Schönheit einzutrüben.

David zog die Augenbrauen hoch und sah Alice mit einem Blick an, der Lorena vermutlich in die Knie gezwungen hätte. »Ich kann mich nicht erinnern, dass wir dich um deine Meinung gebeten hätten«, versetzte er kühl. »Aber ich versichere dir, uns interessiert ganz sicher nicht, mit welchen Typen du das Wochenende verbringst.«

Er richtete seinen Blick wieder auf Lorena, während ein Lächeln die überhebliche Miene wegwischte. »Komm, verehrte Kollegin, lass uns die Mittagspause an einem Ort zu Ende bringen, an dem wir von angenehmen Menschen umgeben sind.«

Lorena warf Alice einen schnellen Blick zu. Ihre finstere Miene versprach, dass sie diese Beleidigung nicht so einfach auf sich sitzen lassen würde. Also floh Lorena mit David aus dem Büro, um sich etwas zu essen zu holen.

»Weißt du«, sagte David nachdenklich im Aufzug zu ihr. »Müsste ich wirklich demnächst das Zeitliche segnen, dann würde ich sagen, sollte Alice die Mehrarbeit aufgebrummt bekommen. Verdient hätte sie es auf jeden Fall.«

»Ich werde daran denken und es dem Chef vorschlagen, sollte der nicht ganz wahrscheinliche Fall deines Ablebens eintreffen«, sagte sie und kicherte.

Um acht machte sich Lorena auf den Weg. Es war ein nasskalter Novemberabend, alles andere als einladend, nach draußen zu gehen, doch Lorena freute sich auf die Bar, die Musik und die lockere Atmosphäre unter den Besuchern mit den Vorfahren aus so vielen fremden Ländern, die alle noch ein Stück ihrer fernen Heimat mit sich herumzutragen schienen. Sie waren einfach anders als die Leute von der Insel und brachten eine lockere, fröhliche Stimmung mit. Sie entschied sich für Jeans und schwarze Stiefeletten, ein schwarzes Top mit Spitzen mit einer kurzen, engen Jacke darüber, deren große Knöpfe ein wenig an historische Uniformen erinnerten. Mit einem Parka und einem Schirm bewaffnet, sollte es ihr gelingen, dem unangenehmen Wetter zu trotzen.

Finley drängte durch die Tür herein. Er hatte es eilig, sich an ein gemütliches Plätzchen zurückzuziehen, um sich in aller Ruhe das nasse Fell zu säubern und dann ausgiebig in der Wärme zu schlafen. Lorena füllte noch einmal seine Näpfe, strich ihm über den feuchten Rücken und wünschte ihm eine gute Nacht. Dann zog sie die Tür hinter sich zu, lief die Treppe hinunter und ging beschwingt die Portobello Road entlang.

An diesem regnerischen Abend waren nicht viele Leute unterwegs. Längst war es stockdunkel, und der warme Schein hinter den Fenstern versprach einen gemütlichen Abend im Warmen. Lorena zog ihren Parka enger um die Schultern und beschleunigte ihre Schritte – so schnell wie es eben mit den nicht gerade niederen Absätzen ihrer Stiefeletten ging.

Sie spürte, wie ihr Herz schneller zu schlagen begann, als sie erst die Talbot Road und dann die breitere Westbourne Park Road überquerte. Fast schon heimelig leuchtete ihr das gelbe Schild der Jazzbar entgegen. Lorena ging auf die Tür zu, in Gedanken bereits drinnen in der Wärme. Der Barkeeper mit dem lustigen, zu einem Zopf geflochtenen Bärtchen würde sich sofort daranmachen, ihr einen Caipirinha zu mixen. Und dann würde sie Jason erblicken, der vielleicht gerade sein Saxofon auspackte oder probehalber ein paar Töne blies. Diese klagenden Töne, ein wenig rauchig, wie die

Altstimme mancher Sängerin, voller Traurigkeit, aber auch sexy und ein wenig verrucht. Was für eine Woge von Gefühlen erfasste sie jedes Mal, wenn Jason nach diesem Instrument griff und ihm eine Melodie entlockte.

So in ihren Gedanken versunken, strebte Lorena auf die Tür der Bar zu, als sie Stimmen hörte, die sie innehalten ließen. Nicht nur, dass sie die Männer kannte, der Tonfall und die Worte, die sie hervorstießen, ließen sie wie angewurzelt stehen bleiben. Lorena fuhr herum und ließ den Blick hektisch schweifen, bis er auf die beiden Männer traf, die sich schräg gegenüber auf dem kleinen Platz am Ende der Tavistock Road im Abstand von etwa zwei Schritten gegenüberstanden und einander anstarrten. Was war da los?

Lorena fühlte, dass dies mehr war als ein Streit zwischen Freunden. Sie glaubte, den Hass zu spüren, der die Luft zwischen den beiden Männern vibrieren ließ. Lorena unterdrückte einen Aufschrei und lief stattdessen über die Straße.

»Noah, Tyler, hallo ihr beiden. Was ist denn los?«

Sichtlich widerstrebend wandten sich die beiden Männer ihr zu. Ihre Mienen waren im Zorn verzerrt, und in ihren Augen erschien kein Lächeln.

»Lorena«, sagte Noah gedehnt. »Verschwinde!«

Sie spürte ihre Anwesenheit, noch ehe sie ihre Stimme erhob. Lorena schaute von den Männern zu dem Stapel angeketteter Tische und Stühle hinüber, die vor dem geschlossenen Imbissrestaurant unter einem ausladenden Baum standen. Und ihre Blicke trafen sich.

»Raika! Was tust du hier?«

Statt einer Antwort wiederholte Raika Noahs Befehl, wenn auch ein wenig freundlicher formuliert.

»Du solltest jetzt gehen, Lorena. Das ist nichts, was dich etwas anginge. Geh hinein und such deinen Liebsten!«

Lorena ging nicht darauf ein. »Nein, ich werde erst gehen, wenn ich weiß, was hier los ist. Spürst du denn nicht, dass sich die zwei gleich gegenseitig an die Kehle springen?«

»Aber ja doch«, rief Raika, rutschte von ihrem Stapel Tische, auf dem sie wie auf einem Thron gesessen hatte, und kam mit wiegenden Hüften langsam näher. »Ist das nicht aufregend? Wäre Testosteron explosiv, würde ich es nun nicht wagen, mir eine Kippe anzuzünden.« Mit einer lasziven Bewegung holte sie sich eine Zigarette und ein Feuerzeug aus ihrer Handtasche, hielt die Flamme an die Spitze und nahm einen tiefen Zug. In kleinen Kringeln quoll der Rauch aus ihrer Nase und aus den zu einem Lächeln verzogenen Mundwinkeln.

»Testosteron kann durchaus zu Explosionen führen«, widersprach Lorena ärgerlich. »Wenn du nicht spürst, dass hier gleich etwas passiert, dann habe ich dich bislang überschätzt.«

Raika winkte ab. »Natürlich weiß ich das, aber ich bin mir noch nicht sicher, auf wen der beiden ich setzen soll. Zu dumm, dass das Wettbüro weiter vorn schon zu hat.«

Lorena konnte es nicht fassen. Die Männer hatten inzwischen die Hände zu Fäusten geballt und umkreisten einander mit leicht vorgebeugtem Oberkörper. Sie würden gleich aufeinander losgehen, und das würde keine freundschaftliche Rauferei unter Kumpels werden!

»Noah, Tyler, nun nehmt doch Vernunft an«, flehte Lorena. »Was ist nur mit euch beiden los? Erinnert euch, ihr wart noch vor Kurzem Freunde. Gibt es denn keinen anderen Weg, eure Differenzen zu lösen? Redet miteinander! Wir gehören nicht mehr zu den Neandertalern, die sich gegenseitig mit Keulen die Köpfe eingeschlagen haben!«

Die Männer beachteten sie gar nicht.

Raika dagegen kicherte. »Bist du sicher? Ich jedenfalls kann keine wesentliche Entwicklung seit der Steinzeit feststellen, obwohl ich davon natürlich nicht aus eigener Erfahrung berichten kann. Aber wenn du wissen willst, worum es geht, kann auch ich deine Neugier befriedigen. Beider Subjekt der Begierde, das darf ich ohne falsche Bescheidenheit bekennen, steht im Moment vor dir.«

Lorena blinzelte und brauchte einige Augenblicke, ehe sie begriff, was Raika da sagte.

»Sie wollen sich um dich schlagen? Einfach so? Ohne dich auch nur zu kennen?«

Ihr kehliges Lachen jagte Lorena einen Schauder über den Rücken, und sie wusste, was geschehen war, noch ehe Raika die Antwort formulierte.

»Du hast mit beiden was angefangen?«

Wieder dieses Lachen. Dieses Mal mischte sich noch eine gehörige Portion Spott darunter. »Du meinst, ich hatte mit beiden Sex? Wilden, ungezügelten Sex? O ja, und ich muss sagen, es war nicht schlecht, doch wem sage ich das? Ich bin ja nicht die Einzige, die sich an den Stammgästen des Mau Maus gütlich getan hat, nicht wahr?«

Lorenas Wangen glühten. »Das tut jetzt nichts zur Sache«, sagte sie. »Du musst das hier beenden, ehe noch Blut fließt. Ich habe gesehen, wie Noah Tyler die Nase gebrochen hat.«

»Ja, ich weiß«, meinte Raika ungerührt. »Ich war ganz zufällig in der Nähe.«

Das mit dem zufällig glaubte Lorena ihr nicht. Schon damals hatte sie sie also beobachtet. Die Erinnerung trieb ihr noch einmal die Schamesröte ins Gesicht, dennoch rief sie tapfer: »Dann weißt du ja, dass er nicht mit sich spaßen lässt. Bitte! Auf mich hören sie in dieser Gestalt nicht. Mach dem ein Ende, ehe etwas passiert, das alle hinterher bereuen.«

»Und wie sollte ich das anstellen?«, fragte Raika etwas lauter, um das Aufstöhnen von Noah zu übertönen. Tyler hatte plötzlich zugeschlagen und ihn am Ohr erwischt. Doch Noah wusste sich zu wehren. Schon flogen die Fäuste.

»Ich habe es ihnen freigestellt, es unter sich auszumachen, mit wem ich die Nacht heute verbringe, und ich kann nur hoffen, dass der Überlebende nachher noch in so gutem Zustand ist, dass ich überhaupt Spaß mit ihm habe.«

»Raika! Verdammt, das ist nicht lustig.«

Doch der Nachtmahr ließ sich nicht aus der Ruhe bringen und sog ungerührt an der Zigarette. »Du hast es noch immer nicht kapiert«, sagte sie und seufzte. »Es sind nur Männer. Es gibt sie, um uns Vergnügen zu bereiten oder uns zu dienen, alles andere interessiert uns nicht.«

»Mich schon!«, stieß Lorena aus.

»Das sehe ich«, kommentierte Raika mit einem Kopfschütteln.

Lorena gab es auf. Auf Raikas Hilfe durfte sie nicht hoffen. Dann musste sie eben selbst dafür sorgen, dass sie sich nicht gegenseitig die Köpfe einschlugen. Sie stürzte vor und sprang gerade in dem Moment in die Lücke, als die beiden mit einem Stöhnen voneinander abließen.

»Schluss jetzt, ihr beiden! Es reicht. Keiner von euch wird heute mit Raika gehen. Ihr geht jetzt nach Hause und stellt euch unter die kalte Dusche, bis euer Gehirn wieder anspringt und ihr euch wie zivilisierte Menschen benehmt.«

»Misch dich nicht in Dinge ein, die dich nichts angehen und von denen du nichts verstehst, Kleine«, sagte Noah mit einer Kälte in der Stimme, die Lorena den Atem verschlug. Wieder einmal fragte sie sich bang, ob es ihre Schuld war, dass aus einem charmanten Mann innerhalb weniger Wochen solch ein gefühlloser Kerl werden konnte.

»Verflucht! Das geht mich sehr wohl etwas an«, widersprach sie, obgleich eine Angst sie erfasste, die ihr die Knie weich werden ließ. Sie konnte die Gefahr bereits körperlich spüren, doch sie war nicht bereit aufzugeben. »Ihr seid meine Freunde, und ich kann nicht zusehen, wie ihr euch blind ins Verderben stürzt. Merkt ihr denn gar nicht, wie ihr manipuliert werdet? Raika amüsiert sich darüber, wie ihr euch gegenseitig fertigmacht. Wollt ihr ihr diesen Gefallen wirklich tun? Für ein wenig Sex? Ich kann es nicht glauben!«

Falls ihre Worte bis zu ihren Ohren drangen, ihren Verstand erreichten sie jedenfalls nicht. Als Raikas Name fiel, knurrten sie beide wie wilde Tiere.

Tyler ballte erneut die Hände zu Fäusten und schrie: »Sie gehört mir, und nichts und niemand kann das ändern.«

»So? Das werden wir ja sehen!«, entgegnete Noah und griff in die Hosentasche.

Lorena keuchte auf, noch ehe sie das Messer sah. Sie fiel Noah in den Arm, doch er schleuderte sie beiseite, sodass sie hart gegen eine Mauer prallte.

»Hau endlich ab!«, brüllte er und ließ die Klinge aufschnappen.

Ehe Lorena wieder einen klaren Gedanken fassen konnte, war es schon geschehen. Sie schnellte hoch, als sei nichts passiert, und erfasste alles mit einem Blick. Es war ihr, als seien die Männer langsamer in ihren Bewegungen geworden … Oder war sie plötzlich schneller? Sie spürte das Ziehen in den Schlitzen unter ihren Schulterblättern und warf den Parka ab. Dennoch erreichte sie die beiden Männer mit einem einzigen Sprung. Sie prallte gegen Tyler und warf ihn zu Boden. Keinen Moment zu früh! Die Dolchklinge fuhr über sie hinweg. Lorena rollte sich von Tyler runter und trat Noah gegen das Schienbein. Er stöhnte auf und wankte, fing sich aber wieder und richtete nun seinen Blick voll Hass auf den Störenfried, der seinen Angriff vereitelt hatte.

»Lorena?«

Jasons Stimme drang von fern in ihr Bewusstsein, doch sie musste sich auf Noah konzentrieren. Er würde ihr nichts tun. Er konnte ihr nichts tun!

Noah hob die Hand, die den Dolchgriff umklammerte.

»Nein!«, rief Lorena kalt und fixierte ihn. Sie spürte keine Angst, obwohl sie neben Tyler auf dem Boden kauerte, ohne Möglichkeit, zur Seite zu springen.

Noah konnte sie nicht angreifen. Sie war ein Nachtmahr. Sie hatte die Macht über diesen Mann.

»Lass das Messer fallen«, befahl sie leise.

Noah zögerte. Hinter ihm näherten sich Schritte.

»Lorena!« Jason kam angerannt und warf sich schützend vor sie.

Für einen Moment unterbrach er so den Blickkontakt zwischen ihr und Noah, doch das genügte, sodass sich Noah aus ihrem Bann lösen konnte. Sein ganzer Zorn vereinte sich auf den neuen Störenfried. Ehe Lorena etwas dagegen tun konnte, stieß er zu. Sie schaffte es gerade noch, Jason so weit zur Seite zu ziehen, dass die Klinge ihm nur in die Schulter fuhr. Er stöhnte auf, während Noah den Dolch mit einem Ruck aus der Wunde riss. Noch einmal hob er den Arm.

Lorena zögerte nicht. Mit den Kräften eines Nachtmahrs umschlang sie Jasons Körper. Die Flügel durchschnitten den Stoff ihrer Jacke, und mit einem einzigen kräftigen Schlag machte sie einen Satz in die Höhe, wobei sie Jason mit sich zog.

Noah hielt mitten in der Bewegung inne. Seine Augen weiteten sich, als er nach oben blickte. Er merkte nicht, wie

Tyler sich aufrappelte und seine Hand in die Hosentasche fuhr. Nicht, wie er das kleine Messer zückte und ausholte ...

Lorena spürte seine Absicht und schrie auf, doch sie musste erst Jason in Sicherheit bringen.

Zu spät. In dem Moment, als ihre Füße wieder auf dem Boden aufsetzten und sie Jason auf das Straßenpflaster gleiten ließ, stieß Tyler zu. Die Klinge war schmal und nicht besonders lang, doch entweder führte ein böser Dämon seine Hand, oder er wusste sehr genau über den menschlichen Körper und seine Schwächen Bescheid. Die Klinge glitt zwischen zwei Rippen hindurch und fuhr Noah direkt ins Herz. Für einen Augenblick schien die Zeit stillzustehen. Weder Tyler noch Noah rührten sich. Dann lief ein Zittern durch Noahs Körper, seine Hand öffnete sich, der Dolch fiel zu Boden. Sein Blick traf Lorena, die auf ihn zueilte und ihre Arme unter seine Achseln schob, gerade als er tödlich getroffen zusammenbrach. Mit seinem letzten Atemzug entwich noch ein einziges Wort seinen Lippen. Es war nicht mehr als ein Hauch, doch Lorena verstand, was er sagte.

»Faith!«

Dann starb er in ihren Armen. Lorena ließ ihn zu Boden sinken und wirbelte herum. Die Kraft ihres Zorns vereinte sich mit der magischen Kraft des Nachtmahrs. Sie traf Tyler an der Schläfe, sodass er augenblicklich bewusstlos zusammenbrach. Das Messer mit der blutigen Klinge fiel klappernd zu Boden.

»Hallo, ja, das ist ein Notfall ...«

Lorena fuhr herum. Jason drückte sich mit der einen Hand auf die stark blutende Wunde in seiner Schulter, mit der anderen hielt er sein Handy ans Ohr.

»Es gibt mehrere Verletzte«, presste er unter Schmerzen hervor.

Lorena nahm ihm das Handy aus der Hand. Ein innerer Impuls drängte sie, die Verbindung zu unterbrechen, doch ein Blick in Jasons totenblasses Gesicht genügte, um ihn zu unterdrücken.

»Oben bei der Portobello Road kurz vor dem Westway«, sagte sie mit fester Stimme. »Wir brauchen einen Notarzt. Beeilen Sie sich.« Dann schlang sie beide Arme um Jason und drückte ihn an sich. Die Welt um sie herum verschwand. Sie spürte, wie er schwächer wurde, und redete irgendetwas auf ihn ein, um ihn wach zu halten. Erst als Raikas hohe rote Stiefel in ihrem Gesichtsfeld auftauchten, kehrte sie in die Wirklichkeit zurück.

»Ich denke, der Krankenwagen wird jeden Moment da sein. Ich kann eine Sirene hören …«

»… was bedeutet, dass du dich jetzt aus dem Staub machst«, ergänzte Lorena bitter.

»Exakt. Ich kann mir keinen Ärger leisten. Aber dir gebe ich noch einen Rat. Wandle dich, bevor die Polizei auftaucht. Auch wenn du als Nachtmahr ein leichteres Spiel mit ihr hast. Auf lange Sicht zahlt es sich nicht aus. Glaub mir, ich habe da so meine Erfahrungen. Außerdem können sie verdammt hartnäckig mit Personalien und so einem Zeug sein. Es würde sie wundern, dass sie nur eine Lorena und keine Faith in ihren Computern finden.«

Gerade als der Krankenwagen in Sicht kam, wandte sie sich ab und erhob sich mit einem kräftigen Flügelschlag in die Luft.

Ohne Jason loszulassen, wandelte sich Lorena zurück und empfing dann die Sanitäter einigermaßen gefasst. Zum Glück kam die Polizei gleich hinterher. In kurzen, abgehackten Sätzen berichtete sie, was geschehen war – oder zumindest eine Version, die hoffentlich plausibel war und der

Wahrheit möglichst nahe kam. Obwohl die Beamten viele Fragen hatten, beharrte sie darauf, mit Jason ins Krankenhaus zu fahren, wo er sofort operiert werden musste, wie die Sanitäter meinten.

»Sie wissen ja, wo Sie mich finden«, schnitt sie die Fragen des Polizeibeamten ab und drückte ihm ihren Ausweis in die Hand. »Hier! Ich laufe Ihnen schon nicht weg.« Dann wandte sie den Polizisten den Rücken zu und sah die beiden Sanitäter fragend an.

»Gut sieht es nicht aus. Kennen Sie seine Blutgruppe? Er hat viel Blut verloren.«

Verzweifelt schüttelte Lorena den Kopf. Sie zwängte sich hinter dem Sanitäter in den Krankenwagen und umklammerte Jasons Hand.

»Du darfst nicht sterben«, murmelte sie immer wieder. »Das könnte ich mir niemals verzeihen. Ich brauche dich doch. Bleib bei mir!«

Aber Jason schien sie nicht mehr zu hören. Seine Lider sanken herab, seine Hand in der ihren erschlaffte.

Kapitel 22

GESTÄNDNISSE

Es war gegen vier Uhr am Morgen, als das Taxi vor dem bunt gestrichenen Haus in der Portobello Road hielt. Lorena stieg aus und beglich die unverschämt hohe Summe, aber das war ihr im Augenblick egal. Sie war nicht in der Stimmung gewesen, sich mit Nachtbussen herumzuschlagen oder gar auf die ersten morgendlichen U-Bahnen zu warten. Sie sehnte sich nur noch nach einem Bett und nach Schlaf. Nach tiefem traumlosem Schlaf. Nach der Gnade des Vergessens. Lorena ahnte jedoch, dass sie trotz der Erschöpfung viel zu aufgewühlt war, um die ersehnte Ruhe zu finden.

Sie schob den Schlüssel ins Schloss und tappte die knarzenden Stufen zu ihrer Wohnung hinauf. Jeder Schritt, jedes Geräusch war ihr vertraut. Als sie die Wohnungstür aufstieß, empfing Finley sie mit einem Maunzen.

»Warum bist du nicht auf der Jagd?«, erkundigte sie sich und ließ sich auf die Knie sinken, um den Kater an sich zu ziehen. Sein warmes, weiches Fell war so tröstlich. Sie ignorierte seinen Protest und presste ihr Gesicht in seinen Rücken. »Ach Finley, es ist meine Schuld!«, sagte sie in das Katzenfell.

Der Kater maunzte und begann zu strampeln.

Lorena ließ ihn los. Sie sank auf den Boden und lehnte sich mit dem Rücken gegen die Wand. Die Tränen, die sie schon die ganze Zeit zurückhielt, schossen nun hervor und rannen ihr die Wangen herab. »Finley, ich bin heute Nacht zur Mörderin geworden! Ich kann weder Noah noch Tyler die Verantwortung zuschieben. Ich habe sie zu dem gemacht, was sie heute Nacht waren: zornige, verantwortungslose Wilde, die für den Drang der Hormone töten.«

Finley sah sie aus seinen großen grünen Augen aufmerksam an, dann stieg er auf ihren Schoß und begann, seinen Kopf gegen ihre Brust zu drücken. Lorena umfasste ihn mit den Händen. Ihre Tränen flossen weiter und tropften in das Katzenfell.

»Jason geht es nicht gut, Finley«, sagte sie. »Sie haben ihn stundenlang operiert. Er hat jede Menge Blut verloren und ist sehr schwach. Du hättest ihn sehen sollen, wie er bleich in diesem Krankenhausbett lag mit den ganzen Schläuchen und Geräten um ihn. Ich habe auch ihn fast umgebracht. Dabei wollte ich ihn doch nur lieben, aber sieh, was daraus geworden ist. Noah ist tot, und Tyler wird vermutlich sehr lange ins Gefängnis kommen, aber Jason bekommt noch einmal eine Chance. Die darf ich ihm nicht verderben.« Sie schluchzte laut auf. »Ich muss ihn freigeben, damit er wieder ganz gesund werden kann. Nicht nur der Messerstich in seiner Schulter muss heilen, er muss sich von meinem Gift befreien. Ich weiß nicht, was es ist und wie es funktioniert, aber ich müsste blind sein, um nicht zu sehen, was aus Tyler und Noah geworden ist, seit sie in meine Fänge – in die Fänge des Nachtmahrs geraten sind. Ich habe Angst, dass jede Stunde, die Jason in meiner Gesellschaft verbringt, ihm schadet. Dass ich ihn verderbe, bis er so wird, wie die beiden. Das darf ich nicht, Finley, hörst du? Wenn meine Liebe zu ihm etwas wert sein soll, dann muss ich auf ihn verzichten und ihm sein Leben wiedergeben.« Ein Schluchzen schüttelte sie bei der Vorstellung, ihn niemals wiederzusehen. Doch gab es einen anderen Weg?

Lorena schlug die Hände vors Gesicht. »Finley, sag mir warum? Ich bin so unglücklich. Warum nur bin ich mit diesem Fluch geschlagen?«

Sie zuckte erschreckt zusammen, als sie eine Stimme vernahm. Es war nicht der Kater. Es war Raika, die im düsteren Flur ihrer Wohnung stand.

»Bist du jetzt endlich fertig? Hast du dich genug selbst bemitleidet?«

Mit einem Schrei fuhr Lorena auf. Finley fauchte, floh in die Küche und versteckte sich in der Ecke unter dem Tisch.

Da stand der Nachtmahr in seinen hohen roten Stiefeln und dem engen Trägerkleid und betrachtete das Geschehen ungerührt.

»Was willst du hier? Hast du heute Nacht noch nicht genug Schaden angerichtet?«, fragte Lorena.

Raika versuchte sich an einer unschuldigen Miene. »Ich? Habe ich dich eben nicht ganz deutlich sagen hören, dass dies alles allein deine eigene Schuld ist?«

Lorena wand sich. »Ja, aber du hast die beiden aufgestachelt, dass sie aufeinander losgegangen sind. Wenn du die Situation nicht noch angeheizt hättest, dann wäre es nicht zum Schlimmsten gekommen.«

Raika zuckte träge die Achseln. »Als ob das notwendig gewesen wäre. Ich habe mir lediglich angesehen, wie zwei Männer zu Tieren geworden sind. Ist es nicht lustig, wie dünn die Haut der Zivilisation ist? Das Archaische pulsiert so dicht unter der Oberfläche. Ich würde sagen, wir sind nur der Katalysator.«

»Und selbst wenn, du hast es richtig genossen zu sehen, wie sie aufeinander losgehen und sich um deine Gunst streiten – buchstäblich bis aufs Messer! Wie kannst du nur so gefühllos sein?«, schrie Lorena in höchstem Zorn. Sie spürte, wie etwas in ihr überkochte. Sie stürzte sich auf Raika und schlug sie ins Gesicht. Dann holte sie noch einmal aus, doch nun war der Nachtmahr gewarnt und wich ihr mit einer schnellen Bewegung aus. Sie fing Lorenas Hand ab und umklammerte ihr Handgelenk mit festem Griff.

»Sei doch nicht so entsetzlich spießig«, gab Raika trotzig zurück.

Lorena musste all ihre Kraft zusammennehmen, um sich von Raika loszumachen. »Ein Mann ist tot, der andere ist zum Mörder seines Freundes geworden, und Jason wäre beinahe gestorben …«

Zum ersten Mal zeigte Raika eine Reaktion. »Wie geht es ihm? Ich hoffe, er wird wieder.«

»Ja, aber das ist ganz sicher nicht dein Verdienst.«

»Ist schon gut, ich weiß ja, dass du einen Narren an ihm gefressen hast, und ich finde ihn ja auch ganz süß, aber diese Nummer mit dem Verzicht, um ihn nicht zu verderben, ist schlichtweg albern.«

»Ist es nicht«, brauste Lorena auf. »Hast du nicht gesehen, was aus Noah und Tyler geworden ist? Und das alles nur, weil ich mit ihnen zusammen war und ein paar Mal Sex mit ihnen hatte. Ich kann nicht riskieren, dass es Jason ebenso geht.«

»Hm.« Raika sagte nichts, doch Lorena war es, als könne sie Teile ihrer Gedanken auffangen.

»Moment mal«, sagte sie langsam und starrte Raika an. »Die beiden haben um dich gestritten, weil sie bereits Sex mit dir hatten!«

Raika zuckte noch einmal mit den Schultern. »Ja, warum nicht?«

»Dann bist also du mit an ihrer Veränderung schuld!«

»Ja und? Meinst du, ich bekomme deswegen graue Haare?

Was interessieren dich diese Typen? Gut, ich werde hoch und heilig versprechen, dass ich niemals wieder in die Nähe deines geliebten Jason komme, um ihn ja nicht zu verderben, wenn du ein wenig Sex für so schädlich hältst. Du brauchst also diese Nummer mit dem Selbstverzicht nicht durchzuziehen.«

»Was?« Lorena hörte selbst, dass ihre Stimme zu einem Kreischen wurde. »Was willst du damit sagen? Niemals wieder? Dann hast du dich also bereits an Jason rangemacht und mit ihm die Nacht verbracht?« Sie hatte es ja bereits vermutet, aber nun die Gewissheit zu haben, machte die Sache nicht leichter.

Lorena merkte nicht einmal, dass sie sich wandelte. Sie fühlte nur das lodernde Feuer in sich.

Vor so viel Zorn wich selbst Raika bis ins Wohnzimmer zurück. Abwehrend hob sie die Hände. »Jetzt reg dich wieder ab. Es war nur einmal, und es hat nichts zu bedeuten. Ich habe ihm nichts getan, ich schwöre es.«

»Du hattest Sex mit ihm!«

»Ja, ein wenig. Das ist nicht wichtig. Nun komm wieder runter, du warst ihm ja auch nicht gerade treu.«

Doch Lorena hörte ihr gar nicht mehr zu. Die Worte pochten in ihrem Kopf und schmerzten in ihrer Seele. Das war einfach zu viel. Sie hob die Hände, die Finger zu Klauen gekrümmt, und stürzte sich auf Raika. Vielleicht war es der Zorn, der ihr diese Kraft verlieh, die sowohl Raika als auch sie selbst völlig überraschte.

Raika wankte und versuchte, sich ihrem Griff zu entziehen, doch Lorena hatte sich selbst nicht mehr in der Hand. Etwas, das sich ihrer Vernunft entzog, hatte die Führung übernommen. All die Ängste, der Zorn und die Verzweiflung richteten sich in diesem Augenblick gegen Raika und hatten nur den einen Wunsch, sie zu besiegen und am Boden liegen zu sehen.

Lorena stieß ein Knurren aus, das nicht von ihr zu kommen schien, und schleuderte Raika gegen die Wand. »Du wirst dich niemals wieder an einem meiner Freunde vergreifen«, stieß sie aus und sprang ihr mit einem Satz nach, um ihren Versuch zu vereiteln, durch die Tür zu entwischen.

»Du bist ja völlig irre.« Raika keuchte auf, als sich Lorena wieder auf sie stürzte und sie umklammerte, als wolle sie alles Leben aus ihr herauspressen. Die beiden wankten eng umschlungen hin und her, doch Lorena ließ nicht locker. »Verflucht, komm zu dir!«, presste Raika hervor und stöhnte. »Ich schwöre dir, ich habe ihm nichts getan.«

Lorena fauchte nur und drückte noch stärker zu. Raikas Blick wurde trüb. Sie sammelte die Magie, die ihr geblieben war, in ihrem Innern und zog all ihre Kraft zusammen. Dann sprang sie mit einem Satz nach hinten. Doch Lorena hatte ihren Befreiungsversuch geahnt, ihr Zorn verlieh ihr mehr Kraft, als Raika es je für möglich gehalten hatte. Sie ließ nicht los, und so riss Raika sie mit sich, sodass sie beide das Gleichgewicht verloren. Sie prallten gegen das Fenster. Mit einem Klirren zersprang die Scheibe. Noch immer eng umschlungen, stürzten sie hinunter und schlugen im Hof hart auf dem regennassen Pflaster auf. Beide stöhnten vor Schmerz. Endlich lockerte Lorena ihre Umklammerung. Raika schob sie von sich.

Sie müsste jetzt tot sein oder zumindest schwer verletzt. Lorena regte sich zaghaft, dann sprang sie auf die Füße. Sie war ein Nachtmahr. Sie war stark und unbesiegbar! Sie spürte, wie sich ihre Schwingen entfalteten. Es war noch nicht zu Ende. Lorena stieß ein bedrohliches Knurren aus.

»Verdammt, dir werde ich es zeigen!«, schrie Raika. »Du

wirst vor mir auf der Erde kriechen und mich um Verzeihung bitten! Was bildest du dir eigentlich ein? Egal, was Mylady sagt, wie wichtig du bist, ich habe die Nase voll von deinem moralischen Getue. Deinen heiligen Jason habe ich nicht vergiftet!«

Sie sprang vor und umklammerte nun ihrerseits Lorena, sodass diese nicht entkommen konnte. Dann entfaltete sie ihre Flügel und schoss mit einem einzigen kräftigen Schlag zusammen mit ihr in den Nachthimmel. Lorena kämpfte gegen sie und schlug mit den Schwingen. Die beiden Nachtmahre taumelten über den Dächern der Häuser durch die Luft. Immer wieder drohten sie abzustürzen und kamen einmal den dahineilenden Autos auf der Hauptstraße gefährlich nahe. Dann schossen sie wieder hoch in die Luft und streiften einen der hohen Bäume, die Kensington Palace Gardens zu einer Oase für seine zumeist adeligen Bewohner machte.

»Lass los!«, kreischte Lorena, als Raika an ihrem langen Haar riss.

»Erst wenn du dich entschuldigst.«

»Niemals!«

Verbissen kämpften sie weiter, bis sie im Park nahe dem großen, runden See niedergingen. Ein paar Schwäne kreischten erschreckt und flatterten von ihren Schlafplätzen auf.

Keuchend und völlig erschöpft standen sich die beiden Nachtmahre gegenüber. In ihren Gesichtern zeichneten sich allmählich die Spuren ihrer Prügelei ab.

Lorena spürte, wie die linke Seite ihres Gesichts zuzuschwellen begann. Ihr ganzer Körper schmerzte, doch sie richtete sich stolz auf und drückte den Rücken durch. »Wer ist Mylady?«, stieß sie hervor.

Raika starrte sie an. Auch ihr Gesicht war nicht mehr

makellos schön. Ihr Haar stand wirr nach allen Seiten ab. Sie schnappte noch immer nach Luft, sagte aber nichts, sondern starrte Lorena nur trotzig an.

»Warum sollte ich für irgendjemand wichtig sein? Und was soll das bedeuten, du hast *ihn* nicht vergiftet?«

Noch immer schwieg Raika.

Lorena warf den Kopf in den Nacken, ballte die Hände zu Fäusten und schrie, dass die Luft um sie umher erzitterte. »Rede mit mir! Ich habe ein Recht darauf, alles zu erfahren. Ich will endlich wissen, was geschehen ist, wer ich bin und was um mich herum vor sich geht. Ich habe genug von dieser Geheimniskrämerei, von flüchtigen Schatten, die mich verfolgen, und dem Flüstern, das verstummt, wenn ich mich ihm zuwende. Ich will endlich wissen, was meine Erinnerungen vor mir verbergen, und sei es noch so schrecklich. Schlimmer als die Dunkelheit und die vielen Fragen kann es nicht sein!«

Ganz langsam senkte Raika den Kopf, dann nickte sie. »Gut«, sagte sie gedehnt. »Wir werden reden. Ich sage dir alles, was ich weiß. Aber nicht jetzt. Es wird bald hell. Ich komme morgen wieder, sobald es dunkel ist. Dann werde ich dir erklären, was du wissen musst.«

Lorena kniff misstrauisch die Augen zusammen. »So einfach kommst du mir nicht davon. Du willst mich nur hinhalten.«

Müde schüttelte Raika den Kopf. »Nein, Ehrenwort. Ich werde da sein. Und bitte: Sprich nicht mit Jason! Ich meine, triff keine überstürzte Entscheidung, ehe du alles erfahren hast.«

Lorena sah sie noch einmal scharf an, dann nickte sie. »In Ordnung, ich glaube dir, aber wage es nicht, mich noch einmal zu täuschen.« Sie stieß sich vom Boden ab und erhob sich ein wenig schwankend in die Luft. Dann flatterte sie durch den Park zurück nach Notting Hill.

Lorena schlief wie tot. Auch als der Kater von seinem nächtlichen Ausflug zurückkehrte und sie mit der Nase anstupste, um seinen Porridge zu fordern, rührte sie sich nicht. Mit missmutiger Miene nahm er neben ihrem Kopfkissen Platz und starrte auf sie herab, wobei seine Schwanzspitze unablässig zuckte. Als sie auch auf sein Maunzen nicht reagierte, ließ er sich mit einem Seufzer auf der Bettdecke nieder und rollte sich in ihren Kniekehlen ein. Eine Weile leckte er sich die Pfoten und schielte immer wieder auf ihr Gesicht, ob sie nicht endlich die Augen öffnen würde, doch sie lag nur reglos da und atmete so tief, dass es fast wie ein Seufzen klang.

Finley musste sich noch eine ganze Weile gedulden. Es war bereits nach elf, als sich Lorena mit einem Stöhnen streckte und die Augen aufschlug. Er rekelte sich ebenfalls, gähnte und tappte zum Kopfkissen hoch, um sie zu begrüßen. Seine samtige Nase traf auf die ihre.

»Finley, guten Morgen, wie spät ist es?«

Lorenas Blick wanderte zu der Uhr auf dem Nachttisch, während sie überlegte, was von den schrecklichen Dingen, die noch durch ihre Erinnerung geisterten, nur zu ihren Träumen gehörte und was davon wirklich geschehen war. Das Ergebnis war niederschmetternd.

Tyler, Noah, Jason und Raika. Was für ein entsetzliches Chaos!

Für einen Augenblick gab sie sich noch der verlockenden Hoffnung hin, alles nur geträumt zu haben, dann kam sie nicht mehr umhin, sich einzugestehen, dass diese Dinge alle tatsächlich so passiert waren.

Und Jason lag schwer verletzt im Krankenhaus! Mit einem Satz sprang sie aus dem Bett, lief in die Küche, kochte Porridge und ging dann unter die Dusche, während der Haferbrei abkühlte. Wie immer teilte sie ihn mit Finley, der ihr zum Dank schnurrend um die Beine strich. Lorena beugte sich herab und streichelte ihn.

»Ach Finley, was soll ich nur tun?«, murmelte sie, obwohl es klar auf der Hand lag. Sie war eine Gefahr für alle Männer, insbesondere für Jason, wenn sie länger bei ihm blieb. Er würde jetzt nicht mit einem Messerstich in der Schulter im Krankenhaus liegen, wenn sie sich von ihm ferngehalten hätte. Für Noah und Tyler konnte sie nichts mehr tun. Für die beiden kam ihre Reue zu spät, doch Jason sollte es eines Tages nicht ebenso ergehen.

»Ich muss es ihm sagen«, flüsterte sie in Richtung Kater. »Er muss wissen, dass ich ihn über alles liebe und gerade deshalb verlassen muss.« Lorena stöhnte. Es war ein schwerer Gang, der ihr da bevorstand. Sie saß schweigend am Küchentisch und trank noch eine Tasse Tee, dann ließ sich das Unvermeidliche nicht länger hinausschieben. Sie nahm ihre Jacke und verließ das Haus, um ins Krankenhaus zu fahren.

Zu Lorenas Erleichterung sah Jason an diesem Tag schon viel besser aus. Es steckte zwar immer noch eine Kanüle mit einem Schlauch in seinem Arm, durch den eine klare Flüssigkeit in seine Adern rann, doch die meisten anderen Apparate waren bereits entfernt worden. Als er sie entdeckte, versuchte Jason sich an einem Lächeln, das allerdings noch ein wenig schwach ausfiel. Er hob den linken Arm und streckte ihr die Hand entgegen.

»Lorena, Gott sei Dank ist dir nichts passiert.«

Sie eilte an sein Bett und ließ sich zu ihm hinabziehen. Er küsste sie mit kalten Lippen. Energisch machte sie sich von ihm los und schob sich einen Stuhl heran.

»Jason, ich muss mit dir reden.«

Er bedachte sie mit einem schiefen Lächeln. »Aber bitte nicht in diesem strengen Ton. Das vertrage ich in meinem Zustand noch nicht. Du musst lieb zu mir sein und mich ein wenig verhätscheln.«

So schwer es ihr fiel, sie hielt Abstand und bewahrte ihre ernste Miene. »Warum hast du dich gestern eingemischt?«, fragte sie.

Er blinzelte erstaunt. »Da waren zwei Typen mit einem Messer und du mittendrin. Du warst in Gefahr. War es da nicht meine Pflicht, dir beizustehen, selbst wenn wir nicht zusammen wären? Wie viel mehr musste ich meiner großen Liebe zu Hilfe eilen!«

Lorena schüttelte den Kopf. »Du hättest diesen Leichtsinn fast mit dem Leben bezahlt. Ich war nicht in Gefahr. Verstehst du? Ich habe mich eingemischt, weil ich die beiden davon hätte abhalten können, sich gegenseitig umzubringen. Du hast dich ohne Grund in Gefahr gebracht, weil du noch immer nicht verstanden hast, dass du nicht mit einem Menschen zusammen bist.« Sie hob die Schultern und ließ sie mit einem tiefen Seufzer wieder sinken.

Jason streckte erneut seine Hand nach ihr aus, doch sie ignorierte die Geste. »Soll ich dir jetzt schwören, dass ich dir niemals wieder zu Hilfe komme?«, fragte er.

Lorena schüttelte den Kopf. »Nein, das ist noch nicht alles. Du hast die beiden Männer gesehen. Diesen Hass, diese Skrupellosigkeit, mit der sie aufeinander losgingen. Würdest du glauben, dass sie noch vor wenigen Wochen richtig nette Kerle waren? Mit gutem Charakter, freundlich, humorvoll und charmant.«

»Es fällt einem schwer, sich das vorzustellen.«

»Und doch ist es so«, fuhr Lorena fort. Sie konnte kaum

weitersprechen. »Du fragst dich sicher, was mit ihnen geschehen sein kann, dass sie sich so sehr veränderten.«

»Sicher gibst du dir gleich wieder die Schuld daran«, warf Jason in betont leichtem Tonfall ein. Er wollte das Desaster nicht wahrhaben, doch Lorena konnte es nicht zulassen, dass er die Geschichte ins Lächerliche zog.

»Ja, genau so ist es«, sagte sie scharf. »Ich war mit ihnen zusammen. Ich habe dich in meiner Gestalt als Nachtmahr mit ihnen betrogen, obwohl wir schon zusammen ausgingen, denn ich konnte den wilden Drang in mir nicht kontrollieren.«

Jason bemühte sich, noch immer eine unbekümmerte Miene zu bewahren, was ihm nur unzureichend gelang. Natürlich schmerzten ihn ihre Worte, und ihr Betrug kränkte ihn, obwohl er es eigentlich bereits gewusst haben musste. »Das weiß ich doch«, erwiderte er tapfer, »aber nun hast du diese Pillen und kannst den Nachtmahr besser kontrollieren. Jetzt wird alles anders.«

»Nein!«, schrie sie. »Begreifst du es denn nicht? Wenn wir noch länger zusammen sind und miteinander schlafen, dann wirst du wie diese Männer! Ich bin Gift für dich und für jeden Mann, der sich länger in meiner Nähe aufhält. Ich zerstöre dich, wenn ich dich noch länger liebe!« Schluchzend schlug sie die Hände vors Gesicht.

Jason war von ihren Worten so überrumpelt, dass er sie nur still anstarrte.

»Vielleicht habe ich es tief in meinem Innern geahnt, dass ich nur Unglück bringe. Meine Mutter habe ich in einem Anfall von Wut die Treppe hinuntergestoßen, meine Schwester ist durch meine Schuld verschwunden. Wer weiß, vielleicht habe ich sie ja ertränkt, auch wenn ich mich nicht mehr daran erinnern kann … Und vermutlich habe ich meine Großmutter von der Leiter gestoßen und die Bremsleitung am Auto meines Vaters durchgeschnitten. Ich weiß es nicht. Ich weiß nur, dass ich eine Gefahr bin, und deshalb dürfen wir nicht länger zusammen sein. Gerade weil ich dich so sehr liebe, möchte ich nicht, dass du das nächste Opfer auf meiner Liste bist. Und selbst wenn ich das Wilde in mir mit den Pillen zähmen kann, will ich nicht zusehen müssen, wie ich dein liebenswertes Wesen verderbe, bis du so endest wie Tyler oder Noah. Deshalb werden wir heute voneinander Abschied nehmen. Ich hoffe von Herzen, dass ich dir noch nicht so sehr geschadet habe, dass du nicht wieder gesund werden kannst. Und damit meine ich deine Schulter *und* deine Seele.«

Nun, als sie geendet hatte, hob sie den Kopf und sah ihn traurig an.

Jason schwieg und starrte geschockt zurück. »Gib uns noch eine Chance«, bat er. »Ich gebe dir nicht die Schuld daran, dass ich jetzt hier liege, und ich glaube auch nicht, dass du mich in irgendeiner Weise verderben könntest.«

»Weil du nichts über mich weißt«, entgegnete sie mit belegter Stimme. »Deshalb muss ich diese schwere Entscheidung treffen, ehe etwas geschieht, das nicht mehr zu heilen ist.« Lorena erhob sich, beugte sich vor und küsste ihn auf die Stirn. »Leb wohl, Jason. Ich danke dir für die Zeit, die wir zusammen hatten. Ich habe jede Minute genossen.« Sie sprach weiter, obgleich sie glaubte, ihr Herz müsse brechen. »Und ich wünsche dir, dass du eine Frau findest, die deiner würdig ist und die dich liebt, ohne dich zu zerstören.«

Er umklammerte ihren Arm. »Lorena, nicht«, flehte er, doch sie entwand sich seinem Griff.

»Es tut mir leid«, sagte sie, schluchzte auf und rannte dann hinaus, ohne sich noch einmal umzudrehen.

Kapitel 23

MYLADY

Raika hielt Wort. Als die Nacht hereinbrach, stand sie unvermittelt in der Tür. Lorena hatte sie nicht kommen hören, doch sie spürte ihre Anwesenheit, noch ehe sie sie zu Gesicht bekam.

»Ich war mir nicht sicher, ob du kommen würdest«, sagte Lorena zur Begrüßung.

»Ich habe es versprochen«, entgegnete Raika mit beleidigter Miene. Sie ging an Lorena vorbei und betrat das Wohnzimmer. Neugierig sah sie sich um, dann nahm sie auf einem der Sessel Platz und blickte Lorena herausfordernd an. »Hast du dich beruhigt? Gut, dann reden wir. Was willst du wissen?«

Lorena fühlte sich hilflos. Jahrelang hatten Fragen über Fragen sie gemartert, und nun, da sich jemand, der das alles am eigenen Leib erfahren hatte, bereit erklärte, ihr Antworten zu geben, wusste sie nicht, wo sie anfangen sollte. Sie dachte an Jason im Krankenhaus und spürte, wie Tränen in ihr aufstiegen. Hastig blinzelte sie sie weg. Ja, das war es, was sie im Augenblick am dringendsten wissen wollte.

»Warum verderben wir die Männer, mit denen wir zusammen sind?«, begann sie. »Wir sind wie ein schleichendes Gift für sie. Gibt es denn keine Möglichkeit, eine Beziehung zu führen, ohne dem, den wir lieben, zu schaden?«

Raika zuckte die Schultern. »Ich habe noch nie jemanden geliebt, daher kann ich dir das nicht so genau sagen. Ich finde Männer nur unterhaltsam, zumindest für eine Weile, aber dann werden sie mir langweilig, und ich suche mir neue. Doch ich habe schon bemerkt, dass das nichts für dich ist. Daher liebe du deinen Jason, und werde glücklich mit ihm! Das mit seiner Schulter wird schon wieder. Er sollte halt lernen, dass es nicht gesund ist, sich überall einzumischen. Wir Nachtmahre sind ganz gut in der Lage, selbst auf uns aufzupassen.« Sie lachte auf, doch Lorena brachte sie mit einer ungeduldigen Handbewegung zum Schweigen.

»Das meine ich nicht. Nicht nur. Ich spreche von der Veränderung des Charakters, die einen wundervollen Mann innerhalb weniger Wochen zu einem Monster werden lässt, der nicht zögert, mit einem Messer auf seinen Freund loszugehen.«

Lorena sah, wie Raika verlegen zur Seite blickte. Sie wand sich. Dann sagte sie: »Mir ist nicht aufgefallen, dass sich Jason irgendwie zu seinem Nachteil verändert hätte … Dir vielleicht?«

»Nein«, gab Lorena zu. »Aber ich habe es bei den anderen gesehen, und ich warte nicht, bis es auch bei Jason zu spät ist. Ich kann ihn nicht wiedersehen, sosehr es mich auch schmerzt.«

»Nein, das darfst du nicht«, rief Raika erschrocken.

»Ich habe mich entschieden und es ihm bereits gesagt«, gab Lorena mit fester Stimme zurück. »Ich werde Jason nicht wiedersehen.«

»Das geht nicht!«, sagte Raika nun beinahe flehend. »Ihr müsst zusammenbleiben.«

»Weshalb? Warum interessiert dich das? Was geht es dich an?«

Raika wehrte ab. »Das ist nicht meine Entscheidung.

Mylady wird mich von ihren Guardians einen Kopf kürzer machen lassen, wenn sie davon erfährt. Sie hat mir gesagt, dass genau das nicht passieren darf!«

Lorena zog eine Grimasse. »So schlimm wird es nicht werden.«

»Hast du eine Ahnung! Du weißt nicht, wie sie ist, wenn man ihren Zorn entfacht, und ihre Guardians können verdammt gut mit einem Schwert umgehen.«

Lorena starrte sie mit weit aufgerissenen Augen an. »Wer ist diese Lady, und warum will sie, dass ich mit Jason zusammenbleibe?«

Raika schüttelte den Kopf. »Mylady ist die mächtigste unter uns Nachtmahren. Sie spinnt alle Fäden. Niemand kennt ihre Pläne, doch sie weiß anscheinend immer, was jede von uns gerade tut«, fügte sie mit frustrierter Miene hinzu. »Das andere kann ich dir nicht sagen, weil ich es auch nicht so genau weiß. Es geht um eine Prophezeiung, die irgendwie ganz wichtig für uns Nachtmahre ist.«

»Aber die Lady weiß es?«

»Ja, sicher, sie weiß alles«, pflichtete ihr Raika bei.

»Dann kennt sie vermutlich auch alle Antworten auf meine Fragen.« Lorena erhob sich. »Bring mich zu ihr!«

Auch Raika sprang auf. »Nein, nein, nein, so geht das nicht. Man kann nicht einfach zu Mylady gehen. Man muss von ihr gerufen werden.«

»Aber du weißt, wo man sie finden kann?«

Raika nickte widerstrebend.

»Und du hast sie schon öfter gesehen?«

»Ja, in letzter Zeit musste ich ihr immer mal wieder Bericht erstatten«, gab sie zu.

»Über mich«, ergänzte Lorena. Es war eher eine Feststellung als eine Frage, daher schwieg Raika.

»Und du bist immer nur zu ihr gegangen, wenn sie nach dir gerufen hat?«, bohrte Lorena weiter.

»Nun ja, oder wenn sich etwas Außergewöhnliches ereignet hat, etwas, mit dem keiner rechnen konnte. Dann musste ich das ja melden.«

»So eine Nachricht wie die, dass ich mich von Jason getrennt habe? Würdest du ihr das sagen?«

Raika stöhnte. »Nicht gern, das kannst du mir glauben, aber ich würde wohl nicht drum herumkommen, daher bitte ich dich, überleg es dir noch einmal. Du ersparst uns allen eine Menge Ärger. Und außerdem liebst du ihn doch, nicht wahr? Also mach es uns nicht so schwer!«

»Ich habe dir meine Gründe genannt«, widersprach Lorena. »Mein Entschluss steht fest.«

»Nur wegen Noah und Tyler? Das hat doch gar nichts mit dir zu tun!«, rief Raika. »Du hast sie nicht vergiftet. So einfach ist das nämlich gar nicht. So etwas tut man nicht aus Versehen, wenn man mit einem Typen Sex hat. Also zumindest normalerweise nicht …«

Lorena starrte sie an und ließ sich in ihren Sessel zurücksinken. »Moment mal, das musst du mir näher erklären. Wir können also die Männer vergiften und ihren Charakter verderben, aber wir müssen das absichtlich tun?«

Raika nickte. »Ja, wenn du im Augenblick der Ekstase in sein Handgelenk beißt, bis sein Blut fließt, dann dringt unser Gift in seinen Körper. Es macht sie uns hörig, wenn wir es wollen. Wir können sie jederzeit zu uns rufen und ihnen alles befehlen, was wir wollen, aber sie verändern sich dadurch und werden, wie du es nennst, böse.«

»Ich habe weder Tyler noch Noah gebissen«, sagte Lorena, in deren Kopf es arbeitete. »Aber wenn nicht ich an ihrem Verderben schuld bin, wer dann?«

Sie wusste die Antwort, noch ehe sie das letzte Wort ausgesprochen hatte.

»Raika!«, rief sie entsetzt. »Du hast diese beiden Männer in voller Absicht gebissen und sie damit vergiftet? Warum um alles in der Welt hast du das getan?«

»Ach, nur so«, wehrte sie ab.

»Was? Einfach nur zum Spaß? Du hast aus einer Laune heraus ihr Leben zerstört? Ja, ich vergaß, du kennst ja keine Skrupel und lässt Männer zum Vergnügen von einem Hochhaus in den Tod springen!«

»Und wenn es so wäre«, schrie sie. »Es sind nur Männer. Ein Mann von Milliarden auf der Welt. Sie sind austauschbar, nicht wichtig. Zumindest die meisten. Das musst du noch lernen.«

Lorena wurde nun ebenfalls laut. »O nein, wenn ich eines nicht lernen werde, dann das! Jeder Mensch ist einzigartig und hat es verdient, sein Leben selbstbestimmt auf dieser Welt zu leben.«

»Träum weiter«, sagte Raika verächtlich. »Und wenn es dich interessiert: Nein, es war nicht nur Vergnügen, dass ich diesen Mann vom Dach springen ließ. Er hat mich bei meiner Wandlung gesehen. Und auch bei Tyler und Noah war es nicht nur Spaß.«

»Nein«, führte Lorena weiter aus und runzelte die Stirn. »Du hast es gemacht, um sie zu beherrschen, nicht wahr, weil ich mich mit ihnen getroffen habe, ist es nicht so? Dann hättest du sie jederzeit aushorchen oder ihnen Befehle erteilen können.«

Raika antwortete nicht, doch dass sie es nicht abstritt, war Lorena Antwort genug.

»Aber du siehst, Jason ist nicht in Gefahr. Du hast dich geirrt. Dein Gewissen ist frei von jeder Schuld, und du kannst zu ihm zurückkehren«, fügte Raika an, so als ob das Thema damit beendet wäre.

»Schön, dennoch gibt es noch jede Menge Fragen, die ich dieser Lady stellen möchte. Wo kann ich sie finden? Ist sie hier in London? Kannst du mich zu ihr führen?«

Raika stöhnte. »Du lässt nicht locker, nicht wahr?«

»Nein, das siehst du richtig. Je eher du den Widerstand aufgibst, desto schneller bringst du es hinter dich. Ich will mit dieser Lady sprechen, die über uns Nachtmahre so gut Bescheid weiß. Oder du musst alleine hingehen und ihr beichten, dass du versagt hast«, fügte Lorena mit lauerndem Blick hinzu.

Dass dieser Pfeil traf, war nicht zu übersehen. Allein die Vorstellung ließ Raika erschaudern.

»Nun gut, du lässt mir keine andere Wahl. Ich kann nur hoffen, dass es Mylady ebenso sieht. Dann lass uns aufbrechen. Sie hat ein Herrenhaus außerhalb von Oxford. Wenn wir uns beeilen, sind wir in einer Stunde dort.«

»Warte, ich muss mich erst umziehen«, protestierte Lorena und sah an ihrem alten T-Shirt und der Jeans herab. Ohne auf Raikas Protest zu reagieren, die es nun plötzlich sehr eilig hatte, ging sie ins Schlafzimmer und öffnete ihren Kleiderschrank. Raika musste eine Viertelstunde warten, bis Lorena wieder auftauchte.

»Meinst du, ich kann so gehen?«

Raika ließ ihren Blick von dem zu einem Knoten hochgesteckten Haar und dem dezent geschminkten Gesicht über den hellgrauen kurzen Blazer und die schwarze Hose bis zu den eher unauffälligen schwarzen Pumps hinunterwandern. Der einzige Lichtblick war der figurbetonte Schnitt der kurzen Jacke und die beiden Reihen großer, goldener Knöpfe.

Lorena glaubte, so etwas wie Verachtung in ihrem Blick

zu erkennen. »Ich dachte, für einen Besuch bei einer Lady sollte es etwas Seriöses sein«, verteidigte sie ihre Kleiderwahl.

»Wenn das Jackett jetzt noch ebenfalls schwarz wäre, dann könntest du glatt als eine ihrer Hüterinnen durchgehen«, sagte Raika und wurde sofort mit Fragen bestürmt.

»Eine Hüterin? Was ist das? Was tun sie für die Lady?«

Doch Raika warf ihr statt einer Antwort ihre Lederjacke zu. »Da, zieh dir was Rechtes über, damit du auf der Fahrt nicht frierst.«

Sie eilte vor Lorena die Treppe hinunter. Unten auf der Straße stand ein schweres, schwarz lackiertes Motorrad. Natürlich, das passte zu Raika, und es wunderte Lorena auch nicht, dass Raika keinen Helm dabeihatte. Sie schlüpfte nur ebenfalls in eine Lederjacke, dann schwang sie sich in den Sattel.

»Auf, worauf wartest du? Du hast doch gerade noch gedrängt, Mylady noch heute Nacht kennenzulernen. Bekommst du jetzt kalte Füße? Das ist gar nicht so falsch. Es ist ein großer Fehler, sie zu unterschätzen. Also, wenn du lieber hierbleiben willst …?«

»Meine kalten Füße beziehen sich höchstens auf die Fahrt mit deinem Motorrad«, murmelte Lorena und schwang sich hinter Raika auf den Sozius.

»Halte dich gut fest«, sagte diese und lachte auf. »Ich bin eine rasante Fahrerin.«

»Das habe ich befürchtet.« Lorena stöhnte, und schon heulte der Motor auf, und die Maschine schoss die Portobello Road entlang.

Sie brauchten nicht einmal eine Stunde bis nach Oxford, was Lorena bei der Fahrweise nicht wunderte. Ein paar Mal schloss sie schaudernd die Augen, wenn Raika in haarsträubenden Manövern alles überholte, was in ihren Augen zu langsam unterwegs war, und das traf auf so gut wie jeden Verkehrsteilnehmer auf Englands Straßen zu. Immerhin schien sie die Maschine virtuos zu beherrschen, sodass sich Lorena langsam entspannte und dann die Fahrt sogar ein wenig genießen konnte. Es war ein wenig wie fliegen, und es war schwer, sich dem Rausch der Geschwindigkeit zu entziehen. Sie verstand, dass die Biker ihre Motorräder als ein Stück Freiheit empfanden, selbst wenn sie nicht so fuhren wie Raika!

Der zweite Vorteil für Raika bestand – außer der Geschwindigkeit, in der sie vorankamen – darin, dass man sich während der Fahrt unmöglich unterhalten konnte. So blieb sie bis Oxford von Lorenas bohrenden Fragen verschont.

Sie streiften die Stadt mit ihren altehrwürdigen Colleges nur und brausten einen schmalen Weg entlang. Über die saftig grünen Spielplätze der Cricketmannschaften von Christ Church hinweg erhaschte Lorena einen Blick auf die altehrwürdige Christ Church Cathedral, das Merton und das Corpus Christi College. Auf der anderen Seite breiteten sich mit alten Bäumen umstandene Wiesen aus, die der Regen der letzten Tage in eine im Nachtlicht schimmernde Sumpflandschaft verwandelt hatte. Das Motorrad brauste über die Brücke, die den Cherwell überspannte, und folgte dann der Clements Street. Lorena erhaschte einen Blick auf das Haus ihrer Tante. In einem Fenster brannte Licht. Sie war zu Hause. Natürlich. Wo sollte sie an so einem Abend sonst sein?

Dann ließen sie die Stadt hinter sich und folgten der Flussaue nach Norden. Kaum ein paar Minuten später drosselte Raika den Motor. Ein verwittertes Schild flog vorbei. Raika bremste, dennoch reichte ihre Geschwindigkeit noch aus, dass das Hinterrad herumschwang, als sie in den schmalen

Weg einbog. Die alten Bäume, die mit ineinander verschränkten Ästen zu beiden Seiten Spalier standen, ließen die Straße noch schmaler wirken, dennoch gab Raika wieder Gas, und Lorena konnte nicht verhindern, dass sie vor Anspannung die Luft anhielt. Sie nahm ein mächtiges, schmiedeeisernes Tor wahr, das in einer Mauer verankert war und dem sie sich beängstigend schnell näherten. Lorena kniff vor Entsetzen die Augen zu, als Raika hart bremste und die Maschine so herumriss, dass sie kaum einen halben Meter neben dem Tor zum Stehen kamen.

»Das war ein Ritt!«, rief Raika aus, und es klang wie ein Jauchzen. Sie stellte die schwere Maschine auf und schwang sich aus dem Sattel. Lorena folgte ihr, doch ihr war nicht nach Jauchzen zumute. Ihre Knie fühlten sich ungewöhnlich schwammig an, und sie musste erst wieder zu Atem kommen, ehe sie in der Lage war, etwas zu sagen. So ließ sie nur stumm den Blick die fast drei Meter hohe Mauer entlangschweifen, über der sich alte Eichen und eine ausladende Buche in den Nachthimmel reckten. Rechts und links des Tores saßen auf den Säulen Wächter, in der Gestalt steinerner Greife, die mit toten Augen auf die Besucher herabsahen. Da flammte Licht von beiden Seiten auf. Lorena fuhr erschreckt zusammen und schloss geblendet die Augen.

Raika dagegen sagte scheinbar ungerührt: »Guten Abend. Ich bringe Lorena. Sie will mit Mylady sprechen.«

Es dauerte einige Augenblicke, dann schwangen die Torflügel mit einem leisen Knarren zurück und gaben den Weg über eine geschwungene Auffahrt entlang gepflegter Blumenbeete zum Haupteingang von Gryphon Manor frei.

Raika machte eine einladende Handbewegung. »Komm! Tritt ein in das Allerheiligste der Nachtmahre, wo du Antworten auf alle deine Fragen findest.« Die Grimasse, mit der sie ihre Worte begleitete, machten ihre eigenen Zweifel deutlich, doch Lorena spürte, wie ihr Herz unruhig zu schlagen begann. Sie konnte die Magie spüren, die von diesem Ort und seiner Bewohnerin ausging. Sie fühlte, dass nach dieser Nacht nichts mehr sein würde wie zuvor. Lorena musste sich zwingen, langsam zu gehen. Ihre Beine schienen ein Eigenleben entwickeln zu wollen und zogen sie immer schneller auf die schwere Holztür zu, die sich wie von Geisterhand öffnete, sobald sie die unterste Stufe der Treppe betraten.

»Guten Abend, Miss Raika«, ertönte eine Stimme aus dem Nichts, doch Lorena konnte die Missbilligung aus dem Tonfall heraushören. Dann trat ein Mann in den Lichtschein, der die typische Uniform eines Butlers trug. »Soweit ich informiert bin, werden Sie heute nicht erwartet – und mir ist auch nicht bekannt, dass Sie Miss Lorena herbringen sollten!«, sagte er konsterniert und musterte sie mit kaum verhohlener Neugier. Sein Blick war so durchdringend, dass Lorena ihn unangenehm über ihre Haut streichen fühlte.

Raika dagegen ließ sich nicht irritieren. »Carter, haben Sie uns angemeldet?«, fragte sie barsch, ohne auf seine Bemerkung einzugehen.

Der Butler bejahte, verzog dabei aber die Miene, als habe er Schmerzen. »Sie können eintreten. Folgen Sie mir.«

Vielleicht hat er ja den Unmut dieser mysteriösen Lady bereits zu spüren bekommen, dachte Lorena. Eine seltsame Furcht stieg in ihr auf, als sie die prächtige Halle durchquerten und auf eine Tür zuschritten, die der Butler für sie öffnete. Dann wich er zurück. Zwei hochgewachsene Gestalten erschienen in der Türöffnung. Zwei Frauen, in schwarzes Leder gekleidet, das ihre schlanken Körper eng umschloss. Die jüngere der beiden trug einen kurzen Rock und hohe Stiefel zu ihrem korsagenartigen Oberteil, die andere eine lange Hose.

Ihre Haare hatten sie jeweils zu einem Pferdeschwanz zurückgebunden. Der eine schwarz, der andere brünett. Die schmalen Gesichter mit den dunklen Augen waren ungeschminkt und wirkten im Lichtschein des großen Leuchters an der Decke beinahe unnatürlich blass. Doch was Lorena am meisten verblüffte, waren die Schwerter, die die Frauen bei sich trugen.

»Sie gehören zu Myladys Guardians«, raunte Raika ihr zu.

Lorena sagte nichts. Sie starrte den beiden nur hinterher, wie sie mit federnden Schritten die Halle durchquerten und dann die geschwungene Treppe in den ersten Stock hinaufeilten.

Raika stieß Lorena in die Seite. »Komm!«, sagte sie leise.

Der Butler stand noch immer neben der offenen Tür und schien zu einem Standbild erstarrt.

Lorena fühlte sich seltsam schwindelig, als sie ihren Blick in das düstere Zimmer gleiten ließ. Es kostete sie Überwindung, auch nur einen Schritt über die Schwelle zu treten. Auch Raika neben ihr schien plötzlich sehr angespannt.

»Du darfst ihr nicht ins Gesicht sehen«, wisperte sie, als sich eine Stimme erhob, die Lorena durch Mark und Bein fuhr. Sie war nicht besonders laut und auch nicht scharf oder aggressiv, und dennoch war ihr, als könne sie in jeder Silbe die Macht der Magie schwingen hören.

»Raika und Lorena, was für eine Überraschung! Tretet näher! Carter, schließ die Tür!«

Eine zweite Frauengestalt löste sich aus den Schatten, glitt auf die Tür zu und schloss sie hinter dem Butler.

»Das ist Morla«, flüsterte Raika. »Sie ist Myladys Vertraute und Leibdienerin.«

Die Frau durchquerte wieder stumm den Raum, stellte sich dann schräg hinter den Sessel, in dem Mylady saß, und schien mit dem Hintergrund der Wandtäfelung und der riesigen Gemälde geradezu zu verschmelzen.

»Ich wusste, dass du bald kommen würdest«, ertönte in diesem Moment Myladys Stimme. »Das Rad des Schicksals lässt seinen Lauf nicht aufhalten. Ich nehme an, es gibt einen triftigen Grund, warum Raika dich heute in mein Haus geführt hat?«

Lorena hatte noch Raikas Warnung im Kopf, doch sie spürte, wie ihr Blick unwillkürlich über den dunklen Parkettboden auf den Sessel zuglitt, aus dessen Tiefen die Stimme kommen musste. Er wanderte über bestickte Schuhspitzen und den Saum eines altmodischen, langen Brokatkleids, dessen dicker, steifer Stoff die Formen darunter nur undeutlich erahnen ließen. Ihr Blick gelangte bis über die Knie und verharrte auf den Händen, die locker gefaltet im Schoß lagen. Es waren lange, schmale Finger, fast knochig, die Haut weiß und ein wenig knittrig wie Pergament. Ein großer Siegelring zierte ihre linke Hand. Sie wollte mehr von dieser Frau sehen, deren Macht sie wie eine knisternde Aura umhüllte, doch sosehr ihre Neugier sie auch trieb, es gelang ihr nicht, ihren Blick weiter zu heben. Es war ihr, als dringe ein Lachen durch ihren Geist. Es klang nicht unfreundlich, und dann, plötzlich, als sie schon bereit war, ihren Blick wieder bis zu den Fußspitzen zu senken, war der Widerstand verschwunden. Es war gar, als würde sie eine Einladung erhalten.

Verblüfft starrte Lorena in Myladys Gesicht. Es war alterslos. Die porzellanartige Haut spannte sich über schmale Gesichtsknochen. Keine Falte verriet die Jahre, obgleich klar war, dass es schon sehr alt sein musste. Ihre Lippen waren schmal und farblos, die fein geschwungenen Brauen und Wimpern weiß wie ihr Haar, und selbst ihre Augen hatten keine eigentliche Farbe, sondern waren von einem Stahlgrau. Lorena ahnte, wie hart ihr Blick daraus sein konnte.

Und plötzlich hatte Lorena das Gefühl, diese Gestalt keinen Augenblick länger ansehen zu können, und senkte daher die Lider, bis sie nur noch den Saum ihres Kleides sah.

»Nun, mein Kind, was führt dich zu mir?«

Lorena holte tief Luft, dann stieß sie sie mit den Worten zusammen hervor: »Ich will endlich alles wissen!«

Die Lady schien zu schmunzeln. »Das könnte ein wenig dauern. Ich schlage vor, du setzt dich hier zu mir, dann können wir über alles reden.«

Lorena ließ sich auf der Kante des Sessels nieder, der vermutlich schon Jahrhunderte hatte kommen und gehen sehen.

»Nein, Raika, du kannst dich zurückziehen!«, fügte die Lady scharf hinzu, als diese sich ebenfalls in einem der Sessel niederlassen wollte.

Beleidigt trat Raika den Rückzug an und entschwand in die Halle. Der Butler wollte die Tür hinter ihr gerade wieder schließen, als eine andere Gestalt in den Salon der Lady trat.

Lorena sah zuerst den strengen Hosenanzug und das dunkle, bereits ein wenig ergraute Haar, das zu einem strengen Knoten geschlungen war. Hinter ihr erkannte sie noch eine Frau, ein wenig kleiner, aber sicher ebenso alt. Sie war ebenso schlank und streng gekleidet, ihr Haar allerdings blond und ihre Augen grün. Sie waren Nachtmahre, kein Zweifel.

»Mylady«, begann die erste, doch dann blieb sie wie angewurzelt stehen. Ihre blauen Augen weiteten sich, und sie verstummte.

Lorena starrte zurück. Wie unter Zwang erhob sie sich und wankte zwei Schritte auf die Unbekannten zu.

Aber waren sie denn Unbekannte? Diese Gesichter, diese Augen …

Zwei hochgewachsene schwarze Gestalten standen oben an der Treppe.

»Audry«, stieß sie hervor, obwohl sie nicht wusste, warum. »Chloe.«

Sie sah, wie die beiden zusammenzuckten. Dann standen sie einfach nur da, ohne sich zu bewegen oder auch nur mit den Wimpern zu zucken, während in Lorenas Kopf ein Sturm losbrach. Bilder stürmten auf sie ein. Bilder, die so lange am Grund der Finsternis verborgen gewesen waren.

Ich war nach Hause gekommen, die Tür stand offen. Im Haus war es dunkel, aber dann hörte ich Stimmen. Ich rannte in die Diele. Meine Augen durchdrangen die Dunkelheit. Mein Blick huschte die Treppe hinauf, bis er auf drei Gestalten traf. Eine davon war meine Mutter. Die anderen waren Fremde. Hochgewachsene Frauen in strengen, dunklen Anzügen.

»Ich lasse es nicht zu, dass Sie mir meine Tochter nehmen! Nicht auch noch Lorena!«

Was ging da vor sich? Meine Mutter stürzte sich auf die beiden, die versuchten, sie festzuhalten.

»Es wurde so entschieden«, ertönte eine Stimme kühl. »Chloe, halt sie fest, ich suche Lorena.«

»Nein!«, hörte ich meine Mutter schreien. Der Instinkt, der eine Mutter, die um ihr Junges kämpft, zur Löwin werden lässt, verlieh ihr ungewohnte Kräfte. Sie riss sich los.

»Vorsicht, Audry!«

Eine der Frauen umklammerte meine Mutter und taumelte auf die Treppe zu.

Ich erwachte aus meinem Erstaunen und hetzte die Stufen hinauf.

»Lass sofort meine Mutter los!«, schrie ich und stürzte mich auf die blonde der beiden Frauen. Wir rangen miteinander, während Audry und meine Mutter am Rand der obersten Stufe hin- und herschwankten.

Ich befreite mich und versetzte Chloe einen kräftigen Stoß, dann griff ich nach dem Arm meiner Mutter. Unsere Blicke trafen sich, und ich sah die Angst in ihren schönen Augen, als sich ihre Finger um meinen Arm schlossen. Auch ich griff mit aller Kraft zu. Ich wollte nicht zulassen, dass man meiner Mutter etwas antat.

Chloe stieß einen zornigen Schrei aus. »Jetzt ist es aber genug! Wir haben Befehl, Lorena mitzunehmen, und genau das werden wir tun. Es ist nur zu ihrem Besten!«

Sie riss mich mit einer Kraft zurück, gegen die ich nichts ausrichten konnte. Ich spürte, wie mein Griff sich lockerte. Die Fingernägel meiner Mutter kratzten über meinen Arm und ließen eine blutige Spur zurück. Noch einmal bäumte sie sich auf, doch gerade in diesem Moment ließ Audry sie los.

Mit einem Aufschrei verlor meine Mutter das Gleichgewicht und stürzte die Treppe hinunter. Ich befreite mich mit einem kräftigen Flügelschlag und schoss hinterher.

Zu spät. Ich konnte sie nicht mehr auffangen. Ich konnte nur noch den sterbenden Körper in die Arme nehmen und ihn fest umklammern, bis die Seele aus ihm entwich. Ich spürte, wie die beiden Mahre Schritt für Schritt die Treppe hinunterstiegen. Sie kamen immer näher. Gleich würden sie nach mir greifen, aber ich konnte mich nicht rühren. Ich musste meine Mutter festhalten!

Draußen fuhr ein Wagen vor. Die Haustür wurde aufgestoßen. Dann hörte ich die Stimme meines Vaters.

»Seid ihr noch wach? Der verdammte Flug wurde doch noch gestrichen!« Ich spürte, wie die finsteren Schatten zurückwichen, während sich die Schritte meines Vaters näherten. Dann hielten sie inne. Und in meinem Geist wurde es dunkel.

Langsam trat Lorena noch zwei Schritte vor und deutete zitternd auf die beiden Nachtmahre. »Ihr habt meine Mutter getötet!«, sagte sie.

»Das ist wahr«, erwiderte Morla, während die Lady sich in Schweigen hüllte. »Es war ein bedauerlicher Unfall. Das war so nicht geplant. Sie hatten den Auftrag, dich zu Mylady nach Gryphon Manor zu bringen, mussten die Aktion nach diesem Unfall aber unverrichteter Dinge abbrechen. Du kamst ins Krankenhaus und standest unter der Aufsicht der Kriminalpolizei. Dein Verschwinden hätte zu großen Wirbel verursacht, und gerade das mussten wir vermeiden. Wir durften nicht die Aufmerksamkeit derer auf dich richten, vor denen wir dich so lange erfolgreich verborgen hatten!«

Lorena drehte sich langsam um. Sie spürte, wie ihr Tränen die Wangen herabrannen. Die beiden Hüterinnen nutzten die Gelegenheit, sich leise zurückzuziehen und die Tür zu schließen.

»Ich verstehe das alles nicht. Und ihr habt mich jahrelang in dem Glauben gelassen, ich hätte meine Mutter getötet!«

Wieder war es Morla, die antwortete. »Ein Übel, gegen das wir nichts tun konnten. Es war ein Unglück, das wir bedauern.«

»Ach ja? Ein Unglück? Dann habe ich vielleicht auch keine Schuld am Verschwinden meiner Schwester? Dann waren es gar nicht meine Hände, die Lucy unter Wasser drückten, bis sie elendig ertrank?«

»Ihre Leiche wurde nie gefunden. Deine Eltern haben

einen leeren Sarg beerdigt«, erinnerte sie Morla, und Lorena wunderte sich nicht, dass sie davon wusste. Doch das war ihr im Moment auch egal.

»Haben die beiden Mahre auch meine Schwester auf dem Gewissen?«, schrie sie, wobei sie auf die geschlossene Tür wies.

»Nein«, sagte nun die Lady ruhig und überließ dann wieder ihrer Vertrauten das Wort.

»Das war keine deiner Nachtmahrschwestern, obgleich man ihnen auch in diesem Fall vielleicht ihr Versagen vorwerfen könnte. Sie waren in der Nähe, haben die Gefahr aber nicht kommen sehen und die Entführung nicht verhindert.«

»Wer?« Lorena keuchte. »Wer hat meine Schwester entführt?«

Morla wartete einen Augenblick, ehe sie sagte: »Wer es genau war, können wir nicht sagen, doch den Auftraggeber kannten wir wohl. Wir nennen sie die Wanderer. Die unsterblichen Wanderer. Auch sie leben unerkannt unter den Menschen. Es sind Parasiten, bösartige Wesen, die auf Kosten der Menschen leben und die man noch schwerer vernichten kann als Kakerlaken! Schon seit Jahrhunderten herrscht Krieg zwischen den Wanderern und den Mahren. Sie wollen uns vernichten, doch bisher ist es ihnen nicht gelungen, obgleich ich zugeben muss, dass sie uns sehr zugesetzt haben. Aber nun wird sich das Blatt wenden.«

Lorena hob die Hand. »Moment! Habe ich das richtig verstanden. Diese Wesen, die Sie unsterbliche Wanderer nennen, haben meine kleine Schwester Lucy entführt? Aber warum?«

»Weil sie ein Nachtmahr ist und weil sie sie mit dir verwechselt haben.«

Das musste Lorena erst einmal verdauen. »Lucy war auch ein Nachtmahr? Aber sie war doch noch viel zu klein.«

»Um sich zu wandeln? Ja, das ist richtig, dennoch gehörte sie durch ihr Erbe auch vor ihrer ersten Wandlung zu uns.«

»Und sie wurde entführt, weil sie verwechselt wurde? Die Wanderer wollten *mich* entführen? Warum gerade mich? Ich wusste doch gar nichts und war für niemanden eine Gefahr. Das verstehe ich nicht.«

Morla nickte. »Du warst dir damals und du bist dir heute noch immer nicht deiner Bedeutung bewusst. Wir haben einen Namen für dich, Lorena, seit dem Tag deiner Geburt. Nein, eigentlich schon seit unendlich vielen Jahren zuvor. Wir nennen dich Eclipse, das Mädchen der Finsternis. Du bist bei Neumond in der Nacht der längsten Finsternis geboren, wie es in der Prophezeiung heißt. In dir schlummern ganz besondere magische Kräfte, die uns Nachtmahre in unserem Kampf gegen die unsterblichen Wanderer stärken werden.«

Lorena sank wieder auf die Sessellehne. »Das ist ein wenig viel. Ich habe keine besonderen Kräfte, jedenfalls nicht mehr als Raika oder vermutlich jeder andere Nachtmahr. Sie müssen sich irren.«

»Nein, wir irren uns nicht. Du und Jason, ihr seid füreinander bestimmt, denn er ist ein Kind der Sommersonnwende, ebenfalls bei Neumond geboren. Ihr zusammen werdet den Bann der Nacht besiegen, dem der Mahr unterliegt.«

»Jason«, hauchte Lorena, der Raikas Worte in den Sinn kamen. »Deshalb soll ich mit ihm zusammenbleiben?«

»Ihr müsst zusammenbleiben, wenn du nicht willst, dass die Wanderer uns schon bald alle auslöschen.«

Lorena schloss die Augen. Sie musste die Worte noch einmal durch ihren Geist gleiten lassen, damit sie das auch alles richtig verstand. »Und die Wanderer dachten, Lucy sei diese Eclipse aus der Prophezeiung?«, sagte sie dann. »Deshalb haben sie sie entführt und getötet.«

»Entführt ja, nicht aber getötet. Wir haben Hinweise darauf, dass sie sie noch immer in ihrer Gewalt haben.«

»Was? Meine Schwester lebt? Warum habt ihr sie dann nicht befreit?«

»Weil es erstens nicht so leicht war, sie aufzuspüren. Das ist uns erst vor wenigen Wochen gelungen. Und zweitens können wir sie da nicht einfach herausholen. Die Wanderer sind mächtig! Sie sind schnell und kämpfen virtuos mit dem Schwert. Ich habe nicht genug Guardians, als dass wir einen offenen Kampf wagen könnten.«

»Aber wir können sie doch nicht für immer in deren Händen lassen!«, protestierte Lorena.

»Das haben wir auch nicht vor«, entgegnete die Lady plötzlich, und ihre Stimme schien den Raum erzittern zu lassen.

Morla trat wieder einen Schritt zurück, um ihrer Ladyschaft das Wort zu überlassen.

»Vielleicht ist es gut, dass du heute zu mir gekommen bist. Die Zeit des Versteckspiels ist vorbei. Wir haben sie lange genug an der Nase herumgeführt. Nun ist die Zeit gekommen, sich gegen sie zu wappnen. Bleibe hier, dann wirst du unter meiner Führung alles lernen, was du wissen und können musst, damit du uns Nachtmahre zu neuer Stärke führst. Dann können wir uns dem Kampf stellen und deine Schwester zu uns zurückholen!« Sie streckte ihre Hand aus. Der Siegelring schimmerte im Licht der Kerzenleuchter auf dem Tisch.

Lorena sank vor ihr auf die Knie und besiegelte mit einem Kuss den Bund der Nachtmahre.

Epilog

DER COUNCILLOR

Der Mann hob den Arm. Sein Falke breitete die Schwingen aus, drückte sich mit kräftigen Klauen ab und erhob sich in die Lüfte. Dann flatterte er auf die kleine Baumgruppe zu, wo er seine Beute vermutete. Rasch flog er höher und ließ sich in weiten Kreisen treiben. Plötzlich verharrte er. Er schien etwas entdeckt zu haben. Vielleicht eine der Waldtauben, die sich hier in der Nähe niedergelassen hatten. Seine Schnelligkeit, kombiniert mit dem Moment der Überraschung, machten ihn zu einem gefährlichen Jäger. Der Falke legte die Flügel an und schoss im Sturzflug herab. Doch die Taube sah ihn kommen und wich ihm in einer engen Wendung aus. Der Falke jagte an ihr vorüber, und noch ehe er dem Richtungswechsel folgen konnte, hatte die Taube im dichten Buschwerk Deckung gesucht.

Noch einmal strich er dicht über dem grünen Blattwerk hinweg, musste aber einsehen, dass ihm die Beute für dieses Mal entwischt war. In weiten Kreisen schraubte er sich wieder in die Höhe, um nach einem neuen Opfer Ausschau zu halten.

Der Mann im unauffälligen Gewand eines Landadeligen ließ den Vogel nicht aus den Augen. Er war nur mittelgroß, doch niemand würde ihn selbst in einer größeren Gruppe von Menschen übersehen. Seine Persönlichkeit war so ausgeprägt, dass viele nervös den Blick senkten, wenn er seine grauen Augen auf sie richtete. Auch sein Haar war ergraut, doch die wettergegerbte Haut war erstaunlich faltenlos, wodurch sein Alter schwer zu schätzen war. Überhaupt wäre kein Mensch seinem wahren Alter überhaupt nahe gekommen. Nicht einmal seine Gefolgsleute wussten genau, wie lange der Councillor schon auf der Erde weilte. Das war aber auch nicht wichtig. Entscheidend war, dass sie seine Führung anerkannten und ihm bedingungslos folgten.

Winston Campbell ließ seinen Falken selbst dann nicht aus den Augen, als ein Mann zu ihm trat, der mit einem deutlichen Räuspern seine Aufmerksamkeit forderte.

Der Mann räusperte sich ein zweites Mal, bevor er sich entschloss zu sprechen, obwohl der Herr im Jagdgewand ihn nicht dazu aufgefordert hatte.

»Councillor, verzeihen Sie, dass ich Sie störe.«

Es muss schon etwas Außergewöhnliches geschehen sein, dass er sich zu dieser Respektlosigkeit hinreißen ließ, dachte Winston Campbell, während er in aller Seelenruhe ein totes Küken aus seiner Jagdtasche holte und es deutlich sichtbar auf seinem Lederhandschuh platzierte – zumindest für die Augen eines Falken. Dann stieß er einen hellen Pfiff aus. Der Falke schien für einen Moment innezuhalten, dann legte er noch einmal seine Flügel eng an den Leib und stürzte zu seinem Herrn herab, hinter dem ein paar Meter entfernt eine kleine Gruppe von Männern und zwei schlammbespritzte Geländefahrzeuge im Heidekraut standen. Er landete sicher auf der Faust und nahm sich seine Belohnung.

»Grant!«

Der Angesprochene löste sich von der Gruppe und trat näher. Winston Campbell befestigte einen Lederriemen am Geschüh des Falken und reichte ihn seinem Adjutanten, der beflissen seinen Handschuh vorstreckte. Der Falke beäugte ihn misstrauisch, und es bedurfte schon einer strengen Aufforderung seines Herrn, dass er auf den anderen Falknerhandschuh überstieg und sich zum Wagen zurückbringen ließ. Dann endlich wandte sich der Councillor dem Besucher zu. Er musterte ihn vom Kopf bis zu den schlammbespritzten schwarzen Lackschuhen, die hier draußen seltsam fehl am Platz schienen. Auch seine schwarzen Hosenbeine und der Saum seines langen hellgrauen Mantels waren beschmutzt. Ansonsten hätte er gut zu den Bankern und Versicherungsvertretern der Londoner City gepasst, auch wenn die Breite seiner Schultern bereits eine Ahnung davon gaben, dass er nicht zu den Schreibtischtypen gehörte, deren einzige sportliche Betätigung in einer kleinen Joggingrunde am Wochenende bestand, die lediglich dazu diente, das Gewissen zu beruhigen und den mahnenden Worten der Ärzte wenigstens etwas entgegensetzen zu können.

Winston Campbell, Duke of Roxburgh, den viele seiner Männer auch nur »the Duke« nannten, obwohl dieser die Anrede »Councillor« bevorzugte, hob die Augenbrauen. »Nun, Hunter, was könnte es so Wichtiges geben, dass du deinen Posten verlässt und dich in dieser Eile hierherbegibst, um mich bei meiner sonntäglichen Jagd zu stören?«

»Councillor, wenn es stimmt, dann bringe ich die unglaublichste, aber auch die schlimmste aller Nachrichten: Die Gesuchte, welche die Mahre Eclipse nennen, ist aufgetaucht, und nicht nur das: Sie ist in Gryphon Manor!«

Winston Campbell nickte bedächtig. »Dann haben wir uns also geirrt, willst du mir das damit sagen?«

Hunter zuckte mit den Schultern und sah den Councillor voll Reue an. »Das würde es bedeuten, wenn die Mahre recht haben, und ich fürchte, es gibt keinen Grund, eine List ihrerseits anzunehmen.«

»Dann ist es also, wie ich seit Langem befürchte: Unsere Informationen waren falsch. Ich frage mich: Wie konnte das passieren? Stimmten nicht alle Anzeichen? Haben die Guardians das Haus nicht wie ein Bienenschwarm umschwirrt? Alles nur ein Ablenkungsmanöver, um die Identität der wahren Eclipse geheim zu halten? Nun, wenn es so ist, dann müssen wir ihnen wohl Respekt zollen. Dann ist es ihnen tatsächlich gelungen, uns viele Jahre zum Narren zu halten.« Seine Miene schien undurchdringlich. Sie wirkte noch immer fast heiter, obgleich die Nachricht ihn nicht erfreuen konnte. »Dann ist das Rätsel also endlich gelöst. Wie zuverlässig ist unsere Quelle?« Er richtete seine stahlgrauen Augen auf den Überbringer der unwillkommenen Nachricht.

Hunter wich dem bohrenden Blick aus. »Ich fürchte, wir können uns sicher sein. Die Abhöranlage, die es uns im Frühling gelang, am Tor anzubringen, hat ein Gespräch zwischen einer Hüterin und einer Guardian aufgezeichnet, die wir als Audry und Maddison identifizieren konnten. Sie gehören unserem Wissen nach zum inneren Kreis um die Lady, daher gehen wir davon aus, dass die Neuigkeit richtig ist. Leider haben wir bisher nur ihren Namen erfahren. Sie nannten die Eclipse ›Lorena‹.«

»Und der Erbe?«

Der Bote zuckte die Achseln. »Über ihn konnten wir noch nichts erfahren, aber die Mahre scheinen zu wissen, wo er zu finden ist. Wir kommen nicht näher an Gryphon Manor heran, und selbst Richtmikrofone nützen uns nichts. Die Magie der Lady ist zu stark, als dass wir sie in ihrem eigenen Haus ausspionieren könnten. Nur wenn ihre Mahre sich außerhalb des Bannkreises zu einer leichtsinnigen Bemerkung hinreißen lassen, können wir sie auffangen.«

Der Duke nickte. »So ist es also. Vielleicht ist es gut, dass endlich etwas geschieht. Wir haben zwar die erste Partie verloren, doch das Spiel ist noch nicht entschieden. Nun ist die Zeit gekommen zu handeln, ehe sie sich mit ihm verbindet und der lang ersehnte Nachkomme gezeugt wird, der den Nachtmahren zu neuer Stärke verhelfen wird.«

Der Councillor sprach leise. Seine Stimme war fast sanft, doch seine Männer konnten sich eines Schauderns nicht erwehren. Sie wussten, was diese so harmlos klingenden Worte bedeuteten: Das Warten hatte ein Ende. Der Krieg war eröffnet. Zwei der Männer, die bisher starr wie Standbilder neben den Wagen gestanden hatten, schlugen ihre langen schwarzen Mäntel zurück. Beinahe gleichzeitig ergriffen sie ihre Schwerter. Mit einer kraftvollen Bewegung zogen sie die Klingen heraus. Die Sonne spiegelte sich in dem blanken Stahl der tödlich scharfen Waffen.

»Wir sind bereit, Councillor«, riefen die beiden Warrior, deren archaische Waffen nicht zu ihren Anzügen und Mänteln passen wollten.

Winston Campbell nickte ihnen zu, ohne die Miene zu verziehen. Er warf einen letzten bedauernden Blick auf seinen Falken, dann gab er Grant einen Wink, den Vogel in seinem Transportkäfig zu verstauen.

»Dann ist die Jagd für heute wohl beendet. Oder soll ich lieber sagen, die Jagd geht weiter, doch die Beute ist eine neue?«